« Le récit dans lequel je me lance est celui d'une histoire cahotique jalonnée d'âpres batailles, déchirée de trahisons, et sinistre jusque dans la paix. »

Tacite, *Histoires*

Principaux personnages
(dont certains n'ont pas le loisir d'apparaître)

L'EMPEREUR VESPASIEN qui veut se trouver un agent digne de confiance tel que…
M. DIDIUS FALCO : détective recherchant du travail, qui voudrait épouser…
HELENA JUSTINA qui veut l'impossible mais ne veut pas de…
TITUS CÉSAR qui, lui, veut envoyer Falco au diable

À Rome, ou dans les environs

UNE VEUVE DE VEII : simple détour (en toute honnêteté !)
CANIDIUS : gratte-papier malpropre travaillant aux archives secrètes
BALBILLUS : ex-légionnaire unijambiste ayant son franc-parler
XANTHUS : élégant barbier qui souhaite voir le vaste monde
SILVIA : épouse de Petronius (qui ne se mêle pas de tout ça)
DECIMUS : père d'Helena, homme contrit, également parent de…
CAMILLUS ÆLIANUS (vivant en Espagne) : jeune homme ambitieux

Dans l'Histoire

P. QUINCTILIUS VARUS : général calamiteux (mort longtemps auparavant)
PETILIUS CERIALIS : général réputé (pas aussi calamiteux que Varus)

CLAUDIA SACRATA : femme d'intrigues (avec des généraux, de préférence)
MUNIUS LUPERCUS : officier disparu (probablement mort)
JULIUS CIVILIS : chef rebelle ayant besoin d'une coupe de cheveux
VELEDA : prêtresse vivant seule avec ses pensées et…
QUELQUES PARENTS qui habitent les mêmes parages

En Gaule

UN POTIER GAULOIS qui se retrouvera bientôt très loin de Lugdunum
DEUX POTIERS GERMAINS qui ne rentreront sans doute jamais chez eux

En Germanie

DUBNUS : colporteur qui vend plus qu'il ne devrait
JULIUS MORDANTICUS : potier au courant d'une ou deux choses
REGINA : serveuse à la taverne *Medusa* ; jeune fille en colère
AUGUSTINILLA : nièce de Falco, terrassée par l'amour et le mal de dent
ARMINIA : son amie aux cheveux filasse

Au sein de la célèbre Quatorzième Légion

FLORIUS GRACILIS : légat de la légion ; autre officier disparu
MÆNIA PRISCILLA : son épouse, à laquelle il ne manque pas
JULIA FORTUNATA : maîtresse du même, qui dit qu'il lui manque
RUSTICUS : esclave du légat, tout bêtement porté disparu

LE PRIMIPILUS : sarcastique centurion-chef de la Quatorzième
LE CORNICULARIUS : prétentieux employé des services administratifs
A. MACRINUS : l'orgueilleux tribun laticlave
S. JUVENALIS : le préfet de camp brutal

Au sein de la nettement moins célèbre Première Légion

Q. CAMILLUS JUSTINUS : autre frère d'Helena, tribun ingénu
HELVETIUS : centurion ayant un problème, lequel consiste en…
DAMA : son serviteur (qui se languit de Mœsia) ainsi que…
VINGT RECRUES PLUTÔT ABRUTIES au nombre desquelles…
LENTULLUS : celui qui ne sait rien faire

Apparaissent également

L'AUROCHS : animal légendaire célèbre pour sa férocité, et…
TIGRIS : un chien qui découvre un os intéressant

N
SPQR
(R. Elbe)
FRISII
(R. Ems)
OCEANUS
BRITANNICUS
Batavodurum
(Noviomagus)
(Nijmegen)
TEUTOBURGER
WALD
BRUCTERI
Insula
Batavorum
L'Ile
Batavia
Vetera
(Xanten)
Asciburgium
(Moers-Asberg)
R. Lupia
(R. Lippe)
GERMANIA INFERIOR
Gelduba
(Krefeld-Gellep)
Novaesium
(Neuss)
TENCTERI
UBII
GERMANIA
LIBERA
R. Mosa
(R. Meuse/Maas)
Colonia Claudia Ara
Agrippinensium
(Cologne)
Bonna (Bonn)
Castrum ad Confluentes
(Koblenz)
Castrum Mattiacorum
(Mainz-Kastell)
BELGICA
TREVERI
Bingium
(Bingen)
R. Moenus
(R. Main)
Augusta
Treverorum
(Trier)
Moguntiacum
(Mainz)
Borbetomagus
(Worms)
R. Mosella
(R. Moselle)
Argentoratum
(Strasbourg)
GALLIA LUGDUNENSIS
R. Rhenus
(R. Rhine)
GERMANIA SUPERIOR
Vindonissa
(Windisch)
Cavillonum
(Chalon)
HELVETII
ALPS
Lugdunum
(Lyon)
Augusta
Praetoria
(Aosta)
Vienna
(Vienne)
Valentia
(Valence)
Augusta
Taurinorum
(Turin)
Cremona
R. Rhodanus
(R. Rhone)
MARE ADRIATICUM
Ravenna
Arelate
(Arles)
ITALIA
Massilia
(Marseille)
Forum Julii
(Fréjus)
Aretinum
(Arezzo)
MARE
LIGURUM
ROME

PREMIÈRE PARTIE

Je n'irai pas

Rome, septembre, 71 ap. J.-C.

« Ma carrière officielle doit son avènement à Vespasien, son développement à Titus… Je ne cherche nullement à nier cela. »

Tacite, *Histoires*

1

– Une chose est sûre, annonçai-je à Helena Justina. Je n'irai *pas* en Germanie !

Je la vis aussitôt se mettre à calculer ce qu'il fallait emporter comme bagages.

Nous étions au lit, dans mon appartement au sommet de l'Aventin. Un véritable nid à punaises perché au sixième étage – si ce n'est que la plupart des punaises se lassaient de grimper avant d'arriver aussi haut. J'en croisais parfois de flapies sur les paliers de demi-étage, antennes pendantes, leurs petites pattes recrues de fatigue…

Ce logement, on ne pouvait qu'en rire, sans quoi on risquait de se mettre à pleurer au spectacle de sa misère. Même le lit était branlant. Et ce, *après* que j'avais remplacé le pied manquant et retendu les lanières du sommier.

Je m'efforçais d'essayer une nouvelle façon de faire l'amour à Helena, une posture imaginée dans le but de ne pas laisser la routine affadir notre liaison. J'avais fait connaissance de ma belle un an auparavant, succombé à ses tentatives de séduction au bout de six mois de réflexion, et finalement réussi à la convaincre de vivre avec moi depuis environ deux semaines. À en juger d'après mes précédentes expériences féminines, j'étais bien parti pour m'entendre dire que je buvais trop, que je dormais trop, et que sa mère la réclamait de toute urgence à ses côtés.

Mes efforts acrobatiques pour entretenir son intérêt ne passèrent pas inaperçus.

– Didius Falco… où as-tu appris… cet exercice ?

– C'est moi qui l'ai inventé…

Helena était fille de sénateur. Espérer qu'elle s'accommode plus de quinze jours durant de mon mode de vie débraillé, c'était pousser le bouchon un peu loin. Seul un demeuré aurait pu considérer son aventure avec moi comme autre chose qu'un peu de bon temps avant qu'elle n'épouse quelque gros dindon de patricien à toge rayée qui pourrait lui offrir pendants d'oreilles en émeraude et villa d'été à Surrentum. En ce qui me concernait, je vénérais Helena. D'ailleurs, le demeuré qui espérait que l'aventure pourrait durer, c'était moi.

– Ça ne te plaît pas.

En tant que détective privé, ma capacité de déduction fonctionnait à peu près correctement.

– Je ne crois pas… hoqueta Helena… que ça va marcher !

– Pourquoi pas ?

Je voyais plusieurs raisons à cela. Une crampe me tenaillait le mollet droit, j'avais des élancements au niveau d'un rein, et mon ardeur s'étiolait tel un esclave qu'on cloître à la maison un jour de réjouissances publiques.

– Un de nous deux va forcément se mettre à rire, avança Helena.

– Ça avait pourtant l'air bien sur le petit croquis griffonné à l'intérieur d'une tuile ancienne.

– C'est comme les œufs macérés au vinaigre. La

recette a l'air facile, mais le résultat est toujours décevant…

Comme je répliquais que nous n'étions pas aux fourneaux, Helena demanda timidement si je ne pensais pas que cela vaudrait mieux. Étant donné que mon galetas de l'Aventin ne disposait d'aucune installation de ce genre, je considérai qu'il s'agissait d'une remarque purement formelle.

Pour le cas où la précision présenterait un intérêt, nous nous mîmes *tous deux* à rire. Je nous démêlai alors, et fis l'amour à Helena de la façon que nous préférions l'un comme l'autre.

– De toute façon, Marcus, comment sais-tu que l'empereur souhaite t'envoyer en Germanie ?

– De vilains bruits qui courent aux abords du mont Palatin.

Nous étions toujours au lit. Quand ma dernière enquête avait fini par atteindre ce qui passait pour sa conclusion, je m'étais promis une semaine de détente à la maison : en raison d'une pénurie de nouvelles missions, mon emploi du temps professionnel comportait quantité de temps morts. De fait, je n'avais pas la moindre enquête en vue. Je pouvais passer la journée au lit, si cela me chantait. J'y passais d'ailleurs la plupart de mes journées.

– Donc… (Helena était du genre têtu.)… Tu t'es renseigné, c'est ça ?

– Suffisamment pour savoir qu'un autre gusse peut se charger de la mission de l'empereur.

Étant donné qu'il m'arrivait en effet de temps à autre de me charger d'obscures besognes pour le compte de Vespasien, j'étais passé au palais pour vérifier si j'avais des chances de le voir me gratifier de quelque méchant denier sous le manteau. Avant de me présenter dans la salle du trône, j'avais d'abord pris la précaution de fouiner par-ci par-là dans les couloirs. Sage mesure : un entretien à point nommé avec un vieux copain nommé Momus m'avait précipitamment fait regagner mes pénates.

– Du pain sur la planche, Momus ? avais-je demandé.

– Des bricoles. J'ai entendu dire que tu étais inscrit pour l'excursion en Germanie ?

Telle fut sa réponse – accompagnée d'un ricanement moqueur qui me révéla qu'il y avait anguille sous roche.

– Quel genre d'excursion ?

– Une calamité tout à fait comme tu les aimes. (Grand sourire de Momus.) Je ne sais quelle enquête à propos de la Quatorzième Gemina…

Là-dessus, après m'être drapé dans ma cape jusqu'aux oreilles, j'avais détalé au plus vite – avant que quelqu'un m'informe officiellement. J'en savais assez sur la Quatorzième Légion pour tâcher de mon mieux d'éviter la rencontre, et sans entrer dans les détails historiques pénibles, ces fiers-à-bras invétérés n'avaient aucune raison de me faire bon accueil.

– Alors l'empereur t'a parlé pour de bon ? insista ma bien-aimée.

– Je ne lui en donnerai pas l'occasion, Helena. Ça me déplairait beaucoup de le froisser en déclinant son offre grandiose…

– La vie serait bien plus facile si tu lui laissais l'occasion de te poser la question pour ensuite répondre non, tout simplement !

Je lui adressai un sourire suffisant qui signifiait que

jamais les femmes – fussent-elles des filles de sénateurs intelligentes et bien éduquées – ne comprendraient les subtilités de la politique ; à quoi Helena répondit en m'expédiant hors du lit d'une franche poussée.

– Il faut qu'on mange, Marcus. Va trouver du travail !

– Mais toi, qu'est-ce que tu vas faire ?

– Passer une ou deux heures à me peindre la figure, si jamais mon amant passe me voir.

– Bon, très bien ! Je m'en vais, je lui cède la place…

Nous plaisantions à propos de l'amant. Enfin, je l'espérais.

2

Au Forum, la vie suivait son cours comme à l'accoutumée. L'heure était à la panique pour les juristes. Le dernier jour du mois d'août étant aussi le dernier moment auquel présenter de nouvelles affaires avant la trêve d'hiver, la Basilica Julia bruissait comme une ruche. Nous avions atteint les nones de septembre, aussi la plupart des avocats, les joues encore colorées par leurs vacances à Baies, bouclaient-ils hâtivement quelques affaires pressées avant la fermeture des tribunaux, histoire de justifier leur niveau de vie. Ils dépêchaient sur l'esplanade du Rostrum leurs bruyants rabatteurs habituels qui graissaient la patte du passant pour l'entraîner à l'intérieur de la Basilica et soutenir la défense à grands renforts de slogans enthousiastes. Je me frayai un passage, les écartant d'un coup d'épaule.

À l'ombre du Palatin, une procession léthargique formée des membres de l'un des collèges religieux se dirigeait vers la Maison des Vestales dans le sillage d'une Vierge âgée à robe blanche. Celle-ci décocha alentour un coup d'œil vindicatif de vieille dame givrée à qui des durs à cuire témoignent du respect à longueur de journée. Pendant ce temps-là, sur les marches des temples de Saturne et Castor, se prélassaient des foules d'oisifs assoiffés de sexe et reluquant tout ce qui semblait sifflable – femmes ou autres. Un édile furibond ordonnait à son imposante suite de déplacer un ivrogne ayant eu le mauvais goût de s'effondrer sur le cadran solaire gravé par terre au pied du Milliaire d'or. Il faisait encore une chaleur estivale. Un fort relent de crottin d'âne chaud dominait.

Tout récemment, j'avais avisé un pan de mur le long du Tabularium. Étant venu armé d'une éponge, je fis disparaître en quelques coups judicieux les rodomontades électorales qui souillaient l'antique pierre de taille : *Avec le soutien de toutes les Manucures des Bains Agrippa*… l'habituel candidat frelaté. Une fois gommées de notre patrimoine architectural, ses ignobles foutaises laissèrent un bon espace, pile à hauteur du regard, où je pus inscrire à la craie mon graffiti personnel :

Didius Falco
Pour toutes enquêtes discrètes
juridiques ou domestiques
Bonnes références
Tarifs très modérés
À la Blanchisserie de l'Aigle
Place de la Fontaine

Attrayant, non ?

Je savais qui mon annonce allait probablement ramener : de sournois commis des services d'importation réclamant des renseignements sur la santé pécuniaire des riches veuves qu'ils courtisaient, ou les serveurs des estaminets de quartier, inquiets de la disparition d'une fille.

Les commis ne paient jamais, mais les serveurs ont leur utilité, eux. Un détective privé peut passer des semaines à rechercher des femmes disparues, puis, lorsqu'il se lasse de traîner la semelle dans les débits de boisson – s'il se lasse un jour –, il lui suffit de faire remarquer au client qu'en général, on retrouve les serveuses disparues, crâne défoncé, sous le plancher du domicile de leur amant. Généralement aussi, les factures des recherches effectuées sont alors acquittées ultra-rapidement, après quoi il arrive même parfois que les serveurs quittent la ville pour une assez longue durée – avantage supplémentaire pour Rome. J'aime sentir que mon travail profite à la communauté.

Bien entendu, un serveur *peut* se révéler calamiteux. La fille a peut-être réellement disparu, pris la fuite avec un gladiateur, si bien qu'on passe quand même des semaines à la chercher, pour finalement se prendre d'une telle compassion à l'égard du pauvre benêt ayant perdu sa chérie de bas étage qu'on n'a pas le cœur à lui demander des honoraires…

Je me rendis aux bains pour m'exercer un peu avec mon entraîneur, simplement dans l'éventualité où j'arriverais à me trouver une enquête nécessitant que je me décarcasse. Puis je me mis en devoir de trouver mon ami Petronius Longus, capitaine de la garde aventine, fonction qui l'amène à traiter avec toutes sortes d'individus, appartenant pour la plupart à la catégorie des gens dénués de scrupules susceptibles de faire appel à mes services. Petro m'a souvent adressé des clients, ne serait-ce que pour éviter de traiter lui-même avec des raseurs.

Ne le voyant en aucun de ses antres habituels, je passai chez lui. Je n'y trouvai que sa femme – à mon grand dam. Arria Silvia était une jolie femme toute menue à petites mains et joli nez, dotée d'une peau douce et de sourcils d'enfant. Le tempérament de Silvia n'avait rien de doux, en revanche, et de ce fait, elle s'était forgé de moi une opinion tranchante.

– Comment va Helena, Falco ? Elle ne t'a pas encore quitté ?

– Pas encore.

– Ça ne tardera pas ! assura Silvia.

Elle me taquinait, mais le ton était caustique ; aussi accueillis-je prudemment la remarque. Je la chargeai de dire à Petro que je ne croulais pas sous les obligations dans le domaine professionnel, puis je décampai de là.

Pendant que je me trouvais dans le quartier, je passai chez ma mère : M'man était partie voir quelqu'un. N'étant pas d'humeur à écouter mes sœurs se plaindre de leurs maris, je renonçai aux visites familiales – décision qui n'eut rien de pénible – et rentrai chez moi.

Un spectacle inquiétant m'y accueillit. Je venais de traverser la ruelle nauséabonde en direction de la blanchisserie Lenia – laverie pratiquant prix imbattables et vol de vêtements installée au rez-de-chaussée de notre immeuble – quand j'aperçus une paire de gros durs couverts d'acier, postés dans la cage de notre escalier et tâchant de se fondre dans le décor. Ils auraient eu du mal : les scènes de batailles gravées sur leurs plaques pectorales rutilaient à en sécher une clepsydre – sans parler d'un passant –, et dix gamins effrontés s'étaient plantés en demi-cercle pour contempler bouche bée les casques surmontés d'aigrettes écarlates et se défier l'un l'autre d'aller planter des brindilles entre les lanières des sandales de ces formidables soldats. Ces derniers appartenaient à la garde prétorienne. Tout l'Aventin devait être au courant de leur présence.

À mon souvenir, je n'avais rien commis dernièrement qui soit répréhensible aux yeux de l'armée, aussi m'avançai-je du pas tranquille de l'innocence. Hors de leur environnement superbe, les deux héros semblaient passablement nerveux. Je ne m'étonnai donc pas d'être arrêté au pied des marches, deux lances s'entrechoquant en travers de ma poitrine.

– Tout doux, messieurs, n'allez pas déchirer ma tunique : elle devrait encore faire quelques décennies…

Une jeune blanchisseuse surgit au pas de course d'un nuage de vapeur, un sourire sarcastique aux lèvres et une panière pleine de linge sale particulièrement repoussant. Le sourire sarcastique m'était destiné.

– Des amis à toi ? lança-t-elle, railleuse.

– Pas d'insultes ! Ils venaient sans doute arrêter je ne sais quel agitateur, et ils se sont perdus…

Les soldats n'étaient visiblement pas là pour appréhender qui que ce soit. Quelque heureux citoyen vivant dans ces parages sordides devait recevoir la visite d'un membre de la famille impériale venu incognito, abstraction faite de la présence voyante de sa garde.

– Qu'est-ce qui se passe ? demandai-je au centurion de faction.

– Confidentiel… circule !

Dès lors, j'avais deviné qui étaient la victime – moi –

et la raison de cette visite – m'amadouer dans le but de me faire accepter la mission en Germanie à propos de laquelle Momus m'avait mis en garde. L'appréhension m'envahit. Si la mission était à ce point spéciale ou urgente qu'elle requière un tel traitement de faveur, elle devait induire le genre d'efforts que je détesterais franchement. Je marquai un temps d'arrêt et me demandai lequel des Flaviens venait hasarder ses princiers orteils dans la boue malodorante de notre ruelle.

L'empereur lui-même, Vespasien, était trop éminent, trop pointilleux en matière d'apparat pour frayer avec la plèbe. Du reste, il avait 60 ans passés. Jamais il ne viendrait à bout de l'escalier chez moi.

Mon chemin avait croisé celui de son plus jeune fils, Domitien. J'avais jadis tiré au clair une petite magouille dans laquelle était impliqué le plus jeune des Césars, ce qui signifiait que, désormais, Domitien ne demandait qu'à me voir disparaître de la surface de cette planète. Je nourrissais le même sentiment à son égard, d'ailleurs, mais bon gré mal gré, nous parvenions à nous ignorer en public.

Ce devait être Titus. Titus César venu rendre visite à Falco ? Il était assez impulsif pour cela. Signifiant bien au soldat ce que le secret officiel m'inspirait de mépris, je séparai d'un doigt plein de délicatesse les pointes de lances éblouissantes.

– Je suis Marcus Didius. Autant me laisser entrer, que je puisse entendre quelles délices la bureaucratie me réserve…

Ils me laissèrent passer, avec un regard sarcastique cependant. Peut-être se figuraient-ils que leur commandant héroïque s'était abaissé jusqu'à nouer une liaison canaille avec une quelconque fille du quartier.

Sans faire mine de me presser, en fervent républicain que j'étais, je gravis les marches.

Quand j'entrai, Titus était en train de parler à Helena. Je pilai sur place. Le regard que j'avais surpris entre les deux gardes prétoriens commençait à prendre du sens. L'idée me vint que j'étais un idiot.

Helena était assise sur le balcon, petite construction périlleusement agrippée après l'immeuble, que la couche de crasse accumulée en vingt ans maintenait plus sûrement que ses corbeaux de pierre. Bien qu'il y eût assez de place pour qu'un type relax comme moi prenne place sur le banc aux côtés d'Helena, Titus, lui, était poliment resté posté contre la porte coulissante. Devant lui se déployait une vue spectaculaire de la vaste cité que gouvernait son père, mais Titus n'y prenait pas garde. À mon avis, avec Helena sous les yeux, n'importe qui aurait fait de même. Titus partageait mon opinion de façon carrément flagrante.

Du même âge que moi, c'était un type enjoué aux cheveux bouclés que jamais la vie n'aigrirait. Les palmes d'or brodées en appliqué sur sa tunique détonaient curieusement en mes quartiers dépourvus de prestige ; pourtant Titus parvenait à ne pas avoir l'air incongru. Doté d'une séduisante personnalité, il était à l'aise où qu'il aille. Un homme agréable, et bien qu'il appartînt à l'élite, quelqu'un d'archicultivé. Dans le domaine politique, rien ne lui résistait : sénateur, général, commandant de la garde prétorienne, bienfaiteur des travaux publics, protecteur des arts. Et pour couronner le tout, il était beau. Moi j'avais la fille – même si elle et moi ne le clamions pas sur les toits ; Titus César, lui, avait tout le reste.

Quand je le surpris en train de discuter avec Helena,

il avait les traits empreints d'une expression gaie, juvénile, à la vue de laquelle mes mâchoires se crispèrent. Il se tenait appuyé contre la porte, bras croisés, sans se rendre compte que les gonds risquaient fort de céder. J'aurais voulu que cela se produise ; j'aurais aimé qu'ils lâchent et que Titus s'étale à la renverse sur mon plancher vermoulu dans sa somptueuse tunique pourpre. De fait, dès l'instant où je le vis là, en grande conversation avec ma petite amie, je sombrai dans une morosité du fond de laquelle la trahison, de quelque ordre qu'elle soit, semblait une idée lumineuse.

– Bonjour, Marcus, lança Helena… en se donnant bien trop de mal pour afficher un visage neutre.

3

– 'Jour, lâchai-je de mauvaise grâce.

– Marcus Didius !

Le jeune César témoignait une amabilité spontanée. Refusant de me laisser déconcerter, je restai sombre.

– Je suis venu te porter mes condoléances à propos de la perte de ton logement !

Il faisait allusion à l'appartement que je louais encore tout récemment, doté, lui, du confort intégral – cela dit, mon actuel antre ignoble tenait debout bon gré mal gré au mépris de toutes les lois de la construction, alors que l'autre s'était effondré dans un nuage de poussière.

– Chouette piaule. Bâtie pour durer, lançai-je. Enfin bon, au moins une semaine !

Helena pouffa de rire. Ce qui fournit à Titus un prétexte pour expliquer :

– J'ai trouvé la fille de Camillus Verus en train d'attendre ici. Je lui ai tenu compagnie…

Il devait savoir que je tâchais d'affirmer des prérogatives sur Helena Justina, mais cela l'arrangeait de faire comme si cette dernière était un modèle de modestie réservée, se contentant d'attendre un prince désœuvré avec qui passer la journée.

– Ah ! merci, répliquai-je avec amertume.

Titus décocha à Helena Justina un coup d'œil appréciatif qui me donna le sentiment d'être hors du coup. Il lui avait toujours voué de l'admiration, et cela m'avait toujours horripilé. Je fus soulagé de constater que contrairement à ce qu'elle m'avait annoncé, elle ne s'était *pas* peint les yeux comme si elle attendait un visiteur. Elle était délicieuse, dans une robe rouge que j'aimais beaucoup, des agates ornant les fins anneaux d'or qui se balançaient à ses oreilles, ses cheveux bruns simplement relevés en torsades maintenues par des peignes. Helena avait un visage aux traits nets, à l'expression vive. Si elle témoignait un peu trop de sang-froid en public, dans l'intimité elle fondait comme du miel dans la tiédeur du soleil. J'adorais cela, du moment que j'étais le seul pour qui elle fondait.

– J'ai tendance à oublier que vous vous connaissez, tous les deux ! lança Titus.

Helena garda le silence, me laissant le soin d'expliquer à Sa Césarine Grandeur dans quelle mesure nous nous connaissions. Je m'en abstins mordicus. Titus était mon client : s'il me confiait une mission, je l'exécuterais diligemment pour lui… mais aucun beau gosse de la haute ne régirait jamais ma vie.

– Que puis-je pour toi ?

Vis-à-vis de toute autre personne, mon ton serait passé pour agressif, mais nul ne saurait apprécier la vie et proférer des menaces à l'égard du fils de l'empereur.

– Mon père souhaiterait te parler, Falco.

– Les bouffons du palais sont donc en grève ? Si Vespasien est à court de rires, je vais voir ce que je peux faire.

À deux mètres de distance, Helena me darda un regard sombre d'une fixité impitoyable.

– Merci, répondit Titus sans la moindre aigreur.

Sa suave amabilité me donnait toujours l'impression qu'il avait repéré sur ma tunique l'éclaboussure de poisson en sauce datant de la veille, impression qui m'incommodait fortement sous mon propre toit.

– Nous avons une proposition à te soumettre…

– Ah ! bon, répondis-je d'un air maussade, grimaçant un rictus pour lui faire comprendre que j'avais été prévenu de la teneur de la besogne.

Il cessa de s'appuyer contre la porte coulissante, qui fléchit dangereusement mais tint bon, et esquissa un petit geste en direction d'Helena, signifiant par là que cette jeune femme étant, à son avis, venue pour parler affaires, il ne comptait pas s'imposer. Helena se leva poliment lorsqu'il se dirigea vers la porte, mais me laissa le raccompagner comme si j'étais le seul maître de maison.

De retour, je commençai à bricoler la porte branlante.

– Il va falloir que quelqu'un prévienne Sa Grandeur de ne pas adosser son auguste personne contre le mobilier des plébéiens…

Helena garda le silence.

– Tu as ton air guindé, ma chérie. Je me suis montré grossier ?

– Je suppose que Titus en a l'habitude, rétorqua Helena d'un ton égal.

J'avais omis de l'embrasser ; je savais qu'elle s'en était rendu compte. J'en avais envie, mais il était trop tard à présent.

– Le fait que Titus soit si abordable doit faire oublier aux gens qu'ils s'adressent à un César, partenaire de l'empereur et futur empereur lui-même.

– Titus Vespasien n'oublie jamais qui il est !

– Ne sois pas méchant, Marcus.

Je serrai les dents.

– Que voulait-il ?

Helena parut étonnée.

– Te demander d'aller voir l'empereur... probablement pour parler de la Germanie.

– Pour me demander ça, il aurait pu envoyer un messager. (Bien entendu, comme Helena commençait à avoir l'air fâché contre moi, je me butai de plus belle :) À défaut, il aurait très bien pu profiter de ce qu'il était là pour parler lui-même de la Germanie. Et dans la plus stricte intimité avec ça, si la mission est délicate.

Helena croisa les mains à hauteur de taille et ferma les paupières, refusant de se disputer. Étant donné qu'en temps normal, elle me tombait dessus à la plus petite occasion, cette attitude en soi était de mauvais augure.

Je la laissai seule sur le balcon et allai me vautrer à l'intérieur. Il y avait une lettre sur la table.

– C'est pour moi, ce manuscrit ?

– Il est à moi, lança-t-elle. Ça vient d'Ælianus, il est en Espagne.

Elle parlait de l'aîné de ses deux frères. On m'avait

donné à entendre que Camillus Ælianus était un jeune salopard aux dents longues avec lequel je n'irais pas vider un verre, mais ne l'ayant encore jamais affronté en chair et en os, je me tus.

– Tu peux lire, proposa Helena.

Je rejetai impitoyablement son offre :

– C'est ta lettre !

Là-dessus, je passai dans la pièce du fond et m'assis sur le lit. Je savais parfaitement pourquoi Titus nous avait rendu visite. Cela n'avait aucun rapport avec je ne sais quelle mission qu'il souhaiterait me proposer. Aucun rapport avec *moi*, tout simplement.

Helena me rejoignit plus tôt que je ne m'y attendais, entra et s'assit sans un mot à côté de moi.

– Pas de disputes ! (Elle semblait morose, elle aussi, tandis qu'elle ouvrait mes doigts, m'obligeant à lui prendre la main.) Oh ! Marcus ! La vie ne peut-elle donc pas être simple ?

Je n'étais pas d'humeur à philosopher, mais je resserrai les doigts en une étreinte un peu plus tendre.

– Alors, qu'a bien pu trouver à raconter ton royal soupirant ?

– Nous parlions simplement de ma famille.

– Tiens donc !

En mon for intérieur, je me repassai le lignage d'Helena, comme avait dû le faire Titus : des sénateurs depuis des générations – pour sa part, il n'aurait pu en dire autant, avec ses ancêtres métayers sabins de moyenne extraction –, le père vouant un fervent soutien à Vespasien, la mère gardant une réputation immaculée. Ses jeunes frères faisaient tous deux leur service civique à l'étranger, l'un au moins étant, à long terme, destiné au Sénat. Tout le monde m'affirmait qu'il fallait s'attendre à de grandes choses de la part du noble Ælianus. Justinus, dont j'avais fait la connaissance, semblait, quant à lui, un type bien.

– Titus avait l'air d'apprécier la conversation. Il a parlé de toi ?

Helena Justina : éduquée dans la liberté, personnalité vive, séduisante à sa manière farouche et toute personnelle. Existence dépourvue de scandale – exception faite de ma personne. Elle avait été mariée naguère, pour ensuite divorcer par consentement mutuel d'un homme qui, de toute façon, était mort depuis. Titus, pour sa part, avait été marié à deux reprises : une fois veuf, une fois divorcé. Quant à moi, je n'avais jamais été marié mais j'étais moins naïf qu'eux deux réunis.

– Titus est un homme : il ne parle donc que de lui, rétorqua-t-elle, railleuse.

Je grognai. Helena était une femme à qui les gens parlaient. Moi-même, j'aimais lui parler. C'était la seule personne à qui je pouvais parler d'à peu près n'importe quoi, ce qui me semblait constituer mon privilège exclusif.

– Tu sais qu'il est amoureux de la reine Bérénice de Judée ?

Helena esquissa un petit sourire.

– Dans ce cas, il a toute ma compassion !

Le sourire n'était pas particulièrement gentil et ne s'adressait pas précisément à moi. Au bout d'un moment, elle ajouta d'un ton plus doux :

– Qu'est-ce qui t'inquiète ?

– Rien, répondis-je.

Titus César n'épouserait jamais Bérénice. La reine juive traînait derrière elle un passé exotique haut en couleurs. Jamais Rome n'accepterait une impératrice étrangère... ni ne souffrirait un empereur proposant d'en importer une.

Titus, quoique romantique, était réaliste. Il vouait à Bérénice un attachement qu'on disait authentique, mais un homme jouissant de la situation qu'il occupait risquait fort d'épouser quelqu'un d'autre. Titus était l'héritier de l'Empire romain. Son frère Domitien possédait certains des talents de la famille, mais pas tous. Pour sa part, Titus avait engendré une petite fille, mais pas de fils. Les Flaviens se réclamant principalement de la pourpre au nom de la stabilité qu'ils avaient procurée à l'Empire, le peuple affirmerait sans doute que l'héritier *devait* rechercher activement une femme romaine convenable. Quantité de femmes, convenables ou pas, espéraient certainement qu'il s'y mette.

Qu'étais-je donc censé me dire quand je trouvais ce prestigieux personnage en train de discuter avec ma petite amie ? Helena Justina faisait une compagne attentive, gracieuse et charmante – lorsqu'elle le voulait bien –, elle ne manquait jamais de bon sens, de doigté, et nourrissait une haute conception du devoir. Si elle n'était pas tombée amoureuse de moi, Helena aurait parfaitement correspondu au genre de femme que devait chercher Titus.

– C'est avec toi que j'ai choisi de vivre, Marcus Didius.

– Pourquoi me dire ça, subitement ?

– À voir ta mine, on pourrait croire que tu l'as oublié, répondit Helena.

Même si elle me quittait demain, je ne pourrais jamais oublier. Mais cela ne signifiait pas pour autant que je puisse envisager notre avenir avec la moindre certitude.

4

Une semaine étrange suivit. Je me sentais oppressé par la perspective de l'épouvantable voyage en Germanie dont la menace pesait au-dessus de ma tête. C'était du travail – chose que je ne pouvais pas me permettre de refuser –, mais les promenades aux confins des territoires occupés par les tribus barbares d'Europe venaient en tête de ma liste d'activités à fuir.

En outre, je me surpris à fouiller l'appartement dans le but de trouver des traces d'un éventuel passage de Titus. Il n'y en avait pas, mais Helena remarqua mon manège, ce qui accrut la tension.

Mon annonce du Forum m'amena d'abord un esclave qui ne pourrait visiblement pas me payer. Qui plus est, il recherchait son frère jumeau perdu de vue depuis longtemps, ce qu'un dramaturge de seconde zone considérerait sans doute comme une noble quête, mais qui me parut une mission fastidieuse. Là-dessus, deux commis prirent contact avec moi, qui cherchaient fortune, puis une folle persuadée que Néron était son père – lorsqu'elle émit le souhait que j'en établisse la preuve, je compris qu'elle était siphonnée –, et un chasseur de rats. Le personnage le plus intéressant était le chasseur de rats, mais il n'avait pas de permis de séjour. Ça n'aurait guère nécessité qu'une petite journée dans le bureau du Censeur, mais je ne me mêle pas de faux papiers, même pour les personnalités intéressantes

Petronius Longus m'envoya une femme qui souhaitait savoir si son mari, marié une première fois par le passé, n'avait pas d'enfants cachés. Je réussis à lui apprendre qu'il n'en avait pas de reconnus. Au cours de mon enquête, je découvris une épouse supplémentaire, dont l'homme n'avait jamais divorcé. La femme en question était désormais l'heureuse épouse d'un cuisinier spécialiste en volailles – j'emploie « heureuse » au sens conventionnel ; je suppose qu'elle enrageait autant que n'importe qui dans la vie. Je décidai de ne pas en avertir ma cliente. Un bon détective répond aux questions qu'on lui a posées… puis tire sa révérence.

L'enquête de Petro rapporta assez d'argent pour que nous mangions du rouget au dîner. Avec la petite monnaie, j'achetai des roses pour Helena, en espérant passer pour un homme plein de perspectives. La soirée aurait dû être agréable, mais Helena choisit ce moment précis pour m'annoncer qu'elle avait des projets de son côté, Titus l'ayant invitée au palais en compagnie de ses parents, mais sans moi.

– Laisse-moi deviner… Petit souper discret qui ne figurera pas sur la liste des réjouissances publiques ? C'est pour quand ?

Je la vis hésiter.

– Jeudi.

– Tu penses y aller ?

– Je n'en ai vraiment pas envie.

Helena avait le visage crispé. Pour peu que sa famille respectable et huppée ait un jour vent d'une possibilité de liaison avec la vedette de la cour impériale, Helena ferait l'objet d'une pression insupportable. Quitter la maison de ses parents quand ces derniers n'avaient pas d'autre projet pour elle était une chose. Compte tenu du malheureux mariage précédent de sa fille, Camillus Verus m'avait déclaré en toute franchise qu'il hésitait à lui conseiller de réitérer l'expérience. C'était un personnage sortant de l'ordinaire : un père consciencieux. Cela dit, la fuite de leur fille avait dû provoquer des remous. Helena m'avait épargné la majeure partie du tir de barrage, mais je ne suis pas tombé de la dernière pluie. Ses parents souhaitaient qu'elle regagne le domicile paternel avant que tout Rome apprenne qu'elle batifolait en compagnie d'un infâme détective, et que les poètes satiriques se mettent à rédiger des odes salaces à propos de ce scandale.

– Oh ! Marcus, Marcus, je tiens vraiment à ce que tu passes cette soirée-là avec moi…

Helena semblait tracassée. Elle pensait qu'il m'appartenait d'intervenir, mais je ne pouvais rien faire à l'égard de cette entreprise de mauvais aloi : il n'y avait qu'elle qui puisse éconduire Titus.

– Ne me regarde pas comme ça, chérie. Je ne me déplace que lorsque je suis invité.

– C'est nouveau !

Je déteste l'ironie, chez les femmes.

– Écoute, Marcus, je vais dire à Papa que, ce soir-là, j'ai déjà un rendez-vous que je ne peux pas annuler… avec toi.

Helena esquivait, me sembla-t-il.

– Excuse-moi, répondis-je platement, mais jeudi, je dois me rendre à Veii. Il faut que je fasse quelques vérifications à propos d'une veuve pour le compte d'un de mes clients commis.

– Tu ne peux pas y aller un autre jour ?

– Nous avons besoin de cet argent. Mais toi, saute sur l'occasion ! lançai-je, railleur. Va t'amuser au palais. Titus César est un bon gros mollasson issu d'une morne famille campagnarde. Tu sauras t'y prendre avec lui, ma chérie… à supposer, bien entendu, que tu en aies envie !

Helena pâlit de plus belle.

– Je te demande de rester ici avec moi, Marcus !

Certaine note, dans son ton, me fit dresser l'oreille. Mais pour l'heure, mon propre sort m'inspirait une telle compassion que je me refusai à modifier mes dispositions.

– C'est très important pour moi, reprit Helena d'une voix où affleurait la menace. Je ne te pardonnerai jamais si…

L'affaire était entendue. Les menaces que profèrent les femmes déclenchent toujours chez moi les pires réactions. J'allai à Veii.

Sur place, je fis chou blanc. D'une certaine manière, je m'y attendais.

Je trouvai la veuve sans trop de difficulté : à Veii, tout le monde avait entendu parler d'elle. Peut-être possédait-elle en effet une fortune ; peut-être pas. En tout cas, c'était une petite brune accorte aux yeux pétillants, qui reconnut volontiers qu'elle traînait dans son sillage quatre ou cinq infâmes prétendants… messieurs se disant amis de feu son époux, et estimant désormais qu'ils seraient d'encore meilleurs amis pour elle. Visiblement, l'un d'eux, exportateur de vin vendant aux Gaulois d'innombrables cargaisons de tord-boyaux étrusque, l'emporterait haut la main si la femme se remariait un jour. Je doutais qu'elle s'en donne la peine : elle s'amusait bien trop.

La veuve en question me laissa entendre que, pour ma part, un séjour à Veii aurait pu m'être profitable, mais le souvenir de la mine implorante d'Helena m'ayant tenaillé tout le trajet durant, je regagnai Rome à toute vitesse en pestant, passablement penaud à cette heure.

Helena n'était pas chez nous. Elle devait sans doute être déjà partie pour le palais. Je sortis donc et me saoulai en compagnie de Petronius. Étant père de famille, et donc lui-même accablé de responsabilités, mon ami était toujours heureux de pouvoir se libérer un soir pour aller me remonter le moral en ville.

Je rentrai tard, volontairement. Cela ne contraria pas Helena, puisqu'elle-même ne rentra pas du tout.

Je me dis qu'elle devait être restée chez ses parents pour la nuit. Un assez mauvais signe. Le lendemain matin, voyant qu'elle ne rentrait toujours pas, je fus saisi de frayeur.

5

Je me retrouvais tel un hareng noyé dans la saumure.

Je bannis de mes pensées l'hypothèse selon laquelle Titus aurait enlevé Helena : il était trop honnête. Du reste, Helena avait le caractère bien trempé ; jamais elle n'aurait accepté ça.

Je ne pus me résoudre à aller frapper à la porte du sénateur pour le prier de me dire ce qui se passait. De toute façon, quelle que soit la situation, l'altière et puissante famille de ma bien-aimée m'en tiendrait pour responsable.

Retrouver les femmes disparues était mon métier. Retrouver la mienne devrait être facile comme bonjour. Je savais au moins que si elle avait été assassinée et son corps dissimulé sous les lattes d'un parquet, ce n'était pas sous les lattes du mien.

Cela n'avait rien de particulièrement réconfortant.

Je commençai par ce qu'on fait toujours au commencement : fouiller l'appartement pour voir ce qu'elle y avait laissé. Pas grand-chose : telle fut la réponse une fois que j'eus fait le tri dans mes propres résidus. Helena n'avait pas apporté beaucoup de vêtements ou de bijoux, et la plupart avaient à présent disparu. Je tombai sur une de ses tuniques, enchevêtrée dans un tas de mes hardes, une épingle à cheveux en jais sous l'oreiller, de mon côté du lit, un pot en stéatite de son onguent facial préféré qui avait roulé derrière le coffre à provisions... Et c'était tout. J'en conclus à contrecœur qu'Helena Justina avait retiré tous ses effets personnels de mon appartement et claqué la porte.

Cela semblait sans appel... mais je finis par aviser un indice. La lettre de son frère Ælianus était restée sur la table, où Helena l'avait posée en me disant que je pouvais la lire. Je la lus donc, cette fois. Dans un premier temps, je le regrettai. Puis je me réjouis d'être au courant.

Ælianus était le garçon insouciant, l'oisif de la famille, qui, en général, ne se donnait jamais la peine d'écrire aux siens, alors qu'Helena, elle, lui envoyait régulièrement des lettres. Étant l'aînée des trois enfants Camillus, elle dispensait à ses frères le genre d'affection désuète que les autres familles avaient jetée aux orties au terme de la République. J'avais d'ores et déjà compris que Justinus était le frère préféré d'Helena ; les lettres qu'elle envoyait en Espagne tenaient plus du devoir fraternel. Et c'était tout à fait caractéristique que, venant à apprendre que sa sœur s'était acoquinée avec un plébéien exerçant un métier pouilleux, Camillus Ælianus écrive pour une fois... Et une diatribe si virulente avec ça que je la laissai tomber avec dégoût. Ælianus était fou de rage à l'idée du tort qu'Helena causait par là au nom illustre de sa famille. Il l'expliquait avec toute la crasse indifférence d'un jeune homme dans la fleur de ses 20 ans.

Attachée comme elle l'était à la famille, Helena avait dû être très affectée de cette lettre. Elle devait avoir remâché ça sans même que je m'en rende compte. Là-dessus, Titus avait surgi, porteur d'une menace de catastrophe... C'était bien d'elle de ne pas en dire plus. Et bien de moi, lorsqu'elle avait fini par appeler à l'aide, de lui tourner le dos.

Sitôt cette lecture achevée, l'envie me vint de prendre ma bien-aimée dans mes bras. Trop tard, Falco. Trop tard pour la réconforter. Trop tard pour la protéger. Trop tard pour tout, apparemment.

Je ne fus donc pas étonné quand un message sec et bref me parvint, m'annonçant qu'Helena ne pouvait supporter Rome plus longtemps et partait à l'étranger.

6

Ce fut ainsi, donc, que je me laissai envoyer en Germanie.

Sans Helena, je n'avais aucune raison de rester à Rome. Essayer de la rattraper était inutile : elle avait calculé de manière à ce que son message me parvienne une fois la piste éventée. Je ne tardai pas à me lasser des membres de ma famille qui me donnaient ouvertement à entendre qu'ils s'étaient toujours attendus à ce qu'elle me laisse tomber. M'y étant moi-même toujours attendu, j'étais incapable d'imaginer la moindre riposte. Le père d'Helena se rendait souvent aux mêmes bains que moi, si bien que l'éviter devint un passe-temps compliqué. Il finit toutefois par me repérer alors que je tâchais de me dissimuler derrière un pilier. Il se débarrassa de l'esclave qui lui étrillait le dos à l'aide d'un strigile et accourut vers moi dans un nuage d'huile parfumée.

– Je compte sur vous, Marcus, pour me dire où peut bien être allée se fourrer ma fille…

Je déglutis.

– Eh bien ! monsieur, vous connaissez Helena Justina…

– Vous non plus, n'en avez aucune idée ! s'exclama le père.

L'instant d'après, il se confondait en excuses à propos d'Helena, comme si c'était moi qui devais me formaliser du comportement excentrique de la demoiselle.

– Calmez-vous, sénateur ! (D'un geste apaisant, je le drapai d'une serviette.) J'ai fait mon métier de filer les bien-aimées des autres lorsqu'elles disparaissent. Je retrouverai Helena.

Je m'efforçai de ne pas avoir l'air trop inquiet de mes propres mensonges. Lui de même.

Mon ami Petronius fit de son mieux pour me communiquer son entrain, mais il était lui-même passablement déconcerté.

– *À l'étranger !* Falco, tu n'as pas plus de cervelle qu'un poisson-chat dégénéré. Tu ne pouvais donc pas tomber amoureux d'une fille normale ? De celles qui se précipitent chez leur mère chaque fois qu'on leur fait des misères, et qui reviennent en douce la semaine suivante avec un nouveau collier qu'on devra payer ?

– C'est que seule une fille aimant les nobles décisions sans queue ni tête pouvait tomber amoureuse de moi.

Petronius lâcha un grondement agacé.

– Tu as entrepris des recherches ?

– Comment le pourrais-je ? Helena peut se trouver n'importe où entre la Lusitanie et le désert nabatéen. Laisse tomber, Petro : j'ai assez joué les imbéciles !

– Enfin bon, les femmes ne font jamais de grands voyages seules…

Pour sa part, Petronius avait toujours manifesté une prédilection pour les petites choses timides et toutes simples… ou, en tout cas, pour les femmes qui le persuadaient d'être telles.

– Les femmes ne sont pas *censées* faire des voyages. Mais ce n'est pas cette simple règle qui découragera Helena !

– Pourquoi a-t-elle pris la clé des champs ?

– Là, tu m'en demandes trop, Petronius.

– Ah ! mais je comprends : *Titus !*

Un des soldats de mon ami avait dû repérer les gardes prétoriens pendant qu'ils siégeaient devant chez moi.

– Alors là, tu es cuit, Falco, de toute façon !

J'informai Petronius que l'optimisme des gens commençait à me fatiguer, puis je le plantai là et m'éloignai d'un pas flasque.

Quand une nouvelle convocation arriva du palais, émanant en apparence de Vespasien, je compris qu'en réalité ce devait être Titus qui manigançait pour m'expédier en coulisses. Je réprimai ma contrariété et me promis d'extorquer les honoraires les plus élevés possibles.

En prévision de mon entrevue avec la pourpre, je fis un effort vestimentaire, comme Helena l'aurait souhaité. Je mis une toge. Je me fis couper les cheveux. Je gardai les lèvres pincées pour dissimuler mon rictus républicain. C'était là le maximum qu'un quelconque palais puisse attendre de moi.

Vespasien et son fils aîné gouvernaient l'Empire en véritables partenaires. Je demandai à voir le père, mais l'individu chargé de l'accueil devait avoir du mastic dans les oreilles. Malgré l'invitation rédigée de la main de son père, c'était apparemment Titus qui était de service ce soir-là pour s'occuper des suppliques, amnisties et piliers de bar en goguette de mon acabit.

– Trompé de salle du trône ! fis-je en guise d'excuse quand le larbin dévitalisé m'amena chez Titus. J'ai cru comprendre que l'intérêt de l'Empire serait mieux servi si on m'expédiait au diable ! Le bruit court que ton noble père souhaite me faire une épouvantable proposition que je brûle d'entendre.

Titus perçut ma pique à l'égard de ses intentions personnelles. À l'annonce de mon éventuel départ, il lâcha un rire bref auquel je ne fis pas écho. Il adressa un geste à un esclave, signifiant probablement à ce dernier de me mener à l'empereur, puis nous retint.

– Je m'efforce d'obtenir des nouvelles de certaine personne de tes clientes, Falco, lança-t-il… avec un peu trop de désinvolture.

– Alors comme ça, elle nous a semés tous les deux ! Quelle explication t'a-t-elle donnée ?

Titus ne répondit pas ; au moins Helena me gratifiait-elle, *moi*, de messages furibonds. Ragaillardi, je risquai un sarcasme :

– Elle est en voyage. Une visite à son frère, apparemment. Elle a reçu voilà peu une lettre du noble Ælianus, qu'un affront imaginaire avait mis hors de ses gonds.

Je ne vis pas la nécessité d'embrouiller Titus en ajoutant que j'étais l'objet de cette colère. Il fronça les sourcils, l'air soupçonneux.

– Mais si son frère est contrarié, il serait plus logique qu'elle évite de le rencontrer ?

– La réaction d'Helena Justina consisterait plutôt à se précipiter tout droit chez lui.

Titus gardait l'air sceptique. Il me semble qu'il eut lui-même une sœur, une fille irréprochable mariée à un cousin, et qui, toute jeune, mourut en couches, comme sont censées le faire les Romaines de bonne famille.

– Helena aime prendre les choses de front, expliquai-je.

– Ah oui ! souligna-t-il non sans un soupçon d'ironie. (Puis il reprit, plus pensif :) Camillus Ælianus est en Espagne bétique, n'est-ce pas ? Mais il est sans doute trop jeune pour la fonction de questeur ?

Les futurs sénateurs sont généralement affectés aux finances provinciales juste avant leur élection officielle à la Curie lors de leurs 25 ans. Le frère d'Helena avait encore deux ou trois ans à attendre.

– Ælianus est le fils sur qui reposent les espoirs de toute la famille.

Si Titus en pinçait pour Helena, il allait falloir qu'il potasse un peu la parenté. Je lui en brossai un tableau avec l'aisance que confère la familiarité :

– Le sénateur a convaincu un de ses amis, quelqu'un de Cordoue, de procurer au jeune Ælianus un poste dans l'administration avant l'âge requis, de façon à ce qu'il tire parti très tôt de la vie à l'étranger.

À en juger d'après la façon dont il avait écrit à sa sœur, cette tentative visant à inculquer la diplomatie au jeune homme était une pure perte de temps et d'argent.

– Fait-il preuve d'aptitudes particulières ?

Je répondis gravement :

– Camillus Ælianus semble taillé pour une éblouissante carrière publique.

Titus César m'adressa un bref regard, comme s'il me soupçonnait d'insinuer que l'accession précoce au Sénat était réservée aux ploucs.

– Tu as l'air bien renseigné ! (Il me toisa attentivement, puis appela un messager.) Quand Helena Justina est-elle partie, Falco ?

– Aucune idée.

Il marmonna quelque chose à son porteur de missives – je perçus le nom d'Ostie. Titus s'en rendit compte.

– La dame est de famille sénatoriale : je peux lui interdire de quitter l'Italie, m'expliqua-t-il sur le ton de la défense comme le messager prenait congé.

Je haussai les épaules.

– Alors comme ça, elle s'est octroyé des vacances sans autorisation. Pourquoi pas ? Ce n'est ni une vestale, ni une prêtresse vouée au culte impérial. Vos devanciers dans la fonction l'auraient peut-être fait exiler sur une île pour avoir fait preuve d'une telle indépendance, mais Rome attend mieux des Flaviens !

Cela dit, s'il parvenait à retrouver Helena – j'avais moi-même déjà passé une journée à écumer les quais d'Ostie, en vain –, j'étais tout à fait prêt à tolérer que Titus fasse revenir ma douce à Rome sous bonne escorte. Je savais qu'elle serait traitée avec respect en raison de sa position sociale. Et je savais en outre que

Titus Flavius Vespasianus allait s'attirer des ennuis effroyables pour peu qu'il donne un tel ordre.

– Helena Justina protestera énergiquement si on l'oblige à quitter son navire. Si tu le souhaites, je peux rester, proposai-je. Madame en colère, ce sera peut-être trop pour tes seuls gardes prétoriens.

Titus ne fit pas mine de rappeler son messager.

– Je suis sûr de parvenir à apaiser Helena Justina…

Aucune femme, s'il la désirait vraiment, n'était capable de lui tourner le dos. Il lissa les plis amples de sa tunique pourpre, l'air majestueux. Je me campai sur mes pieds écartés, me contentant d'arborer une mine rogue. Il me demanda alors tout à trac :

– La fille de Camillus Verus et toi semblez étonnamment proches ?

– Tu trouves ?

– Es-tu épris d'elle ?

Je lui répondis, sourire aux lèvres :

– Comment oserais-je, César ?

– Elle est fille de sénateur, Falco !

– C'est ce que les gens n'arrêtent pas de me dire.

L'un comme l'autre, Titus et moi étions fortement conscients du pouvoir de Vespasien, son père, et de l'autorité déjà dévolue à Titus lui-même. Lui était trop poli pour établir des comparaisons entre nous, mais pas moi.

– Verus approuve-t-il ?

– Comment le pourrait-il, Titus ?

– *Permet*-il ?

Je répondis tranquillement :

– Helena Justina est une fille délicieusement hors du commun.

Je compris à sa mine que Titus avait déjà eu l'occasion de s'en rendre compte. Je me demandai ce qu'il lui avait dit, puis je me demandai plus douloureusement ce qu'elle avait dit à Titus.

Il s'agita dans son fauteuil, signifiant la fin de notre entrevue. Il pouvait me chasser de la salle du trône, il pouvait me faire bannir de Rome, mais nous étions l'un et l'autre bien moins sûrs qu'il puisse m'exclure de l'existence d'Helena.

– Mon père a besoin que tu partes quelque temps, Marcus Didius. Je crois que ça vaudrait mieux pour tout le monde.

– Une quelconque chance du côté de l'Espagne bétique ? risquai-je effrontément.

– Raté, Falco ! rétorqua-t-il en jubilant plus qu'il n'aurait dû. (Il se ressaisit et murmura :) J'espérais recevoir cette dame ici jeudi dernier. Cela m'a déçu d'apprendre qu'elle refusait mon invitation... Cela dit, quantité de gens aiment à fêter les occasions personnelles dans l'intimité, en compagnie de leurs proches...

C'était une espèce de test. Je dévisageai Titus, sans rien laisser transparaître.

– *L'anniversaire d'Helena Justina !* expliqua-t-il, tel un joueur qui vient de faire un double six avec des dés pipés.

C'était une nouveauté pour moi. Il s'en rendit compte.

Je réprimai difficilement ma réaction spontanée, qui consistait à balancer dans son menton artistement rasé un poing qui défoncerait sa superbe denture et fracasserait son crâne impérial.

– Bon voyage en Germanie !

Titus réprima son sourire triomphant. Mais ce fut à ce moment-là que je me forçai à accepter la piteuse situation dans laquelle Helena et moi nous trouvions. Si pour elle les circonstances étaient devenues délicates, pour moi elles se révélaient carrément dangereuses. Et quelle que soit la mission minable vers laquelle on m'expédiait cette fois, Titus César se réjouirait plus que tout autre de me voir échouer avant son terme.

C'était le fils de l'empereur. Il y avait quantité de choses qu'il pouvait faire pour s'assurer qu'une fois qu'il m'aurait dépêché hors de Rome, je n'y revienne pas.

7

Perdu dans mes pensées moroses, je me laissai guider dans les bureaux parfumés de trois hauts fonctionnaires successifs.

Je ne suis pas complètement abruti. Après dix ans d'une vie amoureuse que je qualifiais de prospère, la date d'anniversaire d'une nouvelle petite amie était un détail que je pensais découvrir vite. J'avais posé la question à Helena : elle l'avait éludée d'un rire. J'avais asticoté son père, mais n'ayant pas sous la main la liste des fêtes de famille que lui dressait sa secrétaire, il avait habilement évincé la question. La mère aurait pu me renseigner, mais Julia Justa connaissait de meilleures manières de se tracasser qu'en discutant de sa fille avec moi. J'étais allé jusqu'à passer des heures dans le bureau du Censeur pour y rechercher le certificat de naissance d'Helena. Peine perdue. Soit le sénateur, pris de panique à l'arrivée de sa première-née – on le comprenait –, avait oublié de la déclarer en bonne et due forme, soit il l'avait trouvée au pied d'un laurier et n'avait pu lui donner le titre de citoyenne romaine.

Une chose était sûre : je m'étais rendu coupable de sacrilège domestique. Helena Justina était peut-être décidée à passer sur quantité d'outrages, mais que j'aille traînasser à Veii le jour de son anniversaire n'entrait pas dans la liste. Le fait que je n'aie *pas su* qu'il s'agissait de son anniversaire ne constituait nullement une excuse. J'aurais dû le savoir.

– Didius Falco, César…

Je n'étais pas encore prêt à me concentrer sur des questions politiques que, déjà, un *major-domo* puant la vanité confite et les oignons frits annonçait mon nom à l'empereur.

– En voilà une mine. Que se passe-t-il, Falco ?

– Problème de femme, avouai-je.

Vespasien aimait rire. Rejetant sa belle tête en arrière, il s'esclaffa.

– Tu veux un conseil ?

– Merci bien, César. (Je lui adressai un grand sourire.) Au moins la douce ne s'est-elle pas sauvée avec ma bourse, ni enfuie avec mon meilleur ami…

Nous marquâmes un court instant de silence, comme si l'empereur venait de se souvenir avec désapprobation qui était ma dernière douce en date.

Vespasien Auguste était un bourgeois charnu aux manières pragmatiques, qui avait accédé au pouvoir au terme d'une mauvaise guerre civile, pour ensuite entreprendre de prouver que les hommes dépourvus d'ancêtres illustres pouvaient toutefois être dotés d'un talent pour gouverner. Son fils Titus et lui y réussissaient… ce qui garantissait que les snobs du Sénat ne les accepteraient *jamais*. Cela faisait pourtant soixante ans que Vespasien se démenait – trop longtemps pour s'attendre à une reconnaissance facile, quand bien même il était vêtu de pourpre.

– Tu n'as pas l'air pressé d'entendre parler de ta mission, Falco.

– Je sais bien que ça ne servirait à rien.

– C'est normal. (Vespasien poussa un léger soupir, puis s'adressa à un esclave :) Voyons Canidius, à présent.

Je ne pris même pas la peine de me demander qui était Canidius. S'il travaillait ici, alors je ne l'appréciais pas assez pour m'en soucier. L'empereur me fit signe d'approcher.

– Que sais-tu de la Germanie ?

J'ouvris la bouche pour lancer : « Désastre ! », puis me ravisai, ledit désastre étant l'œuvre des propres partisans de Vespasien.

Géographiquement parlant, ce que Rome appelle la Germanie est le flanc est de la Gaule. Il y a soixante ans, Auguste a décidé de ne pas franchir la frontière naturelle qu'est le grand fleuve Rhenus – décision que lui arracha la déroute de Quinctilius Varus, lors de laquelle trois légions romaines tombèrent dans une embuscade et furent anéanties par les tribus germaines. Auguste ne s'en remit jamais. D'ailleurs c'était sans doute cette salle du trône qu'il avait coutume d'arpenter en gémissant : « Varus, Varus, rends-moi mes légions… »

En dépit de la durée écoulée depuis le massacre, je répugnais moi-même grandement à aller séjourner là-bas.

– Eh bien ! Falco ?

Je tâchai d'adopter un ton neutre.

– Je sais que la Gaule et nos provinces rhénanes ont joué un grand rôle dans la guerre civile.

C'est la récente révolte du procurateur Vindex, en Gaule, qui avait tout déclenché en provoquant la chute de Néron. Le gouverneur de la Germanie supérieure écrasa cette révolte, mais lorsqu'il fut rappelé à Rome, Galba revendiquant le trône, ses soldats refusèrent de vouer allégeance à ce dernier lors du serment de Nouvel An. Galba mort, Othon lui succéda à Rome, mais les légions du Rhin le rejetèrent et décidèrent d'élire leur propre empereur.

Elles choisirent Vitellius, alors gouverneur de Germanie inférieure, à qui on prêtait une réputation d'ivrogne débauché et violent – tempérament manifestement impérial d'après les critères de l'époque. Vespasien le défia depuis la Judée. Cherchant à coincer les légions de Germanie, dans les rangs desquelles se trouvaient les principaux partisans de son rival, Vespasien se mit en relation avec un chef local susceptible de fomenter une diversion. Le stratagème fonctionna… trop bien. Vespasien s'empara de la couronne impériale, mais la rébellion en Germanie prit une ampleur complètement démesurée.

– Épisode qui connut une apogée spectaculaire à l'occasion de la révolte de Civilis, César.

Ma prudente neutralité arracha un sourire au vieil homme.

– Tu connais bien la chronologie des faits ?

– Je lis la *Gazette Quotidienne*.

J'adoptai son ton lugubre : l'épisode faisait partie des moments durs de l'histoire romaine.

La défaite en Germanie avait tout bouleversé. À l'époque, Rome elle-même était une cité déchirée, mais les scènes effroyables qui se déroulèrent alors sur le Rhin dépassaient même nos propres problèmes de terreur, d'incendies et de peste. Le chef rebelle – une tête brûlée de Batave nommé Civilis – avait tenté d'unir toutes les tribus d'Europe en leur faisant miroiter je ne sais quelle impossible perspective de Gaule indépendante. Lors de la boucherie qu'il parvint à provoquer, toute une série de forts romains furent pris et incendiés. Notre flotte rhénane, qui comprenait des rameurs indigènes, passa à l'ennemi. Vetera, l'unique garnison qui résista avec un semblant d'honneur, fut contrainte de se rendre, affamée par un siège impitoyable, sur quoi les soldats se virent attaqués et massacrés alors qu'ils sortaient désarmés du fort.

À mesure que la révolte des peuplades indigènes faisait rage dans tous les coins d'Europe, le moral de nos propres armées se détériorait. Des mutineries se mirent à éclater partout. Les officiers témoignant le plus léger soupçon d'humeur se faisaient agresser par leurs hommes. Des anecdotes incroyables circulaient à propos de commandants de légions lapidés qui prirent la fuite et se terrèrent dans des tentes, déguisés en esclaves. L'un fut assassiné par un déserteur. Deux autres exécutés par Civilis. Le gouverneur de la Germanie supérieure fut arraché à sa couche de malade et assassiné. Épisode particulièrement épouvantable, le légat du fort de Vetera, qui se rendit, fut expédié fers aux pieds par Civilis à une prêtresse influente vivant dans une contrée barbare de Germanie, en guise de cadeau. À ce jour encore, on ignorait tout de son sort. Pour finir, au plus fort des soulèvements, quatre de nos légions rhénanes vendirent tout simplement leurs services et nous dûmes souffrir l'outrage suprême : des soldats romains jurant allégeance aux barbares. Cela paraît incroyable. C'eût été impossible à toute autre époque.

Pourtant, en cette année des Quatre Empereurs où l'Empire tout entier s'effondrait en flammes pendant que ses détracteurs le fustigeaient, cela ne représentait guère qu'un intermède particulièrement haut en couleurs dans l'immense folie ambiante.

Je me demandai, morose, de quelle manière la frontière rhénane bigarrée allait empiéter sur mon existence terne.

– Nous avons la mainmise sur la Germanie, déclara Vespasien.

Dans la bouche de la plupart des politiciens, cette affirmation n'aurait été que fanfaronnade, mais pas chez Vespasien : c'était lui-même un bon général, qui attirait à lui des subordonnés à forte trempe.

– Annius Gallus et Petilius Cerialis ont opéré une volte-face spectaculaire.

Gallus et Cerialis avaient été dépêchés dans le but de soumettre la Germanie à l'aide de *neuf* légions, ce qui représentait sans doute le corps expéditionnaire le plus nombreux qu'ait jamais envoyé Rome. La victoire ne pouvait donc manquer de couronner l'opération, mais en citoyen loyal, je savais quand prendre l'air impressionné.

– En récompense, je nomme Cerialis gouverneur de l'Île de Bretagne.

Et quelle récompense ! Cerialis avait servi là-bas à l'époque de l'insurrection menée par Boudicca. Il comprendrait donc quel consternant privilège venait de lui être décerné.

Un heureux coup de chance me remit en mémoire que l'estimé Petilius Cerialis était de la famille de Vespasien. Je ravalai une réplique spirituelle et demandai humblement :

– César, si tu peux faire l'économie de Cerialis pour lui attribuer de plus hautes fonctions, c'est forcément que la frontière est sous notre contrôle ?

– Quelques affaires courantes à expédier… mais j'y viendrai.

Quoi qu'on prétende publiquement, la région entière devait encore être une zone hautement sensible. Pas le moment d'aller faire une petite croisière tranquille sur un navire acheminant du vin.

– Petilius Cerialis s'est entretenu avec Civilis… poursuivit Vespasien.

– C'est ce que j'ai entendu dire !

Mise en scène spectaculaire : les deux commandants adverses s'étaient rencontrés lors d'un face-à-face qui se tint au milieu d'une rivière, braillant l'un et l'autre au-dessus du vide depuis les deux extrémités sectionnées d'un pont. On aurait cru quelque épisode du passé brumeux et héroïque de Rome qu'on inculque à l'école aux jeunes garçons.

– Civilis observe depuis un silence suspect…

Ayant mentionné le chef rebelle, Vespasien marqua un silence qui aurait dû me mettre la puce à l'oreille.

– Nous espérions qu'il irait s'installer paisiblement dans sa province batave d'origine, mais il a disparu, reprit-il. (Cette précision éveilla ma curiosité : j'y perçus un mauvais présage pour moi.) Le bruit court qu'il est peut-être descendu vers le sud. À ce sujet, j'aimerais te dire…

Quelle qu'ait été l'annonce – ou la mise en garde – qu'il s'apprêtait à me faire au sujet du rebelle Civilis, je n'en eus jamais connaissance, car à cet instant précis un rideau s'écarta vivement et l'homme qui devait être celui que Vespasien avait appelé Canidius arriva.

8

Lorsqu'il entra d'un pas avachi, les fougueux jeunes gens en uniforme blanc rutilant affectés au service de l'empereur reculèrent tous d'un pas et toisèrent Canidius d'un regard hostile.

L'homme avait tout du cloporte de bibliothèque. Avant même qu'il ouvre la bouche, j'avais deviné qu'il devait être de ces types bizarres qui hantent les services administratifs et se chargent des besognes dont personne ne veut. Jamais un palais qui se respectait n'aurait toléré un individu comme lui à moins qu'il ne rende des services uniques en leur genre.

Canidius portait une tunique prune délavée, des sandales dont une était lacée de guingois, et une ceinture en cuir si mal tannée qu'on eût dit que la vache était encore vivante. Ses cheveux pendaient, et son teint présentait une pâleur grisâtre dont il aurait peut-être pu se débarrasser à un plus jeune âge, mais qui était désormais comme incrustée. Même s'il ne sentait pas vraiment, il avait l'air moisi.

– Didius Falco, je te présente Canidius.

Vespasien me présenta lui-même le personnage avec la vivacité qui le caractérisait.

– Canidius s'occupe des archives de la légion.

Je ne m'étais donc pas trompé. Canidius était un gratte-papier aux mornes perspectives qui s'était déniché un boulot en marge qu'il pouvait organiser à sa guise. Je répondis d'un grognement neutre.

Vespasien me décocha un regard soupçonneux.

– Ta prochaine affectation, Falco, va faire de toi mon émissaire personnel en Germanie auprès de la Quatorzième Gemina.

Cette fois, je m'épargnai la politesse hypocrite et grimaçai ouvertement. L'empereur n'en eut cure et continua :

– J'ai ouï dire que la Quatorzième Gemina est d'humeur belliqueuse. Informe-nous, Canidius.

Le gratte-papier d'étrange allure entonna nerveusement, de mémoire :

– La légion dite Quatorzième Gemina est d'origine augustienne, et fut initialement fondée à Moguntiacum, sur le fleuve Rhenus. (Il avait une petite voix fluette qui lassait rapidement l'auditeur.) Ces hommes faisaient partie des quatre légions choisies par le Divin Claude en vue de l'invasion de la Bretagne, qui se comportèrent avec courage à la bataille de la Medway, bien épaulés par leurs unités de réserve indigènes, des Bataves. Européens du nord originaires du delta du Rhenus, tous les Bataves jusqu'au dernier sont des navigateurs, des nageurs et des pilotes fluviaux. Les légions romaines sont toutes dotées de semblables unités d'étrangers, notamment la cavalerie indigène.

– Falco se passe de tes anecdotes claudiennes, marmonna Vespasien. Quant à moi, j'étais sur place !

Le gratte-papier rougit : ne pas se souvenir du passé de l'empereur était un regrettable impair. Vespasien commandait la Deuxième Augusta lors de la bataille de la Medway, et lui et ses hommes avaient joué un rôle non négligeable dans la conquête de la Bretagne.

– César ! (Canidius se convulsa de honte.) Le palmarès de la Quatorzième comprend la défaite de la reine Boudicca, pour laquelle on lui décerna – de même qu'à la Vingtième Valeria – le titre honorifique de *Martia Victrix*.

On peut se demander pourquoi la Deuxième Augusta n'eut pas l'heur de bénéficier elle aussi de ce prestigieux hochet. La réponse tient au fait qu'en raison du genre de gabegie dont nous affectionnons de nier jusqu'au souvenir, les hommes de la merveilleuse Deuxième – ma propre légion, de même que celle de Vespasien – ne se présentèrent pas sur le champ de bataille. Les légions qui, elles, affrontèrent les Icènes eurent de la chance d'en réchapper. C'est pourquoi tous les membres de la Deuxième avaient intérêt à éviter la Quatorzième Gemina, titres honorifiques et tout ce qui s'ensuit.

Canidius poursuivit :

– Au cours des dernières guerres, les unités de réserve bataves de la Quatorzième s'illustrèrent de façon magistrale. On les avait séparées de leur légion-mère et dépêchées en Germanie sous les ordres de Vitellius. Les soldats de la Quatorzième à proprement parler soutinrent d'abord Néron – qui, à la suite de l'insurrection menée par Boudicca, les avait appelés sa meilleure légion – puis rejoignirent Othon. Ce dernier les emmena en Italie ; ce qui mettait la légion et ses cohortes indigènes face à face lors des combats, si bien qu'à la première bataille de Bedriacum…

Canidius laissa misérablement mourir sa phrase. Voyant qu'il tentait d'éluder le sujet, je me lançai tête baissée :

– Que la Quatorzième Gemina ait oui ou non pris

part aux combats à Bedriacum est sujet à caution. Plutôt que d'admettre qu'ils avaient été battus, les soldats prétendirent qu'ils n'y étaient pas !

Vespasien grommela entre ses dents. Sans doute se disait-il qu'il ne s'agissait là que d'une excuse de la part des hommes de la Quatorzième.

Canidius repartit de plus belle :

– Après le suicide d'Othon, Vitellius réunit la légion et ses unités de réserve. Il y eut quelques frictions, précisa l'archiviste avec une curieuse prudence.

Il ne comprenait pas très bien ce que l'empereur voulait entendre.

– Tu omets les détails pittoresques ! coupai-je. Parle franchement ! À partir de là, l'histoire de la Quatorzième fut émaillée de bagarres et d'échauffourées générales entre les légionnaires et leurs Bataves, au cours desquelles ils incendièrent Augusta Taurinorum…

Cet incident de Turin constituait le principal point d'interrogation quant à la discipline de la Quatorzième Gemina.

Avec la prudence que lui inspirait ce délicat sujet, Canidius se dépêcha de conclure :

– Vitellius donna l'ordre à la Quatorzième de regagner l'Île de Bretagne, et adjoignit les huit cohortes bataves à sa suite personnelle, jusqu'au moment où il les redéploya en Germanie.

Encore de la politique : Canidius avait à nouveau l'air mal à l'aise.

– En Germanie, les cohortes bataves se mirent très vite au service de Civilis. Cela insuffla un élan extraordinaire à la révolte. (J'en rageais encore.) Étant donné que Civilis est leur chef, la défection des Bataves était à prévoir !

– Suffit, Falco ! lâcha sèchement Vespasien, refusant de critiquer un autre empereur – même celui qu'il avait personnellement déposé.

D'un hochement de tête, il signifia son attente à Canidius, qui reprit d'une voix étranglée :

– La Quatorzième revint à nouveau de Bretagne pour prêter assistance à Petilius Cerialis. Elle occupe aujourd'hui Moguntiacum.

Il acheva son exposé avec soulagement.

– Seuls les forts de Germanie supérieure ont survécu, m'expliqua brièvement Vespasien ; du coup, Moguntiacum supervise à présent l'une et l'autre parties du territoire.

De toute évidence, le fort où était stationnée la Quatorzième jouant un rôle à ce point crucial, Vespasien avait besoin d'éprouver une confiance absolue vis-à-vis des hommes en question.

– Mon objectif prioritaire consiste à raffermir la discipline et éradiquer les vieilles ententes.

– Qu'en est-il des soldats qui firent serment d'allégeance à l'alliance des Gaules ? demandai-je avec intérêt. À quelles légions ces hommes appartenaient-ils, Canidius ?

– Première Germanica de Bonna, Quinzième Primigenia de Vetera et la Seizième Gallica de Novæsium… plus la Quatrième Macedonia de…

Il avait oublié : premier indice d'humanité.

– Moguntiacum, compléta l'empereur.

Ce qui justifiait de plus belle son besoin de pouvoir compter sur des légions loyales dans la place.

– Merci, César. Quand Petilius Cerialis accueillit les coupables, m'expliqua le gratte-papier, les premiers mots qu'il adressa aux mutins furent… (Pour la première fois, Canidius se référa à sa tablette de notes pour nous livrer le détail historique propre à nous galvaniser :) *Désormais, les soldats qui se sont révoltés combattent à nouveau pour leur pays. À partir d'aujourd'hui, vous êtes au service de notre armée, liés par le serment que vous avez prêté envers le Sénat et le peuple de Rome. L'empereur a effacé de sa mémoire tout ce qui s'est passé, et votre commandant lui-même n'en conservera aucun souvenir !*

Je tâchai de ne pas laisser transparaître dans mon ton la désapprobation que m'inspirait la nouvelle.

– On déclare que les circonstances étaient exceptionnelles et on fait preuve de clémence, César ?

– On ne peut pas se permettre de perdre quatre légions d'élite, grommela Vespasien. Elles vont être démantelées, reprises en main et redistribuées dans diverses unités.

– Et ces nouvelles légions seront rapatriées de la région rhénane ?

– Pas d'autre solution envisageable. Les soldats que commandaient Cerialis et Gallus garderont la frontière.

– Il n'y aura pas besoin de neuf légions pour ça. (Je discernais à présent les différents choix qui s'offraient à l'empereur.) La Quatorzième Gemina pourrait donc être renvoyée en Bretagne ou postée à Moguntiacum de façon permanente. Je crois que Canidius nous a expliqué qu'il s'agissait de leur fort d'origine. Quel est ton plan, César ?

– Je n'ai encore rien décidé, objecta l'empereur.

– Est-ce l'objet de ma mission ?

J'aime parler franc.

Vespasien eut l'air agacé.

– N'anticipe pas mes ordres !

– Mais César, c'est flagrant. Ces hommes t'ont loyalement servi sous Cerialis, mais ils s'étaient montrés turbulents jusqu'alors. Du jour où elle écrasa les Icènes, la Quatorzième est devenue synonyme d'insoumission…

– Ne médis pas d'une bonne légion !

Vespasien était un général à l'ancienne. L'idée que la moindre unité dotée d'une belle réputation puisse décliner lui était odieuse. Mais si cela se produisait, il se montrerait impitoyable.

– Moguntiacum est un fort conçu pour abriter deux légions, mais les effectifs ont grossi de quelques nouvelles recrues. J'ai besoin de ces hommes… à condition de pouvoir compter sur eux.

– La légion a été constituée sur place, me rappelai-je. Pour que nos soldats filent doux, rien de tel que leurs propres petites grands-mères attentionnées à proximité… Du reste, c'est moins loin que la Bretagne, ce qui rend le contrôle d'autant plus aisé.

– Alors, Falco, que t'inspire l'idée d'aller livrer une inspection discrète ?

– À ton avis, César ? (Je m'esclaffai.) Je servais dans la Deuxième Augusta au moment de la déculottée icénienne. La Quatorzième ne manquera pas de se souvenir de quelle façon nous les avons laissés tomber.

Je sais me débrouiller dans une bagarre de rue, mais je rechignais à l'idée d'affronter six mille tueurs professionnels assoiffés de vengeance ayant une bonne raison de me réduire en bouillie tel un cloporte sur le mur d'un établissement de bains.

– Ils vont sans doute m'immerger dans la chaux et rester plantés autour avec un grand sourire jusqu'à ce que j'aie fini de grésiller !

– Il va falloir compter sur ton talent pour éviter ça, railla l'empereur.

– Qu'attends-tu de moi au juste, César ? coupai-je, révélant par là mon inquiétude.

– Pas grand-chose ! Je veux envoyer un nouvel étendard à la Quatorzième, histoire de prendre acte de leur bonne conduite ces derniers temps en Germanie. C'est toi qui te chargeras du transport.

– Ça paraît honnête, marmonnai-je avec reconnaissance en attendant de découvrir le vice caché. Donc, tout en leur remettant ce gage de ta haute estime, je tâche d'évaluer leur humeur et de voir si, oui ou non, ladite estime est appelée à durer ?

Vespasien hocha la tête en signe d'assentiment.

– Avec tout le respect que je te dois, César, si tu projettes de gommer la Quatorzième de la liste des armées, pourquoi ne demandes-tu pas au légat qui commande ces hommes d'établir un rapport dans les termes appropriés ?

– Trop compliqué.

Je soupirai.

– Ce qui signifie qu'il y a aussi un problème du côté du légat ?

– Sûrement pas, répliqua Vespasien d'un ton sans appel.

Vespasien le soutiendrait en public, à moins d'avoir de bonnes raisons de casser le type. L'idée me vint que je devais être censé lui fournir ces bonnes raisons. D'un ton plus modéré, je repris :

– As-tu des choses à me dire au sujet de cet homme ?

– Je ne le connais pas personnellement. Il s'appelle Florius Gracilis. La fonction de commandant lui a été attribuée sur proposition du Sénat. Je ne voyais aucune raison de m'opposer.

Selon un mythe en vogue, les postes publics étaient tous attribués par le Sénat, le veto de l'empereur étant toutefois irréfragable. Dans la pratique, Vespasien proposait généralement ses propres candidats, mais il lui arrivait parfois de flatter les membres de la Curie en leur permettant de nommer quelque benêt de leur choix. Il semblait se méfier de l'homme en question… mais craignait-il plutôt une corruption flagrante, ou l'inefficacité quotidienne ?

J'en restai là. Je disposais de mes propres ressources pour me rancarder sur les sénateurs. Gracilis était sans doute l'habituel crétin d'aristo effectuant son temps de service dans la légion parce qu'un poste de commandement à l'âge de 30 ans était un passage obligé du *cursus publicus*. Et forcément, il s'était retrouvé posté près de l'une des frontières. Écoper d'une légion en Germanie, c'était vraiment dommage pour lui.

– Je suis sûr que Sa Grâce est tout à fait qualifié pour répondre aux exigences de la fonction, commentai-je, indiquant à l'empereur qu'il pouvait me faire confiance pour jauger Florius Gracilis de mon habituel œil soupçonneux tout en lorgnant la légion de l'autre. Ça m'a tout l'air de ressembler à une de mes petites missions multiples, par le fait !

– Simplicité ! riposta l'empereur. Tant que tu seras sur place, ajouta-t-il d'un ton désinvolte, tu pourras t'employer à explorer quelques-unes des pistes que Petilius Cerialis a été contraint de laisser derrière lui.

Je soufflai un grand coup. Ça prenait tournure. N'importe quel centurion compétent de là-bas était à même d'évaluer la loyauté de la Quatorzième.

M. Didius Falco, lui, était envoyé sur les lieux pour courir en zigzags après on ne savait quelle bourrique en fuite.

– Ah ? fis-je.

Vespasien n'eut pas l'air de remarquer ma grise mine.

– Ton ordre de mission te sera délivré par écrit, assorti de toutes les autres pièces nécessaires…

Vespasien faisait rarement l'économie des discussions d'affaires. Voyant l'air dégagé qu'il prenait pour éviter de donner des détails, je compris que les pistes que j'héritais du légendaire Petilius Cerialis devaient vraiment être des sentes répugnantes. Vespasien devait escompter que le temps de lire mes ordres, je serais largement en route, et donc dans l'incapacité d'ergoter.

Il les mentionna d'un ton léger. Mais ces missions implicites qui me tombaient dessus comme des cadeaux d'adieu n'étaient autres que la véritable raison pour laquelle il m'envoyait en Germanie.

9

Cela me chagrinait d'apparaître publiquement en compagnie d'une tête de déterré comme Canidius. À le voir, on aurait dit qu'il s'était perdu en allant aux bains et que trois semaines plus tard il n'osait toujours pas demander son chemin.

Néanmoins, j'avais besoin de tirer les vers de son nez de rat d'archives bien informé. Prenant soin de me poster sous le vent, j'entraînai ce triste sire jusqu'à l'échoppe d'un marchand de vin. J'en choisis une où je ne me rendais plus guère, oubliant que les prix prohibitifs étaient précisément à l'origine de ma désaffection. J'installai Canidius sur un banc, parmi les joueurs de dés occasionnels, et il se laissa régaler d'un latium rouge aussi chaleureux qu'onéreux.

– Tu m'as déballé toute la glose officielle qui concerne la Quatorzième, Canidius, alors maintenant, envoie la vérité !

Le gratte-papier eut l'air mal à l'aise. Son orbite se bornait à la version édulcorée des événements publics. Mais avec un plein godet dans l'estomac, il allait bien finir par me livrer toutes les anecdotes minables ou salées qu'on ne couche jamais par écrit.

Son regard dériva légèrement aux échos étouffés des plaisirs dont les serveuses faisaient commerce dans la pièce au-dessus. Il devait avoir une quarantaine d'années, mais se comportait comme un adolescent qui a le droit de sortir pour la première fois de sa vie.

– Je ne me mêle pas de politique.

– Oh ! moi non plus ! répliquai-je d'un ton navré.

Tout en mordillant le bord de mon gobelet de vin, je songeai au pétrin dans lequel je me retrouvais. Expédié dans une province de la frange difficile de l'Empire, à une époque où la perspective d'un avenir civilisé était bien pâlichonne ; chargé d'une mission si vague que j'aurais aussi vite fait d'aller ôter les tiques d'un troupeau de chèvres ; pas de petite amie pour me remonter le moral ; toutes les chances de tomber sur un tueur rôdant en quelque lieu reculé, et chargé par Titus de faire en sorte que là s'achève mon voyage. Et aussi toutes mes chances, si d'aventure j'arrivais un jour à Moguntiacum, pour que la Quatorzième Gemina me fasse rouler au fond d'une tranchée, tel un tronc destiné aux fondations, puis érige son rempart sur mon cadavre.

J'asticotai le gratte-papier de plus belle :

– Y a-t-il autre chose dont je doive être informé sur le compte de la légion préférée de Néron ? (Canidius hocha négativement la tête.) Pas de scandale, de ragot ? (Peine perdue.) As-tu la moindre idée, Canidius, des tâches particulières dont l'empereur veut que je me charge là-bas, en Germanie ? (Les idées n'étaient pas son point fort.) Bon, alors, voyons celle-là : qu'est-ce que l'empereur s'apprêtait à me dire à propos du chef rebelle Civilis ? Ton arrivée l'a interrompu au milieu de ses explications.

Inutile. J'avais perdu et ma patience, et mon argent. Il y avait encore quantité de choses que j'avais besoin de savoir : une fois sur place, il allait falloir que je découvre et comble – moi-même – mes lacunes…

Je partis, laissant Canidius en compagnie du pichet, en me maudissant de me montrer si généreux envers un abruti pareil. Il me laissa payer, bien entendu. C'était un gratte-papier.

En rentrant chez moi, j'achetai un pain et un peu de boudin chaud. La nuit tombait derrière ma fenêtre ouverte. L'immeuble retentissait de coups et cris lointains, tandis que ses habitants faisaient un foin digne d'Hadès en prenant du bon temps de toutes les façons possibles. La rue qui passait sous mon balcon bruissait de voix bizarrement étouffées dont je m'abstins de rechercher l'origine. L'air du soir charriait une cacophonie citadine de roues gémissantes, flûtes couinantes, glapissements de chats et mélopées d'ivrognes. Mais jamais encore je n'avais remarqué le silence intense qui régnait à l'intérieur quand Helena n'était pas là.

Intense, jusqu'au moment où des pas s'approchèrent.

Ils n'étaient pas légers, mais las au contraire... fatigués par l'ascension de l'escalier. Pas de bottes. Pas non plus de ces sandales dans lesquelles on glisse simplement le pied. Enjambées trop longues pour être celles d'une femme, à moins qu'il s'agisse d'une femme comme je n'avais aucune envie d'en recevoir. Trop détendues pour être celles d'un homme à redouter.

Les pas s'arrêtèrent devant ma porte. Suivit une longue pause. Quelqu'un frappa. Je me carrai dans ma chaise curule sans piper mot. Une main ouvrit précautionneusement la porte. L'odeur luxueuse d'un onguent extrêmement délicat s'insinua dans la pièce en ondes étranges.

Une tête suivit. Couronnée de mèches brunes artistement crantées que maintenait un lien tressé. Une chevelure faite pour être remarquée ; propre, élégante, bien entretenue, et aussi incongrue sur l'Aventin que des abeilles dans un tas de plumes.

– C'est toi, Falco ?

Mon propre cuir chevelu me parut tout à coup moite et truffé de pellicules.

– De la part de qui ?

– Je m'appelle Xanthus. On m'avait dit que tu m'attendrais.

– Je n'attends personne. Mais entre, maintenant que tu es là.

Il entra donc. L'endroit le dégoûtait – nous étions deux. Il laissa la porte ouverte. Je lui demandai de la fermer. Il obtempéra comme s'il craignait de se faire culbuter par une paire de centaures en folie prêts à lui ravir sa virilité avec force hennissements.

Je l'inspectai d'un coup d'œil rapide. C'était un dandy ; pas le messager type du palais, au cerveau aussi épais que ses semelles. Celui-là avait de la classe… à sa façon voyante.

Tandis que je l'examinais, la lotion de rasage incongrue continuait à prendre possession de la pièce. Sur le menton d'où émanait ce mélange oriental magique, la barbe devait croître depuis une dizaine d'années. Le messager portait l'uniforme blanc du palais, ourlé d'or, mais les chaussures que j'avais entendues gravir les marches de l'immeuble recelaient sa touche personnelle : des engins en calf vermillon à bout rond qui avaient dû coûter une fortune, bien qu'elles soient d'un goût discutable. Le genre de chaussures souples qu'un acteur de bas étage serait susceptible d'accepter en retour d'attentions dispensées à une admiratrice.

– Une lettre pour toi.

Il me tendit le courrier : le papyrus que j'en étais venu à redouter, aussi tangible qu'un croûton de pain et lesté d'une once de cire aux mornes bosselures. Je savais qu'il contenait mon ordre de mission pour la Germanie.

– Merci.

Mon ton était pensif. Voilà que ce zigoto avec ses pompes à hurler me donnait déjà à réfléchir. Il y avait plus, chez lui, que cette simple façade. Compte tenu du fait que ma vie privée intéressait Titus César de près, je me méfiais plus qu'à l'accoutumée des arnaqueurs, bien que ce soit le cas des trois quarts de Rome. Je pris la lettre.

– Pends-toi donc après une patère, des fois que je veuille envoyer une réponse impolie.

– C'est ça ! répliqua-t-il d'un ton acide. Donne-moi des ordres. Je n'ai rien d'autre à faire dans la vie que de bayer aux corneilles sur le pas de la porte pendant que les gens lisent leur courrier.

Quelque chose clochait. Je devais approfondir.

– Tu as l'air du genre à ne pas tenir en place, comme messager. Tes cors aux pieds te font des misères ?

– Je suis barbier, répondit-il.

– Continue, Xanthus. Il y a des fortunes à bâtir pour qui sait raser une barbe d'une main experte.

Et d'autres fortunes, d'ailleurs, pour les tueurs à gage qui savent suriner un gosier vite fait. J'inspectai mon visiteur d'un regard prudent : s'il avait un couteau, il était bien caché.

– À qui fais-tu la barbe, au fait ?

Il eut l'air profondément abattu.

– Je rasais Néron. Il s'est suicidé avec un rasoir, d'après ce qu'on m'a dit : sans doute un des miens. Depuis ce temps-là, ils sont tous passés entre mes mains. J'ai rasé Galba, j'ai rasé Othon – j'entretenais aussi son postiche, d'ailleurs !...

Pour la première fois, ses propos sonnaient juste : seul un authentique barbier est capable de lâcher une telle profusion de noms illustres.

– ... Et ensuite j'ai même rasé Vitellius, quand il se rappelait qu'il fallait que quelqu'un s'attaque à sa forêt vierge vieille de quinze jours...

La méfiance resurgit. Je lâchai d'un ton rogue :

– Ça t'arrive de racler Vespasien ?

– Non.

– Et Titus ?

Il hocha négativement la tête. J'avais trop de bouteille pour y croire.

– Tu connais un certain Anacrites ? demandai-je encore.

– Non.

Anacrites est l'espion-chef officiel du palais ; lui et moi, on n'est pas copains. Si quelqu'un du palais commanditait en douce un assassinat, Anacrites était forcément dans le coup. Surtout si c'était moi qu'on assassinait ; ça lui ferait plaisir, à Anacrites.

Je me mordillai la lèvre.

– Alors comment ça se fait, quand on sait qu'un bon barbier est aussi rare qu'un diamant dans le bec d'une poule, qu'un raseur impérial se voie réduit à battre le pavé dans les parages de l'Aventin dans ses chouettes spartiates rouge vif ?

– Renvoyé, répondit-il, apparemment abattu.

– Au point, ô combien minable, d'assurer la tournée de courrier ? Ça ne tient pas debout. Je crois que tu mens.

– Crois ce que tu veux. J'ai fait de mon mieux pour satisfaire ceux qui me confiaient leur menton, mais on m'a informé qu'il n'y avait plus besoin de mes services, et du coup, comme Vespasien a horreur du gaspillage, on m'a relégué dans les services administratifs.

– Dur !

– Oui, dur, Falco ! Les Flaviens ont tous de sacrés mentons. J'avais été affecté au service de Titus César…

– Chouette tignasse !

– C'est vrai. J'aurais pu faire du beau boulot sur Titus…

– Seulement, le vainqueur de Jérusalem refuse de confier sa charmante épiglotte à une lame d'Espagne tranchante maniée par un homme ayant au préalable raclé Néron et Vitellius ? Qui pourrait le lui reprocher ?

– La politique ! cracha-t-il. Et voilà que maintenant, on m'expédie tel un vagabond dans la fange de ruelles puantes, le long d'escaliers interminables et malodorants, pour apporter des dépêches qu'on dit urgentes à des types pas aimables qui ne prennent même pas la peine de les lire une fois que je suis arrivé.

Les lamentations ne m'infléchirent pas.

– Pardon, mais je ne suis toujours pas convaincu. C'est Titus qui t'envoie ?

Le barbier fit non de la tête, agacé, mais je savais désormais à quoi m'en tenir.

– Arrête de gigoter, on dirait une prostituée un soir d'affluence après les courses.

– Pourquoi une telle méfiance ? Je ne suis guère qu'un pion de rien qu'ils ne savent pas comment utiliser.

Ils avaient pourtant bien trouvé.

Je rompis le sceau du rouleau apporté par Xanthus, à seule fin d'y découvrir un peu plus de mauvaises nouvelles.

Les ordres que m'envoyait Vespasien avaient été rédigés par un secrétaire dont la charmante calligraphie grecque aurait joliment décoré un vase, mais se révéla atrocement difficile à lire. Le temps que je m'efforce tant bien que mal de déchiffrer l'écriture en montagnes russes, le barbier alla se plaquer dos au mur à un bout de la pièce. Il semblait avoir peur de quelque chose. Peut-être de moi.

Quand j'eus terminé, je restai silencieux. J'étais barbouillé à cause du vin bu en compagnie de Canidius, et aussi parce que j'avais englouti trop vite mon boudin. De toute façon, j'aurais eu la nausée. La tâche qui m'attendait en Germanie consistait à :

Livrer le cadeau de l'empereur à la Quatorzième Gemina... et rédiger un rapport.

N'importe quel imbécile en était capable. Même moi, j'y parviendrais peut-être.

Tirer au clair ce qu'il est advenu du très noble Munius Lupercus.

Qui était Munius Lupercus ? Je vais vous le dire : rien moins que le légat chargé du commandement de la légion à Vetera, le fort qui avait résisté jusqu'à la famine face aux rebelles, et dont les hommes s'étaient fait massacrer en se rendant. Tous, sauf Lupercus. Lui, les combattants pour la liberté l'avaient envoyé de l'autre côté du Rhin en guise de cadeau à leur éminemment dangereuse prêtresse.

Limiter si possible les activités de Veleda.

On l'aura deviné : Veleda n'était autre que la princesse en question.

Localiser Julius Civilis...

– Par tous les Dieux !

En dépit de mon long passé de missions douteuses, cette ultime besogne était incroyable.

Localiser Julius Civilis, chef des Bataves, et s'assurer de sa collaboration future au sein d'une Gaule et d'une Germanie pacifiées.

Vespasien avait déjà envoyé deux commandants haut gradés en tenue pourpre complète plus neuf légions de confiance pour entreprendre la reconquête de Civilis. Quoi qu'ait pu rapporter fidèlement la *Gazette Quotidienne* depuis son pilier du Forum, ces hommes avaient dû échouer. À présent, c'était moi que Vespasien envoyait.

– Mauvaises nouvelles ? chevrota nerveusement Xanthus.

– Une catastrophe !

– Tu pars en Germanie, c'est ça ?

Ç'avait bien été mon intention, jusqu'à ce que je lise cette liste de prouesses irréalisables. À présent, la chose à faire consistait manifestement à prendre la direction opposée.

– Je t'envie vraiment, lança fougueusement le barbier, avec l'authentique légèreté propre à sa corporation. J'ai toujours eu envie d'aller voir à quoi ressemble l'Empire hors de Rome.

– Il y a moyen de vivre l'aventure à plus petit prix. Essaie donc le Circus maximus par un après-midi de canicule ; ou une mauvaise pièce au théâtre de Pompée. Va boire un coup près du Forum ; mange des fruits de mer ; tombe amoureux. Va nager dans le Tibre en août, si tu tiens à attraper un truc exotique… Écoute, Xanthus, j'ai vraiment de besoin de réfléchir. Alors tais-toi. Va-t'en. Et tâche de ne plus jamais radiner tes affreuses pompes rouge vif dans mon secteur.

– Oh ! mais je serai bien obligé, m'assura-t-il d'un air suffisant. Je reviens demain avec le colis que tu dois apporter en Germanie.

Je le remerciai de cet avertissement, qui allait me permettre de veiller à ne pas être chez moi.

10

J'aurais dû refuser cette mission. Il aurait fallu.

Mais j'avais désespérément besoin de cet argent. Il me ferait le plus grand bien – à condition de survivre pour pouvoir le réclamer. J'avais hâte, qui plus est, de quitter Rome avant que l'attention que me prêtait pour l'heure Titus César ne dégénère. Et par-dessus tout, maintenant que je m'étais fait à sa présence animée dans mon logement, je ne pouvais plus supporter de vivre là sans Helena.

J'aurais pu m'accommoder de la pauvreté. J'aurais même pu affronter Titus. Mais la nostalgie d'Helena, ce n'était pas la même chose. C'était à cause d'Helena que, pour l'heure, j'étais là, tout triste, dans ma chambre de misère, place de la Fontaine, incapable de m'en arracher, même pour me précipiter au Palatin afin de gémir. Helena constituait l'unique raison urgente pour laquelle il fallait vraiment que j'aille en Germanie. Je tenais à m'y rendre, même si cela impliquait d'affronter un hiver continental au sein d'une province dépouillée de tout soupçon de confort par une rébellion tout juste apaisée, et où les tâches qui m'attendaient s'échelonnaient du risqué au grotesquement irréalisable.

J'avais dit à Titus qu'Helena Justina rendait visite à son frère. Je l'avais dit parce que je pensais que c'était la vérité.

Mais il se pouvait que j'aie légèrement induit Titus en erreur. Helena avait un frère nommé Ælianus, qui étudiait la diplomatie en Espagne bétique. Mais elle en avait un autre, appelé Justinus. J'avais déjà rencontré Camillus Justinus. Je m'étais rendu au fort où il faisait son service en tant que tribun militaire, un endroit du nom d'Argentoratum. Argentoratum se trouve en Germanie supérieure.

Le lendemain, je fis mes préparatifs. Un secrétaire du palais, dont je cultivais la fréquentation, me promit des copies des comptes rendus ayant trait à la révolte de Civilis. Je fis une demande pour obtenir un laissez-passer de transit ainsi qu'un assortiment de cartes officielles. Puis j'allai flâner du côté du Forum, me postai contre un pilier du temple de Saturne, et attendis. Je cherchais quelqu'un : un unijambiste. Je n'étais pas regardant quant à l'identité de celui qui viendrait à clopiner dans mes parages, du moment qu'il présentait une qualité particulière : il fallait qu'il ait servi dans l'active durant la guerre civile, de préférence avec Vitellius.

J'en essayai quatre. L'un rentrait d'Orient, ce qui ne m'était d'aucune utilité, et les trois autres étaient de faux estropiés qui déguerpirent sur une paire de jambes normales dès que je les interrogeai. Quand j'en trouvai un qui faisait l'affaire, je l'entraînai dans une gargote, le laissai commander une pleine assiettée, réglai… puis retardai sa commande le temps de le faire parler.

C'était un ancien légionnaire, démobilisé et pensionné à la suite de son amputation – récente puisque le moignon rose vif était tout juste cicatrisé. J'emploie le mot « pensionné » de façon assez libre, étant donné que Rome ne dédommage jamais très bien les soldats qu'on ne peut plus envoyer au combat sans toutefois pouvoir les considérer comme véritablement morts. Ne pouvant prétendre ni à une pierre tombale, ni au lopin de terre dont l'état gratifiait les vétérans lorsqu'ils prenaient leur retraite, le pauvre type était rentré clopin-clopant à Rome, où seules la ration de blé allouée aux nécessiteux et la conscience de ses concitoyens l'empêchaient de mourir de faim. Ma propre conscience semblait être la seule à fonctionner cette semaine-là, ce qui en faisait, semblait-il, une semaine ordinaire.

– Comment t'appelles-tu ? Quelle est ta légion ?

– Balbillus. J'étais de la Treizième.

– Y compris pour les batailles de Cremona ?

– Bedriacum ? La première, c'est tout.

Vitellius avait livré ses deux grands combats – contre Othon, qu'il battit, et Vespasien, qui le battit – au même endroit : un village du nom de Bedriacum, non loin de Cremona. Qu'on ne s'en étonne pas : une fois qu'il eut choisi un endroit correct avec vue sur le fleuve et relief intéressant, pourquoi en aurait-il changé ?

– Bedriacum fera l'affaire. J'ai besoin qu'on me parle du comportement de la Quatorzième.

Balbillus se mit à rire. La Quatorzième Gemina avait toujours tendance à susciter la dérision.

– Mes potes et moi, ça nous arrivait de boire un coup avec eux… (Je perçus le sous-entendu et fournis quelque encouragement liquide à mon invité.) Alors, qu'est-ce que tu veux savoir ?

Ayant été démobilisé dans les pires conditions possibles, il n'avait rien à perdre à tenir librement des propos démocratiques.

– J'ai besoin de quelques informations. Uniquement des trucs récents. Laisse tomber le glorieux exploit de la Quatorzième face à la reine Boudicca.

Nous rîmes tous les deux, cette fois.

– Ç'a toujours été des fouteurs de pagaille, ces gars-là, commenta Balbillus.

– Ça oui. Si tu aimes entendre parler d'histoire, figure-toi que la raison pour laquelle le Divin Claude les a choisis, eux, pour conquérir la Bretagne, c'est qu'il avait besoin de les occuper. Ils étaient déjà soupe au lait il y a trente ans de ça. Il doit y avoir quelque chose, dans le fait de servir en Germanie, qui pousse à la rébellion ! (*Tout* y poussait, d'après moi.) Bon alors, Balbillus, donne-moi quelques détails croustillants. Et d'abord, comment ont-ils réagi à Vespasien ?

La question était risquée, mais l'ancien légionnaire me fit une demi-réponse :

– Les avis étaient partagés.

– Oh ! je sais. L'année des Quatre Empereurs, les gens étaient obligés de revoir leurs positions chaque fois qu'un nouveau dirigeant entrait en scène.

Je ne me souvenais pas avoir revu les miennes. Ce qui était dû au fait que, comme d'habitude, j'avais considéré la liste intégrale des candidats comme de la roupie de sansonnet.

– Je suppose que toutes les légions de Bretagne voient Vespasien comme un des leurs ?

Balbillus me détrompa.

– Quantité d'officiers et d'hommes du rang des légions de Bretagne avaient été promus par Vitellius.

Pas étonnant que Vespasien soit à présent si désireux d'envoyer là-bas un nouveau gouverneur digne de sa confiance. À cette heure, Petilius Cerialis devait voguer sur le détroit de Gaule, chargé d'un mot d'ordre visant à exterminer les dissensions.

Balbillus arracha un morceau de mie de pain.

– Il s'est vu des choses bizarres en Bretagne.

Je poussai vers lui un bol d'olives.

– Que s'est-il passé ? De préférence la version scandaleuse, s'il te plaît !

– La Quatorzième nous a raconté que le gouverneur de Bretagne avait chicané ses soldats encore plus que les gouverneurs le font habituellement. (Plus que sa blessure elle-même, ce trait cynique décoché tout à trac me rendit l'ancien soldat des plus sympathiques.) Une vieille rancune l'opposait au légat de la Vingtième Valeria.

Il m'était arrivé de tomber sur ces gars-là à l'époque de mon service militaire : pas marrants, mais compétents.

– La guerre envenima la querelle, les soldats prirent parti pour le légat, et le gouverneur fut carrément contraint de fuir la province, continua mon interlocuteur.

– Par Jupiter ! Qu'advint-il donc de la Bretagne ?

– Les commandants de la légion s'assemblèrent en comité pour prendre les choses en main. La Quatorzième était bien déçue de louper ça.

Je lâchai un sifflement.

– Rien n'a transpiré de cette charmante affaire !

– J'imagine que dans un bourbier comme la Bretagne, confia Balbillus d'un ton sarcastique, les arrangements inhabituels passent pour tout à fait naturels !

Je songeais pour ma part au problème qui m'intéressait.

– En tout cas, ça signifie qu'au moment où la Quatorzième est revenue sur le continent, ses hommes avaient déjà pour habitude de s'inventer leurs propres ordres ? Sans parler de se battre entre eux.

– Tu fais allusion aux Bataves ?

– Oui, et particulièrement à leur passage à Augusta Taurinorum. Ils combattaient sous les ordres de Vitellius et ont affronté leur propre légion à Bedriacum, c'est ça ?

Balbillus cassa un nouveau bout du pain.

– Tu imagines à quel point nous étions sur des charbons ardents, juste avant le combat, en apprenant que la fameuse Quatorzième Gemina était censée approcher.

– C'était un affrontement capital, et la Quatorzième a pu s'en dispenser ?

– C'est ce qu'ils ont cru ! (Balbillus afficha un large sourire.) Ils n'ont pas même montré le bout de leur nez. Les cohortes bataves ont bel et bien combattu et remporté la bataille : en piégeant un groupe de gladiateurs dans une embuscade astucieuse sur une île du Pô. Plus tard, bien entendu, les Bataves ont monté ça en épingle. Ils venaient plastronner sous notre nez en se vantant d'avoir remis la Quatorzième à sa place, en affirmant que Vitellius ne devait la victoire tout entière à personne d'autre qu'*eux*.

– Alors du coup, la Quatorzième s'est sentie obligée d'en découdre aussi publiquement que possible avec ses cohortes bataves ?

– Imagine-toi le tableau, Falco. C'était vraiment une bande de voyous couplée à une autre ; pourtant, à Augusta Taurinorum, Vitellius les a tous logés au même endroit… alors que les relations étaient déjà au point mort.

– C'est ce qui a déclenché la pagaille ? Tu y as assisté ?

– Pas moyen de faire autrement ! Un Batave a traité un artisan de tricheur, du coup le légionnaire installé chez l'artisan a balancé un coup de poing au Batave. Des bagarres de rues ont éclaté. La légion tout entière s'en est mêlée. Quand on a réussi à les séparer et à éponger le sang…

– Des cadavres ?

– Pas trop ! La Quatorzième a été renvoyée en Bretagne. En quittant la ville en formation réglementaire, les légionnaires ont allumé des incendies partout – tout à fait sciemment –, si bien qu'Augusta Taurinorum a flambé intégralement.

Inexcusable... dans des circonstances ordinaires. Cela dit, les hommes de la Quatorzième avaient beau se comporter comme des délinquants, ils ne s'étaient jamais mutinés, alors que les cohortes bataves qu'ils détestaient tant étaient passées à l'ennemi, Civilis en l'occurrence. La Quatorzième à proprement parler servait l'empereur du mois, quel qu'il soit. Vespasien pouvait bien décider qu'à présent tout ce dont ces héros primesautiers avaient besoin, c'était un commandant qui sache les mener.

– Il va lui falloir une sacrée poigne ! ricana Balbillus quand je lui soumis cette remarque. Pour leur retour en Bretagne, après que Vitellius s'était débarrassé d'eux, les soldats de la Quatorzième ont reçu l'ordre exprès d'éviter Vienna en raison des susceptibilités indigènes. Une bonne moitié de ces imbéciles ne demandait qu'à y aller tout droit. Tu savais ça ? Et ils l'auraient fait, qui plus est, si les autres n'avaient pas eu des projets de carrière...

Je remarquai, à l'avantage de la Quatorzième, que l'avis le plus sage l'avait emporté. Mais tout cela ne faisait que confirmer que ces hommes n'étaient pas d'humeur à me voir rappliquer pour leur demander de se faire à l'idée d'un avenir tranquille à la caserne à faire du trafic avec leur solde, au lieu de jouer les matamores et d'incendier des villes...

Je donnai à Balbillus de quoi se payer le barbier et boire un autre pichet de vin, puis laissai le soldat unijambiste enfourner son repas chaud pendant que je rentrais chez moi, tel un citoyen respectable.

J'aurais mieux fait de rester boire en ville. J'avais oublié le barbier du palais. Il m'attendait dans mon salon, avec un sourire guilleret, d'immondes chaussures rouge cerise et un grand panier d'osier.

– J'avais promis !

– En effet, j'étais prévenu.

Avec un juron, j'empoignai une anse et tentai de tirer à moi le panier. Rien à faire. Je pris appui contre un banc et tâchai de faire glisser. Le poids mort frotta les lattes du parquet avec un crissement strident de rotin. Je défis quelques-unes des sangles de force, et nous glissâmes un regard au nouvel étendard de la Quatorzième.

Xanthus en resta ébahi.

– Qu'est-ce que c'est que ça ?

Personnellement, je préfère voyager léger – si tant est que je doive le faire. Le choix de l'empereur s'était fixé pile sur le genre de bibelot que n'importe qui partant pour un long trajet déteste avoir à trimbaler dans son paquetage. On m'envoyait en Germanie chargé d'une main humaine de soixante centimètres de haut lourdement gravée. La chose était dorée… mais sous le placage prétentieux, cette main que j'allais devoir transporter à travers l'Europe était d'acier massif.

Je gémis à l'adresse du barbier :

– Selon qu'on poserait la question à un expert optimiste ou plutôt réaliste, ceci représente la main tendue de l'amitié internationale… ou symbolise un pouvoir militaire implacable.

– Qu'est-ce que tu en dis, toi ?

– J'en dis qu'à traîner ça à travers l'Europe, je vais me flinguer le dos.

Je m'avachis sur mon banc en me demandant qui

avait aidé ce fleuron gracile à monter son panier jusque chez moi.

– Bon, alors maintenant que tu l'as apporté, qu'est-ce que tu attends ?

Le douteux messager prit un air modeste.

– Je voulais te demander quelque chose.

– Crache le morceau.

– Est-ce que je peux aller avec toi en Germanie ?

Voilà qui cadrait avec l'idée que je m'étais faite, selon laquelle Titus avait enrôlé le gaillard pour me jouer quelque mauvais tour.

– J'ai dû mal entendre.

Il resta imperturbable.

– J'ai des économies… j'ai déjà fait ma demande d'affranchissement. J'aimerais voyager avant de m'établir…

– Par Jupiter ! grommelai-je dans l'encolure de ma tunique. C'est déjà bien assez pénible de se faire gratter la couenne pendant qu'un abruti demande si monsieur envisage de passer l'été dans sa villa de Campanie. Si maintenant il faut se farcir un de ces enfoirés pendant les vacances !

Xanthus ne répondit pas.

– Écoute, Xanthus, je suis un agent de l'empereur en déplacement chez les barbares. Dis-moi donc, mon ami, pour quelle raison un *barbier* voudrait partager mes déboires ?

Mon visiteur répondit, maussade :

– Quelqu'un pourrait avoir besoin d'un bon rasage en Germanie !

– Inutile de me regarder comme ça !

Je me passai la main sur le menton : des poils drus me couvraient les joues.

– Ça non, lâcha-t-il avec mépris. (Une fois qu'une idée avait germé sous sa tignasse bien taillée, rien ne pouvait plus l'arrêter.) Je ne manquerai à personne ici. Titus veut se débarrasser de moi.

Je voulais bien le croire : Titus tenait à savoir sa fine lame personnelle solidement agrippée à mes basques. Et plus loin j'emmènerais Xanthus avant qu'il sorte son arme, mieux ça vaudrait.

– Titus peut bien saupoudrer ton laissez-passer de bloches et aller se bouffer ça au fond du fleuve… moi je voyage tout seul. Et si Titus veut te retirer tes fonctions officielles, laisse-le donc t'octroyer un pécule qui te permettra d'ouvrir une échoppe dans je ne sais quel établissement de bains…

– Je ne te gênerai pas !

– La qualité de base pour une carrière de coiffeur, ça doit être de venir au monde privé d'oreilles !

Là-dessus, je fermai les yeux pour le chasser, mais je savais bien qu'il était toujours là.

J'étais sur le point de prendre une décision. À présent, j'étais convaincu que, dans l'idée de Titus, ce bouffon gominé allait pouvoir aiguiser fructueusement sa lame sur ma carotide. Pour peu que je m'accommode de cette présence – ou que j'en fasse mine –, je saurais au moins quelle dague surveiller. Que je décline cette occasion, et je me verrais contraint de me méfier de tout le monde.

Je levai la tête. Le barbier devait s'être creusé les méninges, lui aussi, car il me demanda tout à coup :

– Les gens te paient pour tes services, si j'ai bien compris ?

– Les idiots, oui.

– Quel est ton prix ?

– Ça dépend du dégoût que m'inspire la mission qu'on veut me confier.

– Donne-moi au moins une approximation, Falco !

Je m'exécutai, en affichant ma répugnance.

– Je peux trouver ce genre de somme, fit-il d'un ton geignard.

Ça ne m'étonnait pas. Les esclaves impériaux sont toujours bien placés pour amasser de coquets pourboires. Du reste, je me doutais que Xanthus devait avoir un banquier qui financerait le voyage à travers l'Europe.

– Je vais te payer pour m'escorter sur le même trajet que toi.

– L'attrait de l'aventure ! (Je m'esclaffai.) J'ai droit à une prime chaque fois que je me débrouillerai pour te faire bastonner et dépouiller ? Doublée si tu attrapes des pustules chez une prostituée continentale de bas étage ? Et triplée si tu te noies en mer ?

Il répliqua d'un ton roide :

– Tu seras là pour m'indiquer comment éviter les dangers de la route.

– Dans ce cas, mon premier conseil est le suivant : ne prends pas cette route-là.

Mon désenchantement dut passer pour de l'affectation romantique à ses yeux. Rien ne pourrait le faire changer d'avis : l'ordre de m'accompagner avait dû lui être donné par des gens auxquels on obéit.

– Ton attitude me plaît, Falco. Je crois que toi et moi, nous allons bien nous entendre.

– C'est bon. (Je fis mine d'être trop las pour protester.) J'ai toujours été une proie facile pour les clients qui aiment se faire insulter cinq cents fois par jour. Il va me falloir encore deux jours pour terminer mes investigations préliminaires et régler mes affaires courantes. Rejoins-moi au Milliaire d'or : pour un voyage aussi long, je pars toujours de zéro. Sois là-bas à l'aube avec toutes tes économies, trouve-toi quelque chose de plus sobre à mettre aux pieds que ces ignobles trucs roses, et apporte un certificat d'affranchissement valable spécifiant que tu n'es plus esclave. Je n'ai pas *du tout* envie de me faire arrêter sous prétexte que j'ai volé des biens impériaux !

– Merci, Falco !

En entendant son remerciement, j'arborai un air agacé.

– Je ne suis plus à un fardeau près. Le cadeau de l'empereur à son armée pèse un peu, mais tu pourras m'aider à balader cette main d'acier.

– Ah non ! s'écria le barbier. Ça je ne peux pas, Falco : je vais avoir tout mon attirail de barbier à transporter !

Je lui expliquai qu'il avait beaucoup à apprendre. Cela dit, je devais être moi-même atteint de déficience mentale pour accepter de m'encombrer de ce Xanthus.

Deuxième partie

J'y vais

Gaule et Germanie supérieure, octobre, 71 ap. J.-C.

« Tièdes ! Mais sous peu,
nous naviguerons dans des eaux chaudes… »

Tacite, *Histoires*

11

Nous formions un charmant tableau de voyage, le barbier, sa malle d'onguents, la Main dans son panier et moi.

Il y avait deux façons de s'y prendre pour aller en Germanie : par les Alpes via Augusta Prætoria, ou par mer jusqu'en Gaule méridionale. Mieux valait éviter l'une et l'autre au mois d'octobre. Quiconque possède un brin de bon sens reste à Rome entre septembre et mars.

Je déteste les voyages en mer encore plus que les excursions en montagne, pourtant je choisis de passer par la Gaule. C'est l'itinéraire qu'empruntent les armées la plupart du temps – quelqu'un a dû découvrir que c'était le moins dangereux sur le plan logistique. Qui plus est, j'avais déjà emprunté ce chemin-là une fois, en compagnie d'Helena – mais dans la direction opposée. Je me confortai donc dans l'idée que si *vraiment* elle se rendait en Germanie et non en Espagne, elle souhaiterait peut-être revoir des lieux chargés de tendres souvenirs…

Apparemment non. Je passai tout le voyage à scruter les alentours à la recherche d'une grande brune adressant des insultes aux agents des douanes, mais n'en vis pas trace. Je tâchai de ne pas me l'imaginer ensevelie vivante sous une avalanche, ou agressée par les tribus belliqueuses qui rôdent près des cols d'altitude surplombant l'Helvétie.

Nous débarquâmes à Forum Julii, ce qui fut relativement agréable. Les choses se dégradèrent en arrivant à Massilia, où nous devions passer une nuit. C'en était fait du voyage bien organisé. Massilia, pour moi, est un abcès infect sur la dent la plus sensible de l'Empire.

– Par tous les Dieux, Falco ! C'est quand même un peu rude… gémit Xanthus tandis que nous luttions contre le raz de marée des vendeurs d'huiles espagnols, investisseurs juifs et marchands de vin de tous pays qui se disputaient un lit dans la moins minable des auberges.

– Voilà six cents ans que Massilia est une colonie grecque, Xanthus. Elle se figure encore être ce qui se fait de mieux à l'ouest d'Athènes, mais six siècles de civilisation, c'est usant. Massilia a les olives et les vins, un excellent port environné de mer sur trois côtés, et un patrimoine impressionnant, mais il n'y a pas moyen d'y circuler à cause des échoppes et des marchands qui tâchent d'intéresser le client à leurs gamelles de pacotille et statuettes de dodues divinités aux yeux globuleux.

– Tu es déjà venu ici !

– Je suis déjà venu me faire *escroquer* ici ! Si tu veux dîner, débrouille-toi par toi-même. Une longue route nous attend demain, et je n'ai pas l'intention de laisser une méchante courante saper mon énergie à cause d'un plat de crevettes de Massilia. Ne lie conversation avec aucun indigène… et aucun touriste non plus, d'ailleurs.

Le barbier s'éloigna d'un pas désabusé pour aller se chercher un morceau à manger.

Je m'installai, muni d'une lampe à huile des plus défectueuses, pour examiner mes cartes. L'un des avantages de ce voyage, c'était que le palais m'avait fourni un assortiment de cartes militaires de premier ordre faisant état des principaux itinéraires : tout l'héritage qu'avaient occasionné soixante-dix ans de présence romaine en Europe centrale. Ces itinéraires ne consistaient pas simplement en listes détaillées des kilométrages entre villes et forts, mais en guides de voyage précis comportant notes et croquis. Il allait malgré tout falloir qu'à certains endroits je compte sur mes seules ressources personnelles. Des vides énormes, inquiétants, s'étalaient à l'est du fleuve Rhenus : Germania libera… De gigantesques portions de territoire où « libre » signifiait non seulement libre de l'emprise commerciale romaine, mais totalement étranger à l'ordre public romain de surcroît. C'était là que rôdait la prêtresse Veleda, et que Civilis était sans doute caché.

La frontière était assez agitée. L'Europe grouillait de tribus itinérantes qui cherchaient sans cesse à migrer vers d'autres lieux, parfois en grand nombre. Depuis le règne de Jules César, Rome s'efforçait de sédentariser certaines de ces tribus, les plus amicales, de façon à créer des zones tampons. Nos provinces germaines supérieure et inférieure formaient un corridor militaire le long du Rhenus, entre les terres pacifiées de la Gaule et le vaste inconnu. Telle était la politique adoptée, en tout cas jusqu'à l'irruption de la guerre civile.

J'examinai pensivement ma carte. Loin au nord, bordant la Gaule belgique, cernant l'estuaire du Rhenus, s'étiraient la terre des Bataves et le bastion que ces derniers appelaient l'Île. Tout le long du fleuve, se dressaient forts romains, postes de garde, tours de guet et camps retranchés, édifiés dans le but de contrôler la Germanie, et pour l'heure, soigneusement énumérés à mon intention par le scribe qui avait rafraîchi les cartes. Plus au nord, il y avait Noviomagus, où Vespasien projetait la construction d'un nouveau fort destiné à la surveillance des Bataves mais qui se bornait pour le moment à une croix sur la carte ; puis venait Vetera, théâtre du sinistre siège. Ensuite on trouvait Novæsium, dont la pitoyable légion était passée à l'ennemi, c'est-à-dire aux rebelles, puis Bonna, que les cohortes bataves de la Quatorzième avaient envahie à l'issue d'un effroyable carnage, et Colonia Agrippinensium, capturée par les rebelles, mais épargnée lors des incendies pour des raisons stratégiques – et aussi, je crois, parce que Civilis y avait de la famille. Sur la Mosella était établie Augusta Treverorum, capitale tribale des Trévires, où Petilius Cerialis avait écrasé les rebelles en un rien de temps. À l'endroit où le Moenus se jetait dans le Rhenus, se trouvait ma destination première : Moguntiacum, capitale de la Germanie supérieure. Je pouvais m'y rendre en prenant une route directe partant du grand carrefour gaulois de Lugdunum. Sans quoi je pouvais aussi quitter la grand-route à la hauteur d'une ville nommée Cavillonum, et aborder la Germanie supérieure par un point situé plus au sud. C'était une bonne façon de m'acclimater à cette province. Je pouvais me rendre à Moguntiacum et à mon rendez-vous avec la Quatorzième par voie fluviale. Cet itinéraire de rechange n'était pas plus long – je m'en persuadai – et me permettrait de rallier le Rhenus très commodément à Argentoratum, lieu de résidence de certain individu dont je raffolais de la sœur.

J'étais encore en train d'étudier, sourcils froncés, la

distance énorme qui nous attendait, quand le barbier rentra au pas de course, le teint verdâtre.

– Xanthus ! Quel est le fléau du voyageur qui vient de s'abattre sur ton existence ? Ail, constipation, mais tu t'es peut-être tout bonnement fait plumer ?

– J'ai fait l'erreur de commander à boire !

– Ah ! Ça arrive à tout le monde.

– Ça m'a coûté…

– Ne me dis pas ! Ça me déprime déjà. Les Gaulois ont une échelle de prix abracadabrante. Ils sont fous de vins et dépensent des sommes délirantes pour se procurer des alcools. Quiconque se figure qu'un esclave sain de corps fait une monnaie d'échange correcte pour une amphore de médiocre vin d'importation est indigne de toute confiance. Et le marchand de vin ne va pas te facturer son produit moins cher qu'il l'a payé uniquement parce que *toi,* tu as grandi avec la conviction qu'un cruchon dans une taverne devait coûter moins d'un as.

– Alors qu'est-ce qu'on est censé faire, Falco ?

– Je crois que les voyageurs avertis apportent leur propre vin.

Il me dévisagea. Je lui adressai le sourire paisible de qui a sans doute consommé sa réserve personnelle pendant que son compagnon se faisait pigeonner en ville.

– Tu n'as pas besoin de te faire raser, Falco ?

Le ton était vexé.

– Non.

– Tu as l'air d'un sauvage.

– Dans ce cas, je me fondrai d'autant mieux dans le décor là où nous devons aller.

– Je te prenais pour un homme à femmes.

– Le hasard veut que la femme dont il se trouve que je suis l'homme n'est pas dans le coin. Va dormir, Xanthus. Je t'avais prévenu que balader tes chouettes sandales sur un sol étranger te vaudrait ennuis et soucis.

– Je t'ai engagé pour me protéger ! grommela-t-il en s'enroulant dans la mince couverture dont le lit étroit était pourvu.

Nous étions logés dans un petit dortoir. À Massilia, on aime parquer les clients en rangs serrés, tels les bocaux de conserve sur un navire marchand. Je répondis, un large sourire aux lèvres :

– C'est ça, l'esprit du voyage ! L'aventure, c'est bien ce que tu réclamais. Ça s'accompagne toujours de désagréments.

Juste avant que la lampe finisse de mourir, j'inspectai ostensiblement ma dague et la glissai sous ce qui tenait lieu d'oreiller. Je crois que Xanthus comprit le message. J'étais un professionnel ultra-expérimenté. Le danger faisait partie intégrante de ma vie. Qu'une simple souris vienne à effleurer une latte du plancher, et ma réponse consisterait instantanément à égorger le barbier. Compte tenu des flots d'après-rasage dont il s'aspergeait, je détecterais son arrivée à l'odorat, même dans le noir le plus complet. Et je savais où planter mon arme pour un effet optimal. Quoi qu'ait pu lui raconter, ou s'abstenir de lui raconter le palais, il devait tenir compte de ce facteur.

Cette première journée en Gaule avait trop durement éprouvé mon compagnon pour qu'il tente quoi que ce soit cette nuit-là.

Il aurait quantité d'autres occasions. Mais quel que soit le moment qu'il choisirait pour s'acquitter de la sale besogne de Titus César, il me trouverait constamment sur mes gardes.

12

Nous arrivâmes à Lugdunum – je ne dirai pas sans encombres. Après avoir combattu et vaincu une bande de garnements des campagnes persuadés de trouver dans mon panier plein d'artistique ferronnerie quelque chose qu'ils pourraient revendre, je trouvai un navire chargé de vin qui nous embarqua et faillis noyer la Main en la laissant échapper par-dessus bord. De fait, chaque fois que nous quittions la *mansio* de la nuit, je risquais d'oublier sur une étagère le cadeau de Vespasien à la Quatorzième.

L'eau que nous buvions commença à nous affecter à Arelate ; l'huile de cuisson gauloise nous mit sur le flanc alors que nous longions Valentia en bateau ; une cochonnaille maléfique nous obligea à faire halte une journée à Vienna, et le temps que nous nous traînions jusqu'en les murs de la cité, le vin que nous avions éclusé pour tâcher d'oublier la cochonnaille nous fendait le crâne. Et au fil de notre route, nous ne cessions d'écraser les habituelles nuées automnales de vermine amassant des réserves avant l'hiver : punaises, guêpes et petites mouches insidieuses dont le repaire favori n'est autre que la narine du voyageur. Xanthus, dont l'épiderme dorloté n'était pratiquement jamais sorti du palais, fit une éruption d'urticaire dont il me décrivit l'évolution dans les grandes largeurs.

Lugdunum, donc. Au moment de débarquer, je gratifiai Xanthus d'une conférence touristique :

– Lugdunum : capitale des Trois Gaules. On l'apprend avec *César divisa la Gaule en trois parties…*, ce que tout écolier est tenu de savoir, quoique vous autres, barbiers, échappiez peut-être à ce genre de détails mineurs d'instruction... Une belle ville, fondée par Marcus Agrippa pour servir de centre de communication et d'affaires. Remarque le système intéressant d'aqueducs, qui fait appel à des conduites fermées disposées en siphons inversés pour franchir les vallées fluviales. C'est extrêmement coûteux, donc nous pouvons conclure qu'en regard des critères provinciaux, les gens de Lugdunum sont *extrêmement* riches ! Il y a bien un temple voué au culte impérial, mais nous n'irons pas le voir...

– J'aimerais pouvoir visiter !

– Reste avec moi, Xanthus. La ville se flatte aussi de posséder hors les murs une place réservée à la fameuse poterie d'Arretium. Nous irons voir, histoire de nous régaler l'œil. Toi et moi, nous allons nous conformer à la grande tradition touristique consistant à rapporter chez soi je ne sais quel plat ou assiette... payé deux fois son prix pour trois fois plus d'embêtements qu'en raquant pour l'acheter en Italie.

– Dans ce cas, pourquoi le faire, Falco ?

– Ne me pose pas la question à moi.

Parce que ma mère me l'avait demandé.

La fabrique de poterie rouge de Samos représentait une fabuleuse occasion de nous esquinter les jambes à piétiner toute la matinée devant des milliers de récipients, sans parler des achats fastueux que nous pourrions faire pour rapporter des cadeaux qui allaient convulser nos banquiers. Les potiers de Lugdunum espéraient fournir un jour l'Empire entier. La réussite commerciale qu'ils connaissaient était le gros coup de l'époque. Ils monopolisaient le marché, et dans leurs installations régnait cette atmosphère d'implacable rapacité qui passe pour l'esprit d'entreprise.

Fours et échoppes encerclaient la ville telle une armée disposée en vue d'un siège, dominant le train-train de la vie quotidienne. Des charrettes encombraient toutes les voies d'issue, peinant à avancer, gémissant sous des piles de cagettes débordantes des fameuses poteries rouges emballées de paille pour être acheminées dans tout l'Empire et probablement au-delà. En dépit de la crise qui avait suivi les troubles violents de la guerre civile, ce secteur était florissant. S'il advenait un jour que le marché de la céramique s'effondre, Lugdunum allait connaître un désastre à grande échelle.

Les ateliers s'étiraient sur des hectares. Chacun abritait un artisan indigène généralement libre de naissance, contrairement à son collègue œuvrant dans l'usine du nord de l'Italie, dont le personnel, je le savais, était constitué d'esclaves. Ma mère – qui me suggérait toujours des idées utiles de choses à lui offrir – m'avait appris que l'Arretium était sur le déclin, alors que la place potière de Lugdunum était considérée par les maîtresses de maison averties comme l'endroit où se procurer des articles plus raffinés. Certes, c'était cher, mais à contempler les étalages chancelants de plats, cruches et compotiers, je reconnus la qualité. Les moules utilisés sur les lieux produisaient des motifs aux contours ciselés, des scènes classiques finement gravées, et une fois travaillée, l'argile était cuite sur-le-champ jusqu'à ce qu'elle prenne une couleur rouge sombre chaude et luisante. Je comprenais sans peine pourquoi ce type de céramique était aussi recherché que le bronze ou le verre.

Ma mère, qui avait élevé sept enfants pratiquement

sans l'aide de mon père, méritait une pièce de poterie rouge correcte, et j'aurais aimé acheter un joli plat, histoire d'amadouer Helena. Je leur devais quelques égards à toutes les deux. Mais je n'aimais pas me faire rouler. Chaque fois que je me risquai à demander un prix, ce fut pour m'éloigner aussitôt précipitamment.

On ne marchandait pas. La promotion du jour était une pratique inconnue à Lugdunum. Les artisans de l'endroit estimaient que si le client était assez bête pour remonter trois mille kilomètres par voie d'eau dans le seul but de venir examiner leur production fantaisie, il pouvait parfaitement payer au cours du jour. Et le cours du jour était aussi élevé que les potiers pouvaient le pousser, après avoir soupesé du regard les pierres précieuses qui ornaient les bagues, et l'étoffe de la cape de voyage que portait le client. En ce qui me concernait, ça ne plaçait pas la barre très haut… quoique toujours plus haut que ce que j'étais disposé à payer.

Je fouinai de-ci de-là, mais ils estimaient tous que la clientèle existait pour être pressurée. Je finis sous une table à tréteaux, à fourrager dans un panier de pièces ébréchées au rabais.

– Ça n'a pas l'air de valoir le coup, marmonna Xanthus.

– Mon père dirigeait des ventes aux enchères. J'ai été élevé dans l'idée que, parmi les saloperies qui traînent dans un carton, se niche parfois un trésor…

– Oh ! mais quelle mine de sagesse populaire ! répondit-il avec un large sourire.

– Je sais repérer le bon chou… Tu vois ça ?

Je venais de trouver un plat de service dissimulé qui ne présentait quasiment ni fêlures ni défauts de cuisson. Le barbier reconnut aimablement que mon obstination se révélait payante, puis nous entreprîmes de trouver quelqu'un qui nous vende l'article de mon choix.

Pas si facile. Les potiers de Lugdunum ont indiscutablement leur façon bien à eux de freiner les ventes promotionnelles. Les gamins qui transbahutaient les sacs d'argile fraîche affirmèrent ne rien savoir des prix ; l'homme qui fabriquait un nouveau moule était trop artiste pour commercer ; ceux qui travaillaient aux fours avaient trop chaud pour qu'on les importune ; et la femme de l'artisan, qui empochait habituellement l'argent, était restée chez elle pour cause de migraine.

– Sûrement à force de se racler les méninges pour trouver le moyen de dépenser tous leurs bénéfices ! grommelai-je à l'intention de Xanthus.

L'artisan lui-même était momentanément indisponible. La plupart de ses voisins et lui s'étaient rassemblés, formant une troupe maussade sur la chaussée où circulaient les charrettes. Au moment où nous approchâmes pour le demander, un différend opposait certains des potiers : bourrades et coups d'épaules s'échangeaient. Je retins Xanthus.

Un petit groupe de potiers furieux, tabliers et avant-bras salis d'argile fraîche, se massait autour de l'orateur, lequel répondait sans douceur à deux hommes qui tentaient apparemment d'instaurer de force un débat. Il y avait là plus de barbes et de moustaches en évidence qu'on n'en compterait dans une assemblée masculine à Rome, mais cela mis à part, rien ne distinguait ces individus. Les deux hommes qui argumentaient le plus vivement étaient vêtus de la même tunique gauloise que les autochtones, pourvues de hauts cols tire-bouchonnés destinés à tenir chaud ; mais par-dessus, ils portaient des capes de feutre continentales à encolure en V, larges manches, et capuches rejetées dans le dos. Ils hurlaient tous les deux d'un air féroce, avec la mine de qui est en train de perdre le dessus. Les autres lançaient des ripostes véhémentes de loin en loin, mais semblaient plutôt se tenir à l'écart avec mépris, comme s'il leur était moins nécessaire de débattre puisqu'ils dominaient la situation.

Les choses tournaient visiblement au vinaigre. Un gaillard de haute taille, menton fendu, arborant un rictus des plus sardoniques, qui semblait être le chef de l'endroit, décocha tout à coup un geste obscène aux deux hommes. Le plus costaud leva le poing, mais son camarade, individu plus jeune à cheveux roux et verrues, le retint.

J'avais espéré que les esprits se calmeraient de sorte que je puisse acheter mon plat. Mais apparemment, les marchandages qui se livreraient ce jour-là semblaient voués à se terminer le nez en compote. Je tendis le cadeau pour ma mère à un gars du coin, attrapai Xanthus et déguerpis au pas de course.

– De quoi était-il question, Falco ?

– Aucune idée. Quand on voyage, il ne faut jamais se mêler des querelles. On n'en connaît pas l'origine, on se range du mauvais côté à tous les coups, et tout ce qui risque de se passer, c'est que les deux adversaires finissent par se retourner contre nous.

– Tu as oublié ton plat !

– Pas grave.

De toute façon, il était cintré.

13

Au cours de l'étape suivante de notre voyage, les événements commencèrent à survenir.

Je perdais courage de minute en minute. La visite de la fabrique de poterie avait fait une distraction, mais une distraction engendrant ses propres soucis puisque, n'ayant rien acheté, j'étais bon pour une avoinée au retour à Rome. Cela dit, je cessai de penser aux potiers et à leurs problèmes : j'avais les miens. Ma mission à proprement parler se profilait à l'horizon. Parvenus à Lugdunum, nous avions couvert un tiers de la distance à parcourir en Europe, sans compter la pénible traversée en mer depuis Ostie. Nous étions à présent sur la dernière lancée, et plus nous approchions du grand fleuve Rhenus et des tâches grotesques que Vespasien m'avait assignées, plus je me sentais déprimé.

À nouveau, la perspective du trajet qu'il fallait faire pour traverser l'Europe et du temps que cela prenait m'épouvanta.

– Encore une mauvaise nouvelle, Xanthus : la voie fluviale est trop lente ! À cette allure, je n'aurai pas encore fini ma mission que l'hiver sera déjà là. Je préfère donc voyager à cheval, comme m'y autorise mon laissez-passer impérial. Si tu veux continuer avec moi, il va falloir te louer un mulet.

Qu'on n'aille pas se figurer que Vespasien m'avait doté de moyens me permettant de réquisitionner une monture dans les relais de poste d'État à seule fin de me permettre de voyager confortablement ; il s'était sûrement dit que cela valait mieux pour la Main d'Acier.

Le paysage était désormais tout à fait différent de ce que nous connaissions. Au lieu des gigantesques villas italiennes aux propriétaires toujours absents, qui abritaient des centaines d'esclaves, nous chevauchions parmi de modestes fermes de louage ; cochons, et non plus moutons ; de moins en moins de plantations d'oliviers, des vignes qui se clairsemaient un peu plus tous les kilomètres. Des convois de fournitures militaires nous immobilisaient aux passages des ponts : nous étions bel et bien à l'orée d'une zone militaire. Les villes devinrent une rareté. Il faisait partout plus froid, plus humide et plus sombre qu'à l'époque où nous étions partis de chez nous.

En tant que voyageur, Xanthus prenait de l'assurance, ce qui signifiait que la nounou que j'étais devenu vis-à-vis de cet abruti devait se tenir d'autant plus sur ses gardes. Expliquer les moindres coutumes régionales chaque fois que nous faisions halte pour changer de montures devenait exaspérant. Qui plus est, il avait commencé de pleuvoir.

– On m'a refilé des pièces trafiquées, Falco : coupées en quarts et en demis !

– Désolé, j'aurais dû te prévenir : la pénurie de petite monnaie ne date pas d'aujourd'hui. Inutile d'afficher ton ignorance en déclenchant un esclandre. Les demis sont acceptés localement, mais n'en ramène pas en Italie. Si tant est que nous y retournions un jour. (J'étais tellement abattu que j'en doutais.) Tu t'adapteras. Tâche seulement de ne pas galvauder un as ou un quadran si tu as l'occasion de payer avec une de tes plus grosses pièces, et garde de la monnaie pour les moments où nous n'aurons plus rien. Quand elles sont complètement à court de pièces en cuivre, les serveuses d'auberge distribuent des baisers, et quand elles sont à court de *ça*…

Je frissonnai avec ostentation.

– Ça paraît fou ! gémit Xanthus.

Un vrai barbier ! Les plaisanteries lui passaient complètement au-dessus de la tête.

Avec un soupir intérieur, je lâchai l'explication rationnelle :

– L'armée est toujours payée en pièces d'argent. Les sesterces étant plus faciles à transporter en grandes quantités, le Trésor ne pense jamais à envoyer quelques coffrets de pièces en cuivre pour faire un peu de petite monnaie à l'usage des gars. Il y a bien un atelier monétaire à Lugdunum, mais par fierté locale apparemment, on préfère y frapper les grosses pièces brillantes.

– Je voudrais bien que les prix soient coupés en deux aussi, Falco.

– Et moi, il y a un tas de choses que je voudrais bien !

Mon ton restait mesuré, mais en fait, j'étais à deux doigts de craquer. J'aurais voulu que la pluie s'arrête. J'aurais voulu retrouver Helena. J'aurais voulu être en sécurité dans ma ville à moi, engagé pour une mission sans danger. Et par-dessus tout, alors que mon compagnon continuait de babiller sans trêve, j'aurais voulu le perdre en route.

Nous passâmes la nuit dans un village caractéristique de cette route : un long ruban tortueux comme un écheveau et pourvu d'une rue principale vouée en grande partie à la distraction des voyageurs. Il y avait là quantité de gîtes, et quand nous eûmes trouvé quelque chose de propre où larguer nos bagages, quantité de tavernes où se rendre pour se changer un peu les idées. J'en choisis une dont les salles à arcades déversaient de la lumière dans la rue, puis nous jouâmes des coudes pour nous frayer un chemin jusqu'à une arrière-salle dans laquelle d'autres voyageurs, installés autour de tables rondes, se régalaient de viande froide ou de fromage accompagnés de cruchons de la bière fermentée du cru. L'odeur des capes de laine humides et des chaussures trempées flottait dans tous les coins, fumants que nous étions tous après cette journée de chevauchée sous la pluie. Il faisait bon dans la salle bien sèche qu'éclairaient des lumignons en roseau. L'endroit dégageait une atmosphère accueillante qui soulageait des fatigues du voyage jusqu'à ceux qui rechignaient à être soulagés de quoi que ce soit, des fois que le Sort le leur fasse durement payer.

Nous bûmes. Nous mangeâmes. Xanthus se ragaillardit, moi je ne pipai mot. Il commanda de nouveau à boire. Je fis tinter le contenu de ma bourse d'un air maussade ; j'allais payer, comme d'habitude. Xanthus trouvait quantité de façons de dilapider son argent en souvenirs de vacances, mais il avait le chic pour mettre la main à la poche seulement quand je n'étais pas avec lui. Nous trimbalions la ribambelle des colifichets qu'il avait achetés – lanternes à grelots, statuettes de musculeuses déesses indigènes, amulettes en roues de charrettes – et pourtant, d'une manière ou d'une autre, trouver de quoi régler notre dîner semblait toujours être mon devoir.

L'établissement dans lequel nous nous trouvions était relax en matière de paiement : on réglait à la fin. C'était une bonne façon de soulager les gens de plus d'argent qu'ils ne le souhaitaient, quoiqu'en fait, quand j'entrepris de vérifier l'addition, le total ne se révéla pas trop exorbitant, compte tenu des quantités mangées et bues par le barbier.

Une bonne soirée… pour qui se sentait à même d'en profiter.

Je demandai à Xanthus de partir devant pendant que je patientais jusqu'à ce que le personnel ait fini de courir après la petite monnaie. Le temps que je débouche dans la rue principale, mon fardeau domestique avait déjà disparu. Je n'étais pas pressé de le rattraper. La nuit était sèche, avec un ciel noir piqueté çà et là d'étoiles au détour de quelques nuages rapides, très hauts. Le lendemain nous réservait probablement des trombes d'eau à nouveau, mais je restai un moment planté là, à savourer le vent âpre, sec qui me soufflait au visage. La rue était déserte, à ce moment-là. J'étais victime d'un accès de mélancolie du voyageur.

Je retournai à l'intérieur de la taverne et commandai une assiette de raisins secs et un autre pichet de vin.

La salle s'était un peu vidée. D'humeur indépendante, je changeai de place. Cela me permit d'observer à la ronde mes compagnons buveurs. Certains discutaient par petits groupes, d'autres dînaient seuls. Deux hommes attirèrent mon regard, car bien qu'ensemble, ils n'avaient pas l'air d'échanger un mot. Ils ne donnaient pas l'impression de s'être disputés, simplement ils semblaient encore plus abattus que je l'étais moi-même avant de me débarrasser de Xanthus.

Une serveuse alluma un nouveau lumignon sur leur table. Quand la flamme s'éleva, je reconnus les deux convives : ils portaient des tuniques à haut col sous un chaperon à la gauloise violet foncé, à capuche pointue. L'un, d'âge mûr, était bedonnant, l'autre avait les cheveux roux et un semis de verrues particulièrement abondant sur les joues et les mains. C'étaient les deux hommes que j'avais vus à la fabrique de céramique, en pleine prise de bec.

S'ils avaient eu l'air plus expansif, je serais peut-être allé les trouver pour leur faire part de la coïncidence. En l'occurrence, eux étaient plongés dans leurs pensées, et moi, engourdi de sommeil : je savourais mon laps de tranquillité volée. Je finis mes raisins secs. En relevant la tête, je constatai que les deux hommes s'apprêtaient à sortir de la taverne. Cela valait probablement mieux. Je ne pensais pas qu'ils m'aient remarqué à Lugdunum, et, de toute façon, ils étaient tellement furieux qu'ils n'auraient sans doute pas fait bon accueil à un témoin de la scène. Le lendemain, nous allions tous reprendre nos voyages vers diverses destinations. Il n'y avait guère de chances qu'un nouveau hasard nous remette en présence les uns des autres.

Pourtant cela arriva. En tout cas, *moi,* je les revis.

Le lendemain matin, à une demi-heure du village, alors que le barbier maugréait encore à propos de ma disparition de la veille et que j'ignorais quant à moi son flot de récriminations avec mon habituel tact imperturbable, nous tombâmes sur deux équipes de recrues militaires. Il n'y avait pas de légions stationnées en Gaule : ces gamins devaient s'acheminer tant bien que mal en direction de la frontière. Pour l'heure, ils s'étaient arrêtés, éparpillés le long de la chaussée comme une pelletée de carottes, vingt jeunes de 17-18 ans pas encore habitués au poids de leur casque et découvrant tout juste le morne ennui d'une longue marche. Même le centurion responsable, qui devait avoir un peu roulé sa bosse, semblait impuissant à prendre en charge la situation critique sur laquelle ils venaient d'achopper. Il savait qu'il incarnait l'ordre public, donc qu'il devait faire quelque chose. Mais il aurait préféré continuer la marche, les yeux braqués vers l'horizon. À franchement parler, moi aussi.

L'ennui, c'est que les recrues avaient repéré les corps de deux voyageurs gisant dans le fossé. Ils avaient prévenu le centurion à grands cris, si bien qu'il avait fallu s'arrêter. Quand nous arrivâmes, le centurion n'était pas à la noce. En descendant tant bien que mal dans le fossé pour voir, sa chaussure avait dérapé sur l'herbe détrempée, glissante. Il s'était vrillé le dos, trempé la cape, et crépi tout un côté de la jambe. Il enchaînait les jurons en tâchant de se décrotter à l'aide d'une poignée d'herbe. Que Xanthus et moi immobilisions nos montures pour assister à la scène acheva de crisper le soldat. Désormais, quelle que soit la décision qu'il allait prendre vis-à-vis du problème, il y aurait deux témoins.

Nous avions quitté Lugdunum par le nord, en suivant la Saône le long de la voie consulaire aménagée par l'armée pour permettre l'accès rapide aux deux Germanies. Entretenue par des commissaires grâce aux fonds publics, c'était un ouvrage de première qualité : terre damée, puis une couche de cailloux, une autre de gravats, un lit de bon mortier, puis des pavés rectangulaires donnant à la chaussée une forme bombée sur laquelle l'eau glissait comme d'une carapace de tortue. La chaussée était légèrement surélevée par rapport au paysage alentour. De part et d'autre, de profonds fossés assuraient à la fois le drainage et la sécurité vis-à-vis d'éventuelles embuscades. Du haut de la chaussée, j'avais une vue formidable.

Les plus enthousiastes des jeunes soldats s'étaient glissés à la suite du centurion : cet incident était l'épisode le plus palpitant qui leur soit arrivé depuis leur départ d'Italie. Ils étaient donc en train de basculer le gros cadavre sur le dos. Je crois que je m'attendais à ce qui suivit avant même d'avoir jeté un regard au visage. Il était tout gonflé d'être resté immergé dans l'eau de pluie, mais je reconnus l'un des deux hommes de Lugdunum. Je reconnus aussi son compagnon, déjà presque raide, bien qu'il fût étendu sur le ventre : j'apercevais les verrues sur ses mains. Elles étaient en vue, car avant de l'expédier dans le fossé inondé, on lui avait lié les mains derrière le dos.

Quelle qu'ait été l'origine de la colère des deux hommes, le sort avait trouvé une façon définitive de les aider à l'apaiser.

14

Le centurion coinça dans sa ceinture les pendants lestés de bronze de son tablier protecteur, et tendit son casque à un soldat qui le prit précautionneusement par l'anneau de suspension. La pluie avait momentanément cessé, mais la cape rouge vif de l'officier s'entortillait autour du fourreau argenté de son glaive, les plis du drap se collant au corps du fait de cette humidité dont on ne se défait jamais en voyage.

Comme il levait la tête, je lus sur ses traits une résignation lasse, car notre arrivée venait d'anéantir tous les projets qu'il pouvait caresser de jeter des broussailles sur les corps et de s'éloigner de là le plus vite possible.

Je pris appui sur l'encolure de mon cheval et saluai le centurion d'un hochement de menton.

– Soldat, fais circuler les passants ! s'écria-t-il.

Les garçons étaient si peu habitués à la vie militaire qu'au lieu de se borner à croire obstinément que l'ordre s'adressait au voisin, ils se dressèrent en face de nous comme un seul homme. Je ne bougeai pas.

– Montre-leur ton laissez-passer ! me lança Xanthus dans un murmure plus qu'audible, persuadé que nous étions en fâcheuse posture – ce qui devint le cas sitôt qu'il eut parlé.

Je fis mine de l'ignorer, mais le centurion se raidit. À présent, il allait chercher à savoir qui au juste nous étions, et pour peu qu'il soit aussi zélé qu'il en avait l'air, où nous allions, qui nous envoyait, ce que nous fabriquions dans ce désert, et si nos affaires étaient susceptibles ou pas d'avoir des conséquences qui le concernent.

Voilà qui semblait bien parti pour nous retenir au moins quinze jours. Mon inquiétante immobilité se communiqua au barbier, qui se tut à regret. Le centurion nous darda un regard furieux.

J'étais plus ou moins habitué, désormais, à ce que les gens concluent que Xanthus et moi étions deux minets en goguette. Xanthus était indubitablement barbier… quant à moi, il était tout aussi flagrant que mes ressources ne me permettaient pas de m'offrir un serviteur particulier. Nos montures, cheval et mulet, venaient des écuries locales qui approvisionnaient les courriers impériaux, mais rien ne trahissait cette provenance. Le panier contenant le cadeau de Vespasien à la Quatorzième avait l'air bien sanglé, militaire. Mon propre paquetage faisait très professionnel. Pourtant, le plus petit semblant de respectabilité officielle que je puisse afficher jurait violemment avec l'élégance du barbier. Le centurion, comme tout le monde, remarqua la cape de coupe grecque et la tunique violette à broderies jaune safran – sans doute un rebut de Néron, mais je m'étais refusé à poser la question pour ne pas donner à Xanthus le plaisir de me raconter. L'officier examina le teint plus vermeil que nature, la chevelure savamment coupée et les chaussures du jour – ajourées, à pompons pourpres. Il prit note également de l'insupportable air fat. Puis il tourna la tête vers moi.

Dépeigné et impavide, je lui rendis son regard. Puis je lui accordai trois secondes de non-explication. Au terme de quoi je lançai :

– Du boulot pour la police municipale de la prochaine ville pourvue d'un magistrat ? (Je consultai ma feuille de route, en lui donnant à voir qu'il s'agissait d'un document militaire.) Lugdunum est à trois jours dans notre dos, mais Cavillonum ne doit plus se trouver qu'à un saut de puce. Et c'est une ville assez importante…

Les gens n'ont aucune gratitude. Je lui offrais une échappatoire, mais cela ne fit qu'éveiller sa curiosité. Il se retourna vers les cadavres. J'aurais dû poursuivre mon chemin, mais ma rencontre préalable avec les deux morts engendrait chez moi une sorte de fraternité. Je mis pied à terre, puis moitié bond, moitié glissade, je descendis moi aussi dans la *fossa*.

Je ne ressentais aucune surprise à les trouver là, morts. Vivants, ils portaient les stigmates de l'individu confronté à un problème critique. Peut-être n'était-ce qu'impression rétrospective, mais ce que j'avais vu d'eux semblait augurer d'un drame.

Les traces indiquant l'origine des dégâts effectifs étaient minimes, mais il semblait qu'on ait mis les deux hommes hors d'état en les rouant de coups, avant de les achever en les étranglant. Les bras ligotés prouvaient assez clairement que ces assassinats avaient été prémédités.

Le centurion fouilla les dépouilles sans l'ombre d'une émotion pendant que ses jeunes recrues se tenaient à distance, impressionnées. Il m'adressa un bref regard.

– Je m'appelle Falco, annonçai-je pour montrer que je n'avais rien à cacher.

– Service impérial ?

– Quelle question ! (Cela lui apprit que j'étais en effet de la partie.) Qu'est-ce que vous dites de ça ?

Il m'avait accepté comme son égal.

– Ça ressemble à une attaque de brigands. Les chevaux ont disparu. Ce gros gaillard-là devait avoir une bourse à la ceinture, qu'on lui a cisaillée.

– Si c'est bien le cas, allez indiquer où ils se trouvent quand vous passerez par Cavillonum. Que les civils s'en occupent, eux.

Je touchai l'un des deux morts du revers de la main. Il était froid. Le centurion me vit faire, mais ni lui ni moi ne formulâmes de remarque. Les vêtements de celui qu'ils avaient retourné sur le dos étaient détrempés à l'endroit où l'eau croupie qui stagnait au fond du fossé avait imbibé le tissu. Le centurion vit que mon regard s'arrêtait sur ce détail aussi.

– Rien n'indique qui ils sont ni où ils allaient ! Je continue à penser que ça peut être l'œuvre de voleurs.

Il planta son regard dans le mien, me mettant au défi de contrarier son opinion. J'esquissai un léger sourire. Placé dans sa situation, j'aurais adopté le même point de vue. Nous nous relevâmes tous les deux. Il cria en direction de la chaussée :

– Qu'un de vous retourne au trot jusqu'à la dernière borne et en note le numéro !

– Oui, Helvetius !

Lui et moi nous élançâmes à l'assaut du bas-côté et regagnâmes la route ensemble. Les recrues restées en bas tâtèrent une dernière fois les dépouilles, histoire de fanfaronner un peu, puis nous rejoignirent, la plupart vacillant et retombant plusieurs fois avant d'escalader.

– Arrêtez vos bêtises ! gronda Helvetius, mais il leur témoignait de la patience.

Avec un grand sourire, je lançai :

– Ils ont l'air à la hauteur des piètres critères du moment !

Le centurion devait les détester, comme tous les officiers recruteurs, mais il s'abstint de relever.

– De quelle légion êtes-vous ? lui demandai-je.

– Première Adiutrix.

Comptant parmi les soldats qui franchirent les Alpes sous le commandement de Cerialis pour venir écraser la rébellion. Je ne me rappelais pas où ils étaient basés pour l'heure. Je fus bien heureux d'apprendre qu'ils n'étaient pas de la Quatorzième.

Xanthus, de son côté, demandait à l'un des soldats vers quel fort ils se dirigeaient, mais le garçon fut incapable de lui répondre. Le centurion devait savoir, lui, mais il n'en dit rien. Je ne posai pas la question non plus.

Nous prîmes congé des soldats et poursuivîmes notre chevauchée en direction du carrefour de Cavillonum, où je projetais de bifurquer vers le sud. Au bout d'un moment, Xanthus m'apprit, avec une fierté visible, qu'il avait reconnu les morts de Lugdunum.

– Moi aussi.

Ma réponse le dépita.

– Mais tu n'as rien dit !

– Pas la peine.

– Qu'est-ce qui va se passer maintenant ?

– Le centurion va informer un magistrat de la ville qu'il faut aller ramasser les cadavres et constituer une battue pour chercher les voleurs.

– Tu crois qu'ils les attraperont ?

– Probablement pas.

– Comment sais-tu que cet homme était centurion ?

– Il porte son glaive du côté gauche.

– Les soldats ordinaires le portent de l'autre côté ?

– Exact.

– Pourquoi ça ?

– Ça permet d'éviter que le fourreau se prenne dans le bouclier.

Pour un fantassin, toute entrave à la liberté de mouvement pouvait signifier la mort, mais ce genre de détails n'eut pas l'heur d'intéresser Xanthus.

– Ç'aurait pu être nous, tu sais ! s'écria-t-il d'une voix vibrante d'excitation. Si toi et moi, Falco, on s'était mis en route avant eux ce matin, c'est peut-être *nous* que le hasard aurait placés sur le chemin des voleurs.

Je m'abstins de répondre. Xanthus supposa que cette éventualité devait me rendre nerveux, aussi poursuivit-il son chemin d'un air méprisant. C'était là une autre de ses manies exaspérantes : il parvenait à tirer au clair la moitié d'un problème, puis son cerveau calait.

Même si nous étions partis à l'aube, lui et moi, chargés de bagages sonnants et trébuchants portant l'inscription *Servez-vous* inscrite en trois langues d'Europe, je ne pense pas que l'auteur de ces deux meurtres nous aurait touchés : il ne s'agissait pas d'une caractéristique embuscade de grand chemin. Cette affaire présentait des anomalies qu'Helvetius et moi avions tous les deux remarquées. D'une part, les deux hommes de Lugdunum n'étaient *pas morts ce matin* : les corps étaient froids, et l'état de leurs vêtements prouvait qu'ils avaient passé toute la nuit dans ce fossé. Or, qui voyage de nuit ? Les courriers impériaux eux-mêmes s'en abstiennent, à moins qu'un empereur vienne de mourir, ou qu'ils apportent des détails sur quelque scandale *très* croustillant dans lequel trempent des gens haut placés. En tout cas, j'avais vu les victimes dîner. Les deux hommes n'avaient pas l'air très gais, mais ne donnaient pas l'impression de devoir poursuivre leur chemin à la lanterne. Ils se reposaient aussi tranquillement que nous autres à la taverne, ce soir-là.

Non. Quelqu'un avait tué ces deux hommes, probablement au village peu après que je les avais vus, pour ensuite transporter les corps sur un bon bout de chemin dans le noir. Si je ne m'étais pas attardé devant mon verre, peut-être aurais-je fait irruption au beau milieu de l'échauffourée ? J'aurais peut-être même pu l'empêcher. Quoi qu'il en soit, passé le moment où je les avais vus quitter la taverne, quelqu'un avait dû les filer, les rouer de coups puis les garrotter, après quoi les assassins avaient maquillé la chose pour lui donner l'apparence d'un accident de voyage, de façon à ce que personne ne pose la moindre question.

– Sacrée coïncidence tout ça, hein Falco ?

– Peut-être.

Mais peut-être pas. Cela dit, je n'avais pas le temps de m'arrêter pour mener une enquête. Il n'y avait qu'une chose qui me donne à méditer tandis que je traversais Cavillonum à cheval : le triste sort de ces deux hommes était-il entièrement conséquence de leur histoire à Lugdunum… et tout cela n'avait-il pas un quelconque rapport avec ma propre mission ?

Je me dis que je n'en saurais jamais rien.

Ça n'aidait guère.

15

Argentoratum ne savait plus accueillir les étrangers – à supposer qu'elle ait jamais eu ce talent. Tant que Rome s'était intéressée à la Germanie, la ville avait hébergé un énorme contingent – du coup ses bonnes manières s'en ressentaient. Argentoratum était la base initiale de ma propre légion, la Deuxième Augusta. À l'époque où on m'avait envoyé rejoindre ceux de Bretagne, cette dernière ne comptait plus que quelques vétérans grincheux se souvenant à peine de l'existence en zone rhénane. Cela dit, la mainmise de Rome sur la Bretagne avait toujours semblé précaire, et de toute façon, nous avions espéré être postés en quelque lieu plus agréable, si bien qu'Argentoratum était depuis toujours un nom que les hommes de ma légion prononçaient avec une nostalgie de propriétaires.

Ce qui ne signifiait pas pour autant que je pouvais me prévaloir d'anciennes privautés quand je commis l'erreur de retourner sur place.

Il m'était déjà arrivé de retraverser ce camp rébarbatif, en route vers encore pire. Au moins la dernière fois, j'avais fait la connaissance du jeune Camillus Justinus, qui m'avait régalé d'un dîner dont je me souvenais encore, doublé d'une tournée des hauts lieux et des bas-fonds – lesquels n'étaient pas du tout aussi hauts qu'Argentoratum aimait à le croire, ni aussi bas que je l'aurais souhaité à l'époque. J'étais alors déprimé… un Falco amoureux, mais qui ne s'en était pas encore rendu compte. Je me demandais à présent si Camillus s'était aperçu que sa noble sœur – que j'étais censé escorter, bien qu'Helena ait, comme d'habitude, pris les choses en main – s'affairait à me prendre dans ses rets, tel quelque bouvreuil domestique au gosier mélodieux. Il me tardait de lui poser la question et de partager le comique de ce souvenir. Mais il allait d'abord falloir que je le trouve.

Les grandes places militaires ont leurs inconvénients. Au fort, impossible de tomber sur une sentinelle qu'on puisse identifier. Pas le moindre gradé qui soit resté dans le poste qu'il occupait lors de la dernière visite qu'on lui ait rendue. La ville n'est pas plus engageante. Les indigènes sont trop occupés à s'enrichir sur le dos de l'armée pour se soucier des visiteurs occasionnels. Les hommes sont brutaux, les femmes méprisantes. Les chiens aboient, et les ânes mordent.

Finalement, j'entraînai Xanthus jusqu'au premier rang de la file de plaignants qui s'étirait devant le poste de garde principal. J'aurais pu me faire enregistrer en tant qu'envoyé impérial et fourguer un logement à l'intérieur du fort, mais je m'épargnai une soirée d'efforts pour amadouer le ravitaillement. L'un des soldats de garde me donna toutes les mauvaises nouvelles qu'il me fallait pour m'en sortir à bon compte : aucune liste ne faisait état de l'arrivée de la moindre noble sœur de noble tribun, et de toute façon, sa seigneurie Camillus Justinus avait quitté Argentoratum.

– Justinus a reçu sa mutation il y a deux semaines. Il avait terminé son temps de service.

– Quoi… il est reparti à Rome ?

– Hah ! On est en zone rhénane ici, on n'en sort pas si facilement ! Nouvelle affectation.

– Où est-il posté, à présent ?

– Aucune idée. Tout ce que je sais, c'est que maintenant, c'est un jeune crétin imberbe frais émoulu de l'école de philosophie qui nous pond le mot de passe pour les gardes de nuit. La petite perle d'hier soir c'était « *xenophobia* ». À l'heure où je te parle, il y a trois sentinelles qui moisissent dans une cellule pour ne pas s'en être souvenues, et *l'optio* du centurion arpente les environs comme un ours qui vient de s'asseoir sur un nid de frelons, parce qu'il est obligé d'établir un rapport disciplinaire sur son meilleur groupe d'hommes.

À l'heure actuelle, aucune légion en Germanie ne pouvait se permettre la moindre erreur de la part de la garde. La province était strictement régie par la loi martiale – ce, à fort juste titre –, et il n'y avait pas de place pour les tribuns imbéciles que l'envie prendrait de jouer les intellos.

– Je suppose que votre petit nouveau doit être en train de se farcir une chouette conférence de la part du légat ! (Je combattais mes appréhensions au sujet d'Helena pour ne penser qu'à son frère.) Camillus Justinus a peut-être été affecté au commandement d'une des légions du corps expéditionnaires ?

– Tu veux que je me renseigne ?

Le soldat de faction avait l'air entièrement prêt à se dévouer pour aider l'ami d'un tribun, mais nous savions l'un comme l'autre qu'il n'avait pas l'intention de quitter son tabouret.

– Ne te dérange pas pour ça, répondis-je avec un rictus courtois.

Il était l'heure de partir. Je me rendais trop bien compte que le barbier, qui regardait par-dessus mon épaule dans un nuage de lotion pour le visage, commençait à faire piètre impression sur notre dur à cuire de légionnaire aux narines rustiques.

Je risquai une dernière tentative pour obtenir des renseignements.

– Quoi de neuf à propos de la Quatorzième Gemina ?

– Enfoirés ! rétorqua le garde.

Ce commentaire sans fioritures était tout ce que je pouvais espérer. Dans un poste de garde de légion, par une soirée sombre et humide d'octobre, il n'y avait guère de place pour les conversations mondaines. Derrière moi, deux courriers épuisés attendaient pour se faire enregistrer ; Xanthus avait l'air encore plus incongru, et un fournisseur en gibier, ivre mort, venu protester à propos d'une facture adressée au mess des officiers, me bousculait si brutalement que je partis, soucieux d'éviter une rixe d'entrée de jeu, mais aussi contusionné et outré qu'une serveuse pendant les fêtes des Saturnales.

Je nous pris une chambre dans une pension civile entre fort et rivière, ce qui nous permettrait de partir rapidement dès les premières lueurs du jour. Nous nous rendîmes aux bains, mais il était déjà trop tard pour avoir de l'eau chaude. Ébahis de constater à quelle heure les villes étrangères se claquemuraient derrière leurs volets, nous prîmes un dîner morose arrosé d'un vin blanc aigrelet, après quoi d'incessantes allées et venues sous nos fenêtres nous empêchèrent de fermer l'œil une bonne partie de la nuit. J'avais établi nos quartiers dans une rue truffée de bordels. Le bruit intrigua Xanthus, mais je lui dis qu'il s'agissait simplement d'exercices militaires nocturnes.

– Écoute, Xanthus : pendant que j'irai à Moguntiacum, si tu veux, tu n'auras qu'à rester ici. Je te reprendrai au passage pour le retour en Italie quand j'aurai fait ce que j'ai à faire pour l'empereur.

– Ah non ! Je suis venu jusque-là, je continue avec toi !

À l'entendre, on aurait dit qu'il me faisait une immense faveur. Plein de lassitude, je fermai les yeux et m'abstins de répondre.

Le lendemain matin, je tâchai de nous dénicher un bateau gratuit, mais la chance n'était pas avec moi. Voyager sur le Rhenus est une entreprise extrêmement pittoresque, aussi les propriétaires des chalands du fleuve pratiquaient-ils des prix non moins pittoresques, moyennant quoi on jouissait du privilège d'observer le paysage sur cent cinquante kilomètres.

Le nôtre transportait du vin, comme la plupart des chalands du Rhenus. Nous partagions les panoramas qui défilaient lentement avec deux vieux et un colporteur. Les deux papis, voûtés et chauves, avaient une ribambelle de pique-niques alléchants qu'il n'entrait nullement dans leurs intentions de partager. Ils restèrent assis face à face pendant tout le voyage, à discuter ferme, comme des gens qui se connaîtraient depuis très longtemps.

Le colporteur, qui monta à bord lors d'une escale dans un petit hameau du nom de Borbetomagus, était voûté lui aussi, mais sous les sangles d'un étalage pliant et de l'ignoble camelote qu'il vendait. Xanthus et moi formions un public captif, aussi dénoua-t-il sans tarder les coins de ses ballots de chiffons pour étaler ses articles sur le pont. Je ne lui prêtai aucune attention. Xanthus, lui, fut aussitôt saisi d'un palpitant enthousiasme.

– Regarde un peu ça, Falco !

Il m'arrivait parfois de consentir un mince effort visant à tirer Xanthus de sa bêtise. Je jetai donc un coup d'œil à la quincaille dans laquelle il s'apprêtait pour l'heure à investir. Je poussai un gémissement. Cette fois, c'était du militaire. On peut s'imaginer que nos grands marcheurs de héros ont assez sué sous le paquetage et l'attirail pour s'abstenir de dilapider leur solde là-dedans, mais qu'on se détrompe : cet astucieux colporteur menait un commerce florissant en fourguant aux légionnaires ses tristes souvenirs de guerres passées. J'avais déjà vu ça en Bretagne. J'avais déjà vu ça dans la charretée de saloperies que mon frère aîné, n'ayant aucun sens de la mesure, avait rapportée des souks exotiques de Césarea. Mais là, avec neuf légions disséminées le long du Rhenus, dont la plupart s'ennuyaient ferme, et qui, toutes, avaient des pièces d'argent impériales plein les poches, il devait y avoir de vastes perspectives pour le commerce de bibelots tribaux bizarres, armes usagées et vieux bouts de ferraille qui pouvaient fort bien provenir de n'importe quel outillage de ferme.

L'homme était un Ubien, tout en lèvre supérieure et bavardages insignifiants. La lèvre en question se retroussait sur une paire de grandes dents en pelle à tarte. Quant au baratin, c'était sa stratégie d'approche. Elle fonctionna avec Xanthus. Tout ou presque fonctionnait avec Xanthus. Je les laissai s'occuper tous les deux.

Le colporteur s'appelait Dubnus. Il vendait les habituels casques indigènes aux oreillons hérissés de piquants, divers plateaux de pointes de flèches ou de lances *antiques* – qu'il avait manifestement ramassées le jeudi précédent sur le tas d'ordures du fort précédent –, une coupe sale dont il jura à Xanthus qu'elle était taillée dans une corne d'aurochs, quelques mailles de cotte sarmatienne, la moitié d'un jeu de harnais icéniens, et vraiment, à toutes fins utiles, une kyrielle d'ambres de la Baltique.

Aucun ne contenait d'insecte fossilisé, mais ces ambres étaient bien les seuls articles qui méritent un peu d'intérêt. Bien entendu, Xanthus ne leur adressa pas un regard. J'annonçai que j'aurais volontiers acheté quelques perles pour ma petite amie si elles avaient été correctement assorties et montées en collier. Comme je m'y attendais un peu, Dubnus tira aussitôt de sa poche douteuse trois ou quatre colliers d'honnête qualité... à trois ou quatre fois leur prix.

Nous passâmes une demi-heure pas trop désagréable à marchander le rang des plus petites perles. Je le fis baisser au quart du prix qu'il avait annoncé pour le seul plaisir de la palabre, avant de me rabattre subitement sur l'un des plus beaux colliers, comme c'était mon intention depuis le départ. Le colporteur m'avait finement jaugé, mais Xanthus eut l'air interloqué. Il ignorait que j'avais passé mon enfance à fouiner dans les échoppes de brocante de la Sæpta Julia. Je me dis en outre qu'il serait avisé d'acheter un cadeau d'anniversaire à

Helena, pour le cas où le hasard nous mettrait tout à coup en présence. Elle me manquait. Cela faisait de moi une proie rêvée pour le premier marchand dont les colifichets témoignent du plus léger semblant de goût.

Sentant que ma bourse était désormais fermement close, Dubnus entreprit d'exercer à nouveau son charme geignard sur Xanthus. L'homme était un artiste. En tant que fils d'un directeur d'enchères, je me régalais presque à observer son manège. Nous ne descendions pas tout le fleuve jusqu'au delta, heureusement, sans quoi le barbier aurait acheté l'intégralité du stock du colporteur. Il ne put résister à la corne d'aurochs, sectionnée des propres mains de Dubnus – au dire de ce dernier – sur l'un de ces bovins sauvages de la Gaule dont le caractère irascible est légendaire…

– J'aimerais bien en voir un, Falco !

– Estime-toi heureux de ne pas en avoir l'occasion !

– Il t'est déjà arrivé d'en apercevoir au cours de tes pérégrinations ?

– Non. Je ne suis pas fou, Xanthus : je n'ai jamais cherché à le faire.

Il venait de faire l'acquisition d'une coupe passablement utile, qui ne goutta pas trop sur le devant de sa tunique lorsqu'il l'essaya. Il réussit même à lui redonner un semblant de lustre à force de l'astiquer. Je m'abstins de lui révéler que les aurochs n'ont jamais eu les cornes torses.

Pendant que le chaland de vin voguait vers sa destination, Dubnus remballa tranquillement ses trésors. Xanthus entreprit de manipuler un casque. Soucieux dans une certaine mesure de lui épargner la faillite – ce qui signifierait que je devrais *tout* payer de ma propre poche –, je lui ôtai l'objet des mains.

Au premier abord, on aurait dit un casque de l'armée, mais il présentait certaines différences. Le casque moderne comporte un couvre-nuque plus large qui protège le cou et les épaules, ainsi que des garde-joues et des renforts d'oreillons. Je pense que l'article réformé que j'avais en main avait été conçu pour parer aux dégâts produits par les grands coups d'épée celte à deux tranchants. Le modèle d'origine était obsolète longtemps avant mon époque, mais c'était pourtant bien un de ceux-là que je contemplais pour l'heure.

– Ça doit être une sacrée antiquité, Dubnus.

– Moi j'appelle ça une relique de la déroute de Varus ! confia-t-il aimablement, comme s'il avouait avoir produit un faux.

Son regard croisa alors le mien, et d'autres idées lui vinrent. Je réussis à m'arrêter de frémir.

– Où as-tu trouvé ça ?

– Oh… quelque part, dans les bois.

Il laissa mourir sa voix, évasivement.

– *Où ça ?* insistai-je.

– Oh… par là-haut dans le nord.

– Dans un coin comme la forêt de Teutobourg ?

Il rechigna à préciser. Mettant un genou à terre, j'examinai son stock avec plus d'attention. Il m'avait catalogué parmi les empêcheurs de tourner en rond, aussi n'apprécia-t-il guère mon intérêt. Je fis mine d'ignorer son agacement. Cela le perturba encore plus.

Je remarquai alors un bout de vieux bronze qui aurait pu être le pommeau d'un glaive romain, des épaulettes ressemblant à celles que j'avais jadis vues chez mon grand-père, le porte-plumail d'un casque… un autre licou réformé, à présent transformé en anneau de suspension.

– Tu en vends beaucoup de ces « reliques de Varus » ?

– Les gens croient ce qu'ils ont envie de croire.

Il y avait aussi un objet noirci que je me refusai à manipuler, car je devinai qu'il s'agissait d'un crâne humain.

Je me redressai.

Germanicus, le petit-fils adoptif d'Auguste, avait, dit-on, découvert le lieu où le massacre fut perpétré, rassemblé les restes épars des morts et donné à l'armée perdue de Varus un semblant de funérailles correctes… mais qui peut croire que là-bas, dans cette forêt hostile, Germanicus et ses soldats, sur le qui-vive, laissèrent durer le moment où ils s'offraient comme nouvelle cible ? Ils firent de leur mieux. Ils rapportèrent à Rome les étendards perdus. Nous pûmes alors tous dormir sur nos deux oreilles, la conscience nette. Mieux valait ne pas penser au fait qu'au fin fond des bois noirs de la Germanie inconquise, armes brisées et autres butins étaient encore éparpillés au milieu d'ossements romains sans sépulture.

Les soldats d'aujourd'hui achèteraient, eux, ces résidus décatis. Les gars des armées adorent les souvenirs chargés d'effluves de prouesses viriles accomplies en des lieux dangereux. Plus c'est macabre, mieux ça vaut. Si Dubnus avait réellement découvert l'emplacement de la bataille de jadis, il devait faire son beurre.

J'éludai le sujet en le sondant pour mes propres fins.

– Alors, comme ça, tu franchis le fleuve ? Tu vas dans le nord ?

Il haussa les épaules. Le commerce pousse à la témérité. En tout cas, la Germanie libre n'avait jamais été une zone interdite dans le cadre des échanges de ce type.

– Jusqu'où t'emmènent tes expéditions ? Il t'est déjà arrivé de tomber sur la célèbre prophétesse ?

– Quelle prophétesse ?

Il jouait les abrutis. Je tâchai de ne pas avoir l'air trop intéressé, pour éviter de me retrouver précédé de rumeurs concernant ma mission.

– Il y a donc plus d'une sinistre vieille fille qui exerce son influence sur les tribus ? Je parle de la prêtresse sanguinaire des Bructères.

– Ah ! Veleda, fit Dubnus avec un rictus méprisant.

– Tu l'as déjà vue ?

– Personne ne la voit.

– Pourquoi ça ?

– Elle vit au sommet d'une haute tour dans un endroit reculé au beau milieu de la forêt. Elle ne reçoit jamais personne.

– Depuis quand les prophètes sont-ils aussi timides ? (Bien ma chance : une cinglée.) Je ne me figurais pas qu'elle avait un bureau tout marbre avec une secrétaire de cabinet qui sert du thé à la menthe aux visiteurs, mais comment communique-t-elle ?

– Les hommes de sa famille acheminent ses messages.

À en juger d'après l'impact qu'avait eu Veleda sur les événements internationaux, ses oncles et frères devaient avoir usé leurs semelles jusqu'à la corde à galoper dans les bois. Voilà qui ôtait tout mystère à son isolement.

La mine du barbier s'était faite intriguée.

– Veleda fait partie de ta mission ? souffla-t-il à mi-voix.

Sa candeur benête commençait à me navrer tel un point de côté lorsqu'on est poursuivi par un taureau en furie.

– Les femmes, je m'en débrouille. Mais les druides, je ne fais pas !

C'était une citation. Nous étions deux à le savoir, mais le pauvre Xanthus, lui, eut l'air impressionné.

Il fallait que j'agisse vite. Notre chaland approchait du grand pont de Moguntiacum : nous allions bientôt être à quai. Je dardai un regard pensif au colporteur.

– Si quelqu'un voulait se mettre en contact avec Veleda, ce serait possible de faire acheminer un message jusqu'à cette tour dont tu parlais ?

– Ça se pourrait.

Dubnus eut l'air inquiet de cette remarque. Je lui donnai clairement à comprendre que je détenais quelque pouvoir, et l'invitai à ne pas quitter la ville.

Le colporteur prit l'air de qui s'en ira quand bon lui semble, et sans m'en avertir.

TROISIÈME PARTIE

Legio XIV Gemina Martia Victrix

Moguntiacum, Germanie supérieure, octobre, 71 ap. J.-C.

«… et par-dessus tout la Quatorzième, dont les hommes se couvrirent de gloire en écrasant la révolte de Bretagne. »

Tacite, *Histoires*

16

Moguntiacum. Un pont. Un poste de péage. Une colonne. Un fouillis de cahutes civiles, quelques belles résidences appartenant aux négociants en laine ou en vin de la région. Le tout, au pied de l'un des plus grands forts de l'Empire.

La garnison était implantée juste en aval de la jonction du Rhenus et du Moenus. Le pont, qui reliait la rive romaine du Rhenus et les cahutes et quais de la rive opposée, était équipé d'éperons de pierre destinés à rompre le courant, et d'un tablier de bois. Le poste de péage, construction provisoire, allait bientôt être remplacé par un énorme bureau de douane implanté à Colonia Agrippinensium – Vespasien était fils de collecteur d'impôts ; en tant qu'empereur, cela influençait son point de vue. La colonne avait été érigée à l'époque de Néron, en un grandiose hommage à Jupiter. Le gigantesque fort proclamait que Rome ne lésinait pas, dans la région, mais que nous tâchions par là d'impressionner les tribus ou de nous auto-persuader restait sujet à caution.

Une première déception m'attendait d'entrée de jeu. J'avais expliqué à Xanthus qu'il pourrait s'occuper en montant boutique avec ses rasoirs parmi les *canabae*. Les installations militaires engendrent, pour la plupart, une prolifération d'échoppes, une frange de bidonvilles massée au pied des murs et proposant aux soldats en permission des distractions d'une teneur généralement sordide. Ces échoppes font florès dès lors que des établissements de bains sont construits hors les murs de la forteresse pour parer aux risques d'incendie, après quoi boulangeries, bordels, barbiers et bijouteries se développent rapidement – avec ou sans patente. Viennent alors les inévitables crampons vivant dans le sillage des armées, puis les familles officieuses des soldats, et bientôt, les quartiers implantés hors les murs se muent en bourg civil.

À Moguntiacum, il n'y avait pas d'échoppes.

Ce fut un choc. On en distinguait l'emplacement initial, dont elles avaient toutes été nettoyées. L'opération avait dû être preste et radicale. Un monceau de volets défoncés et de piquets d'auvents en bois se dressait encore, non loin de là. À présent, une étendue de sol nu entourait le fort, constituant un large terre-plein défendable d'où les murs de torchis se dressaient en un à-pic d'une bonne cinquantaine de mètres jusqu'aux tours de guet et chemin de ronde. Au nombre des défenses visibles, je repérai un fossé punique de plus qu'à l'ordinaire, et, à mi-profondeur de l'espace dénudé, un groupe de corvée était en train de mettre en place ce que les légionnaires appellent des trous-de-loups : de profondes fosses creusées en quinconce, tapissées de pieux acérés puis recouvertes de branchages pour en dissimuler l'emplacement – dispositif férocement dissuasif durant les attaques.

Les civils avaient été refoulés loin en deçà du fossé extérieur, et bien qu'une année se soit écoulée depuis la révolte de Civilis, aucun retour n'était autorisé.

L'impression d'ensemble était aride. Et voulue comme telle.

Au fort à proprement parler, au lieu de l'habituelle atmosphère organisée mais bon enfant qui entoure une armée en temps de paix, nous comprîmes bien vite que ces légionnaires-là ne se mêlaient guère de tenir leur place dans la vie civile. Les rares gestes qu'ils faisaient vis-à-vis des habitants de l'endroit étaient obscènes.

Le barbier et moi étions recensés en tant qu'indigènes jusqu'à ce que nous soyons en mesure de prouver le contraire. Quand nous nous présentâmes devant la porte prétorienne, Xanthus lui-même cessa de jacasser. Il fallut laisser nos montures sur place. Pas question de dérider les sentinelles de la salle de garde, confites dans l'ennui : on nous fit attendre dans la pièce carrée située entre les deux portes du double rempart, et il apparut clairement que si notre explication ne corroborait pas les documents présentés, nous finirions dos au mur, une pointe de javelot de vingt centimètres contre la poitrine, à subir une fouille corporelle vigoureuse.

L'atmosphère ambiante m'inquiéta. J'y flairais quelque chose qui me rappela la Bretagne après l'histoire de Boudicca ; quelque chose que j'avais tâché d'oublier.

On finit toutefois par nous faire entrer. Le document que m'avait délivré l'empereur suscita de la méfiance, mais remplit son office. On nous reluqua, enregistra, donna l'ordre de nous rendre directement au *principia,* l'état-major, puis on nous autorisa à franchir le rempart intérieur.

Pour ma part, je m'attendais à la taille et aux dimensions de la gigantesque enceinte, mais bien qu'il soit né et ait été élevé dans les couloirs labyrinthiques de la cour romaine impériale, Xanthus n'était pas préparé à un tel spectacle. Moguntiacum était un fort permanent, et double, qui plus est. Deux légions y étaient stationnées, on y trouvait pratiquement tout par deux. C'était une cité militaire. Douze mille hommes s'y entassaient, avec entrepôts, forges, greniers en quantités suffisantes pour soutenir des mois de siège – quoique ça n'ait guère fonctionné dans le cas des pauvres diables attaqués par les rebelles à Vetera. À l'intérieur de la forteresse, les deux légats devaient occuper des petits palais conçus pour refléter le prestige et le statut diplomatique de leur occupant ; le personnel domestique alloué aux douze jeunes tribuns militaires qui les secondaient aurait ridiculisé les villas les plus confortables de la plupart des cités italiennes ; même les bâtiments du ravitaillement, vers lesquels Xanthus et moi nous dirigions, étaient impressionnants dans leur genre fruste et martial.

Nous débouchâmes de l'ombre froide de la voie d'accès qui franchissait les remparts. Les tours de guet de la poterne se dressaient au-dessus de nos têtes : il fallait d'abord franchir le périmètre ; vingt-cinq mètres de large tout le long des murs. Cette bande de terrain, conçue pour servir de protection contre les projectiles et permettre en outre un accès facile à tous les endroits du fort, restait scrupuleusement nue. Je me fis mentalement cette réflexion que la Quatorzième Gemina devait endosser la moitié du mérite de cet impeccable entretien domestique, bien que ses soldats abandonnent sans doute à leurs collègues moins prestigieux le soin de vider les bennes à ordures et de balayer les rues. Des faisceaux de javelots de secours étaient disposés le long des remparts, prêts à être empoignés, à côté de piles de munitions lourdes ou de traits pour balistes de guerre, mais on ne voyait là aucune bête errant de-ci de-là, ni ce fouillis de charrettes qu'on trouve d'ordinaire. Si les poulets sacrés se promenaient librement, ce n'était pas de ce côté-ci du fort.

Je remorquai le barbier jusqu'au-delà d'interminables rangées de baraquements : une cinquantaine d'alignements – je ne prétends pas avoir vraiment compté –, hébergeant chacun cent soixante hommes par groupes de dix, et dotés en leur extrémité d'un double jeu de quartiers réservés aux centurions. Un espace correct pour les légionnaires, complété de quartiers plus exigus alloués à leurs unités de réserve indigènes – ce qui pour l'heure ne s'appliquait pas à la Quatorzième, ses huit fameuses cohortes de Bataves étant passées à l'ennemi rebelle… Vespasien ne comptait pas les remplacer avant d'avoir reçu mon compte rendu.

Xanthus était déjà terrassé par l'environnement. Pour ma part, le fait de retomber face à ce spectacle connu me faisait à peine palpiter le cœur. À mes yeux, le fort dégageait une ambiance de mi-journée, de semi-vacuité. La plupart des soldats devaient être en manœuvres, ou en train de suer sur les corvées, pendant que d'autres abattaient les quinze kilomètres de leur marche mensuelle avec paquetage intégral. Une grande partie du reste des effectifs devait effectuer des patrouilles dans les environs, ce qui n'avait rien du simple exercice.

– Impressionné, Xanthus ? Attends que le camp se remplisse, ce soir ! Là tu auras l'occasion unique de côtoyer douze mille hommes qui savent tous exactement ce qu'ils font !

Il ne répondit pas.

– Tu te rends compte des possibilités que ça représente, douze mille mentons hérissés ?

– Douze mille haleines de bouc ! répliqua-t-il bravement. Douze mille variantes de la fille que j'ai calecée jeudi dernier. Et douze mille mises en garde, des fois que je sectionne autant de kystes !

Nous rejoignîmes l'artère principale.

– Au cas où tu te perdrais, Xanthus, tâche de te rappeler que cette rue est la plus importante. On l'appelle via Principalis. Elle fait trente mètres de large, même toi tu ne peux pas la rater. Repère-toi bien dès maintenant : la Principalis coupe le camp en deux en reliant les portes Senestre et Dextre, et croise la via Prætoria à angle droit à la hauteur du QG. Le quartier général est toujours orienté face à l'ennemi, comme ça tant qu'on voit dans quel sens les projectiles nous pleuvent dessus, on peut s'y retrouver dans n'importe forteresse au monde…

– Où est l'ennemi ?

Le barbier était sonné.

– De l'autre côté du fleuve.

– Et le fleuve ?

– Par *là !* (J'étais en train de perdre mon temps et de gaspiller ma salive.) Du côté où nous sommes entrés, lui rappelai-je, bien qu'il ait déjà l'esprit trop embrouillé.

– Et où est-ce qu'on va ?

– Se présenter aux gentils soldats de la Quatorzième Gemina.

Ce ne fut pas une réussite. Cela dit, je m'y étais préparé.

D'une part, aucune de mes enquêtes ne s'était jamais achevée si facilement que ça, et d'autre part, les légionnaires de la XIV Gemina n'avaient *jamais* été gentils.

17

Le quartier général de la forteresse était conçu pour intimider tout sauvage des tribus qui oserait pointer son nez au-delà de la porte Prétorienne. Les bâtiments barraient quasiment la vue tandis que nous regardions devant nous, et le fait de nous rapprocher à grands pas nous intimida bel et bien.

Le fort abritait un bâtiment réservé à l'administration. Les deux légions actuellement en poste étaient installées chacune d'un côté, mais se partageaient cet édifice qui constituait la permanence du fort. Les proportions en étaient massives. La façade comportait une magistrale triple porte, flanquée de rangées de colonnettes donnant face à nous sur la via Prætoria. Réduits à la stature de nains, nous rampâmes tels des vermisseaux jusqu'à l'intérieur du bâtiment par l'arcade de gauche, pour déboucher sur une esplanade à défilés copieusement piétinée, plus vaste que le forum de la plupart des villes de province. Par chance, personne ne défilait à ce moment-là : mon compagnon timoré n'aurait pas survécu au choc.

– On ne peut pas entrer là-dedans !

– Si quelqu'un lance les sommations, garde tes jolies quenottes bien serrées et laisse-moi répondre. En règle générale, tant que nous serons dans l'enceinte du fort, évite de discutailler avec quiconque porte un glaive. D'ailleurs, Xanthus, tâche d'avoir un peu moins l'air de la doublure égarée d'un des pantins des pièces de théâtre écrites par Néron…

Trois des ailes du carré abritaient des entrepôts ainsi que les bureaux du fourrier. En face, se dressait la basilique, lieu où se tenaient les rassemblements officiels des deux légions. C'était là que nous allions. Je me dirigeai donc droit dessus, traversant l'esplanade. À mi-chemin, moi-même je me sentais vulnérable. Nous eûmes l'impression de mettre une demi-heure à atteindre l'autre bout, et je sentais des centurions en furie cracher des flammes aux fenêtres de tous les bureaux des étages environnants. Je compris ce qu'éprouve le homard quand l'eau de la marmite se met à monter peu à peu en température.

Le *principia* était gigantesque ; il s'étirait sur toute la largeur du bâtiment. La décoration en était minimale : il tirait sa grandeur de ses proportions. La nef centrale mesurait douze mètres de large. D'énormes colonnes la séparaient de sombres travées d'une largeur de six mètres chacune. Ce portique soutenait un toit immense dont il valait mieux ne pas calculer le poids lorsqu'on se tenait dessous. Par temps de pluie, une légion entière pouvait s'entasser là-dedans, rangée comme des anchois en conserve. Les autres jours, cette formidable salle restait vide et silencieuse, gardant ses secrets, audacieux hommage au génie des ingénieurs de l'armée.

Au fond, dans la pénombre, nous distinguions le tribunal du légat. La principale caractéristique de l'ensemble, qui faisait face à l'entrée, était le sanctuaire de la légion.

Je traversai. Mes talons sonnaient sur le dallage. Un discret effluve d'huile cérémonielle flottait, récent et non rance. Derrière une cloison de pierre ajourée, s'ouvrait une pièce voûtée à l'épreuve du feu : l'antichambre de cet autre lieu sacré qu'est la chambre forte souterraine. Au-dessus, dans la salle accessible à tous, on avait installé l'autel portatif servant à consulter les augures. Autour, les étendards étaient disposés en épis.

La Quatorzième s'était octroyé l'emplacement le plus en vue pour sa présentation, l'autre légion rangeant ses étendards tant bien que mal sur un côté. À la place d'honneur, scintillaient l'aigle de la Quatorzième ainsi qu'un portrait de l'empereur drapé dans la pourpre. Le faible jour que dispensaient les lointaines claires-voies de la salle principale me permit de distinguer, sur les étendards des centuries, plus de médailles pour actes de bravoure que j'en avais jamais vues rassemblées. Datant en majeure partie des empereurs Claude et Néron, elles avaient dû être décernées en remerciement d'actes militaires exceptionnels en Bretagne. Bien entendu, il y avait aussi là les statues de bronze des divinités tutélaires de la Quatorzième : Mars et Victoria. Par comparaison, les étendards de l'autre légion semblaient nus.

Nous n'étions pas venus rendre hommage. J'adressai un clin d'œil à l'aigle qui gardait le jeu d'étendards nus, puis j'entraînai Xanthus dans les bureaux tout proches. Le sanctuaire mis à part, l'administration occupait le plus bel emplacement. Étant donné que personne n'a envie de se charger des problèmes de logement, ce sont toujours les employés des bureaux qui décident de l'organisation au sein de la forteresse. Et bien entendu, ils se réservent la partie la plus agréable.

Un secrétaire notarial chauve nous désigna d'un mouvement de tête la suite somptueuse que la Quatorzième avait réquisitionnée. Le calme régnait. Ce qui signifiait soit que la légion était un ramassis de flemmards inefficaces, soit que le travail de la journée était déjà expédié et classé. Peut-être que leur légat faisait la sieste chez lui, et que le préfet du camp avait un rhume.

Peut-être que les tribuns s'étaient tous rués sur une journée de permission pour aller chasser. Je réservai mon opinion. Du moment qu'ils gardaient des greniers pleins, un décompte des armes soigneux et un registre au jour le jour de ce qui entrait dans les coffres de la banque d'épargne, Vespasien n'était pas homme à ergoter sous prétexte qu'on se la coulait douce dans les services de ravitaillement de la Quatorzième. Ce qui l'intéressait, lui, c'était le résultat.

Dans la plus grande salle, nous trouvâmes deux gradés de la légion. L'un, qui n'était pas un combattant, portait une tunique rouge mais pas de cuirasse. Son casque pendait à un clou, orné des deux cornes qui lui valaient son appellation de *cornicularius* : tête du service. À mon avis, ces petites cornes constituent un apport humoristique de la légion, visant à donner l'air ridicule aux chefs de sa bureaucratie. Son compagnon, lui, n'était pas de la même espèce. Un centurion en grand attirail, dont une série complète de *phalerae*, les neuf médaillons pectoraux décernés en échange de services dévoués. L'homme avait plus de 60 ans, et le mépris enraciné qui se lisait sur son expression m'apprit qu'il s'agissait du *primipilus,* le premier *pilum*, centurion en chef. Ce grade couru est attribué pour trois ans, au terme de quoi vient s'ajouter une prime de démobilisation équivalant à un revenu de classe moyenne, et un passeport d'accès à des emplois civils privilégiés. Certains, et je flairais que celui-là devait en faire partie, choisissent de reconduire leur mandat de *primipilus*, se donnant ainsi le rôle de menace publique auquel ils sont on ne peut plus rompus. Blanchir et mourir sous le harnais au cœur de quelque province désolée est l'idée que se fait le *primipilus* d'une bonne vie.

Celui-ci avait un cou bref, épais, et une mine à écraser les mouches à coups de bélier pour se distraire. Sous ses larges épaules, son torse s'amenuisait à peine jusqu'à la ceinture, mais sous le poitrail, on ne voyait pas l'ombre d'une amorce de bedaine. Il avait de petits pieds. Il ne bougeait pratiquement pas en nous parlant, mais je me dis qu'il devait être vif quand l'envie le prenait de se mouvoir. Il m'inspirait de l'aversion. Sentiment parfaitement superflu. Lui non plus ne m'appréciait pas : c'est ça qui allait compter.

Le *cornicularius* était beaucoup moins impressionnant physiquement, avec son nez en trompette et sa petite bouche au pli amer. Son manque de prestance, il le compensait en fiel et en faconde.

Au moment où nous entrâmes, les deux hommes étaient en train de tailler en pièces un soldat ayant commis quelque délit, comme poser une question naïve. Ils y prenaient grand plaisir et semblaient prêts à humilier leur victime tout l'après-midi durant, à moins que surgisse quelqu'un qui les écœure encore plus. Ce fut le cas : Xanthus et moi apparûmes.

Ils conseillèrent au soldat de disparaître au fond de son fourreau de glaive ou quelque chose d'approchant. Il quitta la pièce, se coulant devant nous d'un air reconnaissant.

Primipilus et *cornicularius* nous toisèrent, s'échangèrent un regard, puis nous dévisagèrent de plus belle, l'air railleur, en attendant que la rigolade commence.

– Je n'en crois pas mes yeux ! s'écria le *primipilus*.

– Qui a laissé entrer cette racaille ? Quelqu'un a dû assommer les gars du poste de garde ?

– Quelle bande d'enfoirés de laxistes, ces gars de la Première !

– Bon après-midi, risquai-je depuis l'embrasure de la porte.

– Dégage, frisette ! gronda le *primipilus*. Et embarque ta gonzesse avec.

Dans ma partie, les insultes sont monnaie courante, aussi attendis-je la fin de la tornade. Je sentais Xanthus palpiter d'indignation, mais s'il s'attendait à ce que je le défende vis-à-vis d'une telle assemblée, il pouvait courir. J'avançai de quelques pas dans la pièce et laissai tomber à terre le panier contenant le cadeau de l'empereur.

– M'appelle Didius Falco.

Apparemment, il valait mieux respecter les usages. Je brandis mon passeport impérial sous le nez du *cornicularius*, qui le saisit entre pouce et index comme s'il venait de le repêcher dans un égout. Un léger rictus jouant aux commissures de sa petite bouche pincée, il lança mon document à l'autre bout de la table pour que le *primipilus* puisse rigoler à son tour.

– Et qu'est-ce que tu fais de beau, Falco ? demanda la bouche mince.

Les mots en sortaient compressés comme la bourre d'un matelas mal cousu.

– Je livre des colis encombrants.

– Hah ! commenta le *primipilus*.

– Et qu'est-ce qu'il y a dans ce panier à pique-nique ? railla son collègue plus prolixe.

– Cinq pains, une panse de brebis… et un nouvel étendard en gage de remerciement personnel de l'empereur à la Quatorzième. Vous voulez voir ?

Le *primipilus* était l'homme d'action de l'endroit : tandis que le *cornicularius* triturait son défaut de manucure avec le bout rond d'un stilus, lui s'approcha à contrecœur le temps que je dénoue les lanières du panier. La Main d'Acier pesait autant qu'un bloc tombé d'un aqueduc, mais il l'empoigna par le pouce et la souleva aussi facilement que s'il s'agissait d'une amulette.

– Oh ! très joli !

Il n'y avait rien à redire quant aux propos. Seule l'intonation était hypocrite. Je m'appliquai à répondre d'un ton égal :

– Je dois livrer le cadeau de Vespasien à votre légat en personne. J'ai également une dépêche scellée pour lui, qui contient, je crois, le programme de la cérémonie d'inauguration appropriée. Il y a moyen d'échanger tout de suite un mot avec Florius Gracilis ?

– Non, répondit le *cornicularius*.

– Je peux attendre.

– Va te choisir une urne funéraire et disparais au fond.

D'un ton enjoué, je lançai à Xanthus :

– C'est ça, l'obligeance et le charme bien connus de la Quatorzième.

– C'est qui cette fleurette qui pue comme ça ? s'enquit tout à coup le *primipilus*.

Paupières mi-closes, je coulai un regard sans aménité aux deux militaires.

– Envoyé spécial de Titus César. (Je promenai un doigt sur la base de mon cou, geste immémorial.) Je n'ai pas encore établi s'il s'agit d'un assassin astucieusement déguisé cherchant quelqu'un à trucider, ou seulement d'un expert comptable doué pour le travesti. Maintenant que nous sommes ici, nous ne devrions plus tarder à le découvrir. Soit les cadavres vont pleuvoir, soit vous allez le trouver plongé dans vos comptes quotidiens…

Xanthus était tellement interloqué que, pour une fois, il ferma son clapet.

Les deux gros malins se consultèrent du regard, l'air désabusé.

– C'est bien ce qu'on se disait ! soupira le *cornicularius*. Ça doit aller mal, à Rome, pour qu'ils se mettent à nous envoyer comme ça des résidus de chœurs chantants et la lie des faux culs…

– Minute ! lançai-je avec un grand sourire en tâchant de leur donner la réplique. Quoi que je puisse être, c'est de la bonne came, authentique ! Mais j'en reviens à mes moutons. Si Gracilis est trop occupé pour le moment, donnez-moi un rendez-vous quand son emploi du temps sera plus souple.

La flagornerie marche parfois. Pas là.

– Un *authentique* faux cul ! commenta le *primipilus* à l'intention de son copain. Va-t'en voir dans le fond de ton trou du cul si j'y suis, frisette !

– Laisse donc mes orifices tranquilles. Écoute, centurion, je viens de me trimbaler une Main d'Acier à travers la moitié de l'Europe, et j'ai bien l'intention de la remettre à qui de droit. Je sais que la Quatorzième est un ramassis de butors mal embouchés, mais si votre légat tient à son mandat de consul, il ne va pas falloir qu'il laisse un chieur de manœuvres et un gratte-papier refuser une récompense de l'empereur…

– Commence pas à faire le malin, lança le *cornicularius*. Tu n'as qu'à laisser le trophée, et laisser aussi la dépêche. D'ailleurs peut-être… (il réfléchit, arborant sa mine la plus enjouée à cette heure) peut-être que la dépêche annonce : *Exécutez le messager*…

Je fis mine de ne pas entendre.

– Je larguerais volontiers la ferraille, mais je compte

remettre les ordres confidentiels à Gracilis en main propre. On me loge au fort ? Votre service d'hébergement doit être cousu d'or maintenant que vous vous êtes débarrassés des fidèles Bataves !

– Si c'est une pique à l'intention de la Quatorzième, rétorqua le *primipilus* avec un reniflement méprisant, savoure-la bien : tu n'auras pas l'occasion d'en placer une deuxième !

Je répondis que l'idée ne me viendrait jamais d'insulter les vainqueurs de Bedriacum, et que je me trouverais mon propre logis.

Dans le couloir, comme je le poussais d'une bourrade en direction de la sortie, Xanthus demanda d'une voix geignarde :

– C'est quoi, Bedriacum ?

– Une bataille où les hommes de la Quatorzième ont réussi à ne pas se faire traiter de perdants en prétendant tout bonnement qu'ils n'étaient pas arrivés à l'heure.

– Je me disais bien que ça devait être quelque chose comme ça. Tu les as contrariés, Falco !

– Bien content.

– Et ils savent que tu travailles pour l'empereur…

– Non, Xanthus, ils croient que *toi*, tu travailles pour lui !

– À quoi ça sert ?

– Ils savent très bien que leur réputation n'est pas des plus reluisantes. Ils savent aussi que l'empereur va envoyer quelqu'un pour les observer, mais ils se figurent que moi, je suis le fin fond de la lie. Tant que je jouerai l'idiot, ils ne penseront jamais que je suis l'espion en question.

Heureusement, Xanthus ne demanda pas pourquoi je

tenais tant à faire passer quelqu'un d'autre pour l'espion de l'empereur.

Ni ce qu'à mon avis, la Quatorzième Gemina serait capable de faire à celui qu'elle prendrait pour l'espion en question.

Nous arrivions à la sortie quand deux tribuns sortirent d'un autre bureau en se disputant courtoisement.

– Je ne veux pas t'importuner, Macrinus, mais…

– Il ne reçoit personne : il travaille à préparer une de ses actions contre des agitateurs imaginaires. Reparle-m'en demain, et je t'emmènerai le voir dès qu'il aura un moment pour souffler.

J'écoutai tout d'abord en pensant qu'ils faisaient allusion au légat Gracilis. Le jeune homme qui parlait ainsi était du genre plein d'assurance, costaud, qui ne m'en a jamais imposé : carrure athlétique, tête carrée et casque de boucles serrées aux chauds reflets. Il me sembla reconnaître celui qui protestait.

Il devait avoir une vingtaine d'années, mais paraissait plus jeune. Visage ordinaire, juvénile. Haute stature, mince. Allure discrète, mais sourire prompt jouant sur une grande bouche.

– Camillus Justinus !

Au cri que je poussai en reconnaissant son compagnon, le premier tribun réagit avec à-propos. Issu d'une famille sénatoriale, il avait reçu une solide instruction : il connaissait le latin, le grec, les mathématiques et la géographie, savait quel pourboire attribuer à une prostituée, d'où provenaient les meilleures huîtres – et était rompu à cet art répandu au forum qui consistait à échapper à quelqu'un que l'on souhaitait éviter.

– Excuse-moi, Justinus. Tu étais en discussion de travail ?

Le frère d'Helena émit un grognement à l'intention du dos bardé d'une cuirasse étincelante qui s'éloignait précipitamment.

– Peu importe. Il n'avait pas l'intention de m'aider. Falco, c'est bien ça ?

– En effet. Marcus Didius. J'ai ouï dire que tu étais posté… Pas avec la Quatorzième, j'espère ?

– Oh ! je ne suis pas à la hauteur de leurs exigences ! Non : on m'a convaincu de me porter *volontaire* pour un temps de service avec la Première Adiutrix… une nouvelle unité.

– Heureux de l'apprendre. La Quatorzième est un ramassis de rustauds : je viens de leur apporter un trophée et ils m'ont refusé un logement, lançai-je avec un espoir dénué de vergogne.

Justinus se mit à rire.

– Dans ce cas, tu ferais mieux de venir t'installer chez moi ! Allez, viens. Maintenant que je me suis battu comme un beau diable pour essayer de mettre un peu de plomb dans la cervelle de cette fine équipe, j'ai besoin de rentrer m'allonger au calme.

Nous nous mîmes en route.

– Que fais-tu dans le coin, Marcus Didius ?

– Oh ! rien de bien emballant. Un boulot pour Vespasien. Le train-train habituel, principalement. Et une ou deux petites choses en plus, histoire de me divertir pendant mes loisirs : écraser des rebelles, ce genre de trucs, plaisantai-je. Il y a aussi un légat disparu à retrouver…

Justinus pila sur place, l'air éberlué. Je m'arrêtai aussi.

– Que se passe-t-il, tribun ?

– L'empereur est-il en contact avec des augures étrusques d'un nouveau genre ?

– Quelque chose qui cloche ?

– Tu me sidères, Falco ! C'est précisément ce que j'essayais à l'instant de tirer au clair avec mon collègue. Je ne vois pas, grommela-t-il, comment Vespasien aurait pu apprendre qu'il se tramait quelque chose de louche du côté de la Germanie assez tôt pour que tu t'amènes ici avant même que mon commandant se soit décidé à en référer à Rome !

Comme il s'apprêtait à reprendre son souffle, je glissai simplement :

– Explique.

Camillus Justinus coula un regard par-dessus son épaule puis baissa le ton, bien que l'esplanade que nous traversions soit déserte.

– Voilà plusieurs jours que Florius Gracilis est introuvable. La Quatorzième ne veut pas l'admettre, même vis-à-vis de mon chef, mais nous autres, de la Première, nous pensons que *leur* légat a disparu !

18

Je posai la main sur le bras du tribun, en guise d'avertissement. Puis je demandai à Xanthus de partir devant et de nous attendre à la porte principale d'en face. Il eut l'air vexé, mais il n'avait pas le choix. Nous le regardâmes s'éloigner, traînant d'abord les pieds dans la poussière pour exprimer son dépit, mais préférant bientôt épargner le fin cuir turquoise de ses spartiates.

– Qui est cet homme, au juste ? s'enquit Justinus d'un ton circonspect.

– Sais trop rien. (Je lui adressai un regard roide, pour le cas où il s'imaginerait qu'il s'agissait d'un compagnon de mon choix.) Si tu as envie de t'ennuyer une heure ou deux, demande-lui de te révéler pourquoi les rasoirs espagnols sont les meilleurs, et le secret de l'onguent germain à la graisse d'oie. Il est barbier de son état… ça c'est certain. Il s'est imposé dans ma mission en tant que touriste. Je soupçonne qu'une raison plus sinistre se cache derrière son expédition.

– Peut-être aspire-t-il seulement à goûter aux voyages.

Je me rappelai que le plus jeune frère d'Helena nourrissait une foi touchante en l'espèce humaine.

– Mais peut-être pas ! En tout cas, je le fais passer pour l'indic de Vespasien.

Justinus, qui devait être au courant de mes propres activités secrètes, ou en tout cas de mon passé dans le domaine, esquissa un faible sourire.

Pendant que nous attendions que Xanthus trottine hors de portée de voix, une brise légère vint s'engouffrer dans nos capes. Elle charriait l'effluve caractéristique des écuries de cavalerie, mêlant cuir graissé et ragoût de porc pour collectivité. La poussière tournoyait sur l'esplanade, picotant nos tibias nus. Nous perçûmes le bourdonnement étouffé du fort, pareil aux bruits de fond d'un orgue hydraulique à la mise en route couinante : martèlements métalliques, fracas de roues de charrettes, claquement des épieux de bois qui s'entrechoquaient pendant que les soldats s'entraînaient à la lutte contre une souche d'arbre dressée, et le cri bref d'un centurion lançant des ordres, aussi rauque qu'un croassement de corbeau.

– Nous ne serons nulle part plus tranquilles qu'ici. À

présent, Justinus, dis-moi ce qui se passe dans le coin ? Parle-moi de Gracilis.

– Il n'y a pas grand-chose à raconter. Il est introuvable.

– Est-il malade ? En permission ?

– Dans ce cas, c'est extrêmement impoli de sa part de ne pas en informer son collègue gradé résidant dans le même fort.

– L'impolitesse ne date pas d'aujourd'hui !

– Exact. Ce qui a mis la puce à l'oreille de la Première, c'est que même la femme de Gracilis, qui réside ici avec lui, n'a pas l'air de savoir où il est. Elle a demandé à la femme de *mon* légat s'il y avait des manœuvres secrètes en cours.

– Et il y en a ?

– Tu plaisantes, Falco ! Nous avons déjà bien assez d'opérations en cours sans nous mettre en plus à jouer les stratèges ou à monter des camps d'entraînement.

Je m'arrêtai un instant et le contemplai. Il venait de s'exprimer avec une flambée d'autorité. Lors de notre dernière rencontre, il occupait un poste de tribun angusticlave, c'est-à-dire subalterne, mais il portait à présent la large bande pourpre qu'arbore le tribun laticlave, bras droit de son légat. Ces postes étaient principalement réservés aux candidats choisis par les sénateurs : y être promu lorsqu'on était en service était éminemment inhabituel.

Justinus cadrait avec les exigences sociales – il était fils de sénateur –, mais son frère aîné s'arrogeait tous les lauriers. La famille avait décidé de longue date que le cadet n'était guère destiné qu'à la moyenne bureaucratie. Il ne serait pourtant pas le premier jeune homme à se rendre compte que l'armée ne pratique pas le préjugé, et à découvrir qu'une fois loin de chez lui, il est capable de s'étonner lui-même.

– Et comment la Quatorzième réagit-elle ? Qu'en disent les hommes ?

– Ma foi, Gracilis est nouvellement nommé.

– C'est ce qu'on m'a dit. Il est apprécié ?

– Il y a quelques frictions au sein de la Quatorzième…

Justinus était un garçon plein de tact. La Quatorzième *était* un problème en soi, mais il ne s'étendit pas là-dessus.

– Gracilis a un contact assez râpeux. Ça passe mal quand une légion traverse une période sensible, poursuivit-il.

– Gracilis a été choisi par le Sénat, ajoutai-je sur la foi de ce que Vespasien m'avait appris. *Avance, incomparable Florius. Ton grand-père et le mien étaient amis : c'est ton tour, à présent…*, tu connais. Quel genre d'homme est-il ?

– Tout en loisirs virils, hurlant beaucoup.

Nous grimaçâmes tous les deux.

– Posons clairement ce que tu sous-entends, tribun : je sais déjà que l'empereur nourrit des doutes sur le compte de ce personnage, or voilà maintenant, dis-tu, qu'il a disparu. La Première Adiutrix s'est-elle mis dans la tête qu'il aurait été trucidé par ses propres hommes ?

– Par Olympe ! (Justinus s'empourpra.) Voilà une hypothèse tout à fait inquiétante !

– Il semblerait qu'on ait quelques raisons de la formuler.

– La Première est en délicate posture, Falco. Nous n'avons aucun motif d'intervenir. Tu sais comment ça se passe : le gouverneur est en déplacement, il surveille des déploiements de troupes à Vindonissa, alors si pendant ce temps-là Gracilis part faire les quatre cents coups, « la solidarité d'honneur entre commandants » intervient. Du reste, mon légat rechigne à mettre les pieds dans le plat et demander à rencontrer son homologue, des fois que nous nous trompions.

– Il aurait l'air fin, c'est sûr, si Gracilis s'amenait à grands pas pour l'accueillir en s'essuyant les flocons de bouillie du petit déjeuner du menton ! renchéris-je. (Puis, influencé par ma trop longue fréquentation du barbier, je suggérai :) Peut-être Gracilis cache-t-il une coupe de cheveux ratée en attendant que ça repousse ?

– À moins qu'il ait fait un urticaire *horriblement* gênant…

À l'entendre, on aurait dit Helena et son père : sa mine sérieuse dissimulait un humour tout à fait sympathique.

– Cela dit, ça n'a rien de drôle.

– Non, c'est vrai. (Je ravalai le pincement douloureux que le timbre connu de son rire avait éveillé.) Gracilis ferait bien de se montrer, quel que soit le genre de morpions qu'il a chopés.

J'espérais que ce ne soit que ça. Une mutinerie de légion au moment même où les choses commençaient à se calmer serait catastrophique pour Vespasien. Et s'il arrivait qu'un autre légat romain disparaisse en Germanie, les conséquences politiques n'auraient rien de réjouissant. Je repris :

– Je vois quelques bonnes raisons de ne pas ébruiter la nouvelle. Vespasien va vouloir réfléchir à la façon dont ce sera annoncé publiquement… Dis-moi, Camillus Justinus, crois-tu que la Quatorzième a déjà rendu compte de cette disparition et attend l'arrivée d'ordres exprès de Rome ?

– Mon légat serait au courant.

– Ah ! il y croit ! La bureaucratie se nourrit de secrets.

– Non, Falco. Les courriers apportent encore des messages *strictement personnels* pour Gracilis. Je le sais parce que mon propre chef est sans arrêt obligé de signer les reçus. Ni Vespasien ni le gouverneur n'enverraient de missives confidentielles s'ils ne pensaient pas que Gracilis est sur place.

L'accueil morose que m'avaient réservé le *primipilus* et le *cornicularius* devenait compréhensible. S'ils avaient tout bonnement perdu leur chef, la situation se présentait mal pour eux ; en revanche, si ce dernier avait été étranglé au cours d'une mutinerie étouffée à la hâte, elle était désespérée.

– Leur tribun laticlave t'a envoyé paître avec un sacré culot. Et j'ai eu droit au même accueil. Ça se passe toujours comme ça ?

– Oui. Leurs officiers ont tous l'air de dissimuler.

Ce n'aurait pas été possible en période de marche, où Gracilis aurait été en vue dans la colonne, mais ici, à l'intérieur du fort, les hommes de la Quatorzième pouvaient s'occuper de tout eux-mêmes. L'histoire de Balbillus me revint en mémoire, à propos des commandants de légion gouvernant tranquillement la Bretagne après en avoir chassé leur gouverneur. Mais l'ère de l'anarchie était censée avoir pris fin.

– Jusqu'à l'échéance des prochaines festivités, il n'y aura besoin de mettre la cape de pourpre sur les épaules de personne, lançai-je avec un grand sourire. Mais s'il est *bel et bien* question d'un complot, je viens de mettre les pieds dans le plat en beauté ! J'ai apporté une Main d'Acier, plus des ordres concernant son inauguration au cours d'une cérémonie en grand apparat. Il va falloir qu'ils fassent défiler leur légat, ce jour-là.

– Ha ! Le gouverneur va mettre son point d'honneur à être de retour pour l'occasion !

Camillus Justinus faisait preuve d'une ténacité que j'appréciais. Et il témoignait une réelle satisfaction à l'idée que les tentatives déployées par la Quatorzième pour le mettre en échec soient bientôt anéanties.

– Quand doit se dérouler cette cérémonie ? s'inquiéta-t-il.

– Pour l'anniversaire de l'empereur.

Il n'eut pas l'air très sûr de son calcul. Vespasien était au pouvoir depuis trop peu de temps pour faire d'ores et déjà partie intégrante du calendrier. Moi, j'étais au courant – un scribe prenant les détectives pour des ignorants l'avait spécifié dans les notes accompagnant mes ordres.

– Quatorze jours avant décembre. Ce qui nous laisse, à toi et moi, la fin de ce mois-ci plus les seize premiers jours de novembre pour recomposer le tableau avec prudence.

Nous échangeâmes un grand sourire puis nous mîmes en route vers la porte principale. Justinus avait assez de tempérament pour discerner les possibilités. Si nous venions à bout de ce casse-tête avant que Rome ne doive intervenir, cela le servirait.

Je sentis les obligations s'amonceler au-dessus de mon crâne. J'étais l'amant de sa sœur – presque un membre de la famille. C'était mon devoir que de l'assister en direction de la bonne fortune – même si Justinus abhorrait probablement la seule pensée de ce que sa sœur et moi fabriquions. Et quand bien même la majeure partie du travail finirait par m'incomber.

Tandis que nous cheminions en adoptant un silence amical, je réfléchissais ferme. Ça sentait vraiment les ennuis. Or j'avais déjà bien assez couru après ce genre de choses. Il n'y avait pas une heure pleine que je me trouvais à Moguntiacum que, déjà, nous écopions d'un deuxième haut gradé disparu… simple complication de plus venant s'ajouter au légat *officiellement* disparu, aux troupes prêtes à se mutiner, au chef rebelle enragé et à la prophétesse hystérique.

19

Nous prîmes Xanthus au passage et rassemblâmes nos forces en vue de l'expédition jusqu'au secteur du fort alloué à la Première. Pour meubler le trajet de propos neutres, je questionnai Justinus au sujet de sa promotion inusitée.

– Je me suis souvenu que ton dernier poste était à Argentoratum… d'ailleurs c'est là-bas que je t'ai cherché. Mais tu n'étais pas laticlave à l'époque ?

– Non, et je ne m'attendais pas du tout à le devenir. Ç'a été l'appât qui m'a fait accepter de prolonger mon temps de service. Visiblement, c'est gratifiant à long terme de pouvoir dire qu'on a occupé un poste de tribun à large bande…

– J'espère que tu as de plus hautes ambitions en vue de ton épitaphe ! Tu as dû impressionner quelqu'un par tes qualités ?

– Eh bien… (Justinus avait encore l'air d'un adolescent dans un monde d'hommes : les grands mots tels qu'ambition l'effarouchaient.) Mon père est ami avec Vespasien. Ça a peut-être joué.

Je me dis que le jeune homme se dévalorisait. Certains avaient dû comprendre qu'il avait du répondant. La Germanie n'était pas une province dans laquelle on pouvait se permettre de trimbaler des poids morts.

– Comment se présente ta nouvelle unité ? Je ne connais pas la Première.

– C'est une légion fondée par Néron… dont les hommes ont été recrutés au sein de la flotte de Misenum, en fait. La Première Adiutrix est constituée de marins, de même que la Deuxième. Ce qui explique en partie la tension qui règne ici. (Justinus sourit.) J'ai bien peur que l'illustre Quatorzième Gemina Martia Victrix considère notre formation comme un ramassis de débardeurs et de matelots.

Les soldats de l'armée régulière ont toujours considéré ceux de la marine comme des cossards à pieds palmés – opinion que, dans une certaine mesure, je partage. Expédier une unité de fraîche date sur cette frontière versatile semblait en outre une dangereuse folie.

– Tu es donc ici pour galvaniser ces hommes grâce à ton expérience ?

Il haussa les épaules comme pour minimiser son mérite.

– Ne sois pas si timide, repris-je. Ça fera très bon effet sur ta profession de foi quand tu te présenteras comme édile.

Dix ou douze ans auparavant, Titus César était à la tête de la relève qui combla les vides laissés au sein des légions de Bretagne par l'insurrection menée par Boudicca. Si bien qu'à cette heure, la moindre ville de ces brumeux bourbiers lui érigeait une statue en rappelant la popularité dont il jouissait en son temps de jeune tribun. Du coup, je me demandai non sans un brin d'inconfort si, à l'instar de Titus, Justinus lui-même se retrouverait un jour parent d'un empereur régnant : par alliance, supposons…

Il fallait que je lui demande s'il avait des nouvelles de sa sœur. Par bonheur, nous arrivâmes chez lui : je pus donc m'épargner cette gêne.

20

La maison du tribun laticlave ne disposait pas de bains privés, mais pour un jeune homme tout juste entré dans sa vingtième année et n'ayant besoin de place que pour sa cuirasse de défilé et les têtes empaillées de tous les animaux sauvages qu'il chassait pendant ses loisirs, c'était une piaule époustouflante. Les tribuns n'ont pas la réputation de rapporter du secrétariat des dossiers volumineux à revoir chez eux, et leur programme de réjouissances domestiques tend à rester maigre. Ils sont invariablement célibataires, et bien peu invitent leurs parents aimants à séjourner chez eux. Cela dit, fournir aux officiers vivant seuls des résidences capables d'abriter trois générations est le genre de prodigalité dont l'armée raffole.

Justinus avait mis un peu d'animation chez lui en prenant un chien. C'était un bâtard, guère plus qu'un chiot, qu'il avait tiré des pattes d'une bande de soldats qui s'amusaient à le torturer. À présent, le chien régnait en maître dans la maison, dévalant ventre à terre dans les longs couloirs et dormant sur le plus grand nombre de lits possibles. Justinus ne maîtrisait absolument pas sa bestiole, mais au moindre jappement, c'est *lui* qui faisait le beau et quémandait.

– Ton chiot s'est trouvé une niche du tonnerre ! Je comprends pourquoi la plupart des tribuns se dépêchent de prendre femme à la minute même où leur service s'achève. Après une telle indépendance, qui souhaite retourner se cloîtrer au foyer paternel ?

Le mariage aussi était un sujet qui mettait Justinus mal à l'aise. Ce que je comprenais. Le frère d'Helena avait décidément besoin d'un compagnon qui égaie son existence. Pour le moment, ma foi, j'étais là – Helena n'aurait sans doute pas approuvé de me voir jouer ce rôle, à vrai dire.

Justinus décida finalement qu'il devait informer son légat de la persistance inentamable du mur de silence qu'offrait la Quatorzième. Pendant qu'il s'éloignait au trot vers son compte rendu, quelqu'un fut dépêché à la porte de la forteresse pour y récupérer nos bagages. L'un des esclaves personnels du tribun casa le barbier en un lieu approprié, tandis que je retrouvais enfin le luxe d'une chambre à mon seul usage. J'en ressortis presque aussitôt pour une promenade, histoire de jeter un coup d'œil dans la maison en toute tranquillité. Je remarquai qu'on m'avait attribué une belle chambre, mais pas la meilleure. Ce qui me permit de déduire le statut qui m'était décerné : ami proche, mais pas intime de la famille.

Ma mère aurait été choquée à la vue de la couche de poussière qui couvrait les consoles. Mes critères personnels n'étant pas aussi draconiens, je sentis que j'allais être à l'aise dans cette maison. Justinus était issu d'une famille de penseurs et d'orateurs, mais les Camillus aimaient penser et parler avec une coupe de fruits à portée de la main, et des coussins pour se caler le dos. Leur petit chéri était parti à l'étranger avec ce qu'il fallait pour parer à la nostalgie du foyer paternel. Sa maison était confortable. Si ses domestiques se montraient aussi négligents, c'est parce qu'ils étaient livrés à eux-mêmes. Sur le socle poussiéreux d'un vase, j'inscrivis avec mon doigt, en guise d'avertissement humoristique : *Signé Falco*.

Ç'aurait pu être pire. Il y avait trop de crottes de souris, et personne ne se souciait de regarnir les lampes d'huile, mais les domestiques se montraient plutôt polis, même envers moi. Ils tâchaient d'éviter à leur jeune maître de devoir se lancer dans des manifestations d'autorité susceptibles de l'irriter. Bien leur en prenait. S'il ressemblait un tant soit peu à sa sœur, Justinus était capable de piquer des colères hautes en couleurs assorties d'un langage des plus imagés. Et il devait aussi avoir le cœur tendre, et serait enclin à compatir en me voyant errer dans ses appartements, morose, en me demandant en quel diable de recoin de l'Empire sa caractérielle de sœur pouvait bien se cacher. Quoiqu'à la réflexion, pour peu qu'il soit aussi chatouilleux qu'Ælianus sur le chapitre de l'honneur familial, ma liaison avec Helena risquait plutôt de m'amener à finir enfermé dans un sac et expédié à l'autre bout de la zone rhénane d'un coup de puissante catapulte. Aussi, bien que je me fasse un sang d'encre à propos d'elle et de sa sécurité, décidai-je de garder mes soucis par-devers moi.

Je me rendis aux bains de la légion, qui se révélèrent chauds, efficaces, bien tenus et gratuits.

Justinus et moi rentrâmes chez lui au même moment. Dans ma chambre, quelqu'un avait dépaqueté mes hardes et emporté mon linge sale. Ma garde-robe était à ce point étique que le fait d'abandonner trois frusques à la blanchisserie avait vidé mon sac de voyage, mais je parvins à me trouver une tunique qui passa sans trop de peine à la table du dîner, compte tenu de l'éclairage diffus. Sortis de table, nous pointâmes le nez dans le jardin qui ornait la cour, mais comme il faisait froid, nous restâmes à l'intérieur. Bien que j'aie parfaitement conscience de la différence qui existait entre nos rangs respectifs, Justinus semblait heureux de jouer le maître de maison et de bavarder.

– Bien rempli, ce voyage ?

– Rien de trop foulant. Apparemment, la Gaule et la Germanie continuent d'ignorer superbement les lois.

Là-dessus, je lui racontai l'épisode des deux corps que nous avions vus dans le fossé gaulois. Justinus eut l'air épouvanté.

– Y a-t-il quelque chose que je doive faire ?

– Du calme, tribun ! (Je balayai son inquiétude d'un revers de la main.) Ça s'est produit dans une autre province, et c'est au magistrat civil de s'occuper du banditisme de grand chemin… Remarque, le centurion dont je parle – Helvetius – doit être de tes hommes. Il m'a dit qu'il était affecté à la Première. Sur le coup, je n'ai pas fait le rapprochement puisque je croyais que tu occupais encore ton ancien poste.

– Le nom ne me dit rien. Je ne suis pas ici depuis assez longtemps pour les connaître tous. Mais je vais tâcher de me renseigner.

S'attendre à connaître de vue les soixante centurions de sa légion était un peu exagéré. Je n'en revenais pas que ce tout jeune homme ait été promu ; il faisait preuve dans son travail de tout le dévouement, toute la minutie dont on ne fait généralement aucun cas dans les rapports de supérieurs.

Je me dis qu'il apprécierait sans doute le récit de ce que j'avais entendu à Argentoratum sur le compte de son successeur :

– Tu donnerais, toi, un mot de passe tel que « *xenophobia* » ?

– J'ai bien peur que les miens soient beaucoup plus terre-à-terre. « Mars le Vengeur », ou « Conserve de poisson », ou « le deuxième prénom du médecin du camp ».

– Tout à fait avisé.

Nous nous partageâmes un pichet.

– Le vin n'a rien d'exceptionnel ici…

Justinus était trop timide, ou trop fainéant, pour malmener son marchand de vin : le breuvage ressemblait à de la pisse de chèvre – une chèvre affectée de calculs rénaux –, mais le temps passe plus vite un verre à la main.

– Eh bien ! Marcus Didius, comment se fait-il que tu sois passé par mon ancien poste ?

Il devait savoir que je recherchais Helena.

– Je te cherchais.

– Ah ! c'est aimable à toi !

À l'entendre, il semblait sincère.

– Je me suis dit que tu aimerais peut-être avoir des

nouvelles de ta famille. Ils vont tous bien, semble-t-il. Ton père a envie d'acheter un yacht mais ta mère ne veut pas en entendre parler… As-tu reçu des nouvelles de ta sœur, récemment ?

La question franchit mes lèvres avant que j'aie le temps de la réprimer : trop tard pour afficher une simple et banale curiosité. Justinus rétorqua aussitôt :

– Non, elle observe un silence inhabituel, ces temps-ci ! Quelque chose dont je devrais être au courant ?

Il devait avoir eu vent du fait que sa sœur avait choisi de manger du pain dur à ma table. Expliquer au jeune homme la teneur de cette liaison était au-dessus de mes forces. Je lançai d'un ton bref :

– Elle a quitté Rome.

– Quand ça ?

– Juste avant que je prenne le départ.

Justinus, allongé sur une méridienne de l'armée, changea légèrement de position pour soulager le coude sur lequel il s'appuyait.

– Ça paraît plutôt soudain ! (Il riait, mais je voyais poindre le sérieux.) Quelqu'un l'a contrariée ?

– Moi, sans doute : Helena a de nobles exigences, et moi des mœurs viles… J'espérais qu'elle se serait invitée à séjourner chez toi.

– Non.

La raison de mon vif intérêt continua de planer insidieusement, mais ne fut pas formulée. L'un comme l'autre, nous craignions de lever ce lièvre-là.

– Y a-t-il lieu de s'inquiéter ? s'enquit Justinus.

– Helena ne manque pas de bon sens.

Justinus, qui tenait sa sœur en bonne estime, était prêt à se satisfaire de cette remarque. Moi qui aimais aussi Helena, non.

– À ma connaissance, tribun, ta sœur n'a pris aucune disposition auprès de son banquier, ni le moindre garde du corps. Elle a complètement omis de dire au revoir à ton père, plongé ta mère dans la plus totale confusion, stupéfait la mienne qui l'aime beaucoup, et n'a laissé aucune adresse où faire suivre son courrier. Et ça, ajoutai-je, c'est bien ce qui me tracasse.

Nous nous tûmes l'un et l'autre.

– Qu'est-ce que tu proposes, Falco ?

– Rien. Nous ne pouvons rien faire.

Et ça aussi, ça me tracassait.

Nous changeâmes de sujet.

– Je ne comprends toujours pas, lança Justinus, comment tu te retrouves ici à rechercher un légat disparu à la minute même où Gracilis nous pose un problème ?

– Coïncidence. Celui que je recherche, moi, c'est Munius Lupercus.

– Par Olympe ! Autant retrouver une aiguille dans une botte de foin !

J'étirai les lèvres en un large sourire désabusé.

Plusieurs des membres de la famille de Justinus étaient proches de l'empereur, et je me réjouis que le jeune homme ait hérité leur discrétion. J'évoquai librement ma mission, en évitant toutefois de faire allusion à la XIV Gemina. Cette courtoisie à leur égard était probablement superflue, mais j'ai quelques principes.

– Une ou deux gageures de taille ! commenta-t-il.

– En effet. J'ai déjà découvert que la prophétesse Veleda vit au sommet d'une tour et ne peut être abordée que par l'entremise de ses amis hommes. Ce qui lui confère assurément un sinistre prestige. Sans me jouer la comédie, je redoute un peu de traverser le Rhenus !

Justinus se mit à rire. Il pouvait : ce n'était pas lui qui s'y collerait.

– Tu m'as l'air du type qui se tient au courant, Justinus. Y a-t-il des choses que tu puisses me dire à propos du chef rebelle ?

– Civilis a disparu… bien qu'il coure quantité d'histoires à propos de ses mœurs abominables !

– Vas-y, fais-moi peur ! grommelai-je.

– Oh ! l'anecdote la plus répugnante rapporte qu'il faisait cadeau des prisonniers romains à son jeune fils pour que le gamin s'en serve de cible pendant ses séances de tir à l'arc.

– Et c'est vrai ?

– Ça pourrait l'être.

Splendide. Exactement le genre de gars que j'adore inviter à la taverne, histoire de boire un pichet de vin en lui racontant deux trois trucs dans le creux de l'oreille.

– Y a-t-il autre chose de moins folklorique que je doive savoir avant d'inviter ce gentilhomme à boire un coup ?

Je connaissais la toile de fond. Avant de se rebeller, les Bataves avaient toujours entretenu des relations étroites avec Rome : leurs territoires étaient exempts de toute colonisation… donc d'impôts, en échange de quoi ils nous fournissaient des troupes de réserve. Tout le monde y trouvait son compte. Eux jouissaient de soldes et de conditions mirifiques – progrès gigantesque par rapport à ce qu'ils avaient acquis avec leur tradition celtique à la va-comme-je-te-pousse, consistant à piller les voisins quand leurs propres réserves de grains venaient à s'épuiser. De notre côté, nous apprîmes leurs techniques nautiques : les Bataves étaient d'excellents pilotes, rameurs et nageurs, connus pour leur capacité à franchir les cours d'eau avec tout leur paquetage, barbotant à côté de leurs montures.

Justinus entra directement dans le vif du sujet, énonçant ses informations sans tergiverser :

– Tu sais que Julius Civilis fait partie de la famille royale batave. Il a passé vingt ans dans les camps militaires romains, à commander des légions de réserve pour notre compte. Quand les troubles de ces derniers temps ont commencé, son frère Paulus a été exécuté comme agitateur par Fonteius Capito, alors gouverneur de la Germanie inférieure. Capito qui envoya Civilis soi-même, les fers aux pieds, à Néron.

– Étaient-ils *vraiment* des agitateurs, à ce moment-là ?

– Les éléments de preuves semblent indiquer qu'il s'agissait d'une accusation mensongère, déclara Justinus avec la sobriété qui le caractérisait. Fonteius Capito était un gouverneur éminemment controversé. Tu sais qu'il fut traduit en cour martiale puis exécuté par ses propres officiers ? On lui prêtait une réputation d'avidité, mais je ne peux pas te dire si elle était justifiée. Elle l'était peut-être, puisque Galba n'a pas jugé bon d'enquêter sur son exécution.

À moins que Galba eût été sénile et incompétent.

– Quoi qu'il en soit, Galba acquitta Civilis de l'accusation de trahison, mais ne resta empereur que huit mois, si bien que Civilis se retrouva à nouveau vulnérable par la suite.

– Comment ça ? demandai-je.

– Quand Vitellius s'empara du pouvoir, ses armées réclamèrent la mise à mort de plusieurs officiers en prétextant de leur loyauté à Galba.

Je me souvins de ce cruel épisode. De toute évidence, il s'agissait alors de régler quelques vieux différends. Les principales cibles étaient des centurions détestés, mais je savais que les soldats avaient également réclamé la tête du meneur batave. Sans céder, Vitellius avait confirmé le « pardon » de Galba, mais tout cela avait dû engendrer chez Civilis une profonde rancœur à l'égard de ses alliés romains supposés.

– À cette même époque, poursuivit Justinus, on infligea aux Bataves de très mauvais traitements.

– Tels que ?

– Eh bien ! par exemple, pendant le recrutement pour Vitellius, les agents impériaux enrôlaient les infirmes et les vieux pour pouvoir ensuite extorquer des pots-de-vin en échange de leur exemption. Quant aux jeunes garçons et filles, on les entraînait derrière les tentes pour leur faire subir des traitements désagréables.

Les enfants bataves sont souvent grands et beaux. Les tribus germaniques ont toutes un sens aigu de la famille : ce genre d'incident devait avoir envenimé les choses au plus haut point. C'était d'ailleurs la raison pour laquelle le prétendant au trône qui survint ensuite, Vespasien, s'était senti fondé à appeler Civilis à la rescousse pour combattre Vitellius. Mais du fin fond de la Judée, Vespasien avait mal évalué la situation. Civilis commença par coopérer, conjointement avec une tribu portant le nom de Cannenefates. Ensemble, ils attaquèrent la flotte rhénane, capturant toutes les armes et les navires dont ils avaient besoin et coupant les Romains de leurs voies de ravitaillement. Vespasien fut alors proclamé empereur.

– Cela obligea Civilis à hisser ses véritables couleurs, expliqua Justinus. Il convoqua tous les chefs des tribus de Gaule et de Germanie à un rassemblement qui se tint dans un bois sacré, en pleine forêt, fit couler le vin à flots, puis bombarda ses invités de discours enflammés parlant de se libérer du joug romain et d'établir un Empire gaulois libre.

– Galvanisant !

– Oh ! tout à fait théâtral ! Civilis alla jusqu'à se teindre les cheveux et la barbe en rouge vif, puis jura de ne plus se couper un poil tant qu'il n'aurait pas chassé tous les Romains jusqu'au dernier.

Cette précision folklorique donnait à ma mission une touche pittoresque qui ne me plut pas du tout.

– Exactement le genre de cinglé tribal que j'adore essayer de défier ! Il lui est arrivé de se raser, depuis ?

– Après Vetera.

Nous gardâmes le silence quelques minutes, repensant au siège.

– Un fort pareil aurait dû tenir le coup.

Justinus hocha négativement la tête.

– Je n'y étais pas, Falco, mais tous les comptes rendus affirment que Vetera était mal entretenu et manquait d'hommes.

Tandis que nous nous oubliions dans l'ignoble vinasse du tribun, je me rappelai avec amertume ce que j'avais entendu à propos de Vetera. Ç'avait été un double fort, mais plus du tout à la hauteur de ses capacités dès lors que Vitellius y eut prélevé d'importants détachements de vexillaires en vue de sa marche sur Rome. Le reliquat de la garnison fit de son mieux. Beaucoup d'initiatives. Mais Civilis était rompu à la technique romaine du siège. Il fit construire par ses prisonniers des béliers et des catapultes. De leur côté, les légions assiégées ne manquèrent pas d'imagination : les hommes avaient mis au point un grappin articulé capable de cueillir les attaquants et de les balancer à l'intérieur du fort. Cela dit, au moment où ils se rendirent, ils avaient vraiment mangé tous les mulets et les rats, et en étaient à se nourrir des racines et de l'herbe qu'ils arrachaient sur les remparts. Qui plus est, la guerre civile faisant rage en Italie, ils durent se sentir complètement isolés. Vetera étant l'un des forts les plus reculés au nord de l'Europe, Rome avait d'autres chats à fouetter.

On expédia pourtant un détachement de renfort, commandé par Dillius Vocula, mais ce dernier s'y prit on ne peut plus mal. Civilis l'arrêta sans grande peine puis, muni des étendards romains dont il venait de s'emparer, il défila autour du fort de Vetera, ce qui ne fit qu'accroître l'abattement des assiégés. Plus tard, Vocula enfonça les lignes de Civilis et leva le siège, mais il fut mal accueilli par la garnison. Ses propres hommes se mutinèrent, et lui-même fut assassiné par les soldats à Vetera.

Le fort se rendit. Une fois leur commandant liquidé, les légionnaires jurèrent allégeance à l'Empire de Gaule. Ils furent désarmés par les rebelles, on leur donna l'ordre de sortir en ordre du camp… puis ils tombèrent dans une embuscade et furent massacrés.

– Dis-moi, Justinus, Civilis avait-il une réputation susceptible d'amener nos hommes à craindre qu'il trahisse ?

– Je ne pense pas, répondit lentement le jeune homme, qui ne voulait pas médire du Batave. À mon avis, les légionnaires pensèrent qu'un ancien commandant de réserve de l'armée romaine respecterait leur parole. On dit que Civilis eut des mots avec ses alliés à ce sujet.

Un nouveau silence plana entre nous.

– Quel genre d'homme est-il ? m'enquis-je.

– Quelqu'un de très intelligent. Une présence intense. Éminemment dangereux ! À un moment donné, la majeure partie de la Gaule plus diverses tribus de Germania libera le soutenaient, et il réussit à voyager en toute liberté à travers la Germanie inférieure entière. Il se considère comme un deuxième Hannibal... ou plutôt Hasdrubal, en fait, étant donné que lui aussi a perdu un œil.

Je gémis.

– Me voilà donc à la recherche d'un prince de haute taille, borgne, à longue barbe rouge vif, qui voue à Rome une haine brûlante. En tout cas, il ne doit pas passer inaperçu sur la place publique... (Je me demandai tout à coup :) A-t-il protesté aussi quand Munius Lupercus fut pris dans l'embuscade et expédié en guise de cadeau à Veleda ?

– J'en doute. Civilis est favorable à l'autorité prophétique qu'exerce Veleda. Ils passent pour associés. Quand Civilis s'empara du vaisseau amiral de Petilius Cerialis, il l'envoya également à la prophétesse.

– Je ne suis plus en état de te demander comment s'est produit cette catastrophe !

J'avais entendu dire que notre général Cerialis avait ses failles. Il était impulsif et faisait régner une piètre discipline, ce qui fut à l'origine de pertes qu'il aurait pu éviter.

– Veleda reçut donc son bateau d'apparat personnel – en plus d'un haut gradé romain qu'on lui livra ligoté dans sa tour pour qu'elle s'en serve d'esclave sexuel ou autre ! À *ton* avis, Justinus, qu'a-t-elle fait de Lupercus ?

Camillus Justinus frissonna, refusant d'y songer.

La tête me tournait. Le moment semblait venu de me mettre à bâiller tant et plus, tel un voyageur fatigué, puis d'aller me coucher.

Les notes du buccin sonnant la relève de la garde de nuit me dérangèrent, et je rêvai que j'étais à nouveau une jeune recrue.

21

Le lendemain, je réfléchis frénétiquement aux casse-tête que Vespasien m'avait chargé d'élucider. Difficile de se sentir soulevé d'enthousiasme à la perspective de cette liste abracadabrante. Je me rabattis donc sur l'étude de l'unique problème dont nul ne m'avait demandé de m'occuper : j'allai rendre visite à la femme du légat disparu. En traversant la partie du fort allouée à la XIV, je dois dire que je me sentais passablement convaincu qu'on finirait par découvrir que l'éminent Florius Gracilis n'avait pas disparu du tout.

La maison du légat était rigoureusement telle qu'on se l'imaginait. Étant donné que Jules César, même lorsqu'il combattait en territoire hostile et tirait le parti maximum de ses ressources, acheminait par charrettes des panneaux de mosaïque destinés à daller sa tente afin de faire montre de la splendeur romaine aux tribus, il n'y avait guère de risque pour qu'une résidence diplomatique en bonne et due forme implantée à l'intérieur d'une forteresse manque du moindre confort. La demeure était aussi vaste que possible, et décorée à l'aide de somptueux matériaux. Pourquoi pas ? Les occupants successifs, dont les nobles épouses regorgeaient d'idées, réclamaient tous des améliorations. Tous les trois ans, la maison était mise à nu puis refaite de façon à flatter des goûts différents. Et les fantaisies les plus folles étaient réalisées aux frais de l'État.

La résidence était construite autour d'une enfilade de jardins intérieurs ornés de longs bassins et de fontaines sculptées qui distillaient dans l'atmosphère une bruine fine et dense. En été, on devait y voir une abondance tapageuse de fleurs ; en octobre, les arbustes impeccablement taillés prenaient une solennité plus dépouillée. Mais il y avait des paons, des tortues. Au matin, quand j'arrivai, un sourire plein d'espoir aux lèvres, balayeurs de feuilles et jardiniers grouillaient alentour tels des pucerons. Les véritables pucerons, eux, n'avaient aucune chance. Moi non plus, probablement.

À l'intérieur, c'était une kyrielle de salles de réception ornées de fresques. Le stuc blanc éclatant des plafonds éblouissait l'œil. Les sols se composaient de mosaïques aux somptueux effets tridimensionnels. Les lampes étaient dorées à la feuille – et scellées dans les murs –, les urnes immenses – trop lourdes pour qu'on s'enfuie avec. Des gardes discrets effectuaient leur ronde sous les colonnades ou étaient postés en retrait parmi les statues helléniques. À la vue des meubles du salon, mon directeur d'enchères de père se serait mangé les ongles et aurait entraîné le régisseur de la maisonnée derrière un pilier, histoire de discuter tranquillement.

Le régisseur en question connaissait son affaire. Depuis longtemps, Florius Gracilis avait opéré une transition en douceur de l'état de célibataire relax, dans lequel vivait encore Camillus Justinus, à un monde d'incessantes distractions mondaines de la plus haute volée. Sa maison était tenue par des bataillons de laquais entreprenants, dont la plupart devaient être à son service depuis quasiment deux décennies d'une vie mondaine sénatoriale totalement débridée. Étant donné que la plupart des hauts dignitaires partent s'installer dans leur province de rattachement aux frais de l'État, le légat avait apporté non seulement ses têtes de lit en écaille de tortue et ses lampadaires Cupidon dorés à l'or fin, mais tant qu'à faire ses bagages, il y avait adjoint une femme. Toutefois, avant même de faire la connaissance de cette dernière, je compris qu'ajouter une jeune épouse à ce train bien huilé s'était sans doute révélé superflu.

Mon enquête à Rome m'avait appris que Gracilis avait l'âge normal du commandant de légion. Il allait sur la quarantaine : pas encore d'arthrite, mais assez de maturité pour faire impression lorsqu'il déambulait dans la vaste cape pourpre. Sa femme avait vingt ans de moins. Dans les cercles patriciens, on a tendance à marier les filles à l'âge où elles fréquentent encore l'école. Lorsque les unions se font au nom de raisons politiques brutes, l'accent est mis sur la fraîcheur et la docilité. Les hommes de ce niveau n'ont pas droit aux alliances qu'orchestre le hasard et qui bousillent l'existence du commun des mortels. Florius Gracilis avait d'abord été marié aux alentours de sa vingtième année, quand il visait le Sénat, pour ensuite éjecter la femme en question dès que les convenances le permirent ; après quoi il s'était habilement pourvu d'une nouvelle épouse – issue d'une famille encore plus ancienne, encore plus riche –, et ce dix-huit mois auparavant. Probablement à l'époque où il commença à briguer son commandement de légion et eut besoin de passer pour un homme public probe.

Mænia Priscilla me reçut dans un salon noir et or, le genre de pièce tellement reluisante que je ne manque jamais de repérer ma piqûre de puce de la veille. Une demi-douzaine de suivantes l'accompagnaient, jeunes filles à large front, légèrement échevelées, qui semblaient avoir été achetées en lot au marché des esclaves. Elles n'avaient pas l'air très proches de leur maîtresse, assises en deux groupes muets, brodant des ouvrages passablement mornes.

Priscilla ne leur prêtait aucune attention. C'était une petite femme. D'un tempérament plus doux, elle aurait eu une prestance délicate. Temps et argent lui avaient été prodigués, sans toutefois parvenir à masquer sa fondamentale maussaderie. Elle arborait une expression languide, féline, qui se faisait plus dure lorsqu'elle cessait de la travailler. Mænia Priscilla était sans doute la fille de quelque obscur préteur qui ne s'éclaira que lorsque sa progéniture féminine atteignit l'âge de faire de flamboyants mariages dynastiques. À présent, elle était mariée à Gracilis. Rien de très drôle non plus, sans doute.

Elle mit quelques minutes à s'installer au centre d'un ondoyant drapé mauve. Elle portait des perles aux lobes, des bracelets piqués d'améthystes et au moins trois tresses d'or au cou, d'autres pouvant toutefois se cacher sous l'étoffe lustrée qui l'environnait. C'était là sa panoplie du jeudi matin, complétée de l'habituelle batterie de bagues. Quelque part, dans cette quincaillerie, se trouvait une alliance d'un bon centimètre de large. Mais on peinait à la repérer.

– Didius Falco, madame.

– Vraiment ?

Soutenir une conversation était par trop fatigant. Ma mère aurait mis cette molle petite chose au régime viande rouge-arrachage de navets pendant une semaine.

– Je suis un représentant impérial.

S'entretenir avec un envoyé de l'empereur aurait dû illuminer la matinée de la dame. De fait, vivre dans l'un des plus dangereux secteurs de l'Empire aurait enthousiasmé certaines jeunes femmes, mais je compris que la curiosité de Mænia Priscilla ne s'attachait guère aux affaires courantes. Une linotte ayant réussi à éviter le savoir. Elle méprisait les arts. Je ne pouvais me l'imaginer s'occupant de bonnes œuvres. L'un dans l'autre, en tant que conjointe de l'un des diplomates de l'Empire occupant un poste des plus en vue, elle n'avait rien de remarquable.

– Comme ça doit être bien !

Rien d'étonnant à ce que l'Empire craque aux entournures, ces derniers temps. Je m'abstins de réagir, mais la remarque était malvenue et inexcusable. Cette fille arborait un mélange d'arrogance et d'ignorance adolescentes qui risquait de créer des ennuis. Si Gracilis ne la surveillait pas, je lui donnais six mois avant qu'éclate un scandale avec un centurion ou un incident dans un baraquement à la suite de quoi des gens seraient précipitamment renvoyés chez eux.

– Excuse-moi de m'ingérer dans ta tranquillité domestique. Il faut que je voie ton mari, mais il n'est pas au *principia*…

– Il n'est pas ici non plus !

Cette fois, elle riposta d'un ton vif, dans lequel transparaissait cette note triomphante qui tient lieu d'esprit à certains. Les yeux marron de mon interlocutrice me toisèrent de la tête aux pieds, ce qui n'était que justice puisque j'en avais fait autant à son égard. Elle ne voyait rien, cependant ; elle tâchait simplement de m'insulter.

Je haussai un sourcil.

– Tu dois être très inquiète. Gracilis a-t-il l'habitude de disparaître ainsi ?

– Les habitudes du légat ne regardent que lui.

– Pas tout à fait, Mænia Priscilla.

D'agacement, sa bouche se tordit plus hideusement. D'habitude, les hommes vêtus de tuniques lavasses informes et dont une doublure bourrue dépasse des sandales éculées ne lui tenaient pas tête. J'aurais aimé être attifé de façon plus attrayante, mais mon banquier m'avait déconseillé de trop grever mon budget cette année. Les banquiers sont tellement prévisibles ! Et mon budget, donc !

– Noble dame, il semble y avoir un problème ! Un homme du rang de ton mari ne devrait jamais être introuvable. Cela perturbe les subalternes. En fait, l'empereur pourrait considérer que, d'un point de vue politique, c'est une situation insensée... Si Gracilis tâche de fuir ses créanciers...

Je plaisantais, mais elle lâcha un rire amer : ma supposition au hasard était tombée pile.

– C'est donc ça ?

– Ça se pourrait.

– Peux-tu me dresser un état de ses dettes ?

Elle haussa les épaules. Gracilis l'avait probablement amenée en Germanie pour éviter qu'à Rome elle risque de suborner les nombreux régisseurs qu'il employait afin d'obtenir d'eux l'argent nécessaire à ses dépenses. Les hommes de ce genre tiennent jalousement leur femme à l'écart de l'abaque domestique. J'insistai, mais elle avait vraiment l'air de ne rien savoir. Je n'en fus pas étonné.

– Tu ne peux donc pas me dire où je dois commencer mes recherches ? Tu n'as pas idée de l'endroit où ton mari peut être ?

– Oh ! ça, je le sais ! s'exclama-t-elle d'un ton supérieur.

Je ravalai mon irritation.

– C'est important, Mænia Priscilla. J'ai un message de Vespasien à remettre à Florius Gracilis. Quand l'empereur envoie un courrier, il s'attend à ce que je le délivre. Acceptes-tu de me dire où se trouve ton mari ?

– Probablement chez sa maîtresse.

Elle était tellement évaporée qu'elle ne regarda même pas l'effet que produisait sur moi cette réponse.

– Écoute, repris-je, tâchant encore de contenir ma colère, votre vie privée vous regarde, mais si modernes que soient tes idées à propos du mariage, je suppose que Gracilis et toi observez *quelques* règles. Les conventions sont assez limpides. (Je les énonçai cependant :) Lui dilapide ta dot, toi tu entames son héritage. Il est en droit de te battre, toi tu peux le calomnier. Il te dispense des conseils moraux et une rente vestimentaire faramineuse, toi tu es en toutes circonstances la garante de sa réputation dans la vie mondaine. À présent, tâche de comprendre ça : si je ne trouve pas Gracilis vite fait, un scandale va éclater. En tout état de cause, il tiendra à ce que tu évites ça !

Elle sursauta dans un cliquetis atonal de bijoux.

– Comment oses-tu ?

– Comment un homme voué au public ose-t-il se payer le culot de disparaître juste sous le nez du gouverneur de province ?

– Je m'en moque complètement ! s'écria Mænia Priscilla en donnant son premier véritable signe de vivacité. Sors d'ici, et que je ne te revoie plus !

Elle quitta vivement la pièce. Une bouffée d'un parfum désagréablement suave tournoya à sa suite. Sa sortie fut si emportée qu'une épingle à cheveux en ivoire sauta du ruban crénelé qui retenait sa chevelure savamment torsadée et atterrit à mes pieds.

Je ramassai le projectile et le remis sans un mot à l'une des suivantes. Les femmes prirent un air résigné, puis rassemblèrent leurs affaires et suivirent leur maîtresse.

Je ne m'en inquiétai pas. Quelque part dans la maison, il devait y avoir un comptable racorni qui accueillerait ma requête avec plus de réalisme que l'épouse boudeuse. Lui saurait forcément quels créanciers il tâchait quotidiennement d'apaiser, et si je m'intéressais à son travail, il m'exposerait probablement la situation.

Quant au nom de la maîtresse du légat disparu, il devait être connu partout dans la caserne.

22

À un moment donné, au cours de mes recherches, je me retrouvai dans le gymnase privé du légat. Je compris ce que Justinus entendait lorsqu'il parlait de Gracilis comme d'un amateur de loisirs virils : son antre était bourré de poids, haltères, balles lestées pour la pratique du lancer, et tout l'attirail caractérisant en général l'homme qui craint de passer pour un minus – sans doute parce qu'il en est un. Au fond de la salle, ses lances et trophées de chasse étaient accrochés au mur. Un triste Égyptien, qui aurait été mieux employé à momifier des rois en vue de leur rencontre avec Osiris, était assis en tailleur, travaillant à empailler un assez petit cerf. Je ne perds jamais de temps à engager la conversation avec les Égyptiens. Celui-là savait sans doute empailler un daim, mais entendre son avis sur le long fleuve de larmes qu'était cette vie ne m'aiderait certes pas à retrouver son maître. Je le saluai d'un hochement de tête et passai mon chemin.

Je finis par dénicher le comptable, qui me fournit une longue liste de marchands de vin, fourreurs, fabricants de livres, papetiers et importateurs d'huiles essentielles, tous mécontents.

– Par Jupiter ! cet homme ne croit certes pas à la nécessité de régler les factures !

– Il est un peu tête en l'air en matière d'argent, confirma paisiblement le scribe, un gars aux yeux gonflés, à l'attitude humble, qui avait l'air fatigué.

– Le légat ne perçoit donc pas de revenus de ses biens en Italie ?

– Son domaine est prospère, mais hypothéqué en majeure partie.

– Il file donc un mauvais coton ?

– Oh ! je ne crois pas !

Il avait raison. Gracilis était sénateur. Donc, le fait de vaciller au bord de la faillite était probablement chez lui une seconde nature, par conséquent peu susceptible de l'inquiéter. Son mariage avec Mænia Priscilla avait dû redorer son capital. En tout cas, il débarquait avec une aura de pouvoir énorme. Aux yeux des petits commerçants d'une ville reculée de province, le légat devait passer pour intouchable. Quelques habiles jongleries pécuniaires ne tarderaient pas à le sortir de n'importe quelle mauvaise passe provisoire.

– Dois-je comprendre que tu n'as aucune idée de la raison pour laquelle ton maître pourrait avoir disparu ?

– Je n'ai eu vent d'aucune énigme.

– Il ne t'a laissé aucune directive ?

– Il n'est pas réputé pour sa prévoyance. Je pensais qu'il s'absentait quelques jours pour affaires. L'esclave qui partage sa chambre n'est pas là, lui non plus.

– Comment le sais-tu ?

– J'ai entendu la petite amie du gars s'en plaindre.

– Elle travaille ici ?

– Elle est serveuse à la taverne *Medusa*, pas très loin de la porte Dextre du *principia*.

J'emportai les noms des créanciers et de la petite amie de l'esclave, notés sur ma tablette de poche. La cire avait durci à force de ne pas servir, signe indubitable qu'il était temps de me mettre au travail.

– Dis-moi encore : ton maître est-il un homme à femmes ?

– Je serais bien incapable de donner un avis.

– Allez, lâche le morceau !

– Mon domaine est strictement financier.

– Ce n'est pas nécessairement incompatible avec ce que je t'ai demandé ! Les fonds du légat pourraient être à sec en raison de maîtresses coûteuses…

Je lui laissai le temps de me jauger longuement. Nous savions l'un comme l'autre que je saurais trouver d'autres sources prêtes à me fournir les détails croustillants. Je quittai la résidence d'un pas léger. Recueillir des informations regonfle toujours le côté optimiste de ma nature.

Je commis ensuite l'erreur de tenter à nouveau ma chance avec la XIV Gemina à la puissante poigne.

Préfet de camp ne fut jamais un poste au sein de la légion républicaine. Je crois qu'à cet égard comme à bien d'autres, les républicains de jadis avaient raison. De nos jours, les préfets en question exercent une autorité de mauvais aloi. Les légions élisent toutes le leur, qui dispose d'un vaste éventail de responsabilités en ce qui concerne l'organisation, l'entraînement et l'armement. En l'absence du légat et des tribuns laticlaves, ces hommes prennent le commandement, et c'est alors que les choses deviennent dangereuses. Ils sortent en effet du vivier de premiers *pilums* résistant à la retraite, ce qui les rend trop vieux, trop conformistes et trop lents. Par principe, je ne les aime pas. Le principe étant que ce fut le comportement obtus d'un préfet de camp qui anéantit la réputation de la Deuxième Augusta lors de la révolte de Bretagne.

À Moguntiacum, il n'y en avait qu'un, responsable du fort tout entier. Étant donné que la Quatorzième était la seule légion expérimentée stationnée là, le préfet sortait de ses rangs.

Il occupait un bureau dont les proportions surdimensionnées devaient flatter sa personnalité sous-développée. Je l'y trouvai, en train de lire des papyrus et d'écrire diligemment. Son coin était aménagé avec un dépouillement intentionnel. Il se servait d'un tabouret pliant à l'armature rouillée et d'une table de campagne qui avait l'air rescapée d'Actium. L'ensemble étant supposé donner l'impression que le maître des lieux aurait préféré être en campagne sur le terrain. À mon avis, si Rome avait l'intention d'honorer une quelconque réputation militaire, il faudrait laisser les hommes tels que celui-ci dans les camps… bâillonnés, ligotés et rivetés au sol.

– Sextus Juvenalis ? Je suis Didius Falco. L'envoyé de Vespasien.

– Oh ! on m'a dit que je ne sais quel cloporte avait pointé la tête hors d'un trou du Palatin !

Il écrivait à la plume. Comme de bien entendu.

Il posa méticuleusement sa plume sur l'encrier de façon à éviter qu'elle ne goutte, et me sauta dessus.

– D'où tu sors, toi ?

Je supposai qu'il ne s'attendait pas à ce que je lui parle de mes tantines de Campanie.

– Service national dans l'habituelle province paumée, puis cinq ans en tant qu'éclaireur.

– Toujours sous l'uniforme ?

La vie militaire était l'aune à laquelle ce type mesurait tout. Je l'imaginais bien, barbant tout le monde jusqu'à la gauche avec ses affirmations obstinées comme quoi les valeurs traditionnelles, l'équipement d'autrefois et certains vieux commandants infects dont nul n'a jamais entendu parler valent infiniment mieux que leurs actuelles contreparties.

– Je travaille à mon compte, maintenant.

– Je ne suis pas d'accord avec les gens qui quittent la légion avant l'heure de la retraite.

– Je n'ai jamais supposé que tu le serais.

– Le service national a perdu de son lustre ?

– J'ai ramassé un vilain coup de pilum.

Pas si vilain que ça, mais ça m'avait tiré d'affaire.

– *Où* ça ? insista le préfet, qui aurait fait un bon détective.

– En Bretagne, avouai-je.

– Un coin qu'on connaît !

Il m'observa, paupières plissées. Je me raidis en prévision de l'affrontement. Il n'y avait aucune échappatoire : si je continuais à esquiver, de toute façon il finirait par deviner.

– Donc tu connais la Deuxième Augusta.

Sextus Juvenalis ne cilla pas, mais on aurait dit que le dédain gagnait peu à peu sa physionomie tout entière, comme un caméléon change de couleur.

– Eh bien ! Dommage pour toi ! railla-t-il.

– Dommage pour la Deuxième tout entière… Grâce à certain préfet de camp nommé Pœnius Postumus !

Pœnius Postumus était l'imbécile qui ignora l'ordre de rejoindre la bataille contre les Icènes. Nous-mêmes, ne comprîmes jamais vraiment quelle raison se cachait là-dessous.

– Il a trahi la Deuxième tout autant qu'il vous a trahis vous, continuai-je.

– J'ai entendu dire qu'il avait payé. (Juvenalis parlait maintenant à mi-voix, submergé de curiosité morbide.) D'après ce qui se dit, Postumus serait tombé sur son glaive par la suite. Est-il vraiment *tombé*… ou l'a-t-on lâché ?

– À ton avis ?

– Tu en sais quelque chose ?

– Oui.

J'étais là. Nous y étions tous. Mais ce qui se passa au cours de cette nuit de furie reste le secret de la Deuxième Augusta. Juvenalis me dévisagea comme si s'il contemplait un gardien des enfers brandissant une torche éteinte. Mais il se reprit bien vite.

– Si tu étais de la Deuxième, il va falloir y aller sur

des œufs ici. Surtout, ajouta-t-il d'un ton menaçant, si c'est toi, l'agent secret de Vespasien ! (Je ne fis pas mine de me récrier.) À moins que ça soit ton minet de compagnon ?

– Alors comme ça, les gens ont repéré Xanthus ? (Je souris tranquillement.) En toute honnêteté, je ne sais pas quel est son rôle. Et je préfère ne pas savoir.

– Où l'as-tu déniché ?

– Cadeau surprise de Titus César.

– Récompense de services passés ? railla le préfet.

– Plutôt de services à venir, à mon avis. (J'étais prêt à visser un peu plus serré encore.) Tu es le mieux placé pour fournir des prétextes pour la Quatorzième. Venons-en à Gracilis.

– Qu'y a-t-il à en dire ? lança Juvenalis d'un ton léger.

Il semblait prendre le parti du bon sens, mais je ne me laissai pas abuser.

– Il faut que je le voie.

– On peut arranger ça.

– Quand ?

– Bientôt.

– Maintenant ?

– Pas tout de suite.

Je m'agitai impatiemment.

– Octobre en Germanie supérieure, ce n'est ni l'endroit ni l'époque pour qu'un légat s'octroie des vacances en douce.

– Il ne me demande pas mon avis.

– Il ferait peut-être mieux !

La vile flatterie tomba elle aussi à plat. Préfet de camp est un grade immodeste : Juvenalis estimait que mes louanges lui étaient dues.

– Demander un avis n'est peut-être pas le fort de votre légat ? J'ai ouï dire qu'il n'était pas très apprécié.

– Gracilis a ses méthodes.

Il défendait loyalement son commandant. J'entrevis néanmoins la lueur qui s'alluma dans les yeux du préfet : agacement causé par l'attitude râpeuse du légat.

– Bon alors, il est parti avec une femme, ou il travaille au noir dans les latifundia ?

– Mission officielle.

– Raconte. Moi aussi, je suis un envoyé officiel.

– Secret officiel, ajouta-t-il d'un ton sarcastique.

Il savait que je n'avais aucun moyen de répliquer. Les hommes comme ce préfet savent jauger le rang de leur interlocuteur d'après le laçage de ses sandales. Les miennes devaient être attachées de travers.

– J'ai des ordres, préfet. Si je ne peux pas les exécuter, il se peut que je doive en référer à Rome.

Juvenalis esquissa un pâle sourire.

– Ton messager ne quittera pas le fort.

J'étais en train de me demander dans quelle mesure je me souvenais du code des signaux lumineux mais il me devança d'un air méprisant :

– Tu trouveras le poste de communication par sémaphore à l'extérieur des murs.

– Je suppose qu'à Moguntiacum, on n'élève pas de pigeons voyageurs ?

Je cédai avec une bonne grâce feinte. Je préférais ne pas avoir à me retrouver dans l'une des cellules minuscules qui flanquaient la porte principale, réduit à une écuelle de gruau d'orge par jour. Je changeai de stratégie :

– On m'a envoyé ici pour recueillir les échos politiques. Si je n'arrive pas à m'entretenir avec Gracilis, c'est à toi que je vais devoir tirer les vers du nez. Quelle est l'humeur du moment dans les tribus du coin ?

– Les Trévires se sont fait battre par Petilius Cerialis en deux temps trois mouvements.

Juvenalis grommela l'information d'un ton qui sous-entendait qu'il avait trop de bouteille pour s'opposer ouvertement à mes recherches, mais qu'il lui serait aisé de saboter ma mission si l'envie l'en prenait.

– À Rigodulum ? La Vingt et Unième Rapax s'est bien battue pour Cerialis, là-bas ! rétorquai-je, soulignant implicitement la contribution moins remarquable de la Quatorzième.

Juvenalis s'abstint de relever.

– Les tribus en sont revenues à gagner leur vie et à courber leur vilaine échine.

L'information était aussi inattendue que bienvenue : sans doute le préfet espérait-il que je m'en aille trouver les peuplades locales et que j'y offense quelqu'un, ce qui lui épargnerait l'ennui d'avoir à m'assommer pour me faire taire.

– Quelles sont les principales activités dont vivent les gens, dans la région ?

– Laine, pêche en rivière… et poterie, m'annonça Juvenalis.

Le dernier mot me fit dresser l'oreille.

– Capes, carpes, plats à tartes ! Le chef rebelle Civilis n'avait-il pas de la famille dans le coin ? m'enquis-je. On m'a dit que sa femme et sa sœur résidaient à Colonia Agrippinensium pendant la révolte ?

Les traits du préfet se figèrent.

– Les Bataves sont originaires de la côte nord.

– Épargne-moi la leçon de géographie, préfet. Je sais où ils vivent. Mais Civilis se fait rare dans l'Île, comme dans toute la région. Il faut que je le trouve... Je me demande s'il ne serait pas redescendu vers le sud ?

– C'est marrant, reprit Juvenalis d'un ton dont le sarcasme n'était pas absent, mais de temps en temps, on reçoit bel et bien des avis comme quoi on l'aurait localisé.

– Ah oui ?

– Ce ne sont que des bruits. Il a un certain prestige mystique au sein de son peuple. Quand les hommes comme lui meurent ou disparaissent, on entend toujours des tas d'histoires à dormir debout.

Il avait raison, dans une certaine mesure. Aux premiers jours de l'Empire, les sosies des tyrans étaient un phénomène récurrent : Caligula, par exemple, renaissait continuellement parmi ses partisans fanatiques des états mal connus de l'est.

– Alors tu penses que toutes ces rumeurs de localisation ne sont que du vent ?

– S'il vient traîner dans les parages de la Quatorzième, c'est un fou !

Manifestement, le souvenir de la défection des cohortes bataves restait douloureux.

– Vous envoyez des patrouilles d'investigation ?

– Elles ne trouvent rien.

Je me dis en mon for intérieur que cela ne signifiait pas nécessairement qu'il n'y ait rien à trouver.

– Quel risque y a-t-il de voir la révolte reprendre de plus belle au sein des tribus ?

Juvenalis ne considérait pas que les séances d'information politique incombaient à sa fonction. Je m'autorisai donc à spéculer :

– On en revient toujours à la bonne vieille blague : quand un Grec, un Romain et un Celte échouent sur une île déserte, le Grec fonde une école de philosophie, le Romain placarde un tour de rôle… et le Celte déclenche une bagarre. (Juvenalis me dévisagea, soupçonneux : même en tant que blague, c'était trop complexe.) Bon, eh bien ! merci de…

Je n'achevai pas ma phrase, car la porte s'ouvrit.

J'aurais dû m'y attendre. Que ce soit le fruit d'une coïncidence, ou plus vraisemblablement la conséquence d'un bouche à oreille mal intentionné, voilà que plusieurs des personnages importants de la Quatorzième nous rejoignaient à présent. Comme je jetais un coup d'œil à la ronde, le cœur me manqua. Tous avaient l'air sinistrement décidé. Parmi eux, je reconnus Macrinus – le tribun laticlave rutilant que j'avais vu s'entretenir la veille avec Justinus –, mon adversaire le *primipilus*, au moins trois autres centurions à lugubre mine, et un costaud taciturne que j'identifiai comme leur *specularius*, poste que j'avais moi-même occupé jadis, à l'époque de mes premières missions secrètes, quand j'étudiais l'art des interrogatoires et toutes les rudes techniques qui en accélèrent l'issue.

Je savais ce que la présence de ce sinistre individu aurait signifié de mon temps. Cela dit, peut-être les temps avaient-ils changé ?

23

On m'assit sur un tabouret. Ils s'assemblèrent autour ; du coup je n'avais plus la place de me relever. La petite pièce devint plus étouffante, plus sombre.

J'entendis le léger cliquetis d'un tablier protecteur à pendants de bronze, trop proche de mon oreille gauche à mon goût. Il m'était impossible de me retourner pour voir quel mouvement avait provoqué ce bruit. Le tribun et les centurions restaient plantés devant moi, la main sur le pommeau du glaive.

Je sentis le courant de puissance qui émane d'une légion bien rodée. La communication se faisait sans effort décelable. Les conseils de guerre s'assemblaient d'eux-mêmes. Les conspirations internes demeuraient sans doute invisibles pour l'observateur extérieur, et les hommes suintaient la menace tels des ours : assassins de naissance. Étant donné que nous occupions son bureau, le préfet conserva l'initiative. Aucun des autres centurions ne prit la parole.

Ce fut cependant le tribun qui se lança. Le rutilant Macrinus passa sa main libre dans sa chevelure, en un geste machinal qui en exaltait les reflets naturels.

– Nous avons reçu une plainte de la femme du légat concernant un intrus.

Du fait de son intonation cultivée, il détachait les syllabes aussi nettement que s'il crachait des pépins. C'était un beau gaillard aux yeux langoureux, imbu de lui-même. J'imaginais tout à fait Mænia Priscilla se précipitant chez lui pour lui faire part de ses soucis. Il était de son âge, de son rang. À mon avis, si elle ne couchait pas encore avec lui, elle en rêvait.

– Une dame extrêmement aimable, murmurai-je.

Il n'attendait qu'une chose : que j'ose traiter la femme de leur légat de petite minette gâtée. Ils n'attendaient que ça, tous. Je voyais les doigts du préfet qui grouillaient déjà de prendre la plume : il lui tardait de rédiger une accusation pour outrage.

– Les chiens de ton espèce donnent son titre à notre tribun ! cracha Juvenalis.

– Désolé, *tribun !* Je me suis excusé de mon intrusion. Je pensais que le noble Florius Gracilis était peut-être cloué chez lui avec un rhume.

– La résidence est hors les murs. (Les préfets de camp adorent établir des lignes de démarcation.) Consulte les sources appropriées.

– Les sources appropriées se sont révélées peu coopératives, et je suis chargé d'une mission pour l'empereur.

Je perçus à nouveau un mouvement inquiétant derrière moi.

D'un ton plein de colère, le tribun lâcha brusquement :

– Qui est ce va-nu-pieds de fouineur ?

– Un empoisonneur nommé Didius Falco, répondit le préfet. Ex-légionnaire de la Deuxième Augusta. On ne pouvait pas manquer de faire circuler la nouvelle dans les rangs des soldats de garde.

Je réprimai un gémissement. Il avait fait en sorte qu'aucun des hommes de la légion ne m'adresse la parole… et me réservait probablement un sort bien pire que ça. Ce soir, à partir du couvre-feu, j'allais devenir une proie rêvée pour tous les musclés imbibés de vin que l'envie prendrait de crâner devant les copains.

– À présent, il travaille pour Vespasien… comme de bien entendu.

Cette allusion au fait que l'empereur commanda autrefois la Deuxième contenait tout le sarcasme que Juvenalis parvint à y mettre sans trahir son serment d'allégeance militaire.

– Mais bon, pas de problème, affirma-t-il à l'assemblée. Cet idiot n'est pas ici pour nous casser les pieds. Il va aller taquiner les indigènes en recherchant leur chef rebelle. *Il se figure qu'il va dompter Civilis !*

La remarque ne souleva pas un rire.

Je soupirai doucement.

– En fait, il se trouve que je suis chargé de retrouver un légat disparu, mais il s'agit de Munius Lupercus, donc la piste est éventée… J'ai saisi le message, les gars : les membres de la Deuxième sont *persona non grata* parmi vos nobles compagnons. Je m'en vais.

Un silence accueillit ma remarque, mais un remous de lumière et un courant d'air plus frais dans mon dos me révélèrent que le mur de cuirasses s'était entrouvert. Je me levai. Ils restèrent étroitement groupés autour de moi, si bien que je trébuchai dans le tabouret en me retournant. Personne ne me sauta dessus, ce qui me surprit. C'était là le but escompté par mes interlocuteurs. Tous savouraient ma nervosité, mais ils me laissèrent partir tranquille. Quelqu'un claqua la porte d'un coup de pied. Je m'attendais à entendre fuser des rires, mais rien ne s'élevant, l'effet fut encore pire. Je regagnai l'esplanade à défilés, où le vif soleil d'automne, bas sur l'horizon, m'éblouit cruellement.

Nul ne m'avait touché. Mais je me sentais aussi moulu qu'après avoir été fouetté à coups de corde à nœuds par toute une légion lors d'une cérémonie de châtiment.

24

Ces joyeux événements avaient englouti assez de ma matinée pour que je regagne sans hâte la maison du tribun où nous avions décidé de nous retrouver pour le déjeuner.

– Je t'emmène manger dehors : je te dois un pichet. On m'a recommandé la *Medusa*, une taverne…

Justinus eut l'air affolé.

– Je ne connais personne qui aille boire là-bas !

Je reconnus que c'était probablement dû au fait que ses amis étaient bien trop cultivés, puis lui expliquai pourquoi je souhaitais y aller. Prendre part à mes investigations amusa Justinus, si bien qu'il ravala ses scrupules. Chemin faisant, il m'interrogea sur l'évolution de l'enquête.

– Je sors tout juste de ma deuxième entrevue avec la Quatorzième. Les hommes prétendent que leur chef est en mission officielle, ce qu'on aurait du mal à réfuter. Mais il se trame quelque chose de louche. Ils ont des réactions exagérées à un point qui frise le grotesque.

Je l'informai de l'attitude intimidante qu'avait adoptée la Quatorzième à mon égard. Justinus était trop jeune pour se souvenir dans le détail des péripéties de la révolte de Bretagne, aussi dus-je lui raconter l'intégralité du lamentable épisode lors duquel la Deuxième Augusta s'était vu dépouiller de tout prestige. Sa mine s'allongea. Non seulement il hébergeait un individu devenu indésirable, mais à l'instar de la plupart des gens, il était sans doute fort peu impressionné par la contribution de ma légion à l'histoire.

La taverne *Medusa* se révéla moins agréable que je

l'espérais, quoique moins miteuse que je le craignais. L'endroit avait l'air d'un établissement nocturne fonctionnant au ralenti en journée. En fait, *aucun* lieu public ne restait ouvert la nuit à Moguntiacum : l'atmosphère endormie de la *Medusa* à l'heure du déjeuner était simplement due au laisser-aller de la gestion. Les tables branlantes étaient appuyées contre les murs lépreux comme des champignons cramponnés à de vieux arbres, et le vin était servi dans des pichets complètement informes, œuvres d'un potier malhabile. L'endroit était plein de soldats mal embouchés accompagnés de leurs astucieux pique-assiettes. Nous commandâmes le plat du jour, dans l'espoir qu'il pourrait être cuisiné de frais… espoir déçu.

Il faisait juste assez chaud pour sortir une table dans la fraîcheur de la journée.

– Ah ! des boulettes de viande, s'exclama poliment Justinus quand la commande arriva. (Je vis ensuite son enthousiasme décroître.) On dirait du lapin…

En fait, le plat ressemblait aux restes grossièrement hachés d'un vieux mulet de bât fourbu dont l'épuisement et la gale seraient venus à bout.

– Inutile de s'inquiéter de ce qu'ils ont mis dedans pour donner du goût, ça n'en a aucun…

L'idée me traversa l'esprit que Julia Justa, noble mère de mon compagnon, qui avait déjà une piètre opinion de ce que j'avais fait à sa merveilleuse fille, ne se radoucirait certainement pas si j'achevais son fils dans un bouge de cet acabit.

– Ça va, Falco ?

– Oh oui !

Les tribuns étaient une rareté dans cette taverne. Le patron nous servit lui-même. Sans doute pensait-il que nous l'inspections – besogne que ni l'un, ni l'autre n'avions trop envie d'affronter. Au bout d'un moment, il envoya une serveuse nous demander si nous avions besoin de quelque chose. Question qui ne concernait ni la nourriture, ni le vin.

– Comment t'appelles-tu, *toi ?* demandai-je en feignant de jouer le jeu.

– Regina.

À cette réponse, Justinus s'agita nerveusement, mais pas pour la raison à laquelle pensait la fille : il m'avait entendu dire que la petite amie de l'esclave disparu du légat disparu s'appelait Regina.

– Une reine ! m'exclamai-je à l'intention de Justinus, d'un ton tellement pompeux que c'en était à peine croyable.

La fille adora. Je commandai un autre demi-pichet, et lui demandai d'apporter un gobelet de plus pour elle.

– Elle n'a pas l'air de rechigner à venir nous tenir compagnie, murmura Justinus pendant que la fille allait chercher le tout.

Il paraissait craindre que nous soyons en train de nous aventurer sur une pente moralement glissante en encourageant la serveuse dans cette voie. Mes appréhensions à propos de la *Medusa* étaient d'ordre strictement pratique. La seule chose qui me tracassait, c'est que nous ayons pris le risque de consommer ces immondes boulettes tout en explorant une fausse piste.

– Nous tenir compagnie, c'est son boulot, et ça ne l'empêche pas de mener une vie privée joliment compliquée en dehors de ses heures de travail. Je vais lui en toucher un mot, poursuivis-je en grec, tandis que la fille reparaissait avec notre vin. Que je t'explique quelques principes de vie, mon gars : ne joue jamais aux dames pour de l'argent avec des inconnus ; ne vote jamais pour le candidat favori ; et ne te fie jamais à une femme qui porte une chaîne de cheville...

– En matière de femmes, c'est toi le connaisseur ! répliqua-t-il ironiquement dans un grec beaucoup plus assuré que le mien.

Assez courant, en tout cas, pour être grossier sans effort.

– Bon nombre de serveuses m'ont envoyé paître, c'est certain... (Revenant au latin, je plaisantai avec Regina :) Discussions d'hommes ! Mon illustre ami se plaignait du fait que je n'aie aucun égard pour sa sœur !

La fille, pas très dégourdie, avait oublié son gobelet : elle me décocha un sourire inexpressif et partit au galop.

Gardant les yeux rivés sur son assiettée de boulettes – qui avait certes l'air d'appeler une reconnaissance prudente –, Justinus reprit dans son grec charmant, teinté d'un léger accent :

– À propos, Falco, je voulais te demander si ton aventure avec ma sœur, c'était du sérieux ?

Ma mâchoire se contracta.

– Aussi sérieux que ça m'est possible.

Il releva la tête.

– Ça ne répond pas à ma question.

– Erreur, tribun. Ça y répond dans la mesure de ce que tu as vraiment à savoir : je ne ferai jamais aucun mal à Helena.

Notre serveuse reparut.

Elle s'assit, nous signifiant tacitement que nous pouvions poursuivre notre conversation. Elle avait l'habitude des négociants qui finissaient de parler affaires avant d'entamer un autre commerce avec elle. De fait, elle semblait on ne peut plus docile.

Justinus et moi interrompîmes notre conversation.

Je mangeai tout ce que je pus avaler de la mixture insipide, puis me rinçai le gosier d'un verre de vin. Je souris à la fille. C'était une gamine trapue à torse plat et courte tignasse rousse. Ses mèches tailladées rebiquaient en crans artificiels comme les aiment tant les filles qui servent à boire, entre autres services moins nourrissants. Elle portait une tunique blanche passablement propre et l'habituel collier de verroterie assorti de bagues serpentines bon marché, ainsi que l'inévitable chaîne de cheville à laquelle j'avais fait allusion un peu plus tôt. Son attitude semblait soumise, mais on y devinait un semblant d'impertinence. À Rome, j'avais tout un lot de sœurs d'une trempe certaine et au bec bien effilé. Regina me faisait penser à elles.

– Dis-moi, Regina, tu connais un domestique privé du nom de Rusticus ?

– Ça se pourrait.

Elle faisait partie de ces filles qui évitent par principe de répondre à une question.

– Tu sais de qui je parle ?

– Il travaille au fort.

– Chez un des légats. Ne t'inquiète pas : il n'y a pas d'ennuis en perspective ! (Je me dépêchai de la rassurer.) J'ai entendu dire que Rusticus et toi étiez bons amis.

– Ça se peut.

Il me sembla voir son regard bleu assuré s'assombrir. Peut-être était-ce de la peur. Ou peut-être quelque chose de plus fugace.

– Tu sais où il est ?

– Non.

– Est-il parti quelque part ?

– Qu'est-ce que ça peut te faire ? rétorqua-t-elle.

– Il faut vraiment que je le trouve.

– Pourquoi ça ?

J'étais à deux doigts de lui expliquer que je recherchais le légat disparu quand elle lâcha d'un ton coléreux :

– Je ne l'ai pas vu depuis des lustres. Je ne sais pas où il est !

Elle se leva d'un bond. Justinus, déconcerté, recula son tabouret dans un grincement métallique strident.

– Qu'est-ce que tu cherches ? cria la fille. Pourquoi viens-tu m'asticoter comme ça ?

Les autres clients – principalement des soldats – tournèrent la tête dans notre direction, mais sans grande curiosité.

– Du calme, Falco, coupa Justinus. (La fille regagna précipitamment la taverne.) Les serveuses ont, en effet, l'air d'être ta spécialité !

Il s'esclaffa, puis me décocha un regard désapprobateur et s'engouffra à l'intérieur à son tour.

– Ça, c'est bien Regina ! lança l'un des soldats avec un grand sourire.

– Soupe au lait ?

– Tout le temps en train de monter sur ses grands chevaux.

Je laissai le montant de l'addition sur la table et déambulai dans les parages jusqu'à ce que le tribun reparaisse.

– Content de te revoir entier ! J'ai cru comprendre que le mauvais caractère de Regina est légendaire. Elle adore hurler et fondre en larmes au nez des clients innocents. Et si on insiste, elle jette des amphores à la tête des spectateurs. Tant pis pour celui qui écope d'une pleine… Tu épongeais ses larmes, ou tu tâchais simplement d'éviter les projectiles ?

– Tu n'y es pas allé de main morte, Falco !

– Elle s'y attendait.

– Ah oui ? (Justinus marmonna entre ses dents :) Eh bien ! moi, j'ai obtenu ce que nous voulions savoir sans brutaliser cette fille. C'est tout simple : l'esclave Rusticus et elle ont eu une querelle d'amoureux. Elle ne le voit plus.

– Et le légat qui lève le pied ?

– Tout ce qu'elle sait, c'est qu'elle a entendu dire que le maître de son petit ami prévoyait peut-être bien de s'en aller pour quelques jours. On ne lui a dit ni pourquoi, ni où.

– Parfait, à condition qu'elle dise vrai.

– Pourquoi mentirait-elle ?

– C'est une fille de bar, et toi, tu es un inconnu. Quand j'ai affaire à une petite menteuse qui a quelque chose à cacher, je sais la reconnaître !

– Eh bien ! *moi*, je la crois.

– Grand bien te fasse, répondis-je.

Nous nous éloignâmes à grands pas en direction de la porte du fort. Justinus faisait toujours mine d'être furieux, mais son tempérament facile reprenait le dessus. Je hochai la tête et me mis à rire tout bas.

– Qu'est-ce qu'il y a de si drôle ?

– Oh !… il existe une méthode classique pour extorquer des renseignements, qui consiste à envoyer d'abord une grosse brute qui effraie le suspect, puis on fait intervenir son gentil et bienveillant compagnon pour réconforter celui qu'on interroge et le faire passer aux aveux.

– Ça a l'air efficace, constata Justinus d'un ton plutôt pincé.

– Oh ! oui.

– Je ne vois toujours pas ce qu'il y a de drôle.

– Rien. (Je lui adressai un large sourire.) À part que le compagnon bonne pâte est censé jouer la comédie !

25

De retour chez Justinus, des nouvelles nous attendaient :

– Une femme est venue te demander, Marcus Didius.

Je me mis à rire.

– Ce genre d'annonce demande un brin de discrétion !

Justinus eut l'air froissé. Si je tenais à passer pour loyal vis-à-vis d'Helena, la légèreté n'était pas de mise. On taquinait trop la serveuse, et on ne pontifiait pas assez comme cela se fait entre sénateurs. Cela dit, si le jeune homme n'avait pas l'habitude de mes façons, je n'y pouvais rien. Sa sœur l'avait, elle, et elle avait fait son choix.

– Qui était cette femme ?

– Julia Fortunata, Marcus Didius.

Voyant Justinus tressaillir, je haussai un sourcil.

– Attends que je devine : il y a un rapport avec Gracilis ?

– Donc tu as appris quelque chose ? murmura le tribun.

En présence de ses domestiques, il se montrait prudent. Mais ce n'étaient pas *mes* domestiques.

– Mænia Priscilla a mentionné devant moi ce matin que Gracilis entretenait une maîtresse je ne sais où. C'est elle ? Venir au fort aussi ouvertement, voilà qui semble bizarre… je me demande de quoi elle a un besoin aussi urgent ? Sais-tu où elle habite ?

– Je crois, répondit Justinus, toujours aussi prudemment. On dit que Gracilis l'a installée dans une villa, pas très loin d'ici…

Je lui annonçai que s'il avait un après-midi libre, nous pourrions y aller de conserve. Il hésita. Puis il appela un esclave pour lui demander d'aller chercher nos deux capes.

Nous dûmes sortir à cheval par la porte Décumane, puis piquer vers le sud. Sitôt franchie la rampe de sortie, après la porte, le calme s'abattit. À l'exception du large méandre que décrivait le fleuve, le fort carré dans notre dos constituait la particularité la plus frappante du paysage, lequel, chose inhabituelle sur cette partie du cours d'eau, ne comportait ni les falaises spectaculaires, ni les gorges étroites que l'on trouve plus en aval. Là, c'était principalement du terrain plat, parfois troué d'un port, naturel ou aménagé par l'homme, mais visiblement, le terrain n'était pas marécageux. De grands arbres masquaient çà et là le Rhenus et le Moenus. Justinus me fit prendre l'itinéraire qui me permit d'admirer le mémorial de Drusus – plaisir que j'abrégeai assez vite. Je ne suis pas très friand des monuments en l'honneur des héros nationaux morts de longue date. J'y jetai à peine un coup d'œil.

Un ou deux kilomètres plus loin, se dressait un fortin gardant un petit bourg dont Justinus m'apprit qu'il se considérait comme les *canabae* officielles de

Moguntiacum. Julia Fortunata louait une résidence justement de ce côté du fortin. Pour une femme d'un certain rang, ce n'était pas très sûr. Le Rhenus passait à portée d'effluves. Pourtant, une voie militaire parallèle à la berge sur laquelle nous nous trouvions remontait jusqu'à Argentoratum et Vindonissa, et le poste de garde offrait une protection d'urgence pour peu que le besoin se présente.

C'était une villa de campagne d'allure vaguement romaine, malgré les habituelles variantes provinciales de disposition et des dimensions largement moindres que celles des vastes domaines d'Italie. Nous nous engageâmes dans une petite allée herbeuse entre grange et mare aux canards, dépassâmes quelques pommiers, contournâmes une étable vide, évitâmes un cochon en liberté, puis arrivâmes devant une maison ornée de colonnettes.

À l'intérieur, nous découvrîmes un vestibule germanique carré pourvu d'un âtre central, là où le climat méditerranéen plus clément aurait autorisé un atrium à ciel ouvert et un bassin. Julia Fortunata avait volontairement mis l'accent sur une décoration de style romain : draperies aux coloris élaborés, lits de repos à moulures en rouleaux, statuettes d'athlètes et lutteurs grecs judicieusement disposées, console soutenant une petite bibliothèque de papyrus dans leur étui d'argent. Quelques détails voyants également : une avalanche d'étoffe pourpre et quantité de lampes de bronze en forme de feuilles d'acanthe.

À son entrée, alors que nous savions qu'elle tenait à me voir, elle se contenta de me tendre la main calmement, cérémonieusement. Cette femme-là aurait fait une épouse appropriée pour un officiel haut placé, si le hasard ne l'avait fait naître dans un milieu honorable, mais pas tout à fait assez. Si la jeune épouse Mænia Priscilla possédait l'argent et l'arrogance, Julia, elle, devait se contenter de la culture et de l'éducation. Il lui manquait ces avantages sociaux que confèrent à Rome un lignage d'ancêtres illustres et des décennies d'argent amassé. Elle aurait pu épouser un officier des douanes et régner sur une quelconque petite ville toute sa vie durant, mais quelle femme de caractère tient à se voir ravalée au niveau d'une obscure respectabilité ?

Pour peu que Gracilis ait l'âge que je lui prêtais – une bonne trentaine – Julia Fortunata, elle, devait être son aînée d'un nombre d'années suffisant pour que cela se voie. Justinus m'avait dit que leur liaison était notoire de longue date : elle avait survécu au premier mariage du légat, et semblait bâtie pour survivre à l'actuel. Julia Fortunata se déplaçait avec Gracilis à chacune de ses mutations militaires. Où qu'il s'installe en Italie ou dans le reste du continent, il allait de soi que la dame allait survenir, s'établir à portée de visites, et offrir ce qu'elle offrait habituellement. Cet arrangement avait cessé depuis longtemps de scandaliser. Cela semblait une piètre existence pour elle, surtout si, comme j'en avais acquis la conviction, Florius Gracilis était un triste sire. Mais c'est là le prix que paient les femmes raffinées pour établir un lien sénatorial.

Julia Fortunata, assez grande, était vêtue d'une tenue pastel gris-mauve. Ce n'était pas une véritable beauté : un visage anguleux, un cou trahissant l'âge, et des chevilles horriblement osseuses qu'elle croisa en s'asseyant pour nous parler. Elle avait cependant de la classe ; des mains gracieuses replaçant son étole ; un port élégant ; une façon sereine de recevoir des hommes. C'était l'oiseau rare : une femme d'un certain âge, indépendante… décidée, sûre d'elle, et chic.

– Julia Fortunata, je m'appelle Didius Falco, et voici Camillus Justinus, tribun laticlave de la Première Adiutrix.

Étant donné qu'il évoluait dans la même sphère sociale que la dame, je souhaitais que le tribun prenne la direction des opérations, mais il resta en retrait et se posta en observateur. Julia Fortunata nous jeta un bref regard à l'un puis à l'autre : Justinus dans sa tunique blanche à plis empesés et large bande pourpre, plus taciturne et grave que la plupart des hommes de son rang, et moi, dix ans de plus, un siècle en matière d'expérience. Elle décida de traiter avec moi.

– Merci de me retourner ma visite aussi promptement.

La diction était raffinée, le ton ferme, s'accordant parfaitement avec le goût sûr de sa toilette discrète et de ses bijoux, peu nombreux mais remarquables : un audacieux bracelet du Moyen Orient, et deux énormes disques d'or battu aux oreilles; jusqu'à ses sandales, qui étaient d'un modèle intéressant. C'était une femme qui choisissait elle-même les objets, et appréciait un soupçon d'originalité.

– Tu mènes un genre d'enquête ?

J'acquiesçai d'un geste mais je m'abstins de donner des précisions.

– Tu es passée au fort, dans la journée ? J'avoue que cela m'a étonné.

– C'était urgent. Je suppose que si tu enquêtes à propos de quelque chose qui a trait à mon ami de longue date, Florius Gracilis, tu feras bon accueil à tout ce qui peut t'aider.

Je tentai de la désarçonner :

– Mænia Priscilla pense qu'il est peut-être chez toi.

– Mænia Priscilla est donc capable de *penser ?* (Le trait fusa comme une giclée de vin, et nous fit sursauter.) J'ai bien peur qu'il ne soit pas ici.

Je souris. Je comprenais ce qui pouvait attirer le légat. On savait exactement où on était, dans cette maison.

– Vous vous connaissez depuis longtemps ?

– Dix ans.

Un soupçon de sécheresse dans le ton m'informa que l'on pouvait considérer qu'il ne s'agissait pas d'une simple relation de bon voisinage. Je risquai une question plus précise :

– Quel type de relations entretenez-vous, le légat et toi ?

– Des relations cordiales, répliqua-t-elle d'un ton ferme.

Je laissai tomber. Inutile de se montrer grossier. Nous connaissions tous l'issue du débat.

– Je suis délégué par Vespasien, Julia Fortunata. On m'a envoyé en Germanie supérieure pour une autre affaire, mais tous les incidents étranges qui surviennent pendant que je suis ici peuvent avoir un lien, aussi faudra-t-il enquêter. Tu as raison : je devrais faire bon accueil à tous les renseignements qui m'arrivent au sujet de l'endroit où se trouve Gracilis. Tu peux parler en toute franchise.

Elle resta un instant silencieuse, me dévisageant tranquillement. Je soutins son regard. Son verdict établi, elle nous fit signe de nous asseoir.

Elle avait prévu d'avance ce qu'elle allait dire. Les mots affluèrent, de manière concise, sans qu'il soit nécessaire de questionner. Gracilis avait bel et bien disparu. Julia était terriblement inquiète. Elle avait demandé à me voir parce qu'elle sentait que les autres personnes prenaient l'affaire trop à la légère, ou alors savaient quelque chose et conspiraient à étouffer l'affaire. Que le légat s'en aille où que ce soit sans en faire part à Julia était inimaginable.

– Est-ce qu'il parle aussi des questions militaires ?

– Dans les limites autorisées, bien entendu.

– Bien entendu, repris-je.

À côté de moi, le strict Justinus fit un effort pour contenir sa désapprobation.

– Dis-moi, Gracilis avait-il des soucis ? m'enquis-je.

– Gracilis est extrêmement consciencieux. Il s'inquiète de tout et de rien.

Un bilieux, hein ? Un type qui devait sans doute harceler ses hommes et tourmenter sa femme, alors que sa maîtresse de dix ans avait, elle, appris à ignorer la chose. Peut-être, me dis-je, le rôle de Julia Fortunata dans la vie du légat avait-il toujours été de le calmer et de lui insuffler du courage.

– De quoi s'est-il inquiété ces derniers temps ? Peux-tu me donner un exemple ?

– Depuis notre arrivée en Germanie ? De la situation politique, en termes généraux. Il craignait que Petilius Cerialis ait été muté en Bretagne prématurément, que la soumission des rebelles ne soit encore que partielle. Il avait le sentiment que de nouveaux troubles se fomentaient.

Elle parlait politique comme un homme. Je me demandai si Gracilis lui-même était aussi disert, ou s'il comptait sur sa maîtresse pour se forger des opinions. Pourtant, à présent qu'elle décrivait la façon dont il jaugeait la situation, comme un chef local doit le faire, j'eus pour la première fois la vision de cet homme agissant avec autorité. L'image de marque du légat devait certes beaucoup à Julia Fortunata.

– Quelles relations entretenait-il au fort ?

– Il avait parfaitement conscience que la Quatorzième Légion était de loin la plus expérimentée et traînait les autres hommes derrière elle dans une large mesure.

Elle esquissa un geste à l'intention de Justinus pour s'excuser de dénigrer la Première. Sa sensibilité nous devenait familière. Justinus lui répondit d'un grand sourire désabusé.

– Autre chose ? Des soucis d'argent ?

– Rien d'anormal.

– Des ennuis avec sa femme ?

– Oh ! je crois que Gracilis sait comment s'y prendre avec celle-là !

À nouveau, elle s'autorisa une note légèrement acide et méprisante, bien maîtrisée toutefois. Julia Fortunata savait qu'elle occupait une position de force.

– *D'autres* femmes ? suggérai-je d'un ton léger.

Elle ne répondit pas, désapprobatrice.

– Qu'est-ce qui le tracassait donc le plus ? Quelque chose ayant trait aux rebelles, par exemple ? continuai-je.

– Il m'a en effet exposé une hypothèse selon laquelle le chef Civilis refuserait d'accepter la défaite et pourrait tâcher de rallier à nouveau des hommes à sa cause.

– Des preuves ?

– Rien de ferme.

Je souris.

– A-t-il décidé quelque chose pour y remédier ?

– Il aimerait terminer ce que Petilius Cerialis a laissé

en plan lors de son départ. Gracilis est ambitieux, naturellement. Traiter avec Civilis accroîtrait son prestige à Rome et lui vaudrait la gratitude de l'empereur. Mais à ma connaissance, il ne disposait d'aucun élément sur lequel s'appuyer.

Pour un envoyé ayant lui aussi besoin d'accroître son prestige et de mériter les remerciements impériaux, c'étaient là des nouvelles des plus rassurantes !

– L'intérêt du légat s'étend-il à Veleda ?

– Il n'a jamais parlé d'elle.

Voilà qui ressemblait fort à un égard : le légat n'était sans doute pas moins captivé par la célèbre prophétesse que n'importe quel autre homme.

– Il n'avait donc rien entrepris et, à ta connaissance, il n'avait pas de projets immédiats ?

– Le légat s'attendait à des troubles. C'est tout ce que je peux dire. En dehors de ça, ajouta-t-elle d'un ton décidé, comme si elle estimait nous en avoir assez dit pour que nous agissions en professionnels, Florius Gracilis s'intéresse de près à tout ce qui touche le fort, depuis la qualité du grain fourni jusqu'au contrat passé avec le fournisseur des écuelles dans lesquelles les soldats le mangent !

Je me plongeai dans mes pensées.

– Un grand nombre de contrats doit se renégocier avec les fournisseurs après tous les remous provoqués par la guerre civile ?

– En effet. Comme je le disais, Gracilis aime veiller de près sur les détails.

Et comment donc !

– Comment les fournisseurs le considèrent-ils ?

– Je croyais que ce serait une évidence ! répliqua Julia Fortunata d'un ton acerbe. Ceux qui s'en sortent bien louent sa perspicacité, ceux qui perdent leur contrat grognent.

Une bouffée d'enthousiasme m'envahit. Je me demandai s'il était jamais arrivé que l'un des heureux fournisseurs gratifie le légat de plus de remerciements en nature que de louanges… ou si l'un des malheureux l'avait accusé de se montrer partial… Je dus formuler prudemment ma question :

– As-tu connaissance de problèmes récents ayant trait à des affaires commerciales et susceptibles d'avoir une incidence sur la disparition du légat ?

– Non. (Je crois qu'elle comprit ce que je sous-entendais.) Il n'a laissé aucun indice.

Je sentis que l'inquiétude de Julia pour le légat allait bien plus loin que son ton sobre le laissait entendre, mais qu'elle était trop fière pour afficher autre chose que sa tranquille assurance.

Je lui laissai le soin de mettre un terme à notre entretien. Elle promit de prendre contact s'il lui revenait à l'esprit quoi que ce soit qui puisse nous aider. Elle était de ces femmes qui ne cessent de réfléchir à ce qui est arrivé à leur amant que lorsqu'elles ont obtenu la réponse.

Je me pris à espérer qu'en l'occurrence la réponse ne serait pas celle qu'elle redoutait. Lui m'inspirerait probablement du mépris, mais elle, je l'appréciais.

Tandis que nous regagnions Moguntiacum à cheval, Justinus me demanda :

– Quel est ton verdict ?

– Une femme de caractère, liée à un homme qui en manque. Comme d'habitude : voilà ce qu'en dirait ta sarcastique sœur !

Il s'abstint de relever l'allusion à Helena.

– Ça nous a servi à quelque chose ?

– Ça se pourrait. Moi je parierais qu'il y a du Civilis là-dedans.

– Ah oui !

– Voyons, c'est soit ça, soit le glorieux légat s'est embringué dans je ne sais quelle magouille de fourrage à chevaux ou mauvaise affaire avec les fournisseurs de céramique. Par orgueil national, je préférerais qu'il ait été pris en otage par un dangereux rebelle, plutôt qu'apprendre tout bonnement que cet idiot s'est fait assommer d'un coup d'écuelle à bouillie en poterie rouge !

Camillus Justinus me répondit du grand sourire lent et complice qui le caractérisait.

– Je crois que je vote pour l'écuelle, répondit-il.

26

Justinus était l'officier responsable de la garde ce soir-là. L'obscurité approchant, nous éperonnâmes nos montures pour regagner le fort. Arrivés en vue des murs, je lui demandai de continuer sans moi et de ramener mon cheval pendant que, de mon côté, je filais me familiariser avec la disposition des lieux. Au pied de la porte, nous nous séparâmes, et il me laissa baguenauder à pied.

Je partis donc traîner dans les parages et explorer. Le fort se dressait assez en retrait des quais grouillants du fleuve, que je quittai. La vie civile se déroulait en grande partie à l'abri du fort où un aqueduc de belle mine apportait l'eau. Au-delà, à quelque distance de l'enceinte militaire, étaient établis un poste de douane et la colonne Jupiter, tribut officiel au Palatin. J'inventai ma propre version de la pénible tirade : *Longue vie à Néron, compagnon des Dieux de l'Olympe ; les citoyens de la ville (dans l'ardent espoir que Néron nous dotera d'un théâtre).* Ils devaient s'être trompés dans leurs calculs, car je fus incapable de dénicher le moindre théâtre.

Du point de vue privilégié qu'offrait la butte sur laquelle il trônait, le fort jouissait d'une vaste vue vers l'aval du fleuve qui formait un coude, puis s'élargissait après la jonction avec le Moenus. Je pris la route qui menait au pont, puis traversai tranquillement. Alors seulement, je pus véritablement évaluer l'extrême largeur du fleuve. À côté, le Tibre faisait figure de ruisselet serpentant dans des parterres de cresson. Une tête de pont se dressait de l'autre côté, d'une taille suffisante pour avoir son propre nom : Castellum Mattiacorum. Je foulais désormais le sol de la Germania libera.

Je ne ressentis tout d'abord rigoureusement aucune différence avec le côté romain. L'atmosphère était moins inquiétante qu'au Transtiberinus, quartier des immigrants sans foi ni loi de Rome. Mais ce n'était pas le Transtiberinus, et pas non plus très sûr – pour moi. De ce côté du fleuve, les postes de guet romains étaient choses tout à fait rares. Dressé comme il l'était au départ de la grande voie commerciale qui suivait le cours du Moenus vers l'intérieur, celui-ci n'existait que pour la forme. Je venais de faire mes premiers pas hésitants au-delà des frontières de l'Empire. Derrière moi, les lumières de Moguntiacum scintillaient faiblement en rangs bien alignés. Et devant, s'étiraient des centaines ou des milliers de kilomètres flous, habités en premier lieu par des tribus qui détestaient ouvertement Rome, puis par d'autres que nous, Romains, n'avions encore jamais affrontées, sur des territoires dont pas un individu de mon monde ne connaissait ni l'existence ni la configuration. En cette soirée plutôt morose, alors que la nuit tombait de bonne heure, la sensation de l'immensité de la géographie européenne se mit tout à coup à me peser en même temps que m'envahissait le mal du pays.

Le poste de garde était entouré d'un petit groupe d'habitations civiles tranquilles. Sur la berge du fleuve, je dénichai une taverne à la clientèle plus rare et aux critères de propreté plus élevés que la *Medusa*, où je pus m'asseoir et contempler les flots solennels du Rhenus et les derniers navires regagnant le port à la nuit tombante.

Je réfléchissais à ma mission. Les progrès avaient beau être lents, je commençais à beaucoup mieux percevoir mon rôle ici… de même que les nouveaux obstacles qui se présentaient. J'avais nettement le sentiment de m'être découvert un adversaire. Si Florius Gracilis avait décidé que sa mission à lui consistait à capturer le chef Civilis – et quoi qu'en pense Julia Fortunata, cela pouvait très bien inclure un désir similaire de se débarrasser de Veleda aussi – j'espérais qu'il allait échouer. Sans quoi je risquais de finir embourbé dans ce cloaque, à mille milles de chez moi et je ne sais combien d'Helena, dépossédé de ma mission pour l'empereur et, du même coup, de tout espoir de gagner quelque argent. Vespasien était un snob. Il préférerait cent fois verser une coquette rétribution à un sénateur que se voir contraint de me remettre bon gré mal gré quelques sesterces.

Que Gracilis ait filé en expédition semblait certes

possible. Peut-être, pour une fois, avait-il estimé la chose trop confidentielle pour en aviser l'énergique Julia. Peut-être avait-il même ressenti le besoin d'agir en toute indépendance. La Quatorzième devait être au courant de ce qu'il mijotait. D'où le fait que, sitôt révélé le motif pour lequel Vespasien m'envoyait, les hommes de la Quatorzième aient eu deux bonnes raisons de jouer les innocents, pour ensuite s'ingérer dans mes projets personnels. Ils soutiendraient leur commandant, tout nouveau qu'il soit. D'ailleurs Gracilis lui-même considérait forcément que cette mission était mieux assortie à son haut rang qu'au mien…

Pas de veine, légat ! S'il s'agissait d'une course, Marcus Didius Falco était bien décidé à la gagner. Je ne savais pas du tout comment. Mais les détails strictement techniques se règlent n'importe quand. Tout ce qu'un héros demande, c'est du fil à retordre.

Satisfait du déroulement de la journée, je savourai mon pichet. Le soir était calme. Une atmosphère agréable, active régnait le long de la berge. Je me mis à penser aux femmes : serveuses, épouses et maîtresses d'officiers… et, en fin de compte, à une femme qui suscitait des rêveries d'un agrément plus tangible : Helena.

Ce qui me conduisit à me demander où elle était. Déprimé, je repris le sombre chemin qui menait à mon logis.

De notre côté du fleuve, je trouvai les marchands en train de fermer leurs boutiques en hâte, ce qui me rappela que dans quatre ou cinq heures j'allais probablement avoir sommeil, moi aussi. Si Argentoratum avait été prompte à fermer les volets, Moguntiacum la reléguait au rang de noctambule dégénérée. Dès que le premier venu se mettait à bâiller, toute la ville filait au lit. À l'heure où un natif de Rome commençait tout juste à se sentir en appétit, prêt pour les distractions de sa soirée, les gargotes de la région avaient déjà retourné les bancs sur toutes les tables, et les souillons jouaient du balai pour pousser les derniers clients vers la porte. Qui traînait un peu à s'en aller risquait de se faire coincer la tunique dans la porte coulissante.

Je me coulai à pas de loup dans les rues mornes en espérant que personne ne me voie rôder. Inutile d'inquiéter les gens.

Arrivé au fort, je tombai sur un os.

– Mot de passe ?

– Comment veux-tu que je le sache ? Je ne suis que de passage.

En Germanie, un an après la révolte, le règlement c'était le règlement. Saine habitude… et véritable tuile pour les types allant et venant librement comme moi.

Par chance, les légionnaires de garde étaient de la Première et ne demandaient qu'à aider. S'ils avaient été de la Quatorzième, j'aurais pu bivouaquer dehors.

Je me souvins de ma discussion avec Justinus :

– Mars le Vengeur ?

– Essaie autre chose.

– Conserve de poisson ?

– C'était celui d'hier.

– Et flûte… qu'est-ce que tu dirais du deuxième prénom du médecin du camp ?

– Dans le mille, répondit la sentinelle, sans pour autant modifier la dangereuse direction de sa pointe de lance braquée pile vers le centre de mon gosier.

– Alors quel est le problème, légionnaire ? croassai-je d'un ton las.

– C'est quoi ?

– Quoi quoi ?

– C'est quoi, reprit-il en détachant nettement les syllabes, le deuxième prénom du médecin du camp ?

Ceux de la Quatorzième avaient raison : la Première Adiutrix était un ramassis de matelots abrutis et de tâcherons d'eau douce, aux cervelles aussi limpides que du jus de poix.

Je finis par entrer. Quiconque s'est immiscé au culot dans un bordel de la via Triumphalis en tâchant de porter secours à une fausse vierge de la Cyrénaïque – et en est ensuite ressorti sans perdre ni son sens de l'humour, ni pire – sait composer avec la sentinelle demeurée d'un fort de frontière.

Fulminant, mais ravalant ma colère pour le cas où quelqu'un me mette dans l'embarras en me demandant ce qui se passait, je me mis en route d'un bon pas vers mon logement. Il y avait de grandes chances que, ne me voyant pas arriver à l'heure du dîner, Camillus Justinus sorte manger en compagnie de ses pairs officiers en me laissant me contenter des rogatons de la veille. J'allongeai le pas, bannissant de mes pensées toute autre préoccupation que mon devoir d'invité tel que le stipulait la tradition, et qui consistait à manger tout ce que la maison de mon hôte recelait de comestible.

L'embuscade m'attendait à quatre enjambées de la porte du tribun.

27

Trois. Un trio de légionnaires déambulant le long de la via Principalis, auréolé d'un doux effluve de bière d'orge récemment ingurgitée, assez pris de boisson pour devenir dangereux, mais pas assez ivre pour que je m'en sorte tout seul.

Je crus d'abord qu'ils marchaient de travers, sans plus. Ils s'étaient déportés dans ma direction, m'obligeant à piler sur place, en types trop grossiers pour s'apercevoir de ma présence. Puis ils se séparèrent tant bien que mal et se regroupèrent aussitôt : un de chaque côté et le troisième derrière moi.

L'expérience m'insuffla aussitôt le sursaut de vigilance qui me sauva la vie. Je ne vis pas surgir la dague mais je perçus le mouvement du bras. Je fis une brusque embardée, me collant contre l'un de mes agresseurs et l'agrippant à bras-le-corps tel un polochon. L'espace d'un instant, il me servit de bouclier humain pendant que je pivotais sur place. Ses poils de barbe me griffèrent la joue, son haleine fétide était répugnante. Cette brève sécurité se dissipa… L'homme présentait un danger plus grand encore pour peu que l'envie le prenne de se retourner contre moi. Desserrer mon étreinte serait fatal, la maintenir si risqué que je faillis opter pour un aller simple au-delà des eaux du Styx.

D'une saccade, il se libéra. Je dus sentir ce qu'il avait en tête, car je saisis l'occasion de reculer tant bien que mal. Il y avait une façade de maison toute proche dans mon dos, qui m'offrirait un semblant de protection. Mon instinct me souffla de m'y adosser, bien que je risque gros s'ils venaient à me fondre dessus tous les trois en même temps. Je réussis à crier… mais pas assez fort. Ensuite j'eus trop à faire. Il y avait des individus en quantité alentour, mais l'incident était soigneusement chorégraphié pour avoir l'air de rien. Qui s'attend à voir un passage à tabac se dérouler devant les quartiers d'un officier ? D'ailleurs, qui s'attend à subir un passage à tabac ?

Moi. Telle était la réponse. N'importe où, et où que ce soit, j'étais prêt à affronter le pire. Grâce aux dieux, les malfrats en question s'étaient figuré que je rentrais chez moi sur un petit nuage en sifflotant. Ils avaient prévu de me prendre complètement au dépourvu, et se retrouvèrent Gros-Jean.

Vite fait, je tâchai de me repérer. L'obscurité n'était pas complète : une large bande de lumière filtrait d'une fenêtre aux volets encore ouverts, au premier étage de la maison du tribun. Au tout début de l'échauffourée, une ombre s'était glissée devant cette lueur, comme si quelqu'un se déplaçait dans la pièce. Je levai les yeux, espérant attirer l'attention d'un témoin, mais il n'y avait pas signe de vie.

Je tenais mon propre poignard fermement en main. Ç'avait été une erreur de me laisser m'en emparer. J'avais beau haleter à la suite du premier assaut, j'étais debout sur mes jambes, et bien mobile. Les perspectives n'en étaient pas moins sombres. À chaque feinte de dague, je tâchais de me rapprocher du perron du tribun. Je n'avais pas grande chance de l'atteindre. Chaque fois que l'un d'eux tentait une feinte, j'encourais le risque d'être assailli par les deux autres pendant que je parais. Au moins s'en tenaient-ils à leurs dagues… Les glaives auraient trop attiré l'attention. Tandis que nous zigzaguions dans tous les sens, eux continuaient de rire et d'échanger des bourrades de manière à faire passer la chose pour un chahut entre copains. Je n'eus pas le temps d'appeler à l'aide.

Je m'étais rapproché d'une enjambée vers la porte, ce qui me coinçait un peu plus étroitement entre le mur et deux de mes agresseurs, le troisième barrant la voie de l'autre côté. Il était temps de lancer quelques mots vite fait, mais j'avais la bouche trop sèche pour parler.

Quasiment sans réfléchir, je me fendis en direction de l'homme seul, puis changeai de direction et me rabattis sur les deux autres à bras raccourcis. Les lames s'entrechoquèrent avec un crissement qui me fit mal aux canines ; des étincelles jaillirent. Je bataillais si âprement que ce fut à peine si je remarquai que, dans les lointaines profondeurs de la maison du tribun, une voix de femme se mettait à crier. Je dressai un bras en l'air et entendis riper le métal sur la maçonnerie derrière moi. La lumière forcit, à l'étage. J'entrevis plus nettement des visages. Une nouvelle ombre se profila puis s'éloigna, mais j'étais trop occupé pour crier.

Ma dague fit mouche, mais de travers. D'un coup d'épaule, je la retirai pendant qu'un des deux hommes qui me faisaicnt face jurait et sursautait. Les choses devenaient trop manifestes : le deuxième agresseur ne pensait plus qu'à déguerpir. Le troisième larron, lui, avait plus de cran… ou moins de cervelle. Il se jeta sur moi ; je poussai un rugissement de colère. Alors, à l'instant même où je perdais pied en affrontant les trois à la fois, la porte du tribun s'ouvrit en grand. Quelqu'un s'avança, se découpant en ombre chinoise sur le rectangle de lumière. Pas la stature de Justinus ; trop mince pour un de ses gardes. Indéterminée, l'ombre nette et sinistre se coula hors de la maison.

Comme je me défendais contre mes attaquants qui livraient un dernier et furieux assaut, je ne vis pas vraiment ce qui se déroula. L'ombre passa droit devant moi, empoigna l'un des légionnaires et lui tira la tête en arrière d'un geste inquiétant. Le soldat s'affala sans bruit, s'effondrant à terre d'une manière caractéristique. Il y eut un instant de flottement. Les deux survivants prirent leurs jambes à leur cou à la vitesse des soldats qui savent à quoi ils viennent d'assister. Je le savais, moi aussi, mais ça restait difficile à appréhender.

Pas la peine de les pourchasser. J'étais trop essoufflé, de toute manière. Les gardes du tribun se précipitèrent hors de la maison munis de torches et suivis de Justinus. Désordre et agitation enflèrent, puis s'éteignirent en un *diminuendo* de mauvais aloi quand la lumière révéla les traits du mort.

C'était un meurtre atroce. Une incroyable quantité de sang s'était répandue. La tête du soldat avait quasiment été tranchée par une lame plus effilée encore que l'acier militaire.

Je tournai la tête vers l'assassin. Il demeurait immobile, tenant l'arme à la main en une attitude familière d'artisan. L'un des gardes esquissa un geste pour la lui enlever, sans vraiment y parvenir : le cran lui manqua. Un autre brandit lentement un flambeau, comme s'il craignait de dévoiler quelque spectacle surnaturel.

Nous n'eûmes pas cette chance. Nous ne découvrîmes que le regard vitreux et dément d'un touriste ébahi du culot et de l'inventivité qu'il venait de se découvrir à la faveur de sa toute dernière aventure.

– *Xanthus !*

Grands dieux. Quelqu'un allait maintenant essuyer des interrogatoires difficiles avant que cet infortuné baroudeur se voie restituer son passeport et l'autorisation de rentrer chez lui.

28

Lui continuait à me considérer comme son protecteur et se tourna vers moi avec un bêlement épouvanté. Je lui laissai son rasoir – il avait l'air de savoir s'en servir.

– Je ne te demanderai pas combien de fois tu as déjà fait ça !

– Ça vaudrait mieux, en effet.

Le ton était dégagé, mais je constatai que Xanthus était en état de choc.

– Je me suis toujours dit que tu avais été chargé de m'assassiner. Mais en fin de compte, c'est plutôt de mon passé militaire que vient le danger…

– Je crois qu'il va falloir que je rentre en Italie, Falco.

– Tu es bien ici.

– Non, je voudrais être à Rome.

Justinus prenait les choses en main. Il examina les marques d'identité scarifiées sur le fourreau du glaive que portait le mort.

– Un des délinquants de la Quatorzième… (Il ordonna à l'un de ses gardes d'aller chercher le tribun laticlave de l'autre légion :) Sois prudent. Tâche de décider Aulus Macrinus à venir seul. Je n'ai pas envie de voir cette légion de fous débarquer ici au grand complet et en rogne. (Il vint m'aider à m'occuper du barbier.) Ne t'inquiète pas, Xanthus. Il va falloir que mon commandant t'interroge, mais ça ne devrait pas aller plus loin que ça.

– Tu as l'air bien sûr de toi ! marmonnai-je en aparté. Ça te fait plaisir d'aller expliquer à tes collègues, dont la sensibilité est bien connue, comment il se fait qu'un des leurs se soit fait dégommer de cette façon-là dans le secteur de la Première ?

– Je trouverai bien quelque chose à leur dire.

Face à cette situation critique, il réagissait bien : son regard brillait d'énergie contenue, mais il réfléchissait posément. Son sang-froid calma ceux qui l'entouraient.

– Marcus, tiens-toi prêt. *Certaines choses* sont pires que tu te l'imagines !

Sitôt ma curiosité piquée par cette phrase mystérieuse, il reprit d'un ton plein de sollicitude :

– Dégageons ce pauvre type d'ici…

Xanthus fut pris de légers tremblements. Immobile, comme hypnotisé, il contemplait le cadavre. Il allait falloir user de diplomatie pour le ramener à l'intérieur. De fait, nous avions tous du mal à nous empêcher de fixer la scène du regard.

Nous étions encore dans la rue quand le garde revint avec Macrinus. Son rictus aristocratique lui-même blêmit légèrement quand nous nous écartâmes afin de lui faire voir pourquoi il avait été appelé.

– C'est un des nôtres ? Grands dieux, Camillus !

– Écoute les explications, Aulus…

– Elles ont intérêt à être bonnes !

– Pas de menaces ! coupa Justinus avec une vigueur surprenante. Il n'est pas question de débattre. J'ai ici un témoin respectable. Trois de tes soldats s'en sont pris à Falco…

– Plaisanterie d'ivrognes.

– Que non ! L'histoire a éclaté sans la moindre provocation, et tout était parfaitement prémédité. Tes trois hommes ont lanterné devant chez moi pendant une demi-heure… mon témoin les a remarqués. Et ça dépassait largement la plaisanterie, Aulus ! La soirée aurait pu très mal se terminer…

– Elle s'est très mal terminée, il me semble !

– L'autre éventualité, c'était que mon invité soit transpercé d'un coup de glaive.

Face à cette affirmation, l'homme de la Quatorzième se ressaisit.

– Si tu dis vrai, on trouvera les coupables, et ils seront châtiés. Mais je proteste contre le secret qui a entouré toute cette histoire. Je n'apprécie pas cette manière de me faire venir ici seul. J'ai besoin de mes propres observateurs sur place, j'ai besoin d'un de mes centurions pour prendre des notes sur le lieu du crime…

Voyant qu'il entonnait une litanie de doléances, je coupai :

– Il n'est pas question d'étouffer l'histoire. Mais personne ne tient à voir se renouveler les émeutes que ta légion a provoquées à Augusta Taurinorum !

Macrinus fit mine de ne pas m'entendre.

– Qui a tué cet homme ?

– Le barbier.

Cette réponse le déconcerta. Visiblement, il se rappelait que Xanthus avait été présenté comme le tueur à la solde de l'empereur. Tous les regards se braquèrent sur mon compagnon de voyage. Comme tueur, il faisait plutôt pâlichon.

– Certains d'entre nous vont se sentir mal à l'aise la prochaine fois qu'ils devront se faire raser, lançai-je.

Une belle giclée du sang du mort avait taché la

tunique en lin blanc empesé du barbier. Comme toujours, il était vêtu avec une telle élégance que, loin de la cour impériale, sa flamboyante compagnie devenait gênante. Ces taches étaient d'autant plus incongrues : on aurait dit qu'il s'était montré maladroit au cours d'un rasage ordinaire.

– Dans ma profession, enchaîna ce dernier à mi-voix, on devient très facilement une cible pour les insultes. J'ai dû apprendre à me défendre par mes propres moyens.

– Ce n'est pas une raison pour assassiner un soldat ! aboya Macrinus.

Cet homme n'avait aucun doigté.

– Le soldat en question, suggérai-je pragmatiquement, n'avait aucune raison d'essayer de m'assassiner, moi !

Sur cette réplique percutante, le tribun consentit à se taire. Il était visible que Justinus avait l'intention de se charger de toutes les investigations nécessaires, lesquelles lui incombaient puisque le crime s'était produit dans la juridiction de la Première. Macrinus se rabattit de mauvaise grâce sur un dernier trait :

– Tu as parlé d'un témoin. J'espère que c'est quelqu'un de confiance !

– Entièrement, assura Justinus avec une légère crispation de la mâchoire.

– Je crois que je vais devoir exiger son identité.

Macrinus avait flairé une entourloupe, mais il était trop rustre pour laisser passer.

– Il s'agit de ma sœur, annonça placidement Justinus.

Je tressaillis. Il ne s'était pas trompé lorsqu'il m'avait lancé une pique, quelques minutes plus tôt. Les choses étaient infiniment pires que je le craignais : Helena Justina était là.

Nous levâmes les yeux vers la fenêtre de l'étage, au-dessus de nos têtes. Elle était là, figée, comme elle devait l'avoir été pendant une bonne partie de ma mésaventure. Son visage était dans l'obscurité. Sa silhouette caractéristique, les contours de ses cheveux lissés en haut chignon, jusqu'à la ligne élégante de ses pendants d'oreilles, tout concourait à dessiner une ombre parfaite qui s'étirait en longueur jusqu'au cadavre, couvrant la hideuse plaie d'un voile pudique.

Le tribun Macrinus se redressa, passa la main en arrière dans ses boucles serrées, et salua avec l'emphase qui convenait à un tribun soucieux de se montrer sous son meilleur jour au moment d'accueillir l'unique fille de sénateur non mariée qui se trouve de ce côté des Alpes.

Les chaussures que je portais ne se prêtaient pas au claquement de talons. Je m'en tins donc à un signe de la main, adressai un grand sourire à son frère, et m'engouffrai à grands pas dans la maison.

29

– Encore en train de te battre, Falco ?

Baume suave que me dispensait là Helena.

Elle était vêtue de laine à manches longues, avec des boucles d'oreilles de jais très foncé. Ses cheveux sombres et soyeux étaient relevés à l'aide de peignes de part et d'autre du visage, avec peut-être plus de soin que d'ordinaire, et je sentis son parfum à deux pas. Pourtant, à cause de son voyage, ou peut-être après m'avoir vu me faire agresser, elle semblait épuisée et tendue.

Je n'étais pas d'humeur à plaisanter :

– J'imagine que ça t'a amusée de me regarder souffrir ?

– J'ai envoyé des gens à ton secours.

– Tu m'as envoyé un barbier !

– Il a l'air compétent.

– Tu n'étais pas censée le savoir… je crois qu'il ne le savait pas lui-même.

– Ne fais pas la fine bouche. C'est le premier que j'ai trouvé… Tu nous as fait attendre pour le dîner ! grogna-t-elle, comme si cette récrimination mettait un terme au débat.

Rejetant la tête en arrière, je lançai à l'intention des dieux :

– Bon, eh bien ! tout a l'air revenu à la normale.

Nous nous asticotions toujours ainsi au terme d'une séparation. Surtout quand nos retrouvailles se déroulaient en présence d'autres personnes. Pour moi, cela reculait le moment où je devrais avouer qu'elle m'avait manqué. Pour Helena, qui sait ? En tout cas, maintenant qu'elle m'avait adressé la parole, une lueur dansait dans ses yeux que je n'étais pas mécontent d'y voir.

Ayant ramené Xanthus à l'intérieur, le frère d'Helena nous guidait tous à présent vers une salle de réception. Il s'était abstenu de proposer à son collègue tribun de se joindre à nous pour être présenté à la noble visiteuse, aussi le spectacle de Macrinus en train de poser pour la galerie nous fut-il épargné. Xanthus resta parmi nous pour se faire applaudir et dorloter après son épreuve.

Nous nous retrouvâmes dans la salle à manger. Un repas attendait, tout servi, depuis un certain temps visiblement. À ce moment-là, je me sentis prêt à me plier aux convenances. Je me serais volontiers avancé vers Helena pour l'embrasser sur la joue, mais elle se laissa résolument tomber sur la couche de convive de son frère. À moins d'offenser Justinus en m'ingérant dans son périmètre dînatoire d'hôte, Helena resterait hors de ma portée. Cela m'ennuya. Ne pas la saluer donnait l'impression que son arrivée ne me faisait ni chaud ni froid.

Je m'excusai quelques instants pour aller me débarbouiller – du sang, mais surtout de la terre. Quand je regagnai la salle à manger, j'avais raté les hors-d'œuvre – mon mets préféré –, et Helena était en train de régaler l'assemblée d'anecdotes outrancières à propos de son voyage. Je mangeai en silence, tâchant de ne pas écouter. Quand elle en arriva à la partie où la roue de son char lâchait et que le chef des bandits de montagne l'enlevait pour demander une rançon, je bâillai et me retirai dans ma chambre.

Environ une heure plus tard, je ressortis. La maison était silencieuse. J'en sondai les entrailles jusqu'à ce que je trouve Xanthus, allongé sur son lit, en train d'écrire son journal intime. À force de voyager avec lui, je savais qu'il rédigeait un feuilleton-fleuve éminemment barbant à propos de son voyage.

– Au moins *le jour où j'ai tué le soldat* devrait passionner tes petits-enfants ! Et voilà un nouvel épisode haletant : ce soir est celui où tu vas me raser pour de bon.

– Tu sors ?

– Non. Je reste ici.

Xanthus roula à bas de sa couche et entreprit de déballer son matériel, moyennement impressionné par l'aubaine que je lui proposais. Le vin du dîner l'avait si bien calmé qu'il en était quasi gaga.

– Frôler la mort, ça t'a donné envie d'offrir tes poils aux dieux dans une pyxide, Falco ? Je ne suis pas sûr qu'il en existe d'une taille suffisante !

Je le laissai m'installer et m'envelopper d'une belle pièce de toile fine, mais je m'abstins de relever l'ironie.

– Monsieur a-t-il une préférence ? Onguent dépilatoire ? Je me sers d'une belle pâte à la vigne blanche. Je ne recommande jamais à mes clients les choses bizarres du genre sang de chauve-souris…

Il s'amusait plus que je croyais pouvoir le supporter.

– Un rasoir fera l'affaire.

Par superstition, je me pris à espérer qu'il ne se servirait pas de la même lame que celle dont il avait usé peu auparavant.

– Tu es sûr ? Je peux te préparer de la poudre de pierre ponce ou faire ça à la pince à épiler, ça ne pose pas plus de difficultés. Ma parole, tu t'es négligé ces derniers temps. Il vaudrait sans doute mieux tâcher de brûler ça au bitume !

Je pense que ce dernier trait était une plaisanterie.

– N'importe quoi, pourvu que le résultat soit doux. Et j'ai besoin d'une coupe de cheveux, en plus… mais tu laisses un peu de frisure. Contente-toi de débroussailler le pire…

Xanthus me planta un miroir en cuivre gravé dans la main, comme on calmerait un bébé avec un hochet. Je continuai de lui décrire ce que je voulais, tout en sachant très bien que les barbiers n'écoutent jamais. Un détective privé doit être doté d'une certaine obstination.

– Par Jupiter, Falco ! Qui as-tu l'intention d'épater ?

– Occupe-toi de tes affaires.

– Ah ! (Xanthus cracha sur sa pierre à aiguiser.) Ah, je vois !

Même lui finissait par comprendre. Son habituel badinage plein d'entrain céda le pas à la grivoiserie qui accueillait partout ce sujet précis.

– Tu ne vas plus être en état de travailler, Falco !

Helena m'assenait souvent la même tirade, je m'en souvins avec un certain pessimisme.

– Pour ça, il va falloir mon acier norique…

Je voulais ce qui se faisait de mieux, donc impossible d'ergoter. Mais j'étais quasiment sûr que l'acier norique était précisément celui avec quoi il avait tranché la gorge de mon agresseur.

Il faut lui rendre cette justice qu'il fit des merveilles avec le peu ragoûtant matériau que j'avais mis à sa disposition. Jamais je n'ai été rasé d'aussi près, ni de façon aussi agréable. La coupe de cheveux elle-même correspondait à peu près au style légèrement ébouriffé qui me convenait le mieux. Des années passées à soupeser les desiderata des empereurs avaient enseigné à Xanthus l'art de jauger son client aussi finement qu'on peut s'y attendre de la part d'un barbier qui finira chez l'étrangleur public pour peu qu'il coupe la mauvaise mèche. Les choses se passèrent de telle manière que, finalement, il aurait pu s'épargner cette peine. Pourtant, à mon avis, ce n'était pas la première fois qu'il passait des heures à apprêter quelqu'un en vue d'un rendez-vous qui tourne court.

Le menton en feu, auréolé d'une touffeur de baumes troublants, je pénétrai doucement dans ce qui était, je le savais, la meilleure chambre d'amis, tout en me répétant sans arrêt que tout se passerait au mieux dès que j'aurais coincé Helena toute seule pour la gratifier de mes attentions les plus aimantes. J'avais hâte de la voir. Un urgent besoin me taraudait de rétablir des relations normales.

Dommage pour moi. Il y avait bien un lumignon, mais la pénombre régnait dans une bonne moitié de la pièce. Je restai un instant immobile, tâchant de m'accoutumer à la faible lumière et de trouver une suave réplique pour le cas où ma bien-aimée, reposant sur une litière en duvet de cygne, serait en train de lire une ou deux odes légères en m'attendant avec impatience... Peine perdue : il n'y avait pas d'Helena. Le haut lit à tête d'écaille, la courtepointe festonnée et le tabouret joliment sculpté étaient vides. Il n'y avait là qu'une petite silhouette recroquevillée en train de ronfler sur une couche plus modeste : sans doute une esclave amenée par Helena pour lui tenir compagnie.

Au temps pour moi ! Pas de retrouvailles passionnées sous la surveillance d'une domestique ! Je me rappelai l'époque où *jamais* Helena n'aurait autorisé aucune esclave à passer la nuit dans sa chambre si j'étais dans les parages.

Je rebroussai chemin. En refermant la porte, mon émotion contenue me prit à la gorge. Elle avait forcément deviné que je viendrais. Elle devait me tenir sciemment à distance : en discutant avec Justinus ; en effrayant le pauvre garçon avec ses histoires de roues cassées et de brigands ; en remâchant des histoires de famille ; en mettant de l'ordre dans sa carrière de tribun. Tout ce qui permettait d'éviter de se retrouver face à moi, sachant que j'étais furieux de la façon dont elle avait disparu de Rome et que je ne demandais pourtant qu'à me glisser entre ses draps.

Je décidai de sortir en ville pour saouler à mort ma personne excessivement pomponnée.

L'indignation me porta jusqu'au vestibule. Puis je me souvins que Moguntiacum avait des mœurs de petite ville aux idées étriquées. Il n'y avait rien d'ouvert où l'on puisse s'amuser, en dehors des habituels endroits trop sordides pour qu'on y songe. Du reste, la perspective de devoir travailler le lendemain avec la tête comme un sac de bouillie, à l'issue d'une nuit de bavardages oiseux dans une taverne avec je ne sais quelle traînée alors que je comptais la passer avec Helena, ne me disait strictement rien. Je m'assis donc un moment dans le jardin du tribun, complètement abattu, mais Justinus n'ayant rien d'un fou de paysage, l'endroit ne se prêtait guère à une rêverie mélancolique. Le chien vint me trouver et grimpa à côté de moi sur le banc pour mâchonner le bas de ma tunique, mais même le banc était couvert de mousse humide, si bien que l'animal ne tarda pas à sauter à terre et s'éloigner, truffe au sol, dans le noir. D'un pas avachi, je regagnai ma chambre, moi aussi.

Dos tourné à la porte, je venais d'ôter ma tunique – une propre, trop bien pour dormir avec – quand quelqu'un entra.

– Dans le genre génie des bois nu, de dos, je n'ai jamais eu le privilège de voir mieux !

Helena.

Ayant déjà subi une agression le même jour, je me retournai d'un bond. Les yeux chaleureux et admiratifs d'Helena me gratifiaient d'un regard souriant. J'abaissai la tunique que je tenais pour tenter de rester décent, le sourire d'Helena produisant toujours chez moi un effet irrésistible.

– C'est une pièce privée, ici, belle dame.

– Parfait ! lança-t-elle.

Je me sentis rougir mais affichai une expression sarcastique : cela ne fit que l'encourager.

– Alors, Marcus. J'ai cru comprendre que tu voulais me voir ?

– Qu'est-ce qui t'a mis ça dans la tête ?

– Une forte odeur de lotion dans ma chambre.

Elle renifla. Je maudis Xanthus, qui m'avait oint de pommades au point qu'un limier pourrait me filer du détroit de Gaule jusqu'en Cappadoce. Helena inclina la tête sans me lâcher du regard. Elle était adossée à la porte, comme pour me barrer la fuite. Ma mâchoire se crispa.

– Comment va Titus ?

– Comment veux-tu que je le sache ?

– Alors qu'est-ce qui amène une jeune et élégante dame dans ces contrées désertiques ?

– Je suis la trace de quelqu'un.

Helena avait le chic pour donner à ses actes les plus incohérents l'apparence d'une réponse rationnelle à je ne sais quelle aberration de ma part.

– Tu m'as laissé tomber ! accusai-je d'une voix sourde.

– Et Veii, c'était bien ?

Sa diction bien élevée était empreinte d'un sarcasme qui me dessécha la bouche comme des peaux de raisins.

– Veii est un trou.

Brusquement, sans raison apparente, je me sentis las.

– Les veuves y sont jolies ?

Comme je m'y attendais, la discussion prenait l'allure d'un règlement de comptes : maintenant je comprenais pourquoi je me sentais battu.

– Certaines croient l'être.

– J'en parlais avec une d'entre elles, reprit sèchement Helena. Elle m'a donné à entendre que ton voyage à Veii avait été un succès torride.

– Cette veuve est une menteuse.

Helena me regarda. Notre entente se fondait sur une bonne raison : nous nous connaissions assez pour être capables de déclencher une dispute en règle, mais nous savions tous les deux solliciter une trêve.

– C'est ce que je me dis, répondit-elle tout bas. Mais pourquoi ça, Marcus ?

– Jalouse parce que je l'avais repoussée pour rentrer te rejoindre à Rome. Et *toi*, qu'est-ce que tu fabriquais à Veii ?

– Je te cherchais.

L'animosité mourut quelque part entre nous deux.

– Eh bien, tu m'as trouvé, maintenant, dis-je.

Helena Justina traversa la pièce, le visage empreint d'une décision à laquelle je n'étais pas totalement préparé, mais je ne tarderais pas à le devenir.

– Quelle idée as-tu derrière la tête, belle dame ?

– Rien qui puisse te déplaire…

Elle m'ôta la tunique de la main. Au nom de la pudeur, je tâchai de m'en sortir par une pirouette :

– Je te préviens, j'ai horreur des femmes entreprenantes…

– Faux. Tu aimes qu'une fille ait l'air de savoir précisément à quoi tu penses, et qu'elle s'en fiche…

Le doute s'instilla tout de même. Elle recula d'un pas. J'avançai d'un.

Je sentis la chaleur de son corps avant même que ses bras nus se glissent sous les miens. Elle avait dû échanger la robe de laine que je lui avais vue un peu plus tôt contre une plus légère. Pour peu que je dégrafe deux fibules, le tissu aérien tomberait à terre, m'offrant Helena tout entière. Ç'avait l'air de fibules faciles à dégrafer. Je posai les mains sur ses épaules, comme si j'hésitais : la maintenir à distance ou la serrer contre moi. Mes doigts dégrafèrent machinalement. Helena feignit de vouloir s'arracher à mon étreinte. Cela nous amena en douceur jusqu'au lit.

– N'aie pas peur, belle dame !

– Je ne m'effraie pas si facilement.

– Tu devrais…

– Oh cesse donc de jouer les durs à cuire. (Helena en savait long à mon sujet, et ce qu'elle ne savait pas, elle le devinait.) Tu n'as rien d'un voyou, tu sais te montrer affectueux…

Je me sentais tout à fait affectueux. Je me sentais même tellement affectueux que je n'avais plus rien d'autre en tête.

Nous atterrîmes sur le lit. Je lui laissai l'initiative. Elle avait toujours aimé organiser. Ce soir-là, j'aimais tout ce qu'elle aimait. La journée avait suscité assez de problèmes comme ça. Maintenant qu'Helena Justina était dans mes bras, d'humeur on ne peut plus amicale, j'étais comblé, prêt à tout. Elle s'installait confortablement, écartant les draps, ôtant ses boucles d'oreilles, dénouant ses cheveux, puis éteignit la lampe…

– Détends-toi, Marcus !

Je me détendis. Je me détendis complètement. Tous les soucis qui tourmentaient mon cerveau surmené s'apaisèrent. J'attirai Helena encore plus près et poussai un profond soupir pendant que mes mains passaient lentement en revue ses courbes familières, se réappropriaient leurs secrets. Je la serrais, paupières closes dans mon bonheur. Puis je fis la seule chose qu'on puisse attendre d'un homme en pareille situation.

Je m'endormis.

30

Une grande partie de la nuit s'était écoulée. Je m'éveillai en sueur, comprenant ce qui avait dû arriver.

– On a fait un bon petit somme ?

Helena était pourtant encore là.

– Tu m'as dit de me détendre… mais je suis réveillé maintenant, assurai-je en m'efforçant d'avoir l'air suggestif.

Helena se contenta de me rire au nez, et nicha la tête au creux de mon épaule.

– Par moments, quand j'essaie de t'apprivoiser, je me fais l'effet de Sisyphe poussant son rocher à flanc de montagne.

Je ris à mon tour.

– Pile au moment où il a hissé son caillou un poil plus haut que la fois précédente, il est pris d'une démangeaison terrible à l'épaule qu'il est obligé de gratter… je connais ça.

– Toi, non, contra Helena. Tu trouverais toujours le moyen de glisser je ne sais quelle cale sous le rocher.

J'aimais son extravagante confiance en moi.

Je roulai brusquement sur moi-même, l'enlaçant dans une étreinte dominatrice. Puis au moment où elle se contractait, attendant quelque chose de brutal, je l'embrassai si doucement qu'elle en fut submergée.

– Ma chérie, tu es la seule personne au monde qui n'a pas à s'inquiéter de m'apprivoiser.

Je lui souris au plus profond des yeux. Elle les ferma. Par moments, elle avait horreur de me laisser voir ses sentiments. Je l'embrassai à nouveau, m'appliquant à parfaire l'instant en profondeur.

Quand elle me regarda à nouveau, ses prunelles mordorées étaient emplies d'amour.

– Pourquoi t'es-tu sauvé de la table du dîner, Marcus ?

– Je déteste les histoires dans lesquelles de dangereux bandits retiennent en otage les femmes que j'aime.

– Ah ! mais c'était un bandit au cœur tendre ! taquina-t-elle doucement.

– Je parie que tu l'as embobiné.

– J'ai une certaine expérience des gougnafiers qui se figurent tout savoir des femmes !

Elle se moquait, mais son corps s'étirait sous le mien de façon si engageante que je ne pouvais guère me concentrer. Elle se figea.

– Tu m'aimes *vraiment ?*

– Oui, je t'aime.

– Je t'ai manqué ?

– Oui, mon amour…

Et comme je m'attelais à la tâche agréable de lui démontrer à quel point elle m'avait manqué, elle murmura sur le ton de la protestation :

– Il commence à faire jour, Marcus. Il faut que j'y aille.

– Je ne crois pas que je vais te laisser partir…

Son mécontentement se prolongea durant quelques secondes encore. J'insistai, lui donnant à comprendre que si elle voulait en rester là, la décision lui incombait.

Puis elle oublia les convenances à respecter lorsqu'on est hébergé dans la maison de son propre frère, et de nouveau, fut tout à moi.

31

Le jour contournait un solide volet d'Europe septentrionale pour atteindre l'agréable fouillis de mon lit. Nous n'avions pas dormi longtemps, cette fois, car nous étions enlacés de telle manière que s'endormir aurait été passablement difficile.

– Merci, belle dame. J'en avais besoin.

– Moi aussi.

Pour une fille pleine de retenue, Helena savait se montrer directe. Ayant grandi parmi des femmes dont le comportement dévergondé s'accompagnait rarement d'honnêteté au lit, j'en étais toujours stupéfait.

Je l'embrassai.

– Qu'est-ce que je suis censé dire à ton frère ?

– Rien. Pourquoi voudrais-tu ?

Je retrouvais bien là ce à quoi je m'attendais de la part d'une fille : absence totale d'aide.

– Je t'aime, Marcus, dit Helena en souriant.

– Merci… alors tu vas me pardonner de ne pas avoir pensé à ton anniversaire ?

Le moment semblait sûr pour aborder le sujet. Habilement minuté, Falco : elle avait envie d'une bonne dispute à ce propos, mais son sens de la justice l'emporta :

– Tu ne savais pas que c'était mon anniversaire. (Elle s'interrompit.) Si ?

– Non ! Mais on doit savoir ça…

Je m'étirai en direction du chevet, puis, après m'être attardé un petit instant à cause de la suave proximité de son corps, j'attrapai le collier d'ambre acheté sur le bateau à Dubnus, le colporteur.

Cela me rappela… que j'avais quelque chose à régler concernant Dubnus. Pourquoi les idées vitales nous surgissent-elles toujours à des moments aussi peu appropriés ? J'avais joyeusement oublié le charognard ubien, sans parler de mon projet visant à l'utiliser pour retrouver Veleda. Maintenant qu'Helena Justina était là, entre mes bras, m'aventurer dans la forêt barbare devenait une perspective insupportable.

Je laissai à Helena le temps d'examiner le rang de perles luisantes, puis le lui attachai autour du cou.

– Ça te va bien… surtout comme ça, sans rien d'autre.

– Ça devrait faire sensation la prochaine fois que je serai invitée à un dîner ! C'est joli…

Le spectacle d'Helena vêtue de son seul cadeau d'anniversaire m'encouragea à de plus amples réconciliations, d'autant que j'avais réussi à maintenir notre union physique même en m'étirant jusqu'à la table de chevet.

– Marcus, tu devrais être épuisé…

– Je sors d'une bonne nuit de sommeil.

– Tu crains d'avoir oublié comment on fait ? railla-t-elle d'un air malicieux, sans pourtant repousser mes attentions. (Helena savait se montrer aimable après avoir été gratifiée d'un collier bien choisi d'un coût confondant.) Ou avais-tu seulement oublié à quel point c'est bon ?

– Oublié ? Le problème, ma chérie, c'est que quand

tu m'abandonnes en me laissant languir, je ne me souviens que trop bien.

Pour une raison que j'ignore, cette virile affirmation produisit si bien son effet sur Helena que cette dernière répondit par ce qui aurait pu passer pour un sanglot, quoique bien étouffé.

– Serre-moi fort, je t'en prie… caresse-moi…

– Où ça ?

– Là… n'importe où… *partout*.

Non loin de là, dans la maison, quelque chose tomba avec un grand fracas. Quelque chose de gros. Une statue taille musée, ou un gigantesque vase.

Personne ne s'exclama. Mais au bout de quelques secondes, nous entendîmes des petits pieds déguerpir à toute vitesse. J'étais stupéfait.

– C'est un enfant, ma parole !

– Par Junon ! j'avais oublié…

Helena atteignit la porte la première. L'enfant détalait ventre à terre dans le long couloir, abandonnant sur place les énormes débris. Malheureusement pour elle, elle se dirigeait droit vers nous.

Ce que cette fillette venait de renverser n'était autre qu'un spectaculaire vase à anses qui tentait de passer pour un cratère à vin orné de figurines noires comme il s'en faisait vers la moitié de l'époque hellénique. L'objet faisait presque illusion, mais ayant été éduqué par des spécialistes, je savais repérer un faux, même lorsqu'il faisait partie de ces imitations de grande classe de meilleure facture que les originaux – et d'un coût plus élevé. Il trônait sur le socle dans la poussière duquel j'avais écrit *Signé Falco* pour taquiner les domestiques du tribun. Le cratère, assez grand pour qu'un employé du Trésor puisse y serrer ses économies, était certainement l'objet le plus coûteux que possède Camillus Justinus. Peut-être même le premier article d'une collection qu'il peaufinerait toute sa vie.

– Halte ! Arrête-toi tout de suite !

Helena Justina savait me figer sur place quand elle le souhaitait : elle n'eut donc aucune difficulté à en faire autant avec une enfant de 8 ans. Ce fut pourtant la coupable qui demanda :

– Qu'est-ce que vous faites là ?

Cette grossière insolence semblait coutumière.

– On te fuit ! grondai-je, devinant qu'il devait s'agir de la créature malvenue que, peu auparavant, j'avais vue en train de ronfler dans la chambre d'Helena.

Je gagnai à grands pas le théâtre du crime et ramassai un morceau incurvé. Ulysse, doté d'une barbe rebiquant en pointe, s'y faisait aguicher par je ne sais quelle femme dont on distinguait la cheville appétissante, le reste ayant été sectionné.

Furieux, je fis volte-face et dévisageai la gamine : une vilaine petite figure à l'expression maussade, surmontée de cinq ou six nattes maigres ramassées au sommet du crâne à l'aide d'un lien de tissu. Je me creusai les méninges pour tâcher de me souvenir de quelle catastrophe ambulante il s'agissait là, et quel rapport cette gamine au ventre protubérant avait avec moi. Car elle était de ma famille, ça ne faisait aucun doute. Les dieux seuls savaient comment elle se retrouvait en Germanie supérieure, mais je reconnus un membre de l'excentrique clan des Didius avant même de l'entendre entonner son geignement :

– Moi je jouais, c'est tout… Il est tombé tout seul !

Elle m'arrivait à peine à la hanche et portait une tunique qui aurait dû être décente, mais dont elle avait réussi à coincer les pans si haut dans la ceinture qu'on lui voyait les fesses. Détail révélateur : je reconnus là son ascendance. Augustinilla. Un nom compliqué, une personnalité sans détours, d'une insolence éhontée. Cette gamine était la fille la plus fâcheuse de Victorina, la sœur que je détestais le plus.

Victorina, aînée de la famille et fléau de mon enfance, était ma pire honte sociale depuis. Enfant, ç'avait été une sale petite harpie au nez continuellement morveux, à qui sa culotte pendouillait toujours au ras d'une paire de genoux truffés de croûtes. Les mères du quartier interdisaient toutes à leurs enfants de jouer avec nous tant Victorina cognait dur. Victorina les obligeait quand même à jouer avec elle. En grandissant, elle ne joua plus qu'avec les garçons. Il en venait plein. Je n'ai jamais compris pourquoi.

De tous les sales gamins susceptibles de faire irruption en plein milieu de mes tendres retrouvailles avec Helena, il fallait que ce soit l'un des siens…

– Oncle Marcus, il a rien sur le dos !

La raison à cela était qu'avant de se précipiter à la porte, Helena avait plongé dans ma tunique à moi. Assortie d'un beau collier d'ambre, cela produisait un effet des plus incongrus, qui renforçait l'impression qu'une bacchanale venait de se dérouler dans ma chambre. La fillette tourna alors son regard accusateur vers Helena, mais elle eut la bonne idée de ne faire aucun commentaire. Sans doute Augustinilla avait-elle assisté depuis les premières loges au traitement qu'Helena Justina avait infligé au chef des bandits de la forêt.

Je pris une pose athlétique. Erreur. Faire reluire les muscles huilés d'un beau physique marche sans doute dans les stades écrasés de soleil à portée de nez de la

Méditerranée, mais dans un couloir de maison obscur à mi-distance du nord de l'Europe, quand on est nu comme un ver, ne fait que réfrigérer le quidam. D'humeur sombre, j'attendis qu'Helena lâche la formule traditionnelle : « C'est ta nièce, c'est toi qui t'en occupes. »

Elle n'y manqua pas, sur quoi je lançai la traditionnelle réponse grossière.

Helena tâcha de dissimuler son agacement en présence de la fillette.

– Tu es à la tête de la famille Didius, Marcus !

– En théorie, sans plus.

Occuper cette position dans notre famille était une si terrible entreprise que le véritable tenant du titre, mon père, avait abandonné ses ancêtres et complètement changé d'identité pour fuir cette tâche épouvantable. J'écopai donc du rôle. Ce qui explique pourquoi, désormais, je ne parlais plus à mon directeur d'enchères de papa. Ceci explique peut-être même pourquoi je n'éprouvais pour ma part aucun scrupule à embrasser une profession méprisée par les trois quarts de Rome. J'avais l'habitude de me faire injurier et traiter par le mépris : ma famille pratiquait la chose depuis des années. D'ailleurs le fait d'être détective privé présentait le grand avantage de me permettre d'agir en secret, et loin de chez moi.

Peut-être est-ce la même chose dans toutes les familles ; peut-être l'idée selon laquelle le pouvoir paternel prévaut a-t-elle été instituée par quelques faiseurs de lois pleins d'espoir, n'ayant pour leur part ni sœurs ni filles.

– C'est toi qui l'as amenée ici : tu auras donc le plaisir de la battre toi-même, lançai-je calmement à Helena, sachant bien que jamais elle ne frapperait un enfant.

Là-dessus, je regagnai ma chambre à grands pas. Je me sentais démoralisé. Helena et moi n'étant pas mariés, il n'y avait aucune raison pour qu'elle s'occupe des membres de ma famille. Et si elle le faisait, cela annonçait le genre de chantage sérieux que j'en étais venu à redouter.

Comme de bien entendu, après quelques mots rapides suivis d'une réponse étonnamment docile d'Augustinilla, Helena reparut et se lança dans les explications :

– Ta sœur a des ennuis…

– Quand Victorina a-t-elle cessé d'en avoir ?

– Tais-toi donc, Marcus. Des ennuis de *femmes*.

– Ça c'est nouveau. D'habitude, ses ennuis, c'est plutôt avec les hommes.

Je lâchai un soupir et priai Helena de me faire grâce des détails. Victorina avait toujours pleurniché à propos de ses entrailles. Sa vie aventureuse devait lui avoir insupportablement détraqué l'organisme, surtout son mariage avec un plâtrier débile dont la capacité à engendrer des gosses infects les uns à la suite des autres surpassait celle de tous les rongeurs de Rome. Cela dit, jamais je n'irais souhaiter la chirurgie à quiconque. Surtout pas ces interventions pénibles et rarement réussies dont j'avais vaguement entendu parler, qu'on infligeait aux femmes à grands renforts de forceps et d'écarteurs.

– Marcus, les enfants ont été répartis entre les membres de la famille pour que ta sœur ait une chance de se rétablir. Le tirage au sort t'a attribué Augustinilla…

Tirage au sort : mon œil… arnaque totale. On l'avait fait exprès.

– Personne ne savait où tu étais.

– Du coup c'est toi qui en as écopé, Helena ! Augustinilla est la pire du lot. Maia ne pouvait pas la prendre ?

Maia était la seule à peu près supportable de mes sœurs, ce qui jouait contre elle chaque fois que les autres réglaient un problème. Son aimable nature lui valait de se faire exploiter par tous les profiteurs, y compris moi.

– Maia n'avait plus de place. D'ailleurs pourquoi faudrait-il que Maia soit toujours la plus arrangeante ?

– On croirait l'entendre en personne ! Mais je ne comprends toujours pas. Pourquoi diable as-tu amené cette chipie ici ?

– Qu'est-ce que je pouvais en faire d'autre ? rétorqua Helena, contrariée.

J'avais bien quelques idées, mais le pragmatisme l'emporta. Helena me foudroya du regard.

– En fait, il se trouve que je n'avais pas envie de clamer devant tout le monde que je te pourchassais à travers toute l'Europe.

Elle entendait par-là qu'elle s'était refusée à dire qu'elle prenait la porte à la suite d'une dispute avec moi. Je lui décochai un grand sourire.

– Je t'aime quand tu es toute gênée !

– Oh ! tais-toi donc. Je m'occuperai d'Augustinilla, me répliqua-t-elle. Tu as bien assez à faire. Justinus m'a parlé de ta mission.

Je m'assis sur le lit en jurant, maussade. Avec l'un des moutards mal élevés de Victorina sur les bras, je n'allais sans doute pas rester entre les quatre murs de la maison. Helena, elle, y serait, comme toute femme romaine bien éduquée. Même les envolées indépendantes de ma belle allaient devoir se restreindre, au sein d'un fort militaire.

Helena vint se coller contre moi le temps de troquer ma tunique contre la sienne. Pendant qu'elle enfilait sa robe, je la cajolai machinalement.

– Quand on discute avec toi, on a l'impression de faire un entretien d'embauche avec un mille-pattes qui voudrait devenir masseur… (Elle sortit la tête par l'encolure.) Comment se passe ta mission ? demanda-t-elle en me surveillant du regard.

– J'avance un peu.

Ce fut mon tour de commencer à m'habiller en laissant à Helena l'initiative des avances, mais elle rata l'occasion, alors que je renfilais pourtant ma tunique le plus langoureusement possible. Visiblement, je m'étais assez amusé. La flambée interrompue par Augustinilla ne se rallumerait pas aujourd'hui.

– Tu as tiré quelque chose au clair, Marcus ?

– Non. J'ai seulement écopé de nouvelles besognes : retrouver la trace d'un commandant disparu dont on ignorait jusqu'à la disparition…

– Ça devrait être l'endroit idéal, ici, pour retrouver des suspects… un fort, je veux dire. Tu as affaire à une communauté bien délimitée.

J'éclatai d'un rire désabusé.

– Ah ça, oui ! Mais une communauté bien délimitée de douze mille hommes ! Le légat a fait faux bond à sa légion tout entière, sans parler de sa femme furieuse, de sa maîtresse qui se mêle de tout, de nombreux créanciers, de gens des environs…

– Quels gens ? s'enquit Helena.

– L'homme en question tâchait de retrouver le rebelle que je recherche moi aussi, par exemple.

Elle ne demanda pas de détails sur Civilis : Justinus devait l'avoir informée la veille au soir.

– Et il semblerait qu'il était mêlé à certaines disputes concernant je ne sais quels contrats de fournitures militaires.

– Ça, c'est le genre d'affaire qui pourrait facilement s'être mal passée pour peu qu'il ait mené ça en dépit du bon sens. Quel genre de fournitures ? demanda Helena, intriguée.

– Sais pas vraiment. Des poteries, d'une part.

– Des poteries ?

– Des articles de table en céramique rouge, vraisemblablement.

– Pour l'armée ? Et il y en a beaucoup en jeu ?

– Imagine un peu : chaque légion compte six mille soldats qui ont tous besoin d'écuelles à gruau et de gobelets, et aussi de gamelles de cuisson et plats de service pour chaque tente de dix hommes. Et par là-dessus, de services d'apparat complets pour les centurions et les officiers, plus Jupiter sait quoi en prévision de la royale maisonnée du gouverneur de province. Les légions se dorlotent, c'est bien connu. L'armée ne se satisfait que du meilleur fini. La poterie de Samos est solide, mais il arrive qu'elle casse lorsqu'on la manipule sans douceur, si bien qu'il faut constamment renouveler les commandes.

– Il faut importer ça du fin fond de l'Italie ou de la Gaule ?

– Non, j'ai entendu dire qu'il y avait une production locale.

Helena parut changer de sujet.

– Tu as trouvé le compotier pour ta mère ?

– C'est un compotier qu'elle voulait ? demandai-je innocemment.

– Tu n'en as pas acheté !

– Gagné.

– Je parierais que tu n'as même pas cherché !

– J'ai cherché, parfaitement. C'était trop cher. M'man n'aurait jamais accepté que je dépense une telle somme.

– Tu es terrible, Marcus ! S'il y a une fabrique dans la région, décréta ma bien-aimée, tu as intérêt à m'y emmener pour que j'achète quelque chose à ta mère. Pendant que je choisirai le cadeau à ta place, toi, tu pourras chercher des indices.

Helena Justina ne perdait jamais son temps. Livré à moi-même, j'aurais baguenaudé trois ou quatre jours en tâchant d'aider son frère à mener son enquête officielle sur la mort du soldat. Mais Justinus se retrouva tout seul. Je me débrouillai tout de même pour aller l'entretenir brièvement d'un autre sujet, en lui demandant de retrouver le colporteur et de le faire enfermer en cellule.

– Qu'est-ce qu'il a fait ?

– Laisse le motif en blanc sur le mandat d'arrêt. J'ai simplement besoin d'avoir les coudées franches. Il est plutôt question de ce qu'il *va* faire.

Helena s'était déjà renseignée sur l'endroit où se procurer les meilleures poteries de Moguntiacum, si bien que je n'avais quasiment pas encore eu le temps de prendre un petit déjeuner éclair que je me retrouvais chargé de l'accompagner en chaise à l'extérieur du fort. Je ne protestai pas trop. Je n'avais pas encore signalé à Justinus que ma nièce avait détruit son cratère à vin, et les explications possibles de la catastrophe tardaient à me venir à l'esprit.

Helena et moi quittâmes le fort tard dans la matinée. L'automne s'installait : un vent vif continuait à rafraîchir l'atmosphère quelques heures après l'aube, et l'humidité engluait les herbes grelottantes sur le bord de la route. Les toiles d'araignées pullulaient, me forçant à cligner les yeux chaque fois que ma monture passait sous des branches basses. Helena regarda hors de sa chaise et se mit à rire, mais dut aussitôt enlever les filaments qui se prenaient dans ses propres cils. Ce qui, ma foi, fournit une occasion de faire halte pour que je puisse lui prêter mon aide.

Le quartier des potiers de Moguntiacum n'était pas aussi grand que le vaste complexe que Xanthus et moi avions visité à Lugdunum. Certains signes révélaient indubitablement que l'industrie germaine luttait pour égaler les rivaux de Gaule, qui jouissaient, eux, du soutien de la fabrique-mère d'Arretium, laquelle leur apportait un surcroît de soutien politique. Ici en revanche, les artisans n'étaient pas aidés. Les produits exposés étaient d'aussi bonne qualité, mais les potiers semblèrent surpris de voir surgir des clients. D'ailleurs le plus grand des ateliers était fermé et barricadé de planches.

Nous en trouvâmes un autre, tout proche et ouvert. Le propriétaire en était un certain Julius Mordanticus. Quantité de Celtes des provinces adoptent des noms aristocratiques tels que Julius ou Claudius. Après tout, quand on tâche de s'élever en société, pourquoi choisir de s'appeler comme n'importe quel artisan de peu ? Il n'y a guère de barbares deuxième génération appartenant aux tribus romanisées où que ce soit dans l'Empire qui portent le nom de Didius, à l'exception d'un ou deux gamins dont les mères extrêmement jolies vivent en des villes où mon frère aîné Festus est jadis passé.

Helena ne tarda pas à acheter un plat splendide pour ma mère… à un prix qui ne me fit que légèrement regimber, qui plus est. Elle lia ensuite amitié avec le potier, expliqua qu'elle était venue voir son frère le tribun, et orienta bientôt la conversation vers les légions en général. Elle était raffinée, gracieuse… et captivée par la profession de son interlocuteur. Le potier, lui, la trouva merveilleuse. Moi aussi, mais je réprimai mon impression. Une fois que j'eus payé le plat, je m'adossai contre un mur, me sentant de trop.

– J'imagine que vous devez vendre beaucoup au fort, lança Helena.

– Pas autant qu'on le souhaiterait, par les temps qui courent !

Le potier était un petit homme au visage large et pâle. En parlant, il bougeait à peine les muscles de la bouche, ce qui lui donnait une physionomie figée, mais il avait le regard intelligent. La réponse qu'il venait de faire à Helena était motivée par une colère réprimée : son tempérament naturel semblait plus mesuré. Il n'avait pas envie de s'appesantir au sujet de l'armée.

Je me traînai un peu plus loin pendant qu'Helena continuait à bavarder.

– Je ne savais pas qu'il se faisait des poteries de Samos en Germanie, je l'avoue. La pratique de votre artisanat se limite-t-elle à Moguntiacum, ou bien va-t-elle plus loin, chez les Trévires ?

– Toute la région qui s'étend entre Augusta Treverorum et le fleuve produit des poteries de Samos.

– Tu dois bien gagner ta vie ? demanda-t-elle.

– Il y a une baisse ces derniers temps.

– En effet, nous regardions l'échoppe de ton collègue… celle qui est barricadée, qui appartient à Julius Bruccius. C'est une fermeture due à la crise, ou le propriétaire est parti en vacances d'automne ?

– Bruccius ? Voyage d'affaires.

L'homme se rembrunit un instant. Un pressentiment me vint au moment où je lançais :

– Il ne serait pas parti pour Lugdunum, par hasard ?

Helena Justina se retrancha aussitôt de la conversation et se rencogna dans un silence tranquille. Le potier avait remarqué mon ton, lui aussi.

– Je suis passé par Lugdunum pour venir en Germanie, expliquai-je d'un ton égal. (Je respirai lentement, comprimant les lèvres.) Bruccius ne serait-il pas un type costaud dans la quarantaine, qui voyage avec un compagnon plus jeune à cheveux roux et quantité de verrues ?

– C'est son neveu. On dirait bien que vous les avez vus quelque part en route.

Julius Mordanticus semblait déjà inquiet. Le retard de ses amis devait l'avoir préparé à de mauvaises nouvelles, mais peut-être pas aussi mauvaises que celle-ci. Je fus bref. Quand je mentionnai la dispute à laquelle j'avais assisté à Lugdunum, puis la façon dont j'avais plus tard retrouvé les deux corps, il poussa un cri de protestation et plongea le visage entre ses mains.

Helena lui apporta un fauteuil en rotin. Nous le fîmes asseoir puis je restai à ses côtés, une main sur son épaule, pendant qu'il luttait pour accepter la nouvelle que je venais de lui annoncer.

32

– Par *Tiw !* (Il éructa le nom celtique du dieu Mars). Bruccius et son neveu assassinés en Gaule…

– Navré, lançai-je. Ça n'a sûrement guère d'utilité, mais au fort, il y avait un centurion qui se disposait à passer par Cavillonum pour déclarer la découverte des dépouilles au magistrat de la ville… Lui saurait te dire qui s'en occupe et ce qu'il en est ressorti. Le magistrat a au moins dû prendre les dispositions pour les faire inhumer. Quand nous rentrerons, Helena et moi, j'irai voir le centurion et je te l'enverrai pour qu'il t'explique. Il s'appelle Helvetius.

Julius Mordanticus acquiesça, l'air absent. Mes propos étaient destinés à lui donner le temps de se ressaisir. Maintenant qu'il semblait plus calme, je demandai prudemment :

– As-tu la moindre idée de qui pourrait avoir organisé ces assassinats ?

Il s'exclama aussitôt :

– Ces fumiers de profiteurs de Lugdunum !

Sa réponse ne me surprit pas : j'avais constaté que Lugdunum avait de vastes intérêts engagés dans l'industrie de la poterie. Je crus de mon devoir de mettre mon interlocuteur en garde :

– Ton accusation sera sans doute difficile à prouver.

– S'ils se pointent ici, on n'aura pas besoin de preuves !

– Ça, je ne l'ai pas entendu ! Accepterais-tu de m'expliquer de quoi il est question ?

Mordanticus ayant décidé que nous lui étions sympathiques, toute l'histoire jaillit de ses lèvres :

– Les affaires ne marchent pas très bien, ces temps-ci. Le commerce bat de l'aile. On table sur les commandes de l'armée pour se maintenir à flot, mais avec tous les troubles de ces derniers temps…

Il laissa sa phrase en suspens et se tut un instant.

Helena et moi évitions de nous ingérer dans les opinions locales, mais Mordanticus sentit notre retenue polie.

– Oh ! nous étions partisans de Rome, je peux vous l'assurer. Notre ville et le fort entretiennent des relations étroites. (Il s'exprimait mécaniquement, comme un responsable de village tenu de justifier l'existence de je ne sais quelle fête à l'aide de la bonne allusion historique.) Nous avons tout intérêt à maintenir les légions ici, sur le Rhenus. Le général romain Petilius Cerialis l'a bien dit à son arrivée : Rome est venue occuper cette région lorsque nos ancêtres l'y ont invitée pour faire cesser les agressions des autres tribus qui cherchaient de nouveaux territoires. Si Rome s'en va, les tribus installées à l'est du fleuve vont déferler chez nous et tout rafler.

Ce, vraisemblablement, d'autant plus que les tribus de la rive ouest étaient désormais considérées comme des ramassis de collaborateurs.

– Vous ne vous entendez pas entre vous ? questionna Helena.

– Non. Civilis et sa bande ont peut-être clamé à tous vents qu'ils agissaient au nom de la liberté, mais ils nous apprécient aussi peu que leurs ancêtres appréciaient nos pères et grands-pères. Civilis veut être roi et régner sur les nations les plus riches d'Europe. Son peuple aimerait quitter les marécages de la côte batave pour venir s'installer dans des prairies plus verdoyantes, par ici. L'unique liberté germanique en laquelle ils croient, c'est leur propre droit à s'imposer où bon leur semble.

Cette affirmation me parut partiale. D'ailleurs, mes recherches à Rome dans les comptes rendus traitant de la révolte m'avaient enseigné qu'Augusta Treverorum, capitale tribale la plus proche, avait engendré Julius Tutor et Julius Classicus, deux des chefs rebelles les plus enragés après Civilis. Les esprits étaient donc bien plus échauffés par ici que notre ami ne voulait le reconnaître. Mais je ne tins pas rigueur à Mordanticus de se ranger du côté opportun.

Je changeai de sujet.

– Les incidents auxquels j'ai assisté à Lugdunum avaient un relent de commerce, plus que de politique. J'ai cru comprendre qu'entre vous et les Gaulois existe une forte rivalité. Est-il seulement question de vos affaires avec l'armée ?

Il acquiesça d'un hochement de tête, à contrecœur toutefois.

– Qui d'eux ou de nous remportera le contrat avec les nouvelles légions du fort : la question n'est pas tranchée. La ville de Lugdunum elle-même est menacée par un gros consortium implanté dans le sud de la Gaule. Bruccius et moi tâchions de convaincre le nouveau légat de ré-attribuer le contrat aux artisans d'ici.

– Ce légat, c'était Florius Gracilis ?

– Lui-même. L'autre joue un rôle beaucoup moins important.

– En effet, ses soldats ont été recrutés dans la marine et sont un peu sur la touche. Donc, tes collègues détenaient le contrat exclusif par le passé, à l'époque où les légions cantonnées au fort étaient la Quatrième et la Vingt-deuxième ?

– À juste titre, avec ça ! Notre production rivalise en qualité avec l'Italie et la Gaule, et bien entendu, la distribution est plus facile.

Pour peu qu'il se trouve une argile correcte dans la

région, Rome devait naturellement avoir encouragé une production locale, au moyen de fonds officiels sans nul doute, pendant les campagnes de jadis contre Drusus et Germanicus. Une fois la production locale lancée et les gens convaincus de se mettre à gagner leur vie grâce aux légions, il deviendrait difficile de se tourner ailleurs. Mais Rome n'avait jamais fait trop de sentiment.

– Vos prix sont-ils attractifs ? demandai-je.

Il me décocha un regard désapprobateur.

– En tant que fournisseur des légions, nous pratiquons des prix corrects ! Et de toute façon, nous ne comptons pas de frais de transport. Je refuse de croire que Lugdunum puisse sous-enchérir par rapport à notre offre.

– À moins qu'il y ait une escroquerie là-dessous ! Gracilis vous était-il favorable ?

– Il ne nous a jamais répondu directement. J'ai eu l'impression que nos requêtes le laissaient froid.

Je fronçai les sourcils.

– Quelqu'un s'en serait-il pris à lui ?

Mordanticus haussa les épaules. Il était de ces hommes d'affaires archiprudents qui ne se laissent jamais aller à dire du mal de quelqu'un avec qui ils seront peut-être contraints de traiter par la suite. J'eus le sentiment qu'il allait devoir adopter une ligne de conduite plus franche.

– Regardons les choses en face, Mordanticus, insistai-je. Au printemps dernier, Florius Gracilis a dû traverser la Gaule par le même itinéraire que celui que j'ai emprunté. Il a une jeune épouse qui voulait sans doute s'équiper de vaisselle neuve pour ses réceptions, et l'a probablement traîné sur le lieu de production, à Lugdunum. Gracilis a très bien pu se faire graisser la patte par vos rivaux avant même d'arriver ici. Tu le sais très bien, n'est-ce pas ? Les gros caïds de Lugdunum avaient monté le coup au légat.

Sans répondre directement, Mordanticus enchaîna :

– Les potiers d'ici ont décidé de faire une dernière tentative pour mettre les choses au point, et Bruccius a été élu représentant de notre corporation. Nous l'avons envoyé à Lugdunum pour qu'il tâche de trouver un compromis. Il y a du travail pour tout le monde. Ces brutes épaisses de Lugdunum n'agissent que par appât du gain. Ils ont déjà un commerce florissant en Gaule, toutes les commandes des légions de Bretagne, et d'Espagne en plus. À partir de leurs ports du sud, ils exportent partout sur le pourtour du golfe de Ligurie et le long de la côte des Baléares. (Il parlait comme quelqu'un ayant lui-même soigneusement jaugé les possibilités commerciales en question.) Ça leur a toujours déplu que nous nous soyons trouvés pile au bon endroit, ici. Après la révolte, ils ont compris que l'occasion se présentait pour eux de jouer les gros durs.

– Apparemment, donc, Bruccius et son neveu ont dû faire tout ce qui était en leur pouvoir à Lugdunum, sans que quiconque leur prête aucune aide. J'ai bien cru constater que le ton montait, mais tes amis n'avaient subi aucune violence au moment où je les ai vus dîner, le soir où ils ont été assassinés. Ils ont dû renoncer face à la foule de Lugdunum, et prenaient le chemin du retour pour apporter la mauvaise nouvelle. Remarque bien, enchaînai-je pensivement, ça signifie que la question concernant le contrat exclusif ne peut pas être déjà tranchée.

– Pourquoi ça ? s'enquit Helena.

– Sachant que les affaires à venir lui sont acquises, Lugdunum n'aurait plus aucun intérêt à assassiner deux personnes. Pour moi, les potiers gaulois ont compris que Bruccius risquait d'être beaucoup trop convaincant. Avec les légions rhénanes à domicile et le légat approprié sous la main, ses collègues et lui risquaient de devenir une menace sérieuse. C'est pourquoi Lugdunum l'élimina. Quelqu'un les prit en chasse, lui et son neveu, les aborda assez loin pour empêcher un quelconque magistrat d'établir un lien, puis les tua dans un coin où personne ne serait susceptible de connaître leur identité.

– Mais pourquoi ? insista le potier. Nous sommes toujours aussi nombreux ici.

– Voyons, Mordanticus, au nom du mobile le plus ancien qui soit ! Tuer deux de vos collègues... ou mieux encore, les faire disparaître à tout jamais... cela va intimider les autres.

– Aucun risque ! s'écria Mordanticus d'un air décidé. Pas question pour nous de céder, ni de les laisser s'en tirer comme ça !

– Tu ne manques pas de trempe, mais je te préviens : il s'en trouvera qui vont bientôt trembler à l'idée d'user de violence. N'oublie pas que certains potiers ont une épouse qui ne tient pas à se retrouver veuve. Des potiers inquiets de ce qu'il adviendrait de leur nombreuse famille pour peu qu'eux-mêmes, et du même coup le gagne-pain du foyer, vienne à disparaître. Des potiers qui estiment tout bonnement qu'il y a mieux à faire de sa vie qu'entretenir une longue guérilla qu'ils risquent de ne jamais remporter.

– C'est criminel ! ragea Helena. Rome ne devrait même pas donner l'impression de cautionner des méthodes de cet acabit. Le légat devrait se faire un devoir d'afficher son désaccord en écartant complètement Lugdunum, pour ensuite gratifier Moguntiacum de tous les contrats possibles !

Sa spontanéité me fit sourire.

– À en croire ce que j'ai entendu à propos de Florius Gracilis, ce n'est pas la peine de compter sur lui pour hausser le niveau de la morale. D'après ce que je sais, il est tenaillé par les soucis d'argent.

– Tu veux dire qu'il reçoit des pots-de-vin ?

Les efforts déployés par les parents d'Helena pour lui assurer une existence protégée avaient partiellement porté leurs fruits. Mais depuis notre rencontre, elle en avait assez appris pour qu'aucune hypothèse ne l'étonne plus.

– Gracilis est-il *corrompu*, Falco ?

– Cela constituerait une accusation grave. Je ne suis pas en train de la formuler. (Pas pour l'heure, en tout cas. Je m'adressai alors au potier :) Je travaille pour l'empereur, Julius Mordanticus. Tes problèmes ne devraient pas me concerner, mais il se peut qu'ils recoupent en partie l'objet de ma visite dans la région.

– Qui est ? releva-t-il, intrigué.

Je ne vis aucune raison de lui dissimuler la vérité.

– Principalement d'établir un contact avec Civilis. On ignore pour le moment où il se trouve, mais je crois possible que le légat soit parti à sa recherche. D'un autre côté, Gracilis peut tout aussi bien être parti trouver Veleda, la prophétesse des Bructères.

– S'il a franchi le fleuve, c'est un idiot !

Mordanticus me regarda comme si le simple fait que je sous-entende une chose pareille était folie de ma part.

– Ne dis pas ça. Il se peut que j'aie bientôt à le faire moi-même.

– Eh bien ! tu te prépares des ennuis. Quant à Gracilis, je dirais que pour lui, c'est la mort assurée.

– Peut-être voyage-t-il incognito.

– Un agent officiel de Rome n'aspire qu'à être repéré. Mais cela a-t-il un quelconque rapport avec les contrats de fournitures militaires ? poursuivit Mordanticus sans détours.

– Non, il n'est question que de gloriole politique pour Florius Gracilis. Mais ça signifie que toi et moi avons un intérêt commun. Je n'aime pas faire des promesses, mais s'il m'arrive un jour de tomber sur le légat, je trouverai sûrement une occasion de débattre de votre problème de contrat, et il se pourrait que je m'amuse à lui faire croire que je parle au nom de Vespasien.

Sans que je sache très bien pourquoi, le nom de l'empereur fit impression. Dans une ville capable de vouer une colonne à Néron, j'aurais pu m'y attendre. Mordanticus eut l'air aussi reconnaissant que si j'étais personnellement en train de signer son précieux contrat de poteries. Je repris :

– Peux-tu m'aider à organiser une rencontre, Mordanticus ? Es-tu au courant de quoi que ce soit concernant les déplacements du légat ces derniers temps, ou même de l'endroit où je pourrais trouver Julius Civilis lui-même ?

Le potier hocha négativement la tête, mais promit de se renseigner. Il semblait encore abasourdi. Nous le laissâmes annoncer la nouvelle du sort advenu à ses deux collègues. Je ne lui enviais pas le privilège. Il m'avait dit que deux familles et des enfants en bas âge étaient concernées.

33

J'emmenai Helena Justina voir la Colonne Jupiter de façon à pouvoir m'entretenir avec elle en privé. Tel fut en tout cas le prétexte que j'avançai.

Nous en fîmes solennellement le tour, feignant d'admirer l'obélisque à quatre pans érigé par deux financiers lèche-bottes au nom de la collectivité. Cela faisait un monument correct, à condition d'apprécier les hommages à Néron. Y figuraient les habituelles plaques représentant les divinités de l'Olympe : Rémus et Romulus prouvant que le fait d'avoir une mère bizarre n'empêche pas de devenir un homme, Hercule faisant son boulot demi-divin avec son habituelle bravoure de macho, Castor et Pollux menant leurs chevaux à l'abreuvoir, chacun d'un côté de la colonne comme s'ils étaient en froid. Loin, tout au sommet, se dressait un énorme bronze de Jupiter Optimus Maximus, tout en barbe et grandes sandales, brandissant un éclair des plus zigzagants qui ferait un malheur dans n'importe quelle réception chic. L'édifice était situé trop en vue pour que j'enlace Helena, mais elle savait que j'en avais envie. Il me sembla remarquer qu'elle avait l'air déçu. Trois heures au moins s'étant écoulées depuis la dernière fois que je l'avais touchée, je l'étais aussi.

– Il va falloir que je t'emmène faire un pique-nique en barque sur le fleuve, déclarai-je à voix basse.

– Par Junon ! Tu crois que c'est prudent ?

– D'accord, je reconnais que la Germanie n'est pas l'endroit rêvé pour venir s'offrir une petite croisière automnale tranquille.

– Mais tu vas pourtant bien descendre le fleuve, non ?

La question était formulée sur un ton outrageusement uni en lequel je reconnus l'expression de l'inquiétude.

– Apparemment, je ne vais pas y couper, mon amour.

Helena était bouleversée. Cela me contrariait profondément. Je l'avais placée devant un dilemme. Jamais elle n'avait tenté de me détourner de mon travail. D'une part, parce qu'elle avait envie que je gagne assez d'argent pour accéder à la classe moyenne, ce qui nous permettrait de nous marier sans provoquer de scandale. Pour ce faire, il me fallait quatre cent mille sesterces… somme faramineuse pour un tocard de l'Aventin. Le genre de fortune que je ne pourrais gagner qu'en faisant quelque chose d'illégal – ce que, bien entendu, je ne pouvais *absolument pas* envisager – ou de dangereux.

– Quoi qu'il en soit, ajouta-t-elle d'un ton enjoué, tu es venu ici pour une affaire politique, or il semble que tu aies basculé la tête la première dans une guerre potière en bonne et due forme.

– Ça en a tout l'air.

Helena se mit à rire.

– Quand tu tombes d'accord aussi docilement, en général je m'aperçois que tu es de l'avis contraire.

– Exact. Je pense que les incidents des potiers constituent un problème accessoire. (Si néanmoins je parvenais à aider les potiers tout en atteignant mes fins personnelles, je le ferais.) Ces artisans se trouvent face à l'habituel bazar administratif. Le marché des offres a été saboté par un imbécile pourtant grassement payé par l'état pour savoir se tenir. Ça arrive partout. Que Florius Gracilis trempe là-dedans, et fourre en plus son nez dans les histoires que Vespasien m'a envoyé négocier avec Civilis, c'est pas de chance pour moi, voilà tout.

Mais la dernière des choses que je souhaitais, si je pénétrais en zone dangereuse, c'était me retrouver contraint de suivre le même itinéraire que je ne sais quel bouffon sénatorial incapable de traiter ne serait-ce qu'un banal contrat de fournitures culinaires. Surtout si le type en question, comme cela semblait à présent probable, atteignait le théâtre des troubles avant moi et commençait à faire des siennes en avivant encore plus les susceptibilités tribales.

– Il t'est déjà arrivé d'avoir de la chance, Marcus ?

– Seulement le jour où je t'ai rencontrée.

Helena fit mine de ne pas entendre ma réponse.

– Tu parlais de Civilis. Comment espères-tu le retrouver ?

– L'occasion finira bien par se présenter.

– Et la prêtresse ?

– Veleda ? (J'esquissai un grand sourire.) Alors comme ça, Justinus t'a parlé de ça aussi, hein ?

– Ça m'a tout l'air d'être une nouvelle histoire de veuve à Veii, grommela Helena d'un air sarcastique.

– Dans ce cas, tout va bien : je saurai m'y prendre.

Helena Justina me traita de gigolo débauché ; je lui assenai qu'elle était une sorcière cynique sans la moindre idée de ce qu'était la confiance ou la fidélité ; elle me gifla avec le pan de son étole bordée de perles ; je la plaquai contre la base de la colonne et la gratifiai d'un long baiser jusqu'à ce qu'elle soit plus ou moins amadouée, et moi complètement surexcité.

– Je ne te demanderai pas, reprit-elle quand je la relâchai à contrecœur, de peur que notre comportement romain complexe commence à déclencher un scandale public, quels plans tu as imaginés pour découvrir le sort qu'a subi le légat de Vetera. Je sais qu'il a disparu quelque part de l'autre côté du fleuve.

– Il y était acheminé à titre de cadeau à Veleda.

Helena frissonna.

– Ça signifie donc bel et bien que tu dois faire une excursion en Germania libera ?

– Si tu ne veux pas que j'y aille, je n'irai pas.

Sa physionomie grave se fit encore plus sérieuse.

– Ne dis pas ça… ne dis jamais ça, Marcus… à moins de le penser vraiment.

Je ne pouvais pas biaiser avec Helena.

– C'est bon : je te promets que je n'irai que si je n'arrive pas à tirer le problème au clair d'une autre manière.

– Oh ! tu iras, reprit-elle. Tu iras, et tu tireras l'affaire au clair, et ça devrait au moins apporter un peu de réconfort à la famille de ce pauvre type. En conséquence de quoi il m'est impossible ne serait-ce que de tenter de m'opposer à ton départ.

Je me fichais éperdument des sentiments de la famille de Munius Lupercus, riche sénateur qui avait occupé un poste prestigieux, sans doute aussi véreux que le reste de ses pairs. Mais quand Helena s'exprimait avec cette fermeté-là, il m'était impossible de débattre, aussi l'embrassai-je de plus belle pour ensuite la ramener à la maison.

Au fort, nous trouvâmes ma nièce Augustinilla occupée à terroriser les sentinelles de la porte Prétorienne. Par chance, les malheureux furent tellement soulagés d'être libérés de cette engeance qu'ils me laissèrent l'emporter sous mon bras pendant qu'elle nous couvrait tous d'un flot d'injures glapissantes.

34

Le reste de la journée s'écoula tranquillement. Justinus avait découvert les débris de son urne. Il disparut de la maison, profondément agacé, mais trop poli pour le dire.

– Ton frère Justinus va passer sa vie à se faire marcher sur les pieds.

– Moi je trouve qu'il affiche très clairement ses sentiments !

Helena était du même genre, à disparaître lorsqu'elle était contrariée. Avant le dîner, j'obligeai Augustinilla à aller voir le tribun pour lui présenter des excuses. Personne ne l'ayant encore jamais obligée à faire des excuses pour quoi que ce soit, elle s'exécuta avec une angoisse candide qui produisit sur son interlocuteur le même effet que le chiot malheureux qu'il avait secouru. Comme la gamine le contemplait d'un regard empli d'adoration, l'instinct protecteur du jeune homme s'éveilla. C'était la première rencontre d'Augustinilla avec un jeune homme riche vêtu d'un uniforme impressionnant : je voyais déjà la mère percer sous la fille.

Tous emportements d'écolières mis à part, je constatai qu'avec son air calme et son attitude réservée, Camillus Justinus risquait de faire plus de ravages qu'il ne s'en doutait. Les femmes aiment les hommes secrets, les hommes sensibles – les hommes qui ont l'air prêts à régler de lourdes factures sans broncher. Justinus donnait l'impression d'avoir besoin d'une fille bien, dotée d'une nature généreuse qui l'aide, lui, à s'extérioriser. De retour à Rome, pour peu que nous devions trimbaler ces yeux marron pensifs dans quelques réceptions, Justinus trouverait sans nul doute des filles bien – sans compter des femmes plus âgées tout aussi bien disposées – qui l'aideraient à s'extérioriser trois fois par semaine.

À Moguntiacum, il n'avait guère qu'à éviter une gamine de 8 ans qui s'était mis dans la tête qu'il ressemblait à un jeune Apollon. Pour l'heure, Augustinilla était trop impressionnée par le prestige du jeune tribun pour écrire son nom sur les murs. Le temps qu'elle rassemble le courage nécessaire pour lui glisser des mots d'amour sous son bol de petit déjeuner, l'hiver continental aurait gelé tous les encriers, lui épargnant l'épreuve.

Le lendemain débuta avec deux messages : la maîtresse du légat annonçait que, d'après ses serviteurs, Gracilis avait souvent rencontré les potiers. Quant au potier, il me révélait qu'il était question d'une maîtresse dans l'histoire.

– Tout ça se mord la queue en beauté ! murmurai-je à ma propre intention.

Je supposai que les potiers dont me parlait la maîtresse étaient ceux de Moguntiacum. Mordanticus, en revanche, parlait d'une *autre* maîtresse : son message le spécifiait. J'envoyai une lettre de remerciement poliment reconnaissante à Julia Fortunata, lui disant que j'explorerais son information dès que possible. Il me semblait plus judicieux de miser sur une visite à Mordanticus.

Avant de partir, je cherchai le centurion Helvetius, que j'avais vu pour la dernière fois près de Cavillonum. Il n'était pas difficile à situer : beuglant des ordres d'un ton las, il tâchait d'entraîner la bande de tocards à bras mous, genoux cagneux, pieds palmés, cervelles de moineaux et faces de lunes qui lui servait de recrues et que je l'avais vu mener à travers la Gaule – je reprends ses propres termes. C'est à lui qu'incombait d'apprendre à ces splendides spécimens à courir, nager, sauter à la perche, lutter, se battre au glaive, lancer le javelot, creuser, bâtir des murs, planter des palissades, tirer à la catapulte, former une tortue, aimer Rome, abhorrer le déshonneur, et reconnaître l'ennemi : peau bleue, cheveux roux, pantalons à carreaux, beaucoup de boucan, et c'est eux qui nous balancent des projectiles sur la tête ! À lui qu'incombait le soin de virer les gars qui avaient triché lors de l'examen de vue et de les recaser en tant que brancardiers d'infirmerie. À lui de repérer ceux qui ne savaient pas compter, pas écrire, ne comprenaient pas le latin, puis de leur enseigner le tout ou de les renvoyer chez eux. À lui de les materner tant qu'ils pleuraient leur petite amie, leur mère, leur bateau – la Première Adiutrix enrôlait encore les rebuts de la marine – ou leur chèvre favorite – les seconds fils de fermiers formaient depuis toujours le pivot des légions. À lui de les empêcher de se saouler ou de déserter, de leur apprendre à se tenir à table et de les aider à rédiger leur testament. Pour le moment, il avait seulement réussi, à force de les harceler, à les faire aligner en trois rangées bien droites.

Ce fut avec joie qu'Helvetius abandonna son programme déprimant et prit un moment pour discuter avec moi.

– Didius Falco.

– Je me souviens de toi.

– Merci ! J'aime me croire doté d'une personnalité marquante.

Seule notre première rencontre au fond du fossé

pouvait lui avoir laissé un souvenir aussi vif. Nous passâmes quelques minutes à évoquer l'épisode.

– C'est à ce propos que je voulais te voir, repris-je.

– Je m'en doutais !

Il faisait partie de la catégorie des hommes impassibles. De longues années dans l'armée lui avaient appris à s'attendre au pire, et aussi que rien ne méritait jamais qu'on s'énerve. Il avait des yeux marron très foncés, comme s'il était d'origine méridionale, et un visage aussi buriné, tanné par l'usage et patiné qu'un vieux chiffon à étriller de palefrenier. Son air désenchanté était aussi usé que sa physionomie. Helvetius semblait un officier solide, totalement digne de confiance.

Je lui annonçai que le tribun Camillus avait donné son accord pour qu'il puisse laisser tomber ses fonctions habituelles et faire un petit geste à l'égard de la collectivité civile. Helvetius ne voyait aucune objection à rendre visite au potier, si bien que je l'emmenai jusqu'à la fabrique.

C'était à nouveau une matinée frisquette, bien qu'un soleil pâlichon cherche à dissiper la brume. Le tournant de la saison accroissait encore l'impression d'urgence que je ressentais. J'expliquai à Helvetius que j'allais sans doute devoir franchir le fleuve sous peu, et qu'il faudrait que mon voyage soit bouclé avant l'arrivée de l'hiver. La dernière des choses dont j'avais besoin serait de me retrouver coincé en territoire barbare au moment où les neiges continentales allaient s'installer.

– Pas très marrant à aucun moment de l'année, commenta-t-il d'un ton sinistre.

– Tu y es passé ?

Il ne répondit pas tout de suite.

– Seulement quand il arrivait qu'un crétin de tribun se mette dans l'idée d'aller chasser le sanglier dans des parages moins rebattus.

Sûrement pas Camillus Justinus : personne n'irait le taxer de crétin.

– Évidemment, un jeune type portant la bande sénatoriale n'a aucune envie de courir le *véritable* risque de laisser son escorte derrière lui… T'est-il arrivé d'avoir le moindre ennui sur place ?

– Non, mais on a nettement le sentiment d'être bien heureux de rentrer chez soi sans avoir croisé âme qui vive.

– Il en est parmi nous qui se demandent si le légat de la Quatorzième n'a pas franchi le fleuve.

– Gracilis ? Pourquoi diable irait-il là-bas ?

– Pour chercher Civilis… ou peut-être bien Veleda.

Il y eut à nouveau un court temps de silence.

– Je ne pensais pas que c'était le genre de type.

– Pour quel genre de type le prenais-tu, alors ? m'enquis-je.

Helvetius, centurion loyal, se contenta de ricaner dans sa barbe, qui était assurément une barbe militaire fournie et bouclée à souhait.

– C'est un légat, Falco. Un type aussi infect que le reste du lot.

Juste avant que nous arrivions au quartier des potiers, la conversation revint prudemment aux deux artisans morts. Helvetius me demanda en quoi cela m'intéressait particulièrement. Je lui dépeignis de quelle façon j'avais assisté à l'affaire en tant que témoin de la prise de bec à Lugdunum. Il esquissa un léger sourire.

Sa curiosité m'intriguait. Ses traits s'étaient figés,

empreints d'une fixité révélant qu'il avait l'esprit ailleurs… très loin ailleurs. Au bout d'un nouveau moment de silence, toutefois, alors même que je pensais qu'il n'avait aucune remarque à formuler, il lança subitement :

– Je n'ai rien dit quand tu es tombé sur ces corps, parce que je ne te connaissais pas à ce moment-là, Falco. Mais moi aussi, j'avais déjà vu ces hommes, et vivants.

– Où ça ?

– À Lugdunum, comme toi.

– Tu t'y trouvais en déplacement officiel ?

– Ç'aurait dû être le cas. L'armée sait se montrer efficace ! Notre commandant avait eu une brusque inspiration et m'avait confié ce voyage qui devait servir deux buts… enfin, trois : permission, levée de recrues, et ensuite visite sur place pour prendre la température auprès des fabricants de poteries. C'était l'intention, en tout cas.

– Et qu'est-ce qui s'est passé ?

Je m'en doutais déjà.

– J'y suis allé, mais prendre des notes sur les fournisseurs s'est révélé une perte de temps. Son Excellence Gracilis était passé avant moi et avait emballé toute l'affaire au nom de l'ensemble des légions de la Germanie.

– Tiens donc ! m'étonnai-je. Sacrée initiative !

– Sacrément juteuse, pour peu que ce soit lui qui ramasse !

Helvetius devait avoir tiré ses propres conclusions.

– Tout doux, centurion ! Et les deux potiers d'ici ?

– Comme toi, je les ai vus se faire avoiner en beauté.

– Au milieu d'un attroupement ?

– Non, seulement en face d'un grand échalas sardonique et d'un ou deux badauds. Mais j'ai ensuite repéré l'échalas aussi.

– Ah bon ?

– Oui, sur la route. La veille du jour où on a trouvé les macchabées dans le fossé.

C'était là une précision que je trouvai tout à fait intéressante. Je me souvenais du Gaulois sardonique, mais j'avais dû le rater en chemin. Les choses se présentaient mal pour Florius Gracilis. Je précisai à Helvetius qu'il allait falloir garder ça par-devers nous pour le moment. Il me décocha un regard en coin.

– Tu es ici pour monter un dossier sur les détournements de fonds ?

Ça commençait à en avoir l'air.

À la poterie, je fis les présentations puis laissai Helvetius expliquer comment il avait signalé les décès à Cavillonum. L'histoire n'avait guère suscité d'intérêt de la part des magistrats, cela allait sans dire. Helvetius fit preuve d'assez de doigté pour passer cela sous silence au cours de son entretien avec l'ami des deux morts, mais à son ton, je perçus ce qui avait dû se passer – et ne pas se passer.

Laissant les deux hommes discuter, toujours de Bruccius et de son neveu, je déambulai fébrilement deci de-là à la recherche de poteries de Samos. En sortant, Mordanticus me demanda si quelque chose de précis avait attiré mon regard.

– Tout ! Tu fabriques des articles de belle qualité.

Il ne s'agissait pas d'une vile flatterie : la cuisson de ses poteries leur assurait une couleur agréable ; les motifs étaient de bon goût, joliment vernis, et les modèles étaient bien équilibrés dans la main.

– Je m'équiperais volontiers d'un bon service, mais le problème, c'est un manque de fonds criant.

– Comment ça ? Je croyais que ta petite amie était riche !

Son ton rendait la plaisanterie acceptable, même pour un abruti susceptible comme moi. Pour une fois, je renchéris :

– Ah ! c'est son père qui possède le splendide domaine sur le mont Alban. À sa place, tu laisserais le fruit de tes vignes tomber entre les griffes d'un benêt de mon espèce ?

Du reste, j'avais ma fierté. Ce n'était pas simplement l'espoir de m'arroger Helena qui me poussait à entreprendre ces missions délirantes pour le compte de l'empereur. Je caressais le rêve de vivre un jour hors de la misère. De vivre dans une maison tranquille à moi… une maison entourée d'allées ombragées de treilles, vaste, et emplie de lumière pour pouvoir y lire. Une maison où je puisse laisser vieillir une amphore de vin correct à la bonne température, puis la boire en philosophant avec mon ami Petronius Longus devant une table en érable ornée d'une nappe d'Espagne… voire de gobelets en poterie de Samos, pour peu que nous soyons lassés de mes coupes en bronze gravées de scènes de chasse et de mes verres phéniciens pailletés d'or…

J'entraînai la conversation vers des terrains plus fructueux.

– Merci de ton message, Mordanticus. De quelle histoire de femme est-il question ? Julia Fortunata ne va pas être contente si elle apprend que Gracilis lui fait des infidélités… sans parler du tintamarre auquel on peut s'attendre de la part de la petite épouse à bouche en cul de poule !

– Ma foi, je ne suis certain de rien…

Mordanticus eut l'air gêné. C'était un plaisir de constater quel respect les provinces vouaient à Rome : le potier avait quasiment honte d'avouer qu'un de nos officiers de haut rang avait dérogé au code moral romain.

– Je m'en voudrais de salir la réputation de cet homme…

– Inutile d'aller jusqu'au procès pour diffamation, suggérai-je. Contente-toi de me raconter ce que tu as découvert, et je tirerai moi-même les calomnieuses conclusions qui s'imposent.

– Eh bien ! on a demandé un jour à l'un de mes collègues comment Florius Gracilis pourrait se mettre en contact avec une femme du nom de Claudia Sacrata.

– Et c'est révélateur ? Je suis censé avoir entendu parler d'elle ?

Mordanticus eut à nouveau l'air embarrassé.

– C'est une Ubienne, de Colonia Agrippinensium. (Son regard se fixa sur un gobelet, comme s'il venait de remarquer que l'anse était de travers.) Votre général Petilius Cerialis entretenait, paraît-il, une liaison avec elle.

– Ah !

Je m'étais fait mon idée sur Cerialis. Or jusque-là, il n'y était pas question de femmes. L'homme avait commandé la Neuvième Hispana en Bretagne. Quand la révolte menée par la reine Boudicca avait éclaté, il avait tenté une percée pour aller chercher du secours, mais il était tombé dans une embuscade tendue par les tribus dans une forêt – ce qui signifiait qu'il avait dû se précipiter sans dépêcher d'éclaireurs. Petilius perdit un grand nombre de ses hommes et ne parvint à s'en tirer que de justesse, avec des vestiges de cavalerie. Les résidus de la Neuvième prirent part à la bataille finale contre la reine, mais contrairement à la Quatorzième et la Vingtième, ils n'eurent pas droit aux honneurs de Néron par la suite. De l'avis unanime, la plus récente campagne du général visant à reprendre la Germanie à Civilis avait occasionné des incidents malheureux du même genre, dont le général lui-même avait réchappé on ne savait comment… toujours à temps pour prendre part aux assauts victorieux, sa bonne réputation toujours intacte. La mine impénétrable, je lançai :

– Il n'était guère question de tentatrice ubienne dans les comptes rendus des victoires de Cerialis. Peut-être était-ce dû au fait qu'il les rédigeait lui-même.

Mordanticus comprit que je plaisantais, mais ne sut pas vraiment comment réagir.

– Il n'en a sans doute rien dit du tout…

– Je suis déçu ! Pourquoi faudrait-il que notre Florius Gracilis à nous aille rendre visite à cette beauté ? Pour la consoler de sa solitude maintenant que Cerialis a filé en Bretagne ? Je suppose qu'il n'a pas pu emmener la dame. S'il avait déposé son balluchon ubien dans le palais de gouverneur de Londinium, cela se serait vite su à Rome et aurait pu faire du bruit.

Ayant remporté sa province, Petilius devait à présent espérer une promotion au rang de consul. C'était un parent de l'empereur – par les liens du mariage –, or tout le monde savait que dans ce domaine, l'empereur nourrissait des vues strictes et à l'ancienne. Vespasien entretenait lui-même une maîtresse de longue date maintenant qu'il était veuf, mais pour les gens qui attendaient de lui des promotions de carrière, il était hors de question de s'autoriser une telle liberté.

– Les Ubiens entretiennent-ils des rapports étroits avec les Bataves ?

Julius Mordanticus se convulsait d'embarras.

– Difficile de répondre. Certains alliés de Civilis ont très sévèrement puni les Ubiens de leur sympathie pro-romaine, mais en fin de compte, certains d'entre eux combattaient à ses côtés contre les Romains…

– Beau micmac ! Claudia Sacrata connaît-elle Civilis ?

– Ça se peut. Civilis a des parents qui habitent à Colonia Agrippinensium.

– Ce qui expliquerait que Gracilis soit allé la voir. Il sait que cette femme fréquente des sphères politiques élevées des deux camps, si bien qu'elle pourrait savoir où on peut trouver Civilis ?

– Peut-être.

– Autre hypothèse, lançai-je plus facétieusement : mécontent de la maîtresse officielle qu'il a amenée de Rome, notre bon légat Florius Gracilis s'en cherche une *officieuse*… or Claudia Sacrata fait l'affaire. Une liaison avec Claudia Sacrata fait peut-être partie des à-côtés traditionnels alloués aux porteurs de la toge pourpre postés en Germanie ? Peut-être leur remet-on l'adresse de la dame en même temps que le dossier de renseignements au moment de la nomination ? Du coup, une seule question subsiste, Mordanticus : n'étant moi-même qu'un misérable vermisseau, qui va me donner l'adresse de Claudia Sacrata ?

Le potier n'était pas disposé à faire le moindre commentaire sur le statut de la dame, mais il m'expliqua où la trouver. Du coup, une autre question subsistait : comment allais-je expliquer à Helena Justina que je m'absentais pour rendre visite à une courtisane de généraux ?

Quatrième partie

Croisière sur le Rhenus

De la Germanie supérieure à Vetera,
octobre-novembre, 71 ap. J.-C.

« *Leur commandant… fut sauvé grâce à une erreur commise par l'ennemi qui s'empara du vaisseau amiral et le hala en toute hâte, pensant que le commandant se trouvait à bord. En fait, Cerialis passa la nuit ailleurs (opinion communément admise à l'époque, en raison de sa liaison avec une femme ubienne du nom de Claudia Sacrata.)* »

Tacite, *Histoires*

35

Cela causa moins de tracas que je le craignais. Et ce, parce qu'Helena décréta qu'elle mourait d'envie de visiter Colonia Agrippinensium. Pour des raisons qui m'étaient propres, je n'émis aucune objection.

Mon espoir de connaître un peu de tranquillité avec Helena se trouva cependant compromis. Pour commencer, son frère insista pour que nous emmenions Augustinilla. Apparemment, il rechignait à se retrouver seul au fort avec une gamine raide enamourée.

Là-dessus, Xanthus se joignit avec enthousiasme à l'expédition. Il subissait encore un contrecoup sérieux à la suite de son meurtre. Cela l'avait amené à réfléchir gravement à la vie, disait-il. Il aimait la Germanie et avait envie de s'y établir : il y voyait quantité de débouchés pour ses talents de coiffeur. Moguntiacum était cependant trop militaire, aussi souhaitait-il voir une autre ville susceptible de ménager un accueil plus évolué à un ancien esclave impérial ambitieux. Je lui expliquai sans ambages qu'il ne pourrait pas m'accompagner plus loin que Colonia, mais il déclara que cela lui convenait.

Nous avions de surcroît le chien du tribun. L'animal avait mordu un armurier, si bien qu'il fallait l'emmener hors du fort au plus vite.

Au temps pour la douce croisière en tête à tête avec ma bien-aimée.

En dépit de la compagnie, voguer vers le nord à bord d'un vaisseau de la flotte officielle se révéla un plaisir : falaises abruptes et verts pâturages, petites jetées et pontons de villages, rochers à fleur d'eau, rapides, coteaux en terrasses sur lesquels la toute nouvelle industrie viticole installait ses vignobles qui produisaient des vins légers, agréables, dont nous goûtâmes certains au passage. À bord, nous rêvions en suivant des yeux les canards qui flottaient au gré du courant entre les morceaux de bois portés par le fleuve, puis s'arrachaient à tire d'aile de leur baignade pour aller la reprendre en amont. Des chalands bas, croulant sous des amas de toutes les marchandises imaginables, descendaient le fleuve couplés par deux ou trois, avant de remonter à la rame ou halés, dans l'autre sens. La vie semblait plaisante. Qui plus est, les commerçants travaillant le long du fleuve étaient visiblement prospères. Avec Helena à mes côtés, j'aurais pu rester là toute la vie, devenir un joyeux fainéant des bords du Rhenus et ne plus jamais retourner à Rome.

– Qu'y a-t-il dans ton gros bagage ? s'enquit Helena.

– Des parchemins à lire.

– De poésie ?

– D'histoire.

– Comme dans Thucydide ?

– Comme dans le Grand Foutoir des Temps Modernes.

Helena jeta un coup d'œil alentour pour voir si Augustinilla n'était pas à portée d'oreille de cette grossièreté, mais constata que ma nièce était trop occupée à tâcher de passer par-dessus bord. Elle se mit à rire :

– Pourquoi cet intérêt ?

– Recherches en vue de mes divers projets dans la région. Un archiviste de Rome m'a recopié certains documents relatant la révolte.

Maintenant qu'Helena savait ce que je transportais au cours de cette descente fluviale, il n'y avait plus de raison de le dissimuler. Je tirai le panier de mes bagages et me plongeai sans tarder dans le récit des piètres exploits de Rome tâchant de débusquer Civilis. Plus je lisais de choses à propos de cette campagne, plus je me sentais petit.

Bientôt, trop tôt, nous dépassâmes la jonction avec le fleuve Mosella à Castrum ad Confluentes, passâmes Bingium et Bonna – portant l'une et l'autre cicatrices et traces d'incendies, mais hérissées de charpentes en cours de construction –, puis arrivâmes à bon port.

Colonia Claudia Ara Agrippinensium se donnait beaucoup de mal pour être à la hauteur de ses titres ronflants. Fondée par Agrippa – sous le nom d'Ara Ubiorum –, elle fut rebaptisée en son propre honneur par la fille de ce dernier, l'intraitable épouse de Germanicus, dont la réputation parvenait encore à faire faiblir les hommes les plus courageux. La ville était le sanctuaire officiellement reconnu des Ubiens en même temps que la capitale de la province de Germanie inférieure. Protégée par un petit fort, elle s'enorgueillissait en outre d'être la principale tête de pont romaine sur le fleuve et le quartier général de la flotte romaine du Rhenus. Une ville de province bien conçue, prospère, alimentée par un aqueduc de construction militaire, et abritant une importante colonie de soldats à la retraite. Les liens étroits qui existaient entre Colonia et Rome avaient suscité quelques décisions difficiles au cours de la révolte.

Les citoyens étaient d'abord restés fidèles à l'Empire, refusant d'épouser la cause de Civilis et arrêtant son fils – néanmoins placé sous surveillance d'honneur, pour le cas où le vent viendrait à tourner. Ce fut seulement quand la situation devint intenable que ces prudents héros se résignèrent à prêter l'oreille à leurs frères des tribus qui les exhortaient à reconnaître leur héritage germain, et même alors, leur alliance avec les combattants pour la liberté conserva des aspects ambigus. Les citoyens de Colonia firent en sorte de négocier leurs propres conditions avec Civilis et Veleda, puisqu'à l'époque, ils avaient assigné à résidence la majeure partie des parents du Batave en les murs de la cité, et disposaient de moyens pécuniaires suffisants pour envoyer à la prêtresse sylvestre les cadeaux qui amadouent. De savantes manœuvres aidèrent la ville à survivre sans qu'aucune des parties belligérantes la pille. Ensuite, dès que Petilius Cerialis commença à prendre le dessus, le bon peuple de la ville l'appela à la rescousse et fit à nouveau alliance avec Rome.

Ces gens savaient mener leurs affaires municipales avec élégance, aussi eus-je le sentiment que Colonia était un lieu sûr où emmener Helena.

Nous arrivâmes assez tôt dans la journée. Je lâchai mes compagnons dans un gîte proche de la préfecture en précisant à Xanthus que l'homme de la maison, c'était lui. Helena ne tarderait pas à le détromper.

Ragaillardi par le trajet sur le fleuve, je sortis glaner quelques renseignements sur Claudia Sacrata. J'avais promis à Helena de ne pas lanterner, or la porte à laquelle je choisis de frapper se révéla celle de l'amie du général. Aux yeux du serviteur de la dame, un visage masculin romain constituait une référence suffisante.

Aussi, bien que je me contente de demander un rendez-vous, m'entraîna-t-il directement à l'intérieur pour m'amener jusqu'à elle.

Je me trouvais dans une modeste maison citadine. Le décorateur provincial avait fait de son mieux, mais en matière de fresques, il avait dû s'en tenir à peindre les sujets qu'il connaissait. Jason découvrait la Toison d'Or derrière un buisson de houx au cours d'un orage. De sombres scènes de bataille peuplaient les murs au bas d'une frise qui ne s'animait que lorsqu'un vol d'oies sauvages du Rhenus la traversait. Vénus, vêtue du costume ubien local composé d'une robe à col montant et d'une guimpe, s'y faisait courtiser par Mars portant le manteau de feutre celtique. Elle avait l'air d'une marchande, et lui d'un gars timide, un brin bedonnant.

Le serviteur me conduisit à un salon où m'accueillirent de vives couleurs et d'immenses couches agrémentées de volumineux coussins matelassés où l'individu fatigué pouvait se laisser choir et oublier ses tracas. Les rouges étaient trop criards, les rayures trop larges, les pompons bien trop gros. L'effet d'ensemble était paisiblement vulgaire. Les hommes qui venaient ici étant pourvus d'épouses aux goûts bien affirmés ne prêtaient sans doute jamais attention à la décoration d'un intérieur. Ce qu'il leur fallait, c'était un endroit propre et confortable fleurant bon la cire et le ragoût mitonnant doucement, un endroit qui, grosso modo, leur rappelle leur enfance en Italie. Cette maison était de celles où le pain, véritable ambroisie mêlée de noisettes, se servait en gros morceaux. La musique devait y être épouvantable, mais les gens riaient et discutaient sans doute trop fort pour s'en soucier…

J'y trouvai Claudia Sacrata allongée sur une méridienne, comme si elle attendait des visites. Ce n'était pas une fascinante séductrice, mais une femme replète d'âge mûr à la poitrine si fermement soutenue qu'elle aurait pu s'en servir de plateau. Sa toilette était soignée : elle portait une robe romaine paille et ocre, ornée aux épaules de laborieux plis plats auxquels son étole était agrafée à l'aide d'un gros rubis indien monté en broche dont l'éclat proclamait *Cadeau d'un Homme !* D'aspect physique, elle m'évoquait une tante bienveillante, un brin ringarde, costumée en vue d'un spectacle présenté aux voisins à l'occasion des fêtes de Floralie.

– Entre, mon cher. Que puis-je faire pour toi ?

La question pouvait aussi bien être une formule de politesse… qu'une demande professionnelle. Je décidai de jouer franc-jeu.

– Je m'appelle Marcus Didius Falco. Je suis un agent du gouvernement. Si tu acceptais de répondre à quelques questions, je t'en serais reconnaissant.

– Mais bien sûr.

Ce qui ne garantissait pas, évidemment, qu'elle dirait la vérité.

– Merci. J'espère que tu ne m'en voudras pas si je commence par toi ? Tu t'appelles Claudia Sacrata, et tu fais commerce de ton hospitalité. Ta mère vit avec toi ?

Nous connaissions tous les deux la signification de cet euphémisme.

– Ma sœur, rectifia-t-elle.

Le mince vernis de respectabilité était le même, mais à aucun moment je ne vis surgir de chaperon au cours de notre entrevue. Je fonçai tête baissée :

– Je crois savoir que tu as jadis bénéficié de la confiance de Son Excellence Cerialis ?

– C'est exact, mon cher.

Elle était du genre à aimer désarçonner son interlocuteur en reconnaissant l'inavouable. Son regard avisé m'étudiait tandis qu'elle tâchait de deviner ce qui m'amenait.

– J'ai besoin de recueillir quelques renseignements délicats, et j'ai du mal à trouver des gens en qui je puisse avoir confiance.

– Est-ce mon général qui t'envoie ?

– Non. Ceci n'a rien à voir avec lui.

L'atmosphère changea. Elle comprenait que j'enquêtais sur le compte de quelqu'un : s'il s'était agi de Son Excellence, Claudia Sacrata n'aurait pas hésité à me rembarrer. Maintenant qu'elle se rendait compte que son client le plus important n'était pas en cause, son ton se fit possessif.

– Je n'ai rien contre le fait de parler de Cerialis. (D'un geste, elle m'invita à m'installer sur une couche.) Fais comme chez toi…

Jamais de la vie chez moi n'avait ressemblé à ça. Elle sonna un serviteur, sémillant garçon qui semblait avoir été sonné plus souvent qu'à son tour. Après m'avoir examiné d'un œil pénétrant, elle lança :

– Un homme à vin chaud, voilà ce que j'en dirais !

Excepté chez moi, je détestais ce breuvage. Mais pour encourager les bonnes relations, j'acceptai d'être du genre à boire du vin chaud.

Une préparation suave arriva, servie dans des coupes splendides, mais un peu trop lourdement épicée. Une chaleur roborative m'envahit l'estomac pour ensuite se répandre dans mon système nerveux, distillant en moi un sentiment de bonheur et de sécurité, même lorsque Claudia Sacrata lança, enjôleuse : « Alors, dis-moi tout ! » ce qui était censé être ma réplique à moi.

– Toi, plutôt, répondis-je en souriant, laissant entendre que d'autres femmes avisées avaient déjà tenté de me circonvenir par le passé. Nous parlions de Petilius Cerialis.

– Un monsieur très charmant.

– On le dit un peu tête brûlée sur les bords, non ?

– Dans quel domaine ? minauda mon hôtesse.

– Le domaine militaire, par exemple.

– Qu'est-ce qui te fait croire ça ?

Petit jeu idiot. J'en conclus cependant que si je voulais obtenir des renseignements, j'allais devoir payer le prix en parlant de son bien-aimé Cerialis.

– Tout d'abord, j'ai lu des choses à propos de la bataille qu'il livra à Augusta Treverorum.

Je sirotais ma grande coupe de vin épicé d'un air aussi détaché que possible. Pour peu que Cerialis porte ses épaulettes comme cela se fait d'habitude, il avait dû saouler tout le monde jusqu'à plus soif avec le récit de sa grande bataille.

Claudia Sacrata prit une pose étudiée et réfléchit.

– C'est vrai, les gens ont dit à l'époque qu'il avait fait des erreurs.

– Ma foi, il y a deux façons de voir les choses, concédai-je pour jouer le type sympathique.

De fait, il n'y avait qu'une seule façon dont, *moi,* je puisse voir les choses.

Comme un imbécile, Petilius Cerialis avait laissé ses adversaires se rassembler en grand nombre pendant que, de son côté, il attendait des renforts. Ç'avait été passablement périlleux. Sa fameuse offensive était en déroute, de surcroît. Cerialis avait dressé son camp sur la rive du fleuve, du côté opposé à la ville. L'ennemi arriva très tôt le matin, rampa à l'assaut de toutes parts et surgit dans le campement, semant la confusion générale.

– J'ai cru comprendre, reprit Claudia qui le défendait avec une solide loyauté, que la situation ne put être sauvée que grâce à l'initiative courageuse du général.

Telle était donc la version de l'intéressé.

– Sans aucun doute. (Mon travail requiert une aptitude éhontée pour le mensonge.) Cerialis s'est jeté hors de son lit sans cuirasse pour découvrir son campement sens dessus dessous, sa cavalerie en fuite, et la tête de pont aux mains de l'ennemi. Il empoigna les fuyards, leur fit faire demi-tour, reprit le pont avec une grande bravoure personnelle, puis rallia en force le camp romain où il reprit ses hommes en main. Il récupéra tout ce qu'il avait perdu et termina la journée en détruisant le quartier général de l'ennemi au lieu de perdre le sien.

Claudia Sacrata agita l'index.

– Pourquoi ce scepticisme ?

Parce que l'autre point de vue consistait à affirmer que notre armée avait été commandée en dépit du bon sens : l'ennemi n'aurait jamais dû pouvoir s'approcher autant sans qu'on le repère ; le campement était mal gardé, les sentinelles dormaient, et leur commandant lui-même s'était absenté. La déroute totale de notre fringant général n'avait pu être évitée qu'en raison du fait que les hommes des tribus comptaient piller la ville. Je ravalai mon amertume.

– Pourquoi le général ne dormait-il pas au camp ce soir-là ?

La dame répondit calmement :

– Ça, je ne saurais le dire.

– Le connaissais-tu à l'époque ?

– J'ai fait sa connaissance plus tard.

Ainsi, avant même le début de leur liaison, Cerialis préférait déjà le confort d'une maison particulière.

– Puis-je demander comment vous avez fait connaissance ?

– Oh ! il était de passage à Colonia Agrippinensium.

– Intrigue romanesque ? fis-je avec un grand sourire.

– Train-train quotidien, mon cher.

Je compris qu'elle mettait le commerce des charmes sur le même plan que celui des œufs.

– Raconte-moi !

– Pourquoi pas ? Le général vint me remercier de la façon dont j'avais contribué à affaiblir l'ennemi.

– Qu'avais-tu fait ?

J'imaginai quelque intrigue de bordel.

– Notre ville cherchait un moyen de renouer avec Rome. Les conseillers municipaux proposèrent de livrer la femme et la sœur de Civilis, plus la fille d'un des autres chefs, détenue ici à titre de garantie. Nous imaginâmes ensuite quelque chose de plus utile. Civilis, toujours en confiance, plaçait ses espoirs dans ses meilleurs soldats, des guerriers choisis parmi les Chatti et les Frisons qui avaient établi leurs camps non loin d'ici. Les hommes de notre ville les invitèrent à un festin et les gavèrent de nourriture et de boisson. Puis, une fois que tous furent complètement abrutis, ils fermèrent les portes et mirent le feu à la salle.

Je tâchai de ne pas trop laisser transparaître mon dégoût.

– Une amicale coutume germanique ?

– Elle s'est déjà pratiquée.

Le plus glaçant de l'histoire, c'était le ton détaché de mon hôtesse.

– Quand Civilis apprit que ses soldats d'élite avaient

été brûlés vifs, il s'enfuit vers le nord, et Petilius Cerialis entra avec gratitude dans Colonia… Mais quel fut ton rôle à toi, Claudia ?

– J'ai fourni nourriture et boissons pour le festin.

Je posai ma coupe de vin.

– Loin de moi l'idée de me montrer curieux, Claudia Sacrata, mais peux-tu me dire une chose…

Cette femme curieusement douillette et cependant insensible me mettait mal à l'aise. Je changeai promptement de sujet.

– Comment, en réalité, le général a-t-il perdu son vaisseau amiral ?

Elle sourit, mais ne dit rien. Ç'avait été un épisode idiot de plus.

J'exposai à mon hôtesse ce que mes recherches m'avaient déjà révélé. Après une période de campagne infructueuse en Europe du nord, où Civilis et les Bataves l'avaient engagé dans une guérilla autour des marécages de leur région natale, décidés, semblait-il, à repousser Rome indéfiniment, Petilius Cerialis était parti changer d'air – le type d'action qu'il préférait – en inspectant quelques nouveaux quartiers d'hiver à Novæsium et Bonna, dans l'intention de regagner le nord pourvu d'une flottille grandement nécessaire. À nouveau, cependant, la discipline manqua ; à nouveau ses gardes se montrèrent négligents. Par une nuit sombre, les Germains pénétrèrent sans bruit dans le camp, tranchèrent les cordes des tentes et déclenchèrent un massacre, pendant que nos hommes se débattaient sous les toiles effondrées, couraient en tous sens dans le camp, à demi vêtus, terrorisés. Il n'y avait personne pour les reprendre en main puisque, bien entendu, Cerialis s'était à nouveau éclipsé ailleurs.

– L'ennemi s'empara du vaisseau amiral qu'il emporta en le halant, Julius Civilis étant persuadé que le général se trouvait à bord.

– Dommage pour lui ! roucoula Claudia.

Je tâchai de ne pas avoir l'air trop critique.

– Le général couchait ailleurs, une fois de plus ?

– De toute évidence.

– Avec toi, comme l'affirma la rumeur publique ?

J'avais beaucoup de mal à m'imaginer cela.

– Tu ne peux tout de même pas t'attendre à ce que je réponde.

– Je vois.

Avec elle. J'étais donc en train de pousser plus loin qu'à son goût.

– Tu dis que tes recherches n'ont rien à voir avec Petilius, alors pourquoi toutes ces questions à propos d'incidents du passé ?

– Je suis très friand de détails pittoresques.

J'espérai que mon intérêt envers Petilius puisse paraître dangereux pour l'homme : Claudia Sacrata tâcherait alors de dévier ma piste en me livrant les renseignements que je voulais vraiment. Mais elle était plus coriace qu'il n'y paraissait. Son apparente simplicité masquait un sens aigu des affaires.

– Qu'advint-il du vaisseau amiral, en définitive ?

– Au point du jour, les rebelles s'enfuirent tous à bord des navires romains. Ils halèrent le vaisseau amiral jusqu'en leur propre territoire, en guise de cadeau à l'intention de leur prêtresse.

– Veleda ! (J'émis un léger sifflement.) Donc si Cerialis était avec toi ce soir-là, tu lui as sauvé la vie.

– En effet, reconnut-elle fièrement.

– S'il s'était trouvé à bord… (Comme il aurait dû)…

il aurait sans doute connu un sort épouvantable. On n'a jamais entendu reparler du dernier officier romain que les rebelles envoyèrent à Veleda.

– Horrible ! renchérit-elle sur le ton de circonstance.

– C'est là ma mission, expliquai-je à Claudia Sacrata. L'homme en question était un légat de légion. Je suis chargé de découvrir pour l'empereur et la famille de cet officier quel sort peu enviable lui échut. Je doute que tu l'aies jamais rencontré : il était stationné à Vetera, loin d'ici…

– Munius Lupercus ? (Elle eut l'air étonné.) Ah ! là tu te trompes, mon cher, déclara l'imperturbable Claudia. Je connaissais *très* bien Munius.

36

Je soupirai intérieurement et tâchai de changer de posture sur les coussins qui me soutenaient, mais j'étais engoncé dans leur succion embarrassante. Quand Claudia Sacrata invitait un homme à se mettre à l'aise, elle n'avait pas l'intention de le laisser se libérer autrement qu'à l'aide d'un palan de chantier.

J'étais venu frapper chez une femme qui connaissait tout le monde. Les noms pleuvaient ici comme les gouttes d'eau autour d'une fontaine. Le racontar était de mise. J'étais assis, le postérieur douloureux, au centre d'une toile d'araignée sociale qui pouvait fort bien être ancrée n'importe où en Europe.

J'ai horreur de répéter les propos des autres, mais je n'étais plus en état de prolonger les palabres sinueuses.

– Tu connaissais Lupercus ? croassai-je.

– Un homme tellement charmant. Très sincère. Très généreux.

– Je n'en doute pas ! Ton cercle de fréquentations est vaste.

– Oh oui ! La plupart des garçons qui arrivent de Rome passent par ici un jour ou l'autre. Je suis connue pour mon hospitalité, énonça complaisamment Claudia.

C'était une façon de formuler la chose.

– Une femme influente ! (Je lançai mes dés d'un air dégagé :) Que penses-tu du responsable de la Quatorzième Gemina ?

Elle semblait parée à toutes les attaques. Apparemment, les deux avaient dû accrocher leur cuirasse au portemanteau de la maison.

– Ça ne serait pas Priscus, des fois ? Ou le nouveau, Gracilis ?

– Le nouveau.

– Je l'ai vu une fois ou deux.

– Un homme charmant ? lançai-je avant de pouvoir me retenir.

– Oh, très !

Par chance, elle avait pris ma question au pied de la lettre. Son sens de l'humour – à supposer qu'elle en ait un – devait être gaillard et au premier degré, plutôt que le genre allusif que je pratiquais pour ma part.

– Gracilis est-il venu chez toi ces derniers temps ?

Quelles que soient les autres activités qu'il ait pratiquées ici – et mieux valait ne pas se perdre en conjectures –, Gracilis avait dû poser les mêmes questions que moi. Claudia Sacrata me répondit d'un clin d'œil entendu que j'eus du mal à supporter.

– Et comment !

– Je suppose qu'il avait une bonne raison pour justifier sa venue ?

Elle s'esclaffa. Son rire était déplaisant, et je remarquai qu'il lui manquait plusieurs dents.

– Je ne sais quelle histoire de chasse…

– La rengaine habituelle !

– Oh ! mais ce devait être vrai, mon cher… un groupe de Gaulois l'emmenait sur place.

Des *Gaulois ?* J'en avais déjà plein les bras avec la question germaine. Cette nouvelle complication était de trop à mon goût, en cet instant où le vin aromatisé m'imprégnait le cerveau.

– Que cherchait-il ?

Hormis à me coiffer au poteau dans la poursuite de Civilis et Veleda.

– Des sangliers, je crois.

Je tentai une autre approche :

– Les gens de Moguntiacum s'inquiètent du sort de son esclave. Rusticus s'est-il aventuré dans ce safari gaulois afin de s'assurer que son maître reste bien soigné même l'épieu à la main ?

– Il n'y avait personne de ce nom-là avec lui.

Je décidai de ne plus rien demander concernant l'infernal légat de la Quatorzième. Je risquais tout bonnement de finir en train de rechercher je ne sais quel pitoyable esclave en fuite qui pouvait fort bien avoir vu dans l'absence de son maître une occasion de se faire la malle.

J'abandonnai, en souriant. Claudia fut heureuse de constater qu'elle m'avait battu. Si heureuse qu'elle condescendit à ajouter :

– C'étaient les Gaulois qui réglaient *tous* les frais.

Il fallait que je sache.

– Je m'en voudrais d'être borné, mais entends-tu par là qu'ils offraient à Florius Gracilis sa visite chez toi ?

Elle acquiesça sans un mot. Je le tenais. Si le légat de la Quatorzième Gemina se laissait entraîner dans une virée de complaisance de cet acabit, Vespasien allait rayer son nom de la liste des officiers en un rien de temps.

– Quel genre de Gaulois étaient ces hommes ?

– Des potiers, répondit Claudia.

Je me demandai pourquoi elle avait choisi de livrer des renseignements à propos de ce client précis. Jalousie germanique envers la Gaule ? Vexation d'avoir constaté qu'ouvertement on recourait à ses services en guise de pot-de-vin ? J'optai pour la version de la malhonnêteté commerciale. Étant elle-même femme d'affaires, Claudia devait par nature détester la tricherie.

– Je ne t'ennuierai pas plus longtemps avec mes questions indiscrètes. Écoute, nous discutions de Munius Lupercus. La guerre date de vieux à présent, j'ai du mal à trouver des pistes. J'envisage même de traverser le Rhenus pour remonter son itinéraire en tant que captif. Ton réseau de relations utiles s'étend-il jusqu'à l'autre rive ? Tu n'aurais pas rencontré la prophétesse...

J'aurais dû deviner à quoi m'en tenir.

– Veleda ? s'écria Claudia Sacrata. Oh, mais je la connais !

Une légère exaspération affleura dans ma voix :

– Je la croyais impossible à joindre ? J'ai entendu dire qu'elle vivait au sommet d'un arbre, et que même les ambassadeurs que lui envoyait Colonia pour négocier selon ses conditions à elle devaient lui adresser leurs messages via les hommes de sa famille.

– C'est vrai, mon cher.

Une idée épouvantable me vint subitement :

– Faisais-tu partie de l'ambassade envoyée par Colonia ?

– Bien sûr, murmura Claudia. On n'est pas à Rome ici, Marcus Didius.

C'était certes vrai. Les femmes de Germanie aimaient visiblement se tenir sur le devant de la scène. Pensée terrifiante pour un Romain ordinaire. Mon éducation était bafouée… mais mon intérêt captivé.

– J'occupe un certain rang à Colonia, Marcus Didius. Je suis connue.

Je devinais sans peine ce qui lui assurait la notoriété… l'insigne universel du rang.

– Es-tu riche, Claudia Sacrata ?

– Mes amis sont généreux envers moi…

Ainsi donc, elle avait écrémé quelques confortables comptes en banque du Forum.

– … J'ai aidé à choisir les cadeaux destinés à Veleda. J'en ai fourni certains. Et puis j'avais envie d'aller voir du pays ; du coup, j'ai voyagé avec les ambassadeurs.

Elle ne valait pas mieux que Xanthus. Le monde devait regorger de crétins intrépides tâchant d'attraper je ne sais quelle forme fatale de fièvre des marais.

– Que je devine… (J'arborais malgré moi un large sourire.) Les hommes ont peut-être dû se plier aux règles qui préservent le caractère sacré de Veleda, mais *toi*, en revanche, tu t'es débrouillée pour obtenir une petite discussion entre femmes ? J'imagine que la vierge vénérée doit bien descendre de sa tour de temps en temps… histoire de se débarbouiller, mettons ?

Cette description iconoclaste n'eut pas l'air déplacé dans l'atmosphère discrète qui régnait chez Claudia, où Jupiter, gardien des étrangers, devait être à son affaire pour protéger les gens cherchant désespérément une formule polie afin de s'éclipser aux latrines.

– J'ai fait tout ce que je pouvais pour elle. (Claudia Sacrata semblait navrée.) Tu imagines la vie que mène cette pauvre fille. Aucune discussion, aucune compagnie. Les hommes qui assurent sa protection ne sont pas des lumières. Elle avait sacrément besoin de tailler une bavette, je te le dis, moi. D'ailleurs, avant que tu demandes quoi que ce soit, mon cher, sache que j'ai mis mon point d'honneur à demander des nouvelles de Lupercus. Je n'oublie jamais mes garçons si j'ai une chance de leur rendre un bon service.

Cela me mit en colère.

– La mort d'un homme en territoire ennemi n'a rien d'un sujet de commérage ! Lupercus était-il de ceux dont tu as ricané dans les buissons chez les Bructères ? T'a-t-elle dit ce qu'elle avait fait de lui ?

– Non, répondit sèchement Claudia, comme si je venais d'attaquer la gent féminine au grand complet.

– Ce serait trop pour des oreilles civilisées ? Qu'a-t-elle pu faire de Lupercus : accrocher sa tête au plafond en guise de lanterne, répandre son sang sur un autel privé et suspendre ses couilles dans le gui ?

Rome, jadis épouvantée par des pratiques encore plus barbares que celles que nous imaginions nous-mêmes, avait interdit ce genre de rites en Gaule et en Bretagne. Ce qui n'offrait aucune protection à celui qui se retrouvait piégé hors de nos frontières.

– Elle n'a jamais vu Lupercus, répondit Claudia.

– Il n'est pas allé jusqu'à sa tour ?

– Quelque chose est arrivé en chemin.

Quelque chose de pire que ce qui lui serait arrivé chez Veleda ?

– Quoi donc ?

– Veleda n'a pas pu me le dire.

– Elle devait mentir.

– Veleda n'a aucune raison de mentir, mon cher.

– Une fille charmante, de toute évidence !

Cette fois, je laissai mon ironie grincer férocement.

Claudia me regarda, une moue désapprobatrice à la bouche. Lorsqu'elle se remit à parler, je crus déceler une récrimination :

– Je t'ai accordé beaucoup de temps, Marcus Didius.

– Je t'en suis reconnaissant. J'en finis à présent. Peux-tu simplement répondre à la question suivante : t'est-il jamais arrivé d'être en contact avec Julius Civilis ?

– Nous avons fait connaissance en société par le passé.

– Où est-il, à présent ?

– Navrée, mon cher. Je croyais qu'il était retourné dans l'Île ?

Pour la première fois, sa réponse sonnait faux. J'en conclus qu'elle savait quelque chose. Je compris aussi qu'insister auprès de Claudia Sacrata une fois qu'elle avait décidé de se taire était une tâche au-dessus de mes forces. Elle avait l'air d'une molle balle de plumes d'oie, mais sa volonté était redoutable. Je venais en outre de me heurter au mur inébranlable de l'esprit de clan tribal.

C'était sans espoir, mais je continuai tout de même à cravacher :

– Civilis a disparu de l'Île. Il se pourrait fort qu'il ait repris le chemin du sud, en espérant rétablir l'ancien fondement de son pouvoir. J'ai ouï dire qu'il était retourné parmi les Ubiens et les Trévires, lançai-je en préambule. J'ai bien l'impression que ça pourrait être vrai. Sa famille habite à Colonia.

– Ça, ça remonte au temps où Civilis était au service des forts romains.

– Peut-être, mais il connaît la région. As-tu idée de l'endroit d'où je pourrais entamer mes recherches.

– Navrée, répéta-t-elle.

J'étais le Romain qui avait cessé d'être un charmant garçon.

Notre entrevue touchait à sa fin. La nature bienveillante de Claudia refit surface lorsqu'elle me demanda à nouveau s'il y avait quoi que ce soit qu'elle puisse faire pour moi. Je lui expliquai que ma petite amie m'attendait et croyait que j'étais simplement sorti chercher une panière de petits pains.

– Elle va se faire du souci ! reprocha Claudia d'un ton prude.

Cette femme avait beau offrir le réconfort à des hommes mariés en déplacement loin de chez eux, ravager un couple sur le pas de sa porte était une entreprise qui l'offensait profondément.

– Dépêche-toi de rentrer.

Elle me raccompagna elle-même à la porte : courtoisie de mise dans la maison. Lorsqu'elle relâchait un général, elle devait sans nul doute aimer que ses voisins repèrent la pourpre. Le visiteur à quatre sous d'aujourd'hui allait moins les impressionner.

– Comment vais-je trouver Veleda ? lançai-je. Tout ce que je sais, c'est qu'elle vit parmi les Bructères. Une tribu implantée au diable vauvert.

– Je suis nulle en géographie. Quand j'y suis allée, nous avons pris par la rivière.

Elle parlait de la Lupia.

– Et Veleda vivait dans la forêt ?…

Je le savais déjà, mais cette perspective me glaçait. La prêtresse vivait dans la région dont la seule idée faisait horreur à Rome, où les espoirs romains de maîtriser les tribus de l'est avaient été contrecarrés de façon si atroce.

– … La forêt de Teutobourg ? Je préférerais que ce soit n'importe où plutôt que là !

– Tu penses à Varus ?

L'espace d'une folle seconde, je crus qu'elle allait m'annoncer que Quinctilius Varus et la totalité de ses trois légions perdues avaient compté parmi ses garçons. Claudia Sacrata était mûre, mais pas croulante *à ce point*.

– Les Germains libres se vantent encore de leur victoire avec Arminius…

Ça devait durer depuis un bout de temps : Arminius était le chef qui avait anéanti Varus, qui avait libéré la Germanie de la domination romaine, et qu'à présent Civilis tentait ouvertement d'égaler.

– Fais attention, Marcus Didius.

Au ton qu'employa Claudia Sacrata, on aurait dit que j'avais grand besoin d'une trépanation pour soulager la pression.

37

– Tu en as mis, du temps, grogna Helena.

Je lui expliquai pourquoi. Cela semblait préférable, des fois que quelqu'un du vaste cercle de connaissances dont Claudia Sacrata jouissait à Colonia lâche le morceau par la suite. Helena décida que je m'étais éclipsé volontairement.

– Tu n'aurais pas bu en plus ?

– Il fallait bien être poli. Mais j'ai refusé les amuse-gueule qu'elle sert habituellement à ses garçons de Rome.

– Quelle abnégation ! Tu n'as rien du mondain de salon… Et ça a marché, la politesse ?

– J'ai recueilli quelques racontars à dresser les cheveux sur la tête. Elle m'a confirmé que Florius Gracilis a un temps d'avance sur moi dans la chasse aux meneurs rebelles. À part ça, il trempe jusqu'au cou dans une histoire de dessous de table et maquille ça en expédition de chasse automnale. Le seul renseignement utile qu'à mon avis elle détient – l'endroit où je pourrais rechercher Civilis –, elle l'a volontairement passé sous silence.

– Qu'est-il advenu de ta force de persuasion ?

– Ma petite chérie, je n'ai rien à offrir à une femme qui se soumet habituellement aux quatre volontés d'individus touchant des salaires administratifs à tout casser.

– Tu baisses ! coupa Helena d'un ton plus tranchant qu'à l'ordinaire. Au fait, je suis allée chercher le pain moi-même. J'ai compris que tu étais parti travailler je ne sais où, et je me suis dit que tu risquais d'oublier.

Elle me tendit un petit pain bis consolant. Je mordis dedans, l'air abattu. L'effet sur le vin épicé de Claudia Sacrata fut minime : je me sentais encore ivre, de cette ivresse morne qui accable lorsqu'en plus, on est en disgrâce.

– J'ai engagé une suivante ubienne, Marcus, pour

m'aider quand tu devras t'absenter. Elle est veuve… Dans les ennuis, tu comprends. Elle a une fille du même âge qu'Augustinilla. J'espère qu'une petite camarade élevée plus strictement aura une bonne influence sur ta nièce.

Je n'étais pas disposé à songer à mon départ.

– Bonne idée. Je paierai.

– Tu peux te le permettre ?

– Oui.

Helena m'adressa un de ses regards bizarres. Elle savait très bien que mon oui signifiait non. Comme pour confirmer ce qu'elle venait de m'annoncer, deux petites têtes surgirent alors au détour de la porte et me regardèrent. Elles étaient aussi vilaines l'une que l'autre : un macaron bien cuit troué d'yeux noirs comme des raisins brûlés, et une brioche molle et pâlichonne. Deux faces de pestes. Celle aux queues de cochons filasse demanda à la brune coiffée d'une coque :

– C'est lui ?

Elle avait un léger accent, un zézaiement germanique, et semblait six fois plus intelligente que ma nièce.

– Soit vous sortez, grondai-je, soit vous entrez pour de bon !

Elles entrèrent, se plantant à un demi-mètre de l'endroit où je me trouvais, se poussant du coude et gloussant. Je me sentais tel l'hippopotame d'une ménagerie pouilleuse : celui à qui on prête la réputation de charger contre les barreaux sans qu'on sache pourquoi.

– C'est toi, l'oncle détective ?

– Non, moi je suis l'ogre qui dévore les enfants. Qui es-tu ?

– Je m'appelle Arminia.

Je n'étais pas d'humeur à frayer avec des nourrissonnes portant des noms d'héroïques ennemis de Rome. Arminia et Augustinilla continuaient à s'asticoter l'une l'autre pour voir si elles arrivaient à me faire charger hors de ma cage.

– Sur quoi tu enquêtes à Colonia, dis ?

– Secret d'état.

Elles poussèrent force glapissements.

– L'écoute pas, décréta Augustinilla. Ma mère, elle dit qu'il serait pas capable de trouver son nombril. À Rome, tout le monde sait que tonton Marcus, c'est un raté *complet*.

Sur ces mots, elles quittèrent la pièce main dans la main d'un air infiniment supérieur.

– Elles ont l'air de s'entendre, à ce qu'il semble, commentai-je à l'intention d'Helena. Il n'existe visiblement pas de barrières ethniques entre gamines infectes. Du coup, nous nous retrouvons avec non plus une écolière infernale sur les bras, mais deux.

– Oh, Marcus ! Ne sois donc pas si pessimiste.

La situation continua à se dégrader. Justinus, le frère d'Helena, débarqua dans notre gîte. Sa visite aurait pu être des mieux venues, mais il arriva une bonne semaine trop tôt. Son petit chien lui fit un accueil délirant, puis se précipita à l'intérieur et pissa sur ma chaussure.

Avant de quitter Justinus, qui restait au fort, nous nous étions organisés pour qu'il nous rejoigne à Colonia, accompagné de Dubnus le colporteur, que je voulais employer comme guide parmi les Bructères. Il n'était censé nous rejoindre qu'après avoir tenté de convaincre son légat de détacher quelques-uns de ses soldats pour traverser le fleuve avec moi. Mettre l'escorte sur pied aurait normalement dû retarder Justinus.

Je fus donc stupéfait de le voir débouler dès notre première soirée sur place.

– Qu'est-ce que c'est ? Mais ton navire a dû ramer à double cadence tout le long du trajet pour t'amener aussi vite ! Je déteste les surprises, tribun. Elles annoncent rarement de bonnes nouvelles.

Justinus eut l'air penaud.

– Une lettre pour Helena est arrivée. Je me suis dit qu'il fallait l'apporter ici au plus vite.

Il la lui tendit. Elle et moi reconnûmes le vélin et le sceau du palais. Justinus s'attendait manifestement à ce que sa sœur fasse fébrilement sauter le cachet de cire, mais elle garda la lettre sur son genou, l'air sombre. Une expression identique devait se lire sur mon visage.

– Ça a fait des vagues, au fort, insista son frère en voyant qu'elle n'accordait aucune attention au courrier.

– Ah oui ? releva Helena avec son mépris glacial bien à elle. En temps normal, je n'étale pas ma correspondance personnelle.

– C'est une lettre de Titus César !

– Je vois ça.

Helena prit son air buté. Par égard pour son frère, je lançai :

– Helena a conseillé Titus César qui avait un problème avec sa vieille tante.

Elle me décocha un regard à écorcher une belette.

– Ah… (Justinus savait sentir d'où venait le vent. Il eut la gentillesse de croire à ma blague grinçante.) Je ferais bien de m'en aller, Marcus Didius. J'ai besoin d'un bon bain. Nous discuterons une autre fois. Je suis installé au fort de la flotte du Rhenus.

– Tu as réussi à me trouver une escorte ?

– On t'a attribué un centurion et vingt hommes. Passablement inexpérimentés, j'en ai peur, mais je n'ai pas pu faire mieux. J'ai expliqué à mon légat que tu étais au service de l'empereur ; en fait je l'ai invité à faire ta connaissance, mais comme tu es en mission secrète pour le palais, il préfère se tenir à l'écart et te laisser te débrouiller.

Moi aussi, j'aurais préféré me tenir à l'écart de cette mission.

– À l'ancienne, hein ?

– Les percées à l'est ne sont pas au goût du jour, ces temps-ci.

Justinus entendait par là que Rome avait bien assez d'ennuis avec les territoires qu'elle gouvernait sans en plus aller exciter les tribus de l'est.

– Ça me va. J'ai horreur des formalités. Remercie ton légat. Je suis reconnaissant du moindre soutien. As-tu aussi amené le colporteur ?

– Oui. Mais, je te préviens, il proteste haut et fort.

– Ne t'inquiète pas. J'ai traversé la Gaule flanqué d'une pipelette de coiffeur. Je peux tout affronter après ça.

Justinus embrassa sa sœur et disparut diligemment.

Nous restâmes assis loin l'un de l'autre. Étant donné les circonstances, je pensais que c'était à Helena de parler. Mais en général, elle se fichait éperdument de tout ce que je pouvais penser. Au bout d'un moment, je marmonnai :

– Je t'embrasserais bien aussi, mais ça semble un peu déplacé quand une lettre du fils de l'empereur traîne sur tes genoux.

Elle ne répondit pas. J'aurais voulu qu'elle se lève d'un bond et brûle ce papier. Je revins à la charge d'un ton réprobateur :

– Tu ferais mieux d'ouvrir ce courrier, Helena.

Refuser n'aurait fait qu'aggraver le différend, aussi rompit-elle lentement le cachet.

– Tu veux que je sorte le temps que tu lis ?

– Non.

Helena lisait vite. Du reste, pour une lettre d'amour, la missive était ridiculement brève. Elle lut, le visage inexpressif, puis la referma bien serré, gardant le rouleau au creux de son poing.

– C'est du rapide.

– On dirait plutôt une commande de chaussures neuves, renchérit-elle.

– Tout le monde sait qu'il fait un piètre orateur, mais un homme de son rang doit pouvoir charger un poète salarié de lui pondre quelques hexamètres destinés à saluer une dame… Moi je le ferais.

– Toi, murmura Helena, si bas que cela me fit froid dans le dos, tu les écrirais toi-même.

– Pour toi, oui.

Elle se tenait absolument immobile. Je ne pouvais rien pour elle. Je poursuivis lamentablement mon baratin :

– Ça me prendrait quelques milliers de vers et tu attendrais sans doute un mois ou deux que j'aie fini de les peaufiner. Si, *moi,* je te demandais de venir me retrouver, je tiendrais à tout te dire…

Je me tus. Pour peu que Titus ait offert l'Empire à Helena Justina, elle allait avoir besoin de réfléchir. C'était une fille prudente.

Je tâchais de me convaincre moi-même que quoi qu'ait pu dire Titus, cela ne devait rien avoir d'officiel, loin de là. S'il faisait la moindre proposition officielle, les deux pères devaient en être aux négociations. Même chez les empereurs – *surtout* chez eux –, ces choses-là doivent être faites dans les formes.

– Ne t'inquiète pas.

Helena releva brusquement la tête. C'était toujours pareil : chaque fois que j'avais des raisons de m'inquiéter pour elle, elle tentait de les enfouir en s'inquiétant à mon sujet.

– Il ne se passera rien, je te le promets.

– Le grand homme a-t-il formulé sa question ?

– Dès que j'aurai répondu, Marcus…

– Attends, coupai-je.

– Quoi ?

– Ne réponds pas tout de suite.

S'il m'arrivait malheur, au moins Titus César s'occuperait-il d'Helena. Elle ne manquerait jamais de rien. Et le bénéfice pour l'Empire serait immense. Un César régnant en collaboration avec Helena Justina pourrait accomplir des choses insurpassables. Titus le savait. Moi aussi.

Il fallait que je libère Helena. Certains diraient peut-être qu'une fois arrivé en Germania libera, ce serait véritablement un devoir pour moi que de disparaître dans les bois. Lors des instants loufoques où je me souciais de Rome, j'allais jusqu'à me dire cela moi-même.

Sa réaction fut étrange. Au lieu de me demander ce que j'entendais par là, elle se leva, s'approcha de moi, puis s'assit sans un mot à côté de moi en me tenant la main. Ses yeux brillaient de larmes qu'elle était trop têtue pour verser.

Elle savait, bien entendu, que je tenais à elle. Même au beau milieu du Styx, en route pour Hadès, je me battrais avec le passeur pour tenter de sauter du bateau et retourner auprès d'Helena. Je souhaitais seulement sauvegarder son avenir pour le cas où je ne serais plus là.

Elle savait le reste aussi. Franchir le fleuve serait stupidement dangereux. L'histoire jouait contre moi. Les tribus libres étaient les ennemis implacables de tout ce qui venait de Rome. Et je savais, pour l'avoir appris en Bretagne, comment les Celtes traitaient leurs ennemis. Qu'on me capture, et je pouvais m'attendre à ce qu'on fasse fi de l'immunité diplomatique. Mon crâne serait fiché au bout d'une pique dans une niche, à la porte d'un temple. Ce qu'il adviendrait du reste de ma personne avant qu'on me tranche la tête serait vraisemblablement plus dégradant et plus pénible que je ne supportais de l'envisager. Je ne demandai pas à Helena dans quelle mesure elle savait tout cela, mais elle n'avait rien d'une ignorante.

En tombant amoureux d'Helena Justina, j'avais fait le vœu de ne plus jamais m'exposer à des risques graves. Nombre d'exploits difficiles émaillaient mon passé, auxquels, pour la plupart, je ne ferais pas même allusion en sa présence. Mais on vieillit. On apprend qu'il y a d'autres choses qui comptent. Helena devait bien savoir que j'avais une carrière infernale derrière moi, mais elle croyait que mes déclarations d'amour à son égard signifiaient que mon époque casse-cou était révolue. Nul ne pouvait lui en vouloir : j'avais moi aussi cru la même chose.

À présent, j'avais l'air d'un de ces fous pour qui le danger est devenu une drogue. La situation dans laquelle se trouvait Helena semblait aussi sombre que si elle s'était livrée pieds et poings liés à je ne sais quel ivrogne ou fornicateur. Elle avait dû croire que tout allait changer grâce à son influence, et se rendait compte à présent que ça ne changerait jamais… Mais moi je savais que je n'étais plus le même. Cette mission était l'ultime tentative visant à me faire octroyer par l'empereur un butin correct, tout cela dans le but de pouvoir conquérir Helena.

Une ultime fois… J'imagine que tous les fous se disent la même chose.

– Ne t'inquiète pas, lança-t-elle d'un ton vif. Allez, viens, Marcus, allons fournir à Claudia Sacrata un nouveau sujet de scandale à serrer dans ses dossiers. Et si tu présentais ta fille de sénateur préférée à la chérie du général ?

38

Un manteau pourpre était pendu au portemanteau de l'entrée. Helena et moi échangeâmes un regard en tâchant de ne pas glousser. Claudia Sacrata vint nous accueillir. Ce soir, elle arborait une torsade de fleurs et une robe dans des tons pépin de melon et peau de raisin. Un usage appuyé du fard mercurique produisait cet effet d'œil brillant que, d'après les femmes, les hommes considèrent comme juvénile – nombre d'hommes sont de cet avis. Des flûtes de Pan floufloutaient derrière elle, et se turent net quand une porte se referma – claquée par quelqu'un d'autre. Claudia nous mena dans une autre pièce. Comme elle nous quittait à nouveau, Helena marmonna :

– On dirait bien qu'on a surpris un officier supérieur la cuirasse déboutonnée.

– Il va falloir faire de notre mieux. Je ne crois pas qu'on reste très longtemps.

– Où est-elle passée ? Elle a rebroussé chemin pour lui donner un roman grec à lire pendant qu'elle s'occupe de nous ?

– Il est peut-être en train de filer par la porte du jardin avec une seule grève au tibia… Je ne t'ai jamais raconté ce que dit mon ami Petronius : chaque fois qu'il fait une descente dans un lupanar, il découvre l'édile qui délivre les licences à ces établissements planqué dans un coffre à couvertures. Les grosses légumes sont incorrigibles.

– J'imagine, enchaîna Helena d'un ton mesuré, que la dureté de leur office nécessite une telle thérapie.

Elle avait jadis été mariée à un édile. J'espérais qu'il avait passé tout son temps libre dans les coffres à couvertures, et non avec elle.

Claudia Sacrata reparut.

– Je t'amène quelqu'un qui meurt d'envie de faire ta connaissance…

Je lui présentai mon aristocratique compagne. Quel que soit le rang des hommes que recevait Claudia, ce devait être la première, et sans doute la seule fois, qu'une fille de sénateur s'asseyait chez elle. Pour une occasion pareille, elle nous aurait permis d'interrompre même son général.

Helena s'était habillée avec soin, en gardant bien à l'esprit que sa robe blanche à petits rameaux fleuris, le fard qui ombrait ses joues, les franges de son étole, ses anneaux d'oreilles ornés de minuscules perles et le collier d'ambre que je lui avais offert allaient faire fureur dans la société ubienne pendant les dix années à venir.

– Quelle délicieuse jeune femme, Marcus Didius !

s'écria Claudia, tout en prenant des notes vestimentaires en son for intérieur.

Helena sourit avec grâce. Ce sourire allait également figurer dans des kyrielles de salons à Colonia.

– Je suis heureux d'avoir ton approbation.

Cette réplique désinvolte me valut un écrasement d'orteils sous la mignonne sandale à perles de la délicieuse jeune femme.

– Elle a un côté un peu sauvage, mais petit à petit j'arrive à la dompter… repris-je. Ne juge pas des usages en vogue à Rome d'après le comportement impétueux de celle-ci. Les filles de notre ville sont toutes de discrètes violettes qui doivent demander permission à leur mère pour *tout*.

– Tu dois en avoir de la patience ! glissa Claudia à Son Altesse, avec un regard éloquent dans ma direction.

– Nous faisons toutes nos erreurs, renchérit Helena.

Les deux femmes contemplèrent l'objet de leur dérision. Pour escorter Helena dans Colonia, je m'étais moi aussi vêtu avec soin : tunique, ceinture, sandales, doublures de sandales, manteau, sourire vainqueur – l'habituelle panoplie à la noix. Notre hôtesse se demandait visiblement comment une jeune femme aussi élégante qu'Helena en était arrivée à déchoir à ce point. N'importe qui pouvait se rendre compte qu'elle était éminemment raffinée – la candidate rêvée pour se retrouver gravée sur un portique – et cependant très avisée – donc d'autant plus susceptible de me décocher un coup de pied magistral qui m'expédie jusqu'à l'arc de triomphe le plus proche.

– Tu es mariée, Helena ? s'enquit Claudia.

Elle n'imaginait pas une seconde qu'Helena Justina puisse être mariée avec moi.

– Je l'étais.

– Peut-on se permettre de demander… ?

– Nous avons divorcé. C'est un passe-temps très prisé à Rome, répondit Helena d'un ton léger. (Puis elle se ravisa et ajouta franchement :) Mon mari est mort.

– Oh ! ma pauvre. Comment est-ce arrivé ?

– Je n'ai jamais été au courant des détails. Marcus le sait, lui.

Cet interrogatoire m'irritait. Helena le subissait avec le calme et la dignité dont elle faisait habituellement preuve en public, quoique, dans l'intimité, ce sujet précis la bouleverse toujours.

Froidement, j'expliquai à Claudia Sacrata :

– Il s'est suicidé à la suite d'un scandale politique.

Mon ton devait indiquer clairement que je ne tenais pas à poursuivre sur le sujet. Une lueur avide s'alluma dans le regard pénétrant de Claudia, comme si elle s'apprêtait à demander : « Glaive ou poison ? ». Mais elle s'adressa alors à Helena.

– En tout cas, il veille sur toi.

Helena haussa ses sourcils, épilés en un arc élégant puis sans guère de doute colorés au crayon, quoique leur mise en valeur soit délicate.

Claudia Sacrata siffla entre ses dents :

– Si je pose encore une question, il va me clouer au plafond d'un coup de glaive !

Helena démontra comment une femme bien éduquée se contentait d'ignorer tout désagrément :

– Si j'ai bien compris, vous êtes un pilier de la société ubienne, Claudia Sacrata ? Marcus Didius m'a dit que vous représentiez son unique espoir de retrouver la piste de Civilis.

– J'ai bien peur de ne pas avoir pu l'aider beaucoup.

À cette heure, en présence d'Helena, Claudia Sacrata le regrettait. Elle tenait à être perçue comme une bienfaitrice publique.

– Celui qui aurait pu le lui dire, c'était Julius Briganticus, le fils de la sœur de Civilis. Il haïssait son oncle et s'est toujours montré loyal envers Rome, mais on pouvait compter sur lui pour savoir constamment, par le biais des nouvelles familiales, où se trouvait Civilis.

– Falco peut-il le joindre ?

– Il a été tué au cours d'une campagne dans le nord avec Cerialis.

– Et le reste de la famille ? insista Helena.

Visiblement, Claudia Sacrata s'était prise de sympathie pour Helena. Les détails qui m'avaient été refusés affluaient à présent :

– Oh ! Civilis avait une meute de parents : sa femme, plusieurs sœurs, une fille, un fils, toute une clique de neveux…

Je commençais à trouver ce Civilis plutôt sympathique. La famille du Batave semblait aussi épouvantable que la mienne : trop de femmes, et des hommes dressés les uns contre les autres.

– Ils ne vous diront rien, poursuivit Claudia. (Voilà qui me rappelait aussi ma famille.) Pour la plupart, c'étaient de farouches défenseurs de l'Empire gaulois libre. Il est réellement arrivé que Civilis fasse suivre sa femme et ses sœurs sur le champ de bataille, de même que les familles de tous ses officiers… comme ça se faisait chez les guerriers d'autrefois.

– Avec le panier pique-nique ? relevai-je malicieusement.

– Pour les encourager au combat, mon cher.

– Et prévenir les chutes d'ardeur ! coupa sèchement Helena.

Je l'imaginais bien grimpée sur une charrette à l'arrière des lignes, hurlant des harangues propres à encourager l'ennemi et stimuler ses propres mâles incompétents.

– Mais quand ils ne lui servent pas de chair à épieu, les parents de Civilis n'habitent pas dans le coin ?

– Ils y habitaient. Civilis et les autres meneurs avaient même pour habitude de se réunir dans une maison ou une autre pour mettre au point leur tactique. Ça remonte à bien longtemps, maintenant, à l'époque où Colonia refusait de se mêler de cette révolte. Aucun des membres du clan de Civilis ne viendrait se montrer ici, à présent. Il y a trop de rancœurs. Civilis a envoyé les tribus voisines attaquer Colonia ; ses amis les Trévires ont assiégé la ville, et on sait qu'il envisageait sérieusement de nous chasser pour tout piller et saccager.

– Où a-t-il pu aller, raisonna Helena, s'il tenait à se cacher dans cette région qu'il connaît si bien tout en évitant les Ubiens qui le livreraient directement à Rome ?

– Je l'ignore… Peut-être chez les Lingons, ou plus vraisemblablement chez les Trévires. Le chef lingon… (Claudia pouffa tout à coup.) C'est une histoire amusante. Il s'appelle Julius Sabinus ; il se vantait beaucoup mais c'était un parfait incapable. Il racontait que son arrière grand-mère était une beauté et qu'elle avait séduit Jules César.

– Pas de quoi se vanter ! marmonnai-je.

– Je te demande pardon, mon cher ?

– Ça n'avait rien de bien difficile.

– Oooh ! Marcus Didius ! Quoi qu'il en soit, Sabinus

était bouffi de vanité, mais figure-toi, Helena, que sitôt Cerialis arrivé, il s'est mis à paniquer : il a incendié sa ferme pour faire croire qu'il s'était suicidé, puis il a mis les bouts en douce. Sa femme Eponina le cache. Tout le monde le sait, mais nous n'en parlons jamais. Tout le monde se dit qu'il finira par revenir la crête basse, le rouge au front et de la paille aux genoux de pantalon. Cela dit, vu la façon dont les choses se passent, il pourrait bien continuer à se faire nourrir pendant des années.

L'histoire était bonne… elle me donna un aperçu intéressant des soucis susceptibles de tracasser ma proie, Civilis.

– En tout cas, mes chers, Civilis ne veut rien avoir à faire avec un poltron pareil. Il serait plutôt du genre à frayer avec Classicus.

– Qui est-ce ? demanda Helena.

– Un des meneurs des Trévires. Celui qui a obligé Colonia à se joindre provisoirement aux rebelles. C'est lui qui a exécuté certains des tribuns romains à Moguntiacum, à la suite de leur refus de faire serment d'allégeance à l'alliance germaine.

– Des garçons de ta connaissance ?

– Un ou deux.

Claudia s'exprima d'un ton impassible, comme toujours, mais peut-être cela l'affectait-il. Elle semblait plus âgée, ce soir, et fatiguée de se montrer enjouée.

– Excuse-moi… je t'ai interrompue.

– Voyons, je parlais de Classicus. Quand mon général a vaincu les Trévires, leur chef est rentré chez lui et s'est vanté de ses exploits. Il vit retranché. Les Romains l'autorisent à rester sur ses terres.

– Nous avions promis qu'il n'y aurait pas de représailles, confirmai-je. Nous savons où il se trouve. Un écart, et il sera banni. Mais se risquerait-il à manquer à sa parole en hébergeant Civilis ?

– Pas ouvertement. En revanche, il se pourrait qu'il ait prudemment mis une planque à sa disposition. Oui, reprit Claudia qui s'en persuadait elle-même, Augusta Treverorum représente ton meilleur terrain de chasse, Marcus Didius.

Peut-être, mais ça ne m'était d'aucune utilité maintenant que je m'étais conditionné pour enquêter à propos de Veleda. La capitale des Trévires se trouvait à plus de cent milles au sud-ouest – largement à l'intérieur de la province de Belgique –, alors que mon itinéraire passait loin vers le nord et l'est. Même Vetera, où je prévoyais de faire une halte pour entamer des recherches, était plus proche. Si Civilis était embusqué à Augusta Treverorum, il attendrait encore avant que je vienne le dénicher dans sa cachette.

Nous avions extorqué bien des renseignements à Claudia Sacrata, mais j'eus le sentiment que la source se tarissait.

– C'est gentil à toi de nous avoir reçus, mais il vaudrait mieux que nous partions maintenant. L'expérience m'a appris qu'à cette heure les boucles si savamment arrangées au fer d'Helena sont sur le point de commencer à pendouiller…

Sa nouvelle suivante l'avait aidée à élaborer une couronne de boucles qui lui encadrait le visage : l'odeur de roussi qui accompagnait l'opération m'avait inquiété.

– En effet, renchérit gentiment ma compagne. Et si nous en arrivons là, cela va provoquer de la panique.

Comme nous nous levions, Claudia lança :

– Quelle est pour toi l'étape suivante, Marcus Didius ?

– La seule solution, c'est une percée sur la rive est.

– La Germanie… les guerriers y ont toujours été considérés comme les plus farouches au monde, ajouta Helena.

Je souris doucement.

– À mon avis, ils doivent bien avoir quelques sentiments.

– Quant aux femmes, elles sont pires, rétorqua-t-elle.

– J'ai l'habitude des furies, ma chérie.

Helena s'adressa à Claudia Sacrata :

– Veleda est-elle jeune ou vieille ?

– Assez jeune.

– Et belle ?

– Les hommes trouvent sans doute qu'elle l'est, rétorqua la courtisane des légats et des généraux, comme si la seule beauté n'avait rien d'un compliment.

Elle nous raccompagna dans la rue. Son regard argenté s'illumina lorsqu'elle constata qu'Helena était venue dans une chaise en cèdre. Elle fit toutes sortes de manières pour y installer ma compagne, arranger avec art son étole de soie et allumer nos lanternes à l'aide d'un lumignon, de façon à ce que les voisins puissent jouir de l'effet maximum. Puis elle tapota l'épaule d'Helena :

– Ne t'inquiète pas au sujet de Veleda. Elle ne t'arrive pas à la cheville.

– Mais je ne serai pas sur place ! répondit Helena Justina d'un ton pitoyable.

39

Comme nous approchions de notre gîte, deux petites silhouettes détalèrent dans les ténèbres. Elles avaient dû s'embusquer pour attendre notre retour, puis perdre patience et déguerpir. C'étaient ma nièce et sa petite camarade. Je les rappelai avec humeur, mais elles firent mine de ne pas m'entendre.

Justinus était revenu. Il espérait encore apprendre ce que contenait la lettre de Titus, mais Helena refusa à nouveau d'y faire allusion. Il nous annonça ensuite qu'il s'était porté volontaire pour m'accompagner jusqu'à Vetera. Je me demandai si, en réalité, il ne s'était pas engagé pour l'intégralité de l'expédition, mais ni lui ni moi n'en discutâmes devant Helena. Ce fut elle, en la circonstance, qui me prit à part pour m'administrer quelques remarques bien senties concernant la protection de son frère, avant de l'entraîner, lui, pour en ajouter autant sur ma protection.

Les fillettes se glissèrent dans la maison.

– Dites voir, vous deux, il y a une chose que je veux que vous compreniez bien : les femmes de mon foyer ne *sortent pas* la nuit !

Mes propos déclenchèrent les habituels éclats de rires, pour être aussitôt oubliés. La veuve ubienne, femme silencieuse qui semblait assez compétente, tentait de mettre les deux gamines au lit. Augustinilla se mit à pleurnicher. Arminia, dans le même état de fatigue, profita de l'occasion pour observer les manières que faisait son amie, étonnée de voir quelqu'un se tenir aussi mal. Je réprimai mon agacement lorsqu'Helena me lança :

– Cesse de crier, Marcus. Ça ne sert à rien. Ce n'est qu'une gamine épuisée, lâchée au milieu d'inconnus loin de chez elle. Elle a mal à une dent, et sa poupée est cassée.

La joue de ma nièce était rouge et vilainement enflée, et il manquait un bras à la poupée qu'elle promenait partout.

Je m'étais efforcé d'ignorer ces détails, car j'aurais cent fois préféré arracher une de mes propres dents plutôt que celle d'un enfant. Par chance, Augustinilla refusa d'ouvrir la bouche pour me faire voir.

– Ça m'évitera de me faire mordre ! Bon. Mieux vaudrait organiser l'enterrement de la poupée et l'incinérer comme l'exige la décence !

– Tais-toi, Marcus. Tonton Marcus va la réparer, Augustinilla. Donne-lui les morceaux sans quoi il ne va rien pouvoir faire.

– Il y arrivera pas, c'est un nul…

Je gémis sans bruit. Je ne suis pas complètement insensible. La poupée, en tout cas, me faisait peine. Mais j'avais déjà remarqué que les membres de la petite chiffe étaient assemblés à l'aide de disques en terre cuite d'un modèle qui, je le savais, faisait des réparations une vraie corvée.

– J'essaierai… mais ne viens pas me traiter d'assassin si ta poupée tombe en morceaux. Et si j'entends quelqu'un dire « Marcus, tu as un cœur d'or », je quitte la maison.

Helena marmonna d'un ton virulent :

– Il me semblait que, de toute façon, tu quittais la maison !

– Non, ma jolie. Mon laissez-passer n'est pas encore signé.

La réparation de la poupée prit à peu près une heure et demie. Et je n'exagère pas.

Justinus avait renoncé à tout espoir de conversation civilisée, sans même parler de dîner. Il prit congé de bonne heure, nous laissant à nos invectives ravalées. Les fillettes, enroulées dans des couvertures, me regardaient faire. Helena et la suivante ubienne mangèrent ensemble sur le pouce, s'abstenant de parler comme si j'étais le genre d'ouvrier qui risque à tout moment d'exploser à tort et à travers. Elles mangèrent du saucisson. Pour ma part, je dus refuser, pour éviter d'avoir les mains grasses.

Comme de bien entendu, la tête de l'articulation se renfonça subitement dans son logement sans le moindre problème. Les spectatrices échangèrent toutes des regards, comme si elles se demandaient pourquoi il avait fallu en passer par autant de jurons et de temps perdu. Augustinilla me décocha un regard hostile, s'empara de la poupée qu'elle plaqua contre sa joue enflée et s'endormit sans un mot de remerciement.

Je me sentais à bout de nerfs.

– Viens, on sort ! grondai-je à l'intention d'Helena.

– Je croyais que tes femmes étaient bouclées après le couvre-feu.

– J'ai besoin de m'isoler des autres.

– Dans ce cas, pourquoi vouloir de ma compagnie ?

Je lui effleurai brièvement la nuque.

– Il faut que tu soies avec moi.

Je décrochai une lampe et me glissai hors de la maison pendant qu'Helena ramassait vite fait les manteaux qu'elle et moi avions portés l'après-midi, puis m'emboîtait le pas.

– Merci de t'être donné la peine, risqua-t-elle, tandis

que je lui attrapais la main pour marcher avec elle. Tu as déjà bien assez à penser…

– Pas la peine de risquer sa peau si ça ne permet pas aux enfants de croire en un monde où il y aura toujours des magiciens pour réparer leurs jouets cassés.

L'argument était plat. Je le trouvai réconfortant : inutile d'être un héros si ça ne permet pas de déblatérer des banalités conventionnelles.

– Elle a vraiment mal à la dent, Marcus. Ça t'ennuierait que je l'emmène faire un pélerinage qui la guérisse ?

Je l'assurai que non, pourvu que sur place tous les efforts soient déployés pour noyer Augustinilla dans une source sacrée.

J'entraînai Helena jusqu'à la rive du fleuve. Je réussis à dénicher un jardin. Nous étions presque à la mi-octobre, mais on y sentait des roses, sans toutefois les apercevoir.

– Les gens doivent avoir des fleurs remontantes, comme les roses mousseuses de Pæstum… (Je renversai la tête en arrière et inspirai profondément jusqu'à ce que je me sente plus posé.) Je suis en train de penser à un autre jardin, Helena. Un jardin près du Tibre où je me suis rendu compte que j'étais fou amoureux…

– Tu n'as que des jolies choses à la bouche, Falco.

Avec sa mince étole sur les épaules, Helena frissonnait. Je l'attirai contre moi de façon à pouvoir nous envelopper tous les deux dans ma cape. Mais elle était d'humeur grincheuse, sur la défensive :

– Qu'est-ce qu'on fabrique ici ?

– Tu as à me parler.

– Oh, ça oui ! renchérit-elle. J'ai tâché de le faire toute la soirée, mais est-ce que tu m'écoutes ?

– Accorde-moi que je suis venu pour ça.

Vaincue par mes propos raisonnables, elle soupira.

– Merci.

Dégageant son bras, elle le tendit vers l'autre rive. Le fleuve était moins large ici qu'à Moguntiacum, mais tout de même assez pour que nous parvenions tout juste, dans l'obscurité, à distinguer l'autre côté. S'il y avait des lumières, nous ne les voyions pas.

– Regarde là-bas, Marcus. C'est presque un autre continent. Là-bas, c'est l'antithèse de tout ce qu'incarne Rome. Des peuples nomades. Des dieux sans noms dans des lieux déserts. Pas de routes. Pas de forts. Pas de villes. Pas de forums, pas de bains publics, pas de tribunaux. Rien d'organisé, et aucune instance à qui faire appel.

– Et pas d'Helena, ajoutai-je.

J'étais quasiment sûr qu'elle allait me demander de ne pas partir. Peut-être elle-même en eut-elle l'intention. Mais au lieu de le faire, elle se débrouilla pour dénicher un rosier et nous y cueillit une fleur. Pour ce qui est des roses, cela demande une certaine force. Helena était une fille qui connaissait ses accès de violence.

Ensemble, nous profitâmes de l'entêtant parfum.

– Je suis là, gente dame. J'écoute.

Elle suçait son doigt – une épine s'était enfoncée sur le côté.

– Claudia avait raison. Tu veilles sur moi. À dater du jour de notre rencontre, tu as toujours été là… que je le veuille ou pas. À l'époque, tu avais même l'air de me détester, mais tu étais déjà en train de me faire changer. J'avais toujours été la première de la famille, la sœur aînée, la grande cousine, la décidée, l'autoritaire, la *rai-*

sonnable. Tout le monde disait toujours : « Helena Justina sait se prendre en charge… »

Il me sembla entrevoir où elle voulait en venir.

– Les gens t'aiment, ma chérie. Ta famille, tes amis, *ma* famille… tout le monde se soucie de toi autant que je le fais.

– Tu es le seul de qui j'accepte ça.

– C'est ça que tu tenais à me dire ?

– Par moments, j'ai peur de te laisser voir à quel point j'ai besoin de toi. J'ai l'impression de t'en demander trop alors que tu me donnes déjà tellement.

– Demande tout ce que tu veux.

Je m'attendais encore à la grande requête de ne pas partir. J'aurais dû savoir à quoi m'en tenir.

– Fais en sorte de revenir.

Helena prononça ces mots sans emphase. Il n'était pas nécessaire de répondre. Pour deux cacahuètes, j'étais prêt à déclarer à l'empereur qu'il pouvait emballer sa mission dans des feuilles de vigne et balancer ça sous les roues de son char triomphal. Mais Helena n'aurait pas du tout aimé ça.

Je lui dis qu'elle était belle. Que je l'aimais. En fille loyale et bien éduquée dans le domaine des convenances, elle me retourna des remarques similaires. Puis j'abaissai le volet de la lampe pour que Colonia Claudia Ara Agrippinensium (Ara Ubiorum) n'ait pas à constater que, sur ses quais bien entretenus, un plébéien au rang aussi prestigieux que celui d'un rat musqué malodorant s'octroyait des privautés inconcevables avec la fille d'un sénateur.

40

Nous partîmes le lendemain. Je fis en sorte de me débarrasser de Xanthus, mais Justinus qui, lui, devait savoir à quoi s'en tenir, introduisit clandestinement son affreux cabot à bord.

Une fois de plus, mon laissez-passer impérial m'avait procuré le transport à bord d'un navire de la flotte officielle. Je découvris également que Justinus équipait les expéditions avec classe. Il avait apporté des chevaux, trois tentes de cuir, des armes, des provisions et un coffre de monnaie sonnante et trébuchante. Seule, la qualité des hommes qu'il fournissait se révéla décevante, mais habitué que j'étais à voyager seul lors de telles missions, je ne m'en plaignis pas. Le moment de bravoure arriva lorsque Justinus et moi nous rendîmes sur le quai : le centurion surveillant le chargement de notre bateau n'était autre qu'Helvetius.

– Comment ? lançai-je avec un grand sourire. C'est toi qui commandes mon escorte ? Je te croyais bien trop sage pour te charger d'une folie de ce genre.

Comme cela s'était déjà produit auparavant, je perçus une légère hésitation de sa part avant qu'il rétorque :

– Malheureusement pour toi : ça signifie que ton escorte se compose de deux tentes de mes recrues cagneuses.

C'était une mauvaise nouvelle, mais certains des jeunes soldats étant à portée de voix, nous devions rester passablement polis.

– J'ai tâché de te choisir les meilleurs, conclut-il.

Ce qu'il m'amenait ne valait pourtant guère mieux qu'une corbeille de fruits blets prêts à pourrir.

– Nous avons d'abord cent milles à couvrir en bateau, lançai-je au centurion. Et toute la place qu'il faut sur le pont. Je pourrai aider en donnant quelques leçons de maniement d'armes. (Ce qui me mettrait en condition moi aussi.) Il faut que nous les entraînions de façon à débarquer des soldats corrects en arrivant à Vetera.

La même expression dubitative assombrit à nouveau son visage.

– Donc tu pars de Vetera ?

L'idée me vint qu'il me soupçonnait de n'être guère qu'un voyeur de plus.

– Rien de monstrueux là-dedans. Je pars de l'endroit où Lupercus a disparu.

– Judicieux.

Sa réponse laconique me convainquit que je venais de toucher à quelque drame personnel.

Nous voguions au travers de la vaste plaine du bas-Rhenus. De là jusqu'à la rivière Lupia, la rive droite formait le territoire des Tenctères, une tribu puissante, l'une des rares en Europe – à l'exception des Gaulois – qui fasse une utilisation importante des chevaux. Ils avaient voué à Civilis une amitié tenace tout au long de la révolte, toujours prêts à traverser pour venir harceler nos partisans – notamment Colonia. Pour l'heure, ils s'étaient repliés de l'autre côté du fleuve. Toutefois, partout où le chenal le permettait, notre navire restait proche de la rive gauche, la nôtre.

Au-delà du territoire tenctère vivaient les Bructères. Tout ce que je connaissais d'eux, c'était leur haine légendaire à l'égard de Rome.

Ayant emmené le colporteur Dubnus, nous l'interrogions parfois à propos de la rive est. Ses réponses évasives ne firent qu'attiser nos craintes. Dubnus réagissait mal à l'attrait de l'aventure, et semblait se considérer plutôt comme notre otage que notre heureux éclaireur-interprète. Il se plaignait beaucoup. Nous étions mécontents nous aussi, surtout de lui, mais je décrétai que nous devions tous le ménager. Il fallait qu'il nous croie compatissants si nous voulions pouvoir lui faire confiance en tant que guide.

Nous passions nos journées à nous entraîner, et rangions cela sous la rubrique des loisirs ; c'était la meilleure façon de donner le change. Mais nous savions tous que nous travaillions à nous endurcir le corps et nous préparer l'esprit à une aventure qui risquait d'être notre fin.

À cette heure, Camillus Justinus m'avait avoué qu'il avait obtenu de son commandant l'autorisation de nous accompagner jusqu'au bout. Je ne fis aucune remarque. Son légat pensait sans doute que ce garçon travaillait trop ; l'un comme l'autre, ils considéraient probablement cette expédition comme une faveur récompensant l'esprit d'initiative.

– Moi qui me demandais comment nous avions réussi à obtenir ce somptueux convoi d'équipement ! Ainsi, nous le devons à ton honorable présence… Je suppose que tu n'en as rien dit à Helena ?

– Non. Tu crois qu'elle a compris ?

– Que ce soit le cas ou pas, tu ferais mieux de lui écrire de Vetera.

– Je n'y manquerai pas. Sinon elle ne me pardonnera pas.

– Plus précisément, Justinus, c'est à *moi* qu'elle ne pardonnera pas.

– Va-t-elle penser que tu m'as encouragé ?

– Probablement. Et le fait que nous courions tous deux des risques ne va pas lui plaire.

– Elle avait l'air de se faire beaucoup de souci pour toi, reprit le jeune homme – à propos de cette visite à la sorcière de la forêt, j'entends. Sa réaction était-elle due à une expérience préalable ?

– Ta sœur sait que quiconque affirmerait que je puisse succomber à Veleda serait un menteur !

Ma colère sembla interloquer Justinus. Au bout d'un moment, je soupirai :

– Voyons, tu connais la méthode traditionnelle pour négocier avec une beauté fatale ennemie.

– J'ai dû manquer ce passage-là de la conférence sur la stratégie, répondit le jeune homme d'un ton passablement sec.

– Eh bien ! tu la mets dans ton lit et tu lui octroies une nuit de plaisir comme jamais elle n'en a connue. Le lendemain matin, grâce à ton splendide équipement et ta technique hors pair, elle fond en larmes et te dit tout.

– Ta nièce dit vrai, Falco, tu inventes des choses.

– Ce n'est qu'un mythe.

– Ça t'est déjà arrivé ? Par le passé, bien entendu, ajouta-t-il par respect pour sa sœur.

– Ha ! La plupart des femmes que je connais s'écrieraient : « Dégage, crétin, et remballe ton équipement de minus ! », répondis-je avec une modestie prudente.

– Dans ce cas, pourquoi ma sœur se fait-elle du souci ?

– Le mythe, répondis-je, est profondément ancré. Pense à Cléopâtre, à Sophonisbe…

– Sophonisbe ?

– Fille d'Hasdrubal et femme du roi des Numides. Tristement célèbre pour sa beauté. (Je soupirai à nouveau. Cette fois, c'était un soupir de vieil homme.) Combien de temps a-t-on perdu à t'instruire ? Les guerres puniques, fiston, Scipion, ça te dit quelque chose ?

– Pour ça, je n'ai jamais entendu raconter que le puissant Scipion ait tombé les princesses carthaginoises !

– Tout juste. Scipion était un général avisé.

Et sans doute un bon puritain de Romain.

– Et alors ?

– Il fit en sorte de ne jamais avoir à la rencontrer. Et dépêcha son lieutenant, Masinissa, dans la tente de la beauté.

– Sacré veinard de Masinissa.

– Peut-être. Masinissa tomba si éperdument amoureux qu'il épousa la princesse.

– Mais son mari à elle ?

– Simple détail. Masinissa était amoureux.

Justinus se mit à rire.

– La princesse se rangea-t-elle de notre côté ?

– Non. Scipion se douta qu'au contraire elle allait retourner Masinissa, et s'entretint au calme avec son lieutenant. Masinissa éclata en larmes, se retira sous sa tente, puis envoya à sa douce une coupe de poison. Le message qui accompagnait son envoi expliquait qu'il aurait souhaité remplir ses devoirs de mari, mais que ses amis s'efforçaient de l'en dissuader ; aussi joignait-il un moyen qui éviterait à Sophonisbe d'être traînée à Rome sous des fers de captive.

– Je suppose qu'heureusement pour l'histoire, elle lampa le poison, et que Masinissa se racheta…

C'était là une réponse de gamin.

Helena m'avait lu un jour la réponse coupante que Sophonisbe avait adressée à son époux romain d'un jour : *J'accepte ton cadeau de noces. Qui n'a rien d'incongru de la part d'un époux qui ne peut offrir mieux. Toutefois, je serais morte plus satisfaite si mes noces n'avaient pas précédé de si peu mon trépas…*

Trop subtil, me dis-je, pour un tribun. Même un tribun qui, d'après mon imbuvable nièce, avait le regard sensible. Il apprendrait.

Helena Justina tenait Sophonisbe en haute estime, inutile de le préciser.

Nous avions franchi la limite de mon précédent séjour en Germanie. Laquelle se situait à Colonia Agrippinensium, d'où la grande voie claudienne filait à travers la Gaule en direction de l'ouest et du point d'où l'on traversait vers la Bretagne. Les grandes forteresses de Novæsium et Vetera n'avaient été jusqu'alors que des noms pour moi. J'avais sans doute lu des choses à propos des postes plus modestes de Gelduba et Asciburgium, mais on ne peut pas se souvenir de tout. La Bretagne mise à part, ces forts indiquaient les limites de l'Empire. Notre emprise sur le nord n'avait jamais été très tenace, et Rome n'avait guère maintenu sa domination qu'en négociant des relations particulières avec les Bataves vivant dans les marécages. Rétablir nos postes avancés et reconquérir l'alliance avec les Bataves de façon à créer une zone-tampon entre l'Empire et les peuplades sauvages de l'est allait nécessiter une diplomatie des plus efficaces.

Maintenant que nous avions passé les ides d'octobre, le temps changeait imperceptiblement à mesure que nous avancions vers le nord. Les nuits devenaient visiblement plus noires, plus longues. Même au cours de la journée, la lumière dorée qui illuminait les paysages à Moguntiacum se réduisait à présent à un jour plus triste. À nouveau, je fus épouvanté par la vaste distance que nous devions parcourir.

Le paysage changeait lentement, lui aussi. Nous avions laissé derrière nous les falaises abruptes et îles mélancoliques. Nous passions parfois au large de pans de campagne aux charmantes collines moutonnantes, où le légat de la Quatorzième pouvait avoir été entraîné en vue de sa partie de chasse… s'il était *bel et bien* parti chasser. Loin au-dessus de nos têtes, migraient d'incroyables vols d'oies ou autres oiseaux, accroissant notre anxiété avec leur vol précipité et leurs cris désolés. Plus les jeunes soldats se piquaient d'enthousiasme, plus leur centurion devenait taciturne. Le colporteur se renfrognait. Justinus fut saisi d'un accès de mélancolie romantique. Quant à moi, je me sentais tout simplement abattu.

Nous percevions de plus en plus la proximité des autres gigantesques voies d'eau qui se déversaient dans le delta : la Mosa venue de Gaule, le Vaculus formant un deuxième bras au Rhenus, et les affluents, tous plus puissants que les rivières auxquelles nous sommes habitués en Italie. Le ciel prenait ce ton gris menaçant typique, je le savais, du lointain océan de Bretagne… les eaux les plus dangereuses du monde. Çà et là, nous vîmes des oiseaux marins. La végétation fluviale de chênes, aulnes et saules, se ponctua de laîches, de fleurs des marais. Il n'existait alors pas de véritable voie militaire dans cette lointaine partie septentrionale. L'habitat sur notre rive du fleuve se raréfiait, laissant place à quelques villages celtes dont nombre portaient les traces de la guerre civile, gardés pour la plupart par une sombre tour de guet romaine. Sur l'autre berge, rien n'était jamais visible.

Nous fîmes escale une nuit à Novæsium, où le fort reconstruit depuis peu grouillait d'activité. Puis nous poursuivîmes notre trajet, dépassant la Lupia qui se jetait sur notre droite dans le fleuve, et débarquâmes finalement sur la rive gauche à Vetera.

Pour ma part, à franchement parler, cela ne m'emplit pas d'enthousiasme. Mais notre centurion Helvetius, lui, refusa tout bonnement de quitter le bateau.

41

Le pilote du bateau avait fait des pieds et des mains pour atteindre Vetera avant la nuit, car il ne tenait pas à se retrouver coincé en mouillage provisoire en quelque endroit environné d'une campagne considérée comme dangereuse. Il faisait donc déjà noir lorsque nous accostâmes – le pire moment pour arriver, même dans un fort bien implanté. Nous aurions tous pu rester à bord, mais nous y manquions de place et les garçons avaient hâte d'être à l'intérieur des murs, surtout dans un endroit aussi célèbre.

Pour leur dénicher un logement, nous allions devoir nous rendre sur place. Justinus entreprit d'appeler le centurion, prêt à lui ordonner de franchir la passerelle.

– Laisse ! coupai-je.

– Au nom de Jupiter…

– Laisse-le tranquille, Camillus.

Helvetius, au garde-à-vous tout au bout du bateau, contemplait le fleuve d'un air buté.

– Mais pourquoi…

– Je suis sûr qu'Helvetius a ses raisons.

Et j'avais deviné lesquelles.

Escortant les recrues, nous nous présentâmes dans un bâtiment de réception obscur où l'on nous alloua de quoi nous installer. Nous savions que le fort lui-même se trouvait à quelque distance du fleuve, aussi fûmes-nous surpris de nous retrouver aussi près de l'endroit où notre navire était arrimé. Nos quartiers se composaient de cabanes en bois littéralement établies sur le quai. Les jeunes recrues, qui s'attendaient au luxe d'un grand fort, récriminaient au sujet de ces installations bizarres, et Justinus lui-même avait l'air mécontent. Une fois que nous eûmes rangé notre paquetage, je rassemblai tout le monde. La faible lueur d'un lumignon nous dessinait des ombres spectrales sur le visage, et nous parlions tous à voix basse, comme si, même au cœur de cette enclave romaine, l'ennemi risquait de nous entendre.

– Bon, voilà qui commence mal… Les gars, je sais que vous vous demandez pourquoi nous n'avons pas été autorisés à monter jusqu'au fort et nous y installer. Les rebelles bataves ont dû y causer tellement de dégâts qu'il a fallu l'abandonner. Ici, les soldats vivent dans des tentes et des baraquements provisoires en attendant qu'un nouveau site soit choisi.

– Mais pourquoi on peut pas s'abriter à l'intérieur des anciens murs ?

– Vous constaterez de quoi il retourne demain matin. D'ici là, contentez-vous de faire marcher votre imagination. Ces gens résident à l'extérieur du fort parce que des Romains ont souffert, sont morts ici en grand nombre. Imitez les soldats stationnés ici : faites preuve de respect à l'égard de ce lieu.

– Mais dis, Falco, je croyais que les légions de Vetera avaient pactisé avec l'ennemi ?

Ces gamins n'avaient aucun sens de la retenue. La journée de demain allait changer ça.

– Non, soldat.

Cette fois-ci, ce fut Justinus qui répondit. Prompt à saisir mon propos, il s'exprima d'un ton patient, explicatif :

– Les légions de Vetera tinrent bon dans des conditions désespérées. Certains des renforts de Vocula vendirent en effet leurs services à l'Empire gaulois à un moment donné, mais nous devons tous garder à l'esprit que, vu d'ici, le monde entier avait l'air déchiré, et la Rome à laquelle tous avaient prêté serment semblait volatilisée.

Les recrues manifestèrent d'abord un mépris un brin narquois. La plupart de ces jeunes soldats ignoraient tout de l'histoire récente, mis à part quelques incidents tel l'assassinat d'une vache dans un village à cinq kilomètres du leur par les soldats vitelliens. Mais quand Justinus se mit à leur parler, ils se calmèrent, comme des spectateurs captivés par une histoire de spectre lors d'une fête de Saturnales. Le jeune tribun était un conférencier minutieux :

– Ici même, la Cinquième et la Quinzième essuyèrent le pire. Il est vrai que les soldats exécutèrent un légat. (Il parlait de Vocula.) Mais ils ne se rendirent que lorsque Civilis les eut affamés au dernier degré. Ils furent alors massacrés. Certains furent tués alors qu'ils marchaient hors du fort sans leurs armes. D'autres regagnèrent le fort aussi vite qu'ils le pouvaient et y moururent quand Civilis, furieux, l'incendia. Quoi qu'aient fait ces hommes, ils le payèrent. L'empereur a choisi de passer l'éponge là-dessus, qui sommes-nous pour agir autrement ? Écoutez Didius Falco. Aucun de nous n'est à même de juger les légions qui combattirent ici, à moins d'être certain de ce que nous-mêmes aurions fait.

Ces jeunes soldats constituaient un piètre ramassis, mais ils appréciaient qu'on s'adresse à eux de façon raisonnable. Ils se turent, captivés.

– Pourquoi il a pas voulu descendre à terre, Helvetius ?

Justinus requit mon aide d'un regard. Je pris une profonde inspiration :

– Il faudra lui poser la question.

Pour ma part, je sentais que le centurion avait déjà dû venir à Vetera. J'en avais déduit qu'il appartenait sans doute à l'une des quatre légions germaines honnies que Vespasien avait replacées ailleurs. Pour peu que je sois dans le juste, Helvetius devait être l'un des rares survivants de la Cinquième ou de la Quinzième.

Auquel cas, j'aurais largement préféré sonder avant le départ les raisons pour lesquelles il s'était joint à mon expédition. Je savais désormais que nous comptions parmi nous un homme dont les blessures mentales risquaient de se révéler dangereuses. C'était bien la dernière des choses dont j'aie besoin.

Cela dit, avec une escorte d'à peine vingt garçons insuffisamment entraînés et complètement inexpérimentés, plus Camillus Justinus sur qui il fallait que je veille, je n'avais plus le temps d'agir. Si j'expulsais quiconque de notre groupe, nous ne pourrions pas le remplacer. Or nous risquions d'avoir besoin de chacun de nos hommes.

Je gardai donc le centurion. En fin de compte, il me donna toute satisfaction. Il s'était porté volontaire pour venir. Et quand bien même il aurait su ce qui allait se passer, je crois qu'il aurait choisi de venir quand même.

42

Le lendemain, nous enfourchâmes les chevaux pour la visite obligatoire à Vetera. L'immense double fort était vide, à l'exception des reliques qui confirmaient tous les consternants récits. Machines d'assaut que Civilis avait obligé ses prisonniers à fabriquer. Plates-formes renversées que les défenseurs avaient mises en pièces à coups de pierre. Le grand grappin que quelqu'un avait réussi à imaginer pour cueillir l'ennemi sur les remparts. Face interne des murailles dévastée par la chasse aux racines ou aux larves susceptibles d'être mangées. Énormes dégâts dus à l'incendie. Projectiles incrustés. Tours effondrées.

L'édifice avait été assiégé pendant une longue période, puis anéanti à l'aide de brandons. Civilis le réinvestit, puis Petilius Cerialis le détruisit à nouveau. Les corps en avaient été dégagés depuis un an à présent, mais l'odeur méphitique de la tragédie subsistait partout.

Nous construisîmes un petit autel. Justinus éleva les mains et se mit à prier à haute voix pour les âmes de ceux qui périrent. Je pense que la plupart d'entre nous ajoutèrent quelques mots à l'intention de notre expédition.

De retour, abattus, nous trouvâmes Helvetius sur la berge, bien qu'il évitât du regard – je le remarquai – la route qui menait vers le fort. Il discutait avec l'un des soldats cantonnés là. On nous soumettait un choix épineux : quoi qu'en disent les rumeurs qui couraient plus au sud, tout le monde ici pensait que Civilis se trouvait sur son propre territoire, quelque part dans l'Île. Justinus, Helvetius et moi en débattîmes.

– Il est possible qu'il ne s'agisse que du vieux syndrome du « Il empiète sur nos plates-bandes », déclarai-je. Vous connaissez : on se persuade qu'un bandit se cache dans la région de façon à remporter le prestige de sa capture. J'ai un ami capitaine de milice à Rome ; il raconte que dès l'instant où on lui annonce : « Votre homme vient d'être repéré en bas de la rue », il se met à chercher à l'autre bout de la ville.

Petronius Longus ne quittait pas mes pensées. Il me manquait, ce vieux filou. Rome aussi.

– Le problème, riposta prudemment Justinus, c'est que si nous nous mettons en route vers l'est, chez les Bructères, sans enquêter sur cette piste, nous n'aurons guère le loisir de retourner ensuite vers le nord. Vous savez ce qui se passera si nous arrivons à rencontrer Veleda ? Nous serons tellement soulagés de redescendre vivants la rivière Lupia que nous ne penserons plus qu'à rentrer au bercail.

J'avais déjà envie de rentrer au bercail.

– Qu'en penses-tu, Helvetius ?

– Je déteste l'Île, mais je suis d'accord avec le tribun : c'est maintenant ou jamais. Pour le moment, nous sommes en mesure de caser ça dans nos prévisions. Le détour sera trop long ensuite.

– Où as-tu glané ta connaissance des lieux ? m'enquis-je d'une voix neutre.

– Là où tu le penses, répondit le centurion.

Le tribun et moi nous abstînmes d'échanger un regard. Je me jetai à l'eau :

– La Cinquième ?

– Quinzième.

Son visage demeura impassible. La Cinquième avait à peu près sauvé sa réputation. La Quinzième, elle, avait rompu ses engagements jusqu'à la gauche. Justinus poursuivit sur ma lancée du ton paisible et courtois qui lui était propre.

– Que t'est-il arrivé ?

– J'ai été blessé. On m'a évacué par bateau pendant le temps mort qui a suivi l'arrivée de Vocula. Je suis resté hospitalisé à Novæsium jusqu'à ce que la ville se fasse attaquer aussi. J'ai fini tout gémissant sur une civière, dans un poste de soins qui avait pu être installé à Gelduba, à bord d'un chaland. J'y suis resté tout le temps qu'a duré le dernier assaut de Civilis sur Vetera, et l'épisode qui a suivi.

Les conséquences étaient manifestes, et compréhensibles : le survivant se sentait coupable de la mort de la plupart de ses camarades. Il se sentait même à demi coupable de ne jamais avoir prêté serment d'allégeance à l'Empire gaulois et perdu son honneur comme les autres.

– Je suis déchu de mon commandement ?

– Non, décréta Camillus Justinus. C'est dans la Première Adiutrix que tu sers à présent.

– Nous avons besoin de toi, ajoutai-je. Surtout si tu connais parfaitement le territoire.

– Je le connais mieux que ça.

– C'est-à-dire ?

– Je suis déjà allé dans l'est.

Sa réponse m'interloqua.

– Raconte-nous ça, centurion.

– Je suis resté stationné dans ce trou perdu pendant quatre ans, Falco. Tout le monde avait besoin d'un passe-temps : l'endroit a toujours été un poste reculé. Le jeu, les bandes de fanfarons, ça ne m'a jamais rien dit. En revanche, j'en suis venu à m'intéresser de près à la vieille énigme de Varus. J'en ai lu le récit. Je réservais mes jours de permission et je me glissais sur place… illégalement, bien entendu, mais tout était plus calme, à l'époque. J'étais curieux de connaître ce champ de bataille, fasciné par l'idée de le découvrir.

Voilà donc ce qu'il avait en tête lorsqu'il parlait de parties de chasse organisées pour des tribuns. Les soldats adorent oublier leurs propres soucis en revivant des guerres passées. Ils cherchent toujours à savoir ce qui arriva *réellement* à leurs prédécesseurs. Avait-il été question de traîtrise de la part de l'ennemi, ou s'agissait-il d'une nouvelle manifestation de la bêtise pure des officiers qui commandaient ?

– As-tu localisé l'emplacement ? demandai-je.

– J'étais sûr d'être tout près. Archi sûr.

Je n'ai jamais vraiment apprécié les types qui nourrissent une idée fixe.

– Dubnus le sait, lui, glissai-je perfidement.

Helvetius lâcha un léger sifflement agacé.

– Laisse tomber, repris-je avec un grand sourire. Il s'agit là d'une énigme que nous pouvons laisser à l'illustre Germanicus. Qu'ils reposent en paix, mon vieux. C'est une catastrophe qui appartient à nos grands-pères. Vespasien nous a confié assez à faire, et pour le moment, je n'ai pas l'intention d'aller faire un tour dans la forêt de Teutobourg.

Quoi qu'il en soit, Helvetius avait l'air plus détendu

maintenant que nous avions parlé. Je me laissai alors convaincre d'aller faire des recherches dans l'Île. Sitôt en route, je compris que ce détour allait être une perte de temps. Je compris aussi qu'une fois que nous serions dans le nord, la forêt de Teutobourg à la sinistre réputation serait l'itinéraire raisonnable que nous devrions emprunter pour redescendre vers la tanière des Bructères.

Nous nous déplacions à cheval. Ce qui ne manqua pas de surprendre les recrues. Jupiter seul sait dans quel but les jeunes soldats se figuraient que nous avions apporté trente chevaux. Normalement, les légions marchent, mais les distances que nous devions couvrir étaient trop importantes pour aller à pied. Du reste, nos gars n'étaient pas vraiment habitués à marcher plusieurs jours d'affilée. Ils formaient un groupe si lamentable, en fait, que la plupart des soldats de Vetera s'entassèrent pour assister à notre départ et regarder le troupeau de nigauds choisis sur le tas que j'emmenais en territoire sauvage.

Nos gars ne valaient pas mieux que n'importe quel groupe d'adolescents : désordonnés, paresseux, geignards et vindicatifs. Ils passaient leurs journées à discuter de gladiateurs ou de leur vie sexuelle avec un stupéfiant mélange de mensonges et d'ignorance. Leurs personnalités commençaient à se faire jour, à présent. Notre gamin à problème s'appelait Lentullus. Lentullus ne savait rien faire. Helvetius ne l'avait emmené que parce que le garçon tenait vraiment à venir, et parce qu'il avait l'air touchant.

Il y avait aussi Sextus, qui avait encore plus mal aux pieds que les autres, ce qui signifiait que ses extrémités étaient quasiment en putréfaction dans ses chaussures.

Probus, qui, d'après nous, ne serait jamais capable de marcher sur ses deux jambes à la fois. Ascanius, le citadin de Patavium, qui connaissait de bonnes blagues, mais les lâchait aux pires moments. Le campagnard dont personne ne comprenait l'accent ; celui qui puait ; celui que personne ne pouvait souffrir ; celui au gros nez ; celui aux parties génitales avantageuses ; celui qui n'avait aucune personnalité. Ma mère aurait déclaré qu'aucun de ces gars-là n'était assez dégourdi pour qu'on lui confie la surveillance d'une marmite. Mais bon, elle en disait autant de moi.

À notre départ de Vetera, nous avions l'air d'une caravane totalement minable débouchant du désert nabatéen après quinze jours de tempête. Dix-neuf des vingt garçons n'avaient jamais monté un cheval sur plus de cinq kilomètres. Le vingtième n'était autre que Lentullus, qui n'était jamais monté sur quelque quadrupède que ce soit. Tous avaient le regard plus ou moins vague, les oreilles pointant derrière les couvre-joues telles les rames d'une barque, et leurs glaives semblaient trop grands pour eux. Les chevaux, pourtant gaulois, ce qui aurait dû être un bon pedigree, étaient encore plus vilains.

Justinus et moi chevauchions en tête, l'air aussi digne que possible. En quoi le petit chien de mon compagnon, qui jappait dans les pieds de nos montures, ne nous aidait guère. En milieu de file, nous avions placé Dubnus sur un cheval aux jambes arquées, à la bride duquel pendait une série de sonnailles à moutons. Nous avions ordonné au colporteur de les bourrer de chiffons pour les assourdir, mais ceux-ci tombèrent dès le premier kilomètre. Helvetius fermait la marche, bataillant pour maintenir l'unité du groupe. Nous l'entendions jurer avec une morne constance au milieu des *clonc* des sonnailles du colporteur.

Près de ce dernier, chevauchait le serviteur d'Helvetius, son précieux apanage de centurion, privilège maussade qui s'occupait de l'équipement et du cheval de son maître. Alors que le reste du groupe tâchait de lui extorquer ses services en douce, lui ne cessait d'aller pleurnicher auprès d'Helvetius en réclamant une mutation immédiate pour Mœsia – Mœsia est un poste infâme en bordure du recoin le plus désolé du Pont-Euxin. Justinus, au contraire, n'avait pas emmené de suite, alors que son rang lui en attribuait une importante. Il affirmait que ce n'aurait pas été juste, compte tenu des dangers que présentait notre entreprise. Un garçon à part. Jamais il n'était question de justice dans les conditions d'emploi des esclaves de sénateurs. Pourtant, en dépit de son éducation protégée, Justinus parvenait à s'occuper non seulement de lui-même, mais aussi de son chien.

Nous étions tous en cuirasse. Même moi. J'avais déniché un maréchal des logis qui m'avait équipé d'un corselet à ma taille.

– Il se trouve que nous en avons plein !

C'était un type chauve avec un brin d'accent gaulois et un humour pince-sans-rire, qui faisait partie des professionnels congénitaux de l'armée. La provenance de l'attirail qui encombrait ses étagères était évidente : sur certains des articles, figurait encore le nom du soldat mort.

– Tu es sûr que tu tiens à te balader avec un équipement pareil ? Tu ne préfères pas une panoplie intégrale de chasse, qui te permettrait peut-être de te fondre parmi les arbres ?

Je secouai les épaules, testant le poids familier et la morsure fraîche des crochets d'articulation à travers le dos de ma tunique, tout en agrafant les plaques pectorales les unes aux autres avant de fourrer dessous un mouchoir rouge. Ça faisait un bail. Je gigotais dans cette cuirasse comme un crabe dans une carapace de homard.

– Le camouflage, ça ne sert à rien. Là-bas, les hommes sont tous plus grands et plus costauds, avec un teint blanc et des moustaches tellement énormes qu'on peut balayer avec. Vingt minus glabres aux yeux marron, ça sent son Romain à des kilomètres. On ne manquera pas de se faire repérer. Sitôt la frontière traversée, on sera en fâcheuse posture. Des plaques pectorales et un tablier protecteur, ça donne au moins une chouette impression de fausse sécurité.

– Et si vous tombez sur un bec ?

– J'ai un plan.

Il s'abstint de tout commentaire.

– Glaive ?

– Je me sers toujours du mien.

– Javelines ?

– Nous en avons apporté des tas par bateau.

Justinus s'était occupé de ça.

– Des grèves, alors ?

– Laisse tomber, je ne suis pas je ne sais quel officier tape-à-l'œil.

– Gamelle ?

Je le laissai me pourvoir d'un casque.

– Tiens, prends aussi ça.

Il me fourra quelque chose dans la main. C'était un petit morceau de stéatite taillé en forme d'œil humain piqueté de divers symboles mystiques.

– Les armes ne te seront pas d'une grande utilité. Le seul autre truc que j'ai en réserve, c'est la magie.

Un type généreux. Il m'avait donné son amulette personnelle.

Trop de jours s'écoulèrent à mon goût, passés à patauger dans les marais. L'Île devait déjà être un bourbier avant même le début des troubles. C'était un vrai paysage de delta, tout en vase et plaines salines. Il y courait tellement de rivières que la terre semblait une simple prolongation de la mer. Un mauvais hiver au cours de la campagne de Cerialis avait causé encore plus d'inondations qu'à l'accoutumée. Laissé à l'abandon par une population durement frappée, le sol se remettait péniblement. Des lopins qui auraient dû être cultivés restaient inondés. En outre, Civilis avait sciemment rompu la digue de Germanicus, éventrant le mur de façon à ravager de vastes régions lors de son ultime offensive. Nous pensions à Petilius Cerialis et ses hommes, bataillant pour que leurs chevaux marchent au sec sur les caillebotis, évitant flèches et trombes d'eau tout en se repliant dans la boue, cherchant les fondrières du regard, harcelés en permanence par les Bataves qui tâchaient de les attirer vers la mort dans les marécages.

Batavodurum, la capitale batave, avait été rasée. Aujourd'hui rebaptisée Noviomagus, elle devait être rebâtie et abriter une garnison. Vespasien m'en avait parlé mais cela ne prenait son sens que maintenant, alors que nous nous trouvions au milieu des maisons éradiquées, en train de contempler les efforts pénibles et décousus des habitants qui tâchaient de rendre vie à leur cité en s'abritant pour l'heure sous des tentes avec le cochon et les poulets de la famille. Les choses devaient commencer à s'arranger, toutefois, car nous rencontrâmes des architectes militaires romains qui se livraient à une étude. Ils étaient là en service commandé et discutaient avec les responsables municipaux des matériaux et ouvriers qualifiés qui allaient être nécessaires.

Au cours de l'ultime offensive rebelle, alors qu'il se retirait en sa région natale, Civilis avait été assiégé à Batavodurum, puis refoulé loin à l'intérieur de l'Île. Il avait incendié tout ce qu'il était forcé d'abandonner. Toutes les fermes qui lui échappèrent furent détruites par nos soldats – à l'exception de celles appartenant à Civilis lui-même. Vieille tactique mesquine qui consistait à épargner les biens du chef de façon à ce que ses partisans durement touchés se prennent envers lui de jalousie et de colère, lui-même n'atteignant jamais le point crucial où il n'aurait plus rien à perdre. Nous remontâmes sur ses traces vers l'intérieur de l'Île. Du fait de cette politique sélective de la terre brûlée, nous discernions les biens qui constituaient le domaine du chef, en lequel il aurait dû se trouver. Or il avait renoncé à ses prés noyés, à ses huttes basses. Aucun des membres de sa grande famille n'habitait plus là, et lui-même demeurait introuvable.

Peut-être la tactique avait-elle fonctionné. Les Bataves étaient un peuple ruiné – provisoirement, en tout cas –, et leur attitude envers le prince qui les avait ruinés semblait désormais ambiguë. Pour la première fois, nous commençâmes à nous demander si Civilis nourrissait encore des projets de guerre. L'idée me vint qu'il avait pu s'enfuir par peur du poignard de l'assassin.

Nous n'eûmes pas le sentiment d'être en danger sur l'Île. L'ambiance y était maussade, mais les populations avaient accepté la paix et l'alliance d'autrefois. Les Bataves formaient à nouveau un peuple libre au sein de l'Empire romain, exempté de taxes en contrepartie des hommes qu'il fournissait à l'armée – bien que nous sachions tous que les légionnaires de réserve bataves ne serviraient plus jamais en Germanie. Ils nous laissèrent circuler parmi eux sans nous insulter. Et quand nous partîmes, ils s'abstinrent de manifester ouvertement leur soulagement.

Les calendes de novembre me trouvèrent dégoûté de recherches, dégoûté de franchir des rivières sur des pontons branlants, dégoûté des vieilles voies à demi inondées aux caillebotis surnageant. Je décrétai que nous quittions les lieux pour aller nous mettre les pieds au sec sur une terre plus ferme. Nous nous mîmes donc en route à travers le territoire des Frisons.

Cinquième partie

Marécages et forêts

Germania libera, novembre, 71 ap. J.-C.

« *Le commandant de légion Munius Lupercus fut expédié entre autres cadeaux à Veleda, une femme célibataire qui jouissait d'une grande influence sur la tribu des Bructères.* »

Tacite, *Histoires*

43

Il était difficile de croire que Rome avait un jour étendu sa domination quasiment jusqu'au fleuve Elbe. Drusus, son frère Tiberius et son fils Germanicus avaient laborieusement poussé leurs pas des années durant, tâchant d'encercler une énorme portion de la Germanie libre. Ils avaient eu recours à une stratégie de prise en étau, envahissant à partir de Moguntiacum au sud, et au travers des plaines du delta au nord. Varus et ses inepties avaient mis fin à cela. Il restait encore quelques traces de l'époque où Rome s'était figuré qu'elle contrôlait ces terres sauvages et gorgées d'eau. Au lieu de regagner Batavodurum, nous prîmes le canal Drusus à l'embouchure du Rhenus en direction du lac Flevo, en partie parce que ce vieux canal était une merveille que nous n'aurions peut-être pas l'occasion de revoir.

Nous débarquâmes à nouveau. Au sud du lac, on ne voyait guère de vestiges de l'occupation romaine qui avait pris fin soixante ans auparavant. Lentullus, qui ne faisait jamais preuve de la moindre patience, demanda quand nous arriverions à la ville la plus proche. Je lui expliquai, un peu rudement peut-être, qu'il n'y avait pas de villes. Il se mit à pleuvoir. Un cheval trébucha et s'abîma le jarret. Nous dûmes le débarrasser de son chargement et l'abandonner, toujours en vue du lac.

– Alors, que savons-nous des Frisons, Marcus Didius, railla Justinus tandis que nous installions furtivement notre premier campement.

– Il n'y a qu'à se dire que ce sont des gens placides qui s'adonnent à l'élevage et à la culture des céréales, et raffolent de la mer… en espérant que leur bétail est moins dangereux qu'ils ne le sont, eux. Les Frisons furent conquis… Non, je vais reformuler ça avec plus de délicatesse : connurent la paix selon les conditions romaines qu'imposa l'estimé Domitius Corbulo. C'est de l'histoire toute récente.

Corbulo était un authentique général aimé des soldats, un homme à côté de qui Petilius Cerialis avait l'air d'un rebut de la brigade des pompiers de Rome.

– De quel côté se situaient-ils pendant la révolte ?

– Oh ! c'étaient d'ardents partisans de Civilis, naturellement !

Nous n'avions pas encore atteint la forêt et nous trouvions encore dans les plates régions côtières. À nos yeux, le paysage se composait d'une étendue basse, morne, lugubre, aussi dépourvue de caractéristiques que de chaleur. Mais pour qui était né dans quelque grange de la région, les territoires bataves et frisons suscitaient sans doute la convoitise, avec leur incessante lutte contre les crues des fleuves, des lacs et des mers, et leurs larges horizons de cieux gris infinis.

Les alentours semblaient en grande partie déserts. On n'y voyait guère de ces villages qui pullulaient en Gaule. La Bretagne elle-même était un endroit populeux et chaleureux, en dehors de ses régions les plus sauvages. La Germanie, en revanche, tenait à sa différence. Nous n'apercevions que de rares maisons isolées, ou au mieux quelques groupes de huttes et granges.

Ici, les gens étaient à la hauteur de leur réputation et menaient une existence solitaire. Pour peu qu'un homme d'une tribu donnée distingue la fumée du logis de son voisin, il devenait anxieux. Il avait envie d'aller voir sur place à cheval, non pas pour partager un repas et une partie de dés, mais pour tuer le voisin, réduire la famille de ce dernier en esclavage et piller ses possessions. La présence des Romains de l'autre côté du grand fleuve ne fit guère qu'aggraver les choses. À présent, les tribus disposaient du prétexte commode du commerce pour se livrer des expéditions guerrières les unes aux autres, et prendre des prisonniers pour satisfaire à la demande éternellement croissante d'esclaves.

– Alors, y vont essayer de nous capturer, hein ? lança l'un des gars.

– Ils savent qu'ils ne peuvent pas revendre de citoyens romains à Rome en guise d'esclaves.

– Ben alors ?

– Ils nous tueront sans doute.

– C'est vrai que les barbares sont tous des chasseurs de têtes ? plaisanta Ascanius.

– Si c'est vrai, ils n'auront aucun mal à repérer ton gros ciboulot, en tout cas.

Je commençais à me faire du souci à propos du colporteur. Dubnus semblait inexplicablement agité. Je lui avais dit qu'il pourrait faire du commerce avec les indigènes, mais il n'essayait même pas. Lorsque quelqu'un en vient à laisser passer une occasion de gagner sa vie, j'en déduis systématiquement qu'il espère toucher un magot – or les magots ont généralement une origine suspecte.

Une fois où je tâchais de lui témoigner quelque amabilité, je le questionnai à propos du commerce. Je savais que les grandes voies menant à l'intérieur de l'Europe du nord longent le fleuve Moenus à partir de Moguntiacum, remontent la Lupia et contournent la côte d'Ambre de la Baltique. Les commerçants du Moenus et de la Lupia, ainsi que d'autres venant par le Danube, convergeaient vers un marché qui se tenait chez les Bructères, direction dans laquelle nous-mêmes étions en train d'avancer.

– Tout ça, je l'ai fait, expliqua le colporteur. Tout, sauf la mer. Je ne veux pas naviguer. Je suis quelqu'un de solitaire. Par moments, je préfère me balader tout seul.

Était-ce la raison pour laquelle il avait tant de mal à supporter notre groupe ?

– Le commerce avec les tribus marche-t-il bien, Dubnus ? Est-ce que les peuplades achètent ou vendent plutôt ?

– Elles vendent surtout. Elles écoulent le butin de leurs pillages.

– Qui consiste en quoi ?

Dubnus n'était pas d'humeur à coopérer.

– Tout ce que ces gens arrivent à piquer à quelqu'un d'autre.

– D'accord. Et que piquent-ils ?

– Des cuirs, des fourrures. Des cornes à boire. De l'ambre. Du fer travaillé.

Dubnus devait encore nous en vouloir de l'avoir pris sous notre garde et traîné avec nous. Il esquissa un mauvais sourire :

– Dans la région, il y a encore une bonne réserve de cuirasses et d'or romains !

Il s'efforçait de me provoquer. Je compris à quoi il faisait allusion. Vingt mille hommes avaient péri avec

Varus… pourvus de panoplies militaires de campagne au grand complet, de la cassette personnelle du commandant, et des coffres contenant leurs soldes. Les foyers implantés entre l'Ems et la Weser devaient tous vivre dans l'aisance depuis des décennies grâce au butin du massacre. Chaque fois qu'un de leurs veaux se perdait, il leur suffisait de braver les piles d'ossements blanchis pour aller ramasser une plaque pectorale qui servirait d'entrave à un nouvel animal.

Je demandai, d'un ton égal :

– Qu'est-ce qu'ils aiment acheter ? J'ai entendu dire qu'il y avait un marché quasi permanent pour le bronze et le verre romains de bonne qualité ?

– Aucun chef tribal soucieux de sa réputation ne sera enterré sans un plateau d'argent sous la tête et un service intégral de verres de réception romains.

– Je suppose qu'on trouve toujours des acheteurs pour les broches ou les épingles ?

– Pacotille ! Ce qu'ils aiment, c'est l'argent. Ils adorent les pièces, mais seulement les anciennes avec les bords guillochés.

Néron avait dévalué la monnaie l'année qui avait précédé le grand incendie de Rome. Moi aussi, je préférais les pièces anciennes… elles paraissaient plus consistantes. À Rome, la garantie d'État valait tout autant pour les sesterces rognées, mais ici, le poids du métal devait avoir son importance.

– Les tribus germaines utilisent-elles une monnaie ?

– Seulement quand elles troquent avec des commerçants.

– Les pièces ont plutôt une fonction de prestige et d'ornement ? C'est vrai que les Germains refusent les vins d'importation ?

Dubnus inclina la tête.

– Pas entièrement. Mais ce n'est pas la Gaule, où les gens donneraient leur mère pour un coup à boire. Ici, la grande affaire, c'est la guerre.

– Je croyais qu'ils adoraient faire la fête ? Qu'est-ce qu'ils boivent ?

– De l'hydromel. Des mélanges fermentés d'orge et de fruits sauvages.

– On doit pouvoir s'abstenir sans peine ! Alors comme ça, les tribus tolèrent nos articles fantaisie, mais Rome n'a pas grand-chose d'autre à leur soumettre. Les Germains détestent ce que nous considérons comme les arts civilisés : conversations aux bains, harmonie en société… bonnes bouffes arrosées de falerne.

– Ils détestent Rome, c'est tout, répéta Dubnus.

Je lui coulai un regard du coin de l'œil.

– Tu es ubien. Ta tribu est venue de l'autre côté du Rhenus, autrefois ; tu as donc des racines germaniques. Quels sont tes propres sentiments à l'égard de Rome ?

– Il faut bien gagner sa vie.

Il laissa transparaître un léger mépris dans sa réponse.

La conversation cessa là, nos chevaux arrivant en vue de notre premier groupe de Frisons. Nous fîmes halte, en visiteurs polis. Ils nous approchèrent prudemment.

Ils étaient nu-tête – et roux – avec les yeux bleus, portaient une tunique sous une cape de laine foncée, comme on se les représentait. Nous nous étions dit que les chroniqueurs exagéraient tout. Peut-être était-ce le caractère germanique irascible qu'ils avaient omis de décrire.

– Avance, Falco ! lança Justinus d'un ton enjoué. Il est temps de mettre en œuvre ton fameux plan.

Nous respirions tous avec une précaution inaccoutumée. J'entraînai Dubnus avec moi.

– Dis à ces messieurs que nous allons présenter nos hommages à Veleda, je te prie.

Il grimaça un rictus, puis lança quelques mots. Je saisis le nom de Veleda au passage.

Le chien du tribun se révéla notre meilleur allié. Il se précipita à la rencontre de chacun des Frisons, aboyant et tortillant l'arrière-train, tâchant de leur lécher joyeusement le visage. Ils constatèrent qu'aucun individu s'encombrant d'un aussi piètre chien de chasse ne pouvait nourrir d'intentions hostiles, et que nous lyncher serait une insulte à leur virilité. Par chance, le chiot omit de mordiller quiconque ce jour-là.

Les Frisons nous toisèrent. Voyant qu'ils ne faisaient rien de plus dangereux, nous leur adressâmes un sourire, saluâmes, et passâmes notre chemin. Ils nous emboîtèrent d'abord le pas, tels des bovins curieux, puis s'éloignèrent.

– Le nom de Veleda semble faire son effet.

– Tu veux dire qu'ils avaient l'air de ne jamais avoir entendu parler d'elle ! s'esclaffa Helvetius.

– Oh, je crois qu'on peut se dire que si, contra le tribun avec sa gravité habituelle. Je pense que cela explique les regards apitoyés qu'ils nous ont adressés !

Il fit repartir sa monture, caressant le chien qui glissait un œil hors d'un pli de la cape de son maître, l'air tout content de lui. C'était un petit animal au poil ras, blanc à taches noires, constamment affamé, totalement réfractaire à toute autorité, et adorant fouiner dans le fumier. Justinus l'appelait Tigris. Ce qui ne lui allait pas du tout. Il ressemblait à peu près autant à un tigre que ma chaussure gauche.

Le lendemain, nous commençâmes à voir les premières étendues légèrement boisées, et à la tombée de la nuit, nous atteignîmes l'orée de la forêt à proprement parler. Désormais, nous allions devoir déployer tous nos talents pour suivre les sentiers et nous maintenir dans la bonne direction. À partir de là, le couvert d'arbres s'étendait sans interruption à travers toute l'Europe. À franchement parler, en tant que citadin, j'ai toujours eu le sentiment que le continent était exagérément boisé. J'aime le feuillage… mais je l'apprécie encore plus lorsque la verdure mène à une pergola abritant un banc de pierre ombré d'une treille propice, et que j'ai rendez-vous avec ma chérie préférée sous la pergola dans les cinq minutes qui viennent…

Avec cette première nuit passée sous la tente à même le sol humide et inconfortable de la forêt, conscients du fait que nous allions devoir supporter des semaines de ce régime, notre moral sombra, et les humeurs se détériorèrent rapidement.

À cette heure, nos recrues avaient franchi toutes les étapes normalement infligées aux gentils gars qu'on emmène camper dans un pays rude pour leur tremper le caractère. Nous avions eu droit à la gamme complète des gémissements, vols de possessions personnelles, ratages du repas du soir, pertes de l'équipement, pipis au lit et coquards. Quel que soit le bénéfice qu'ils tiraient de cette rude existence collective, nous trois, qui commandions, étions épuisés, ravagés, mais soudés en une équipe défensive forte.

Un soir, après une journée particulièrement désagréable et une bagarre au cours de laquelle nous avions trouvé nos gars le glaive à la main, Helvetius fonça dans le tas avec une telle fureur qu'il cassa son bâton. Camillus Justinus fit ensuite aligner nos recrues pour leur administrer une bonne dose de sermon rhétorique.

– Écoutez bien, tas de salopards !

– Bon début ! marmonna Helvetius d'un ton caustique.

– Je suis fatigué. Je suis crasseux. J'en ai marre des biscuits de campagne et marre de pisser au pied des chênes sous la pluie ! (Ce ton inusité laissa l'auditoire coi.) Je déteste autant que vous ce pays. Et quand vous vous comportez de cette façon, je vous déteste aussi. J'aimerais pouvoir dire que le premier qui nous fera à nouveau des ennuis sera renvoyé directement chez lui. Malheureusement pour nous tous, nous ne disposons d'aucun chariot bien confortable qui retourne au quartier général, sans quoi je serais le premier à grimper dedans. Regardez les choses bien en face : il va falloir tirer notre épingle du jeu sans quoi *aucun* de nous ne rentrera chez lui. (Il leur laissa le temps de s'enfoncer cette idée dans le crâne.) Décidez-vous. Il va falloir qu'on se serre tous les coudes…

– Même Lentullus ? s'écria Probus.

Le tribun grimaça un sourire crispé.

– Sauf Lentullus. Le reste du groupe va devoir se serrer les coudes… et on veillera tous sur lui.

Ils s'esclaffèrent. Nous allions maintenant passer une soirée tranquille, et au matin, tout le monde serait impeccable.

– Il fera son chemin, affirma Helvetius.

– Une patience inépuisable à leur égard, commentai-je.

– J'ai déjà vu ça : ils commencent par prendre leur chef pour un snob fini, et au bout du compte, ils se font hacher pour lui.

– Camillus ne les en remercierait pas, ripostai-je. S'il devait porter un seul homme disparu en rentrant, ça serait le martyre pour lui.

– Même Lentullus ?

Je lâchai un gémissement :

– Surtout cet abruti de Lentullus ! Cela dit, notre tribun n'est pas mal du tout, n'est-ce pas ?

– C'est sans doute lui qui nous évitera les ennuis.

– Merci bien ! Et moi alors ?

– Par Mithras, ne me fais pas rire, Falco ! Toi, tu serais plutôt du genre à nous les attirer !

Le lendemain matin, tout le monde fut impeccable pendant une demi-heure. Puis, avec son amabilité coutumière, Lentullus lança d'une voix flûtée :

– Dis, Falco, il est passé où, Dubnus ?

44

Je pris une bonne inspiration.

– De quoi parles-tu, Lentullus ?

– Il est pas là. Et son cheval a disparu.

Justinus se leva d'un bond, en alerte.

– Quelqu'un saurait quand il est parti ?

Personne ne le savait. Je bondis sur mes pieds à mon tour.

– Première tente, suivez-moi ! Helvetius, garde la deuxième tente, remballe le matériel, et rejoins-nous…

Helvetius fonçait sur mes talons pendant que je courais chercher un cheval.

– Quelle est l'urgence ? Je connais la région. Je peux expliquer où on se trouve en gros…

– Réfléchis donc ! Comment va-t-on parlementer avec Veleda ? Notre interprète, c'est Dubnus !

– On s'en sortira.

– Il n'y a pas que ça, bafouillai-je, grimpant en selle en catastrophe. Jusque-là, on ne s'est pas fait remarquer. Aucune bande belliqueuse ne nous a repérés. Mais Dubnus avait l'air pensif. Il mijotait quelque chose, j'en suis sûr. Je ne tiens pas à ce qu'il vienne nous lâcher aux trousses je ne sais quel détachement de guerriers !

– Il a peut-être simplement envie de reprendre son commerce, Falco.

– Je lui ai dit qu'il pouvait…

Mais à présent, je craignais que le colporteur espère faire sa pelote en pratiquant un nouveau commerce : la vente d'otages.

– On ne peut pas prendre le risque de découvrir que l'objet de son commerce, c'est peut-être nous !

Nous suivîmes sa piste vers le nord sur une longue distance. Pour nous, c'était la mauvaise direction : peut-être exploitait-il cette certitude dans l'espoir que nous abandonnerions, mais cela ne fit qu'accroître mon obstination. Je comptais sur le fait que sa prudence allait tomber. Sur le fait qu'il nous croirait sans doute trop obsédés par notre mission pour seulement le prendre en chasse.

J'avais le plus lent des deux groupes de battue. Nous nous efforcions de distinguer une seule série de traces de chevaux dans l'humus qui tapissait la forêt, pendant qu'Helvetius, lui, suivait dans nos pas. Il ne tarda pas à nous rattraper, et nous poursuivîmes tous ensemble, nous orientant d'abord vers l'est, puis à nouveau vers le sud.

– Qu'est-ce qu'il fabrique ?

– Par Mithras, je me le demande.

– Je ne suis pas sûr d'aimer ça.

Dubnus devait nous avoir faussé compagnie de bonne heure pour voyager de nuit. Il avait trop d'avance. Je décidai que nous le suivrions jusqu'au soir, après quoi nous laisserions tomber. Dans l'après-midi, nous perdîmes sa trace.

Nous étions environnés d'arbres plus hauts et plus serrés que jamais, plongés dans le silence épais de bois vraiment séculaires. Un énorme insecte cornu nous toisait d'un œil furibond du creux d'une feuille morte, outré de cette intrusion. Aucun autre signe de vie n'était décelable.

En contemplant les environs, nous constatâmes d'un commun accord qu'une seule chose était sûre en ce qui concernait notre situation du moment : jamais nous n'avions pensé nous retrouver dans ces parages. Avec un peu de chance, personne d'hostile ne penserait nous y trouver non plus. Une absence totale de chance signifierait qu'aucun de nos amis ne saurait où amener des renforts… mais nous avions écarté cette possibilité, de toute façon. Justinus et moi avions laissé des instructions stipulant que si quoi que ce soit tournait mal, toute tentative de secours serait inutile. Personne ne se lancerait donc là-dedans.

Notre trajet depuis l'Île nous avait fait traverser la majeure partie de la Frise du sud, mais nous devions désormais être en territoire bructère. L'itinéraire n'avait rien de conventionnel, mais il était moins exposé aux périls de toutes natures. Nous étions loin des itinéraires commerçants habituels. Et loin aussi des chantiers de fouilles romains qui subsistaient dans la région du delta, autant que des anciens forts implantés, je le savais, le long de la rivière Lupia. Nous approchions les Bructères, connus pour leur hostilité, non par le côté où ceux-ci guettaient toujours l'arrivée des étrangers – le long de leur rivière familière – mais par le nord, à l'improviste.

La majeure partie de notre trajet s'était effectuée à quelque chose comme cent cinquante kilomètres – à cinquante ou soixante près, dans cet interminable désert boisé – au-dessus du cours de la Lupia. Cela garantissait une certaine sécurité, mais en fin de compte, nous devions bifurquer vers le sud. L'endroit à partir duquel il faudrait modifier notre actuelle direction vers l'est devait se situer du côté des hauteurs des monts de la forêt de Teutobourg. Nous savions que le célèbre massif déclinait en pente douce jusqu'aux sources de la Lupia. La seule chose qu'il nous restait à faire, c'était d'en trouver l'extrémité nord, puis de suivre les crêtes. Helvetius avait parlé d'une ancienne piste que l'on pourrait emprunter, mais aucun de nous n'était trop emballé par cette idée. Une fois sur place, il nous resterait à couvrir encore soixante kilomètres jusqu'à l'endroit où les sommets s'évanouissaient aux abords de la rivière. Pour l'heure, nous étions engagés assez avant pour commencer à chercher des yeux les hauteurs dès que la forêt nous permettait de scruter les environs.

Nous commençâmes à piquer au sud.

Notre détour à la poursuite du colporteur nous avait légèrement déroutés. Il était facile de se perdre dans un environnement pareil : il n'y avait certes pas de routes, et les chemins forestiers, c'est bien connu, ne mènent nulle part. Celui que nous suivions s'évanouissait parfois complètement, et nous en étions réduits à nous frayer un passage à travers les fourrés, pendant des heures au besoin, jusqu'au moment où nous en rejoignions un autre. Les arbres étaient tellement serrés que même s'il existait une bien meilleure piste à quelques pas de là, nous n'avions aucune chance de la trouver. Helvetius, qui était déjà venu dans le coin lors de ses recherches historiques, estima que nous étions encore à quelque distance de l'extrémité nord du massif, dont les sommets auraient sans doute été visibles au loin si nous n'avions pas été en pleine forêt. N'ayant d'autre choix que de lui faire confiance, nous coupâmes au travers de ces bois lugubres. De toute façon, piquer vers le sud ne pouvait être entièrement erroné. Nous finirions par tomber sur la Lupia.

Au crépuscule, nous fîmes halte. Pendant que les tentes se montaient, plusieurs membres du groupe s'éclipsèrent seuls pour la visite rituelle au pied d'un chêne. Il faisait froid. Le jour avait brusquement baissé, sans qu'il fasse complètement nuit. Nous faisions chauffer des gamelles pour chaque tente, mais il s'en fallait de beaucoup que le repas ne soit prêt. Helvetius désigna les sentinelles de nuit pendant que son serviteur bouchonnait son cheval. Justinus discutait avec Sextus et un autre des gars. Ils lui apprenaient quelques mots du dialecte de la côte adriatique, car il semblait s'intéresser aux langues. Quant à moi, je me sentais inquiet et très mal à l'aise, comme d'habitude.

Je vis Lentullus ressortir sur la pointe des pieds des bois où il venait de pisser. Il avait l'air dissimulateur, ce qui n'était pas une nouveauté, mais effrayé de surcroît.

Il ne dit rien à personne. Je décidai d'abord de ne pas m'en occuper, puis me rendis compte que c'était impossible. Je le rejoignis d'un pas tranquille.

– Tout va bien ?

– Oui.

– Tu n'as rien à me dire ?

– Non.

– J'aime mieux ça.

– Enfin bon… Je crois bien que j'ai vu un truc.

Ah misère ! Lentullus était le genre de type qui passe trois jours à se demander si oui ou non il doit dire qu'une nombreuse armée de guerriers dans des chariots couverts, portant trompes de guerre et épées doubles, se dirige sur nous. Il ne comprenait jamais ce qui était important. Lentullus nous ferait tuer plutôt que de dire quoi que ce soit qui inquiète le commandant.

– Un truc vivant ? questionnai-je.

– Non.

– Quelqu'un de mort ?

Lentullus garda le silence sans vouloir me répondre. Lentement, tous les poils de ma nuque et mes bras se dressèrent au garde-à-vous.

– Allez viens, Lentullus. Toi et moi, on va balader le toutou du tribun.

Nous piquâmes à travers bois pendant une dizaine de minutes. Lentullus était un individu timide. Nous l'avions déjà perdu à deux reprises lorsque l'appel de la nature l'avait entraîné si loin du camp qu'il n'arrivait plus à nous retrouver ensuite. Il s'arrêta pour s'orienter. Je me tus, soucieux de ne pas complètement le dérouter. L'idée me vint que nous risquions de passer la nuit dehors le temps que Lentullus retrouve son trésor.

Je déteste les bois. Tout y est totalement immobile,

si bien qu'on y prendrait facilement peur. Parmi cette multitude d'arbres, ours, loups, élans et sangliers allaient et venaient tous. La nuit froide sentait l'humide, chargé d'un relent automnal malsain. La végétation était drue, dépourvue de fleurs, sans vertus médicinales connues. Des champignons pareils à des trognes burinées s'accrochaient aux arbres séculaires. Les taillis égratignaient vêtements et chairs, trouant nos tuniques et nous griffant cruellement les bras. Mes plaques pectorales étaient constellées d'un genre de déjections d'insectes. Nous semblions être les seuls êtres vivants dans les parages, à l'exception des guetteurs spectraux du monde des esprits celtes. Nous les sentions nombreux, à la fois lointains et tout proches.

Des brindilles craquaient, trop près à notre goût, comme craquent les brindilles en forêt. Tigris lui-même n'en menait pas large. Il restait près de nous au lieu de filer ventre à terre pour se gaver de musaraignes et de mauvaises odeurs.

– Moi j'aime pas cet endroit, Falco.

– Montre-moi ce que tu as trouvé, Lentullus, ensuite nous pourrons partir.

Il me fit traverser quelques touffes d'arbres de plus, dépasser un tronc géant, un renard mort mis en pièces par quelque chose de bien plus gros… quelque chose qui projetait certainement de revenir chercher le reste d'ici une paire de secondes. Tigris grognait de façon inquiétante. Un nuage de moucherons me grouillait autour de la tête.

– C'est là que j'étais. J'ai trouvé que ça resssemblait à un chemin…

Pourquoi pas. Ou alors un espace accidentel entre les arbres denses.

– … Je l'ai suivi pour jeter un coup d'œil…

Il était curieux de naissance. Et niais. Lentullus ramasserait un scorpion pour voir s'il est vrai que ces bêtes-là piquent.

Je n'avais toujours aucune idée de ce qu'il avait vu, si ce n'est que l'effet produit était assez glaçant.

– Eh bien, allons-y !

Nous prîmes le supposé chemin. Peut-être des cerfs fréquentaient-ils l'endroit. L'atmosphère y était encore plus hostile, et le jour tombait vite. La rosée faisait gonfler le cuir de nos chaussures, et nous traînions gauchement les pieds. Les feuilles craquaient plus fort qu'à mon goût sous la semelle. On devait nous entendre à trois kilomètres.

Puis il n'y eut plus d'arbres. J'étais fatigué, inquiet. J'avais froid. Mes yeux refusèrent tout d'abord d'accommoder, luttant contre l'incrédulité. Puis je compris alors pourquoi sa découverte avait épouvanté le jeune soldat.

La clairière silencieuse dans laquelle nous pénétrions était tapissée de brume. C'était une grande clairière, ou c'en fut une autrefois. Devant nous, s'étendait une étrange mer de ronces. Ronces et fourrés marquaient une légère déclivité près de nous, puis prenaient de la hauteur quelques mètres plus loin en grimpant le long d'un talus boisé régulier. Ce creux semblable à un fossé s'étirait d'un côté et de l'autre dans les deux sens. Les tiges des buissons plongeaient profond, comme si, en dessous de leur enchevêtrement, le sol avait été creusé. Or c'était le cas. Nous le comprîmes, sans même nous aventurer plus loin – ce qui aurait été mortellement dangereux. Quasiment à nos pieds, le sol devait marquer une chute abrupte, sombrer plus bas que hauteur d'homme. Devant nous, indécelables au milieu des ronces, des épieux diaboliquement affûtés étaient sans nul doute dardés. Au fond du fossé, devait être creusée une mince tranchée de drainage pas plus large qu'une pelle, puis la paroi la plus distante devait s'élever en pente à la rencontre d'une butte, derrière laquelle on retrouvait le niveau du sol. Là, le talus était envahi de jeunes pousses. De relativement jeunes pousses, et non de ces arbres séculaires dans lesquels nous nous étions débattus toute la journée, et qui devaient déjà se dresser fièrement à l'époque lointaine où la légende affirme qu'Hercule vint en Germanie. C'était une autre légende que nous avions découverte.

Au-delà du bois se dressait un rempart. Nous n'en distinguions que le faîte au-dessus de la végétation. Mais il devait y avoir un chemin de ronde, protégé par une palissade de rondins et ponctué de la masse carrée des tours familières. Plus loin, dans la pénombre, nous discernâmes la forme gigantesque d'une classique porte de forteresse.

Le silence régnait. Aucune sentinelle n'effectuait sa ronde, aucune lumière ne brillait. Pourtant, là, à des centaines de kilomètres des provinces romaines, se dressait un camp romain.

45

– Y a quelqu'un là-dedans ?

– Grands dieux, j'espère que non !

Je n'étais pas d'humeur à échanger des histoires de

baroudeurs avec des morts ou leurs fantômes. J'esquissai un geste.

– On y va ?

– Non, on s'en retourne.

Je lui fis faire demi-tour.

– On pourrait camper là-ded…

– On est très bien là où le camp est installé.

Rares furent ceux d'entre nous qui dormirent beaucoup cette nuit-là. Allongés les yeux ouverts, nous tendions l'oreille pour percevoir les trompettes d'Hadès, puis nous piquâmes du nez juste avant l'aube. Je m'éveillai de bonne heure et me levai pendant qu'il faisait encore noir, tout courbatu et le cerveau embrumé. Le reste du groupe émergea aussi. Un peu d'eau froide et quelques biscuits nous ragaillardirent, puis nous pliâmes bagage, amenâmes les chevaux et nous mîmes en route en rangs serrés pour une visite matinale au camp de nos collègues. Au petit jour, l'endroit semblait encore plus désolé.

Ça n'avait rien de Vetera. C'était un fort militaire de campagne, et un grand. Conçu comme une construction provisoire, il se dressait cependant avec un air permanent du fond de son isolement. On n'y distinguait aucune trace de siège guerrier. Les ravages du temps y étaient féroces, toutefois. Outre l'épais tapis boisé qui recouvrait les abords extérieurs, certaines des tours s'étaient affaissées, et les palissades effondrées. Nous constations à présent que, plus loin, le parapet était rompu.

Nous défrichâmes un chemin jusqu'à la porte. L'un des grands battants de bois pendait hors de ses gonds. Nous nous glissâmes à l'intérieur de l'enceinte, sans plus. Une araignée grosse comme un œuf de cane suivit du regard notre avancée. La végétation était spectaculaire. À l'abri des remparts, tout n'était que ruines.

– Y a eu de la bagarre ?

– Si c'est le cas, il ne reste aucune dépouille.

De nous tous, seul Helvetius mit pied à terre et s'aventura de-ci de-là pour explorer les lieux. Mais même lui n'avait pas l'intention d'aller bien loin. Il s'arrêta, ramassa un petit objet.

– Je ne crois pas que l'endroit ait été abandonné, murmura-t-il, perplexe.

Il entreprit de se frayer un passage plus avant, et cette fois, nous lui emboîtâmes le pas. Ç'avait dû être un camp planté de tentes, si bien qu'il restait de larges espaces nus à l'endroit où les grands papillons de cuir étaient autrefois rangés en lignes. En revanche, partout où les légions résident un certain temps, les entrepôts et le *principia* sont construits en dur. Ces derniers bâtiments auraient dû être visibles à leur emplacement habituel, sous forme de rectangles sur lesquels ne pousserait qu'un léger tapis de mauvaises herbes en raison des planchers en dur. Pourtant, vieux troncs pourrissants et autres débris jonchaient les endroits en question.

– Quel est ton verdict, centurion ? s'enquit Justinus.

Le tribun était blême : heure matinale, manque de sommeil et inquiétude.

– C'était un camp vide… et pourtant pas démantelé, comme ça se fait normalement.

– Ils en étaient partis pour l'hiver, suggérai-je.

Je m'exprimai avec une certaine assurance. Le sanctuaire et la chambre forte, bâtis en pierre, étaient encore debout. Il ne subsistait bien sûr ni étendards ni aigles dans le sanctuaire. J'avais vu les aigles d'or qui volèrent ici jadis. Je les avais vus dans le temple de Mars, à

Rome. Helvetius me regarda. Lui aussi savait ce que nous avions découvert.

– C'est juste. Les bâtiments ont tous été laissés en l'état. Mauvaise stratégie, mais ils s'attendaient à revenir, bien sûr.

Le centurion était profondément bouleversé. Je me tournai vers le groupe pour expliquer :

– Vous êtes tous au courant des règles à suivre lorsqu'on quitte un camp provisoire. (Les recrues écoutèrent attentivement, l'air innocent.) On emporte dans le train de bagages tout ce qui pourra être réutilisé. Par exemple, on prend tous les pieux de la palissade pour s'en resservir à la halte suivante. Chaque soldat en transporte deux.

Nos regards à tous se portèrent derrière nous : sur les remparts fortifiés, dans notre dos, des longueurs de rondins défensifs pendaient au-dessus du chemin de ronde, encore attachés ensemble par endroits, comme une clôture de propriété venant d'essuyer un énorme orage. D'autres parties avaient dû pourrir, de même que les escaliers. C'était là l'œuvre du temps, et d'aucune autre force.

– Le reste, on le brûle, compléta Helvetius. On ne laisse rien que l'ennemi puisse utiliser… à condition de penser qu'on ait un ennemi. (Il retourna les restes d'une ancienne porte d'entrepôt.) Ce camp était vide ! s'exclama-t-il comme s'il protestait contre ce manquement à la norme. On y a sacrément piétiné, des pillards je suppose. Ce camp a été construit par des Romains, des Romains qui ont bêtement cru la région assez sûre pour qu'ils puissent partir se promener tels les propriétaires d'une maison qui laissent la clé sous le paillasson… (Le centurion bouillait d'une rage peu à peu grandissante.)

Ces pauvres abrutis n'avaient pas la moindre idée du danger qu'ils encourageaient !

Il rebroussa chemin et nous rejoignit à grandes enjambées, serrant dans son poing l'objet qu'il avait ramassé.

– C'était qui comme Romains, centurion ?

– Les trois légions qui se sont fait massacrer en forêt par Arminius ! cracha Helvetius. Il y a eu de la bagarre… pour ça oui, bon sang… mais il n'y a pas de corps, parce que Germanicus est passé par la suite et les a enterrés.

Il brandit sa trouvaille : c'était une pièce d'argent. Elle portait l'estampille spéciale que P. Quinctilius Varus faisait frapper sur la solde de ses légionnaires. Il n'en circule pas beaucoup à Rome.

46

Quelque part dans les environs, devait se trouver le tumulus funéraire. Celui sur lequel, de sa propre main, Germanicus avait jeté la première poignée de terre – enfreignant ainsi les lois sacrées, puisqu'à l'époque il officiait également en tant que prêtre. Ici, toutefois, il fut d'abord soldat. Et nous, qui nous tenions sur les lieux, nous comprenions. À notre tour, nous étions submergés par l'émotion.

Nous ne cherchâmes pas le tumulus. Nous ne dressâmes même pas d'autel comme nous l'avions fait à Vetera. Nous honorâmes les mémoires en silence. Toutes les mémoires : celles des morts et de ceux qui s'étaient fait un devoir de les retrouver. Saisis par le passé, nous dûmes tous nous demander si un jour, pour peu qu'on nous tue ici, dans cette forêt, ceux qui nous aimaient auraient connaissance du sort qui nous advint.

Nous quittâmes le camp noyé de brume en empruntant la porte Prétorienne cassée, foulant les fermes vestiges de son ancienne voie d'issue. La chevauchée fut plus aisée que n'importe quel autre itinéraire à travers bois, car nous tenions à couvrir de la distance rapidement. La végétation finit toutefois par envahir la voie de nos pères. Nous proférâmes les récriminations habituelles à l'égard des ingénieurs incapables, quoiqu'après soixante ans d'abandon quelques nids-de-poule et mauvaises herbes soient excusables.

Nous poursuivîmes. Comme l'armée de Varus, nous avancions vers le sud. Comme ces soldats, nous allions à la rencontre du destin qui nous attendait là-bas. À cette différence près, pourtant : nous le savions, nous.

Impossible de ne pas ruminer le passé. Justinus luimême s'y était mis :

– Nous savons que Varus s'acheminait vers ses quartiers d'hiver : soit les forts construits sur les berges de la Lupia, soit quelque part le long du Rhenus. Il avait dû quitter le camp en croyant à tort qu'il s'était assuré la mainmise sur le territoire, tout prêt à y retourner le printemps suivant.

– Pourquoi est-ce qu'ils ont pas passé l'hiver là ?

– Trop éloigné du ravitaillement pour tenir toute la saison. Du reste, j'imagine que les soldats devaient pousser à la roue pour prendre des vacances dans un endroit civilisé.

Les soldats du tribun soupesèrent cette remarque profonde, puis esquissèrent un lent sourire.

– Et c'est ainsi qu'ils ont trouvé leur fin, conclut Helvetius. (Le centurion parlait du fond du cœur. Il adorait dramatiser, il adorait supputer.) Tout le monde pense qu'ils avaient atteint les monts quand c'est arrivé, mais pourquoi pas ici, plutôt, bien plus au nord ? Tout ce dont on est certain, c'est que Germanicus les trouva quelque part à l'est de la rivière Ems.

– Mais alors… (Maintenant qu'ils avaient quitté le camp déserté, les jeunes soldats se sentaient plus braves, plus enthousiastes.)… On va le retrouver, le fameux champ de bataille ?

– À mon avis, répondit Helvetius d'un ton las, comme s'il venait de comprendre quelque chose, le champ de bataille est tout autour de nous. C'est sans doute la raison pour laquelle Germanicus eut tant de mal à le trouver. On ne massacre pas vingt mille hommes – et de rudes guerriers expérimentés, avec ça – dans un mouchoir de poche.

J'acquiesçai.

– On pense que ce fut rapide, mais les combats durèrent sans doute quelque temps. Et même, ils durèrent *forcément*. À l'évidence, Arminius leur tomba dessus et fit beaucoup de dégâts. Mais passé la première surprise, ces soldats endurcis ont dû se ressaisir et riposter.

– C'est juste, Falco. Pas le choix. On sait que ce fut le cas, de toute manière. Germanicus trouva des piles entières d'ossements à l'endroit où ils avaient résisté en groupe. Il tomba même sur les restes de certains soldats qui, tout en se battant, avaient rebroussé chemin jusqu'au camp où ils furent massacrés.

– Le camp que nous avons trouvé ?

– Qui sait ? Si longtemps après… et le nettoyage de

Germanicus par là-dessus... Il faudrait passer des jours sur place pour dénicher le moindre indice.

– Donc, à la suite de l'assaut initial, repris-je, les soldats subirent un surcroît d'épreuves. Il y eut même des survivants. Arminius fit des prisonniers ; certains furent pendus dans les arbres pour remercier les dieux celtiques ; d'autres, en revanche, jetés dans des fosses ignobles...

Nous n'en trouvâmes aucune, j'ai plaisir à le préciser.

– ... Certains regagnèrent finalement Rome. Un petit nombre de pauvres diables revint même sur les lieux avec Germanicus...

Toutes les guerres enfantent des masochistes.

– Cela dit, convenir d'une reddition n'a aucune signification aux yeux des tribus. Ce fut un combat à la celtique : on tue, on ramène des têtes. Les légionnaires qui tentèrent de filer durent être pourchassés dans les bois. Exactement comme en Bretagne à l'époque du soulèvement des tribus de la reine Boudicca. (J'entendis ma voix se faire rauque à l'évocation de cette blessure ancienne.) La chasse à l'homme fait partie de ce jeu effroyable. Des guerriers ivres de sang cavalant joyeusement derrière des victimes qui se savent condamnées...

– Il se peut même qu'Arminius ait intentionnellement prolongé les réjouissances, expliqua Helvetius au reste du groupe. En résultat, il y eut sans doute des corps éparpillés d'ici jusqu'à...

– La rivière la plus proche, dans un sens comme dans l'autre, centurion.

– Explique, Falco.

– Les guerriers arrêtent au bord de l'eau tous les

fugitifs restants. Têtes et cuirasses sont offertes aux dieux au fil du courant.

Nous poursuivîmes notre chevauchée en silence. Il nous fallut deux jours, bien qu'il fasse beau et que la chance nous sourie, pour atteindre les collines de la forêt de Teutobourg.

Je sais qu'à l'heure du repos, chaque soir, certains de nos jeunes soldats disparaissaient longuement dans les fourrés. Je sais qu'ils découvrirent divers objets. C'étaient encore des gamins. Ils vouaient de l'affection à leurs collègues du passé, mais la chasse aux reliques exerçait sur eux un attrait irrésistible.

L'humeur générale de notre groupe se durcit. Pendant ce temps-là, Lentullus restait avec Justinus et moi autour du feu, sans prendre part à la chasse clandestine aux souvenirs. Il se tenait à l'écart, comme si, d'une certaine manière, il pensait que tout était de sa faute. Un soir, j'éclatai d'un rire bref :

– Nous voilà plantés au milieu de nulle part avec des charretées de soucis, à jouer les stratèges de taverne qui refont Marathon et Salamis en disposant des pommes sur une table.

– Ne parle pas de tavernes, Falco, murmura Camillus Justinus à moitié endormi au fond de son lit de camp. On est quelques-uns ici à qui un gobelet ne ferait pas de mal !

Pour avoir séjourné chez lui et goûté son affreux vin de table, je comprenais à quel point Son Excellence le tribun devait souffrir.

Le lendemain, nous attaquâmes les hauteurs de la forêt de Teutobourg. Curieusement, nous traversâmes le long massif sans encombres. Cela semblait trop beau pour être vrai. C'était le cas, en effet.

En redescendant, nous trouvâmes comme il se devait le lit principal de la rivière Lupia. Au coucher de soleil, nous installâmes prudemment notre campement, sans faire de feux. Je remarquai que Probus et un autre soldat s'éloignaient ensemble et s'absentaient trop longuement. Ils écumaient sans doute à nouveau le terrain à la recherche d'antiques fourreaux de glaives et clous de boucliers. Nous ne fîmes tout d'abord aucun commentaire, comme d'habitude, mais bientôt la distribution de rations fut terminée, et ils n'avaient toujours pas reparu. C'était là un incident sans précédent. Helvetius resta au camp pendant que Justinus et moi partions à la recherche de nos agneaux égarés. Nous emmenâmes une recrue chacun. Justinus choisit un gars nommé Orosius. Avec ma chance habituelle, j'écopai de Lentullus. Et pour le cas où j'aurais manqué de compagnie, Tigris nous accompagnait en gambadant joyeusement.

Comme on pouvait s'y attendre, ce fut Tigris, Lentullus et moi qui déboulâmes au cœur du bosquet sacré. Quand nous y entrâmes tout d'abord, on aurait dit n'importe quelle autre clairière. Elle devait dater de plusieurs générations. Nous avancions hardiment parmi les arbres aux branches tordues, persuadés que ce soudain dégagement était un phénomène naturel. Un vent furieux se levait, sifflant sans trêve entre les feuilles de novembre, sombres et sèches. Tigris, qui bondissait en amont, rebroussa chemin ventre à terre, rapportant un bâton à lancer. Je me baissai et, après l'habituelle petite lutte, je le contraignis à lâcher prise.

– Ça, c'est un drôle de bâton, décréta Lentullus.

C'est alors que nous constatâmes qu'il s'agissait d'un péroné humain.

Tandis que le chien, contrarié, aboyait en attendant

son jeu, Lentullus et moi regardâmes lentement autour de nous et perçûmes enfin l'ambiance particulière qui régnait sur les lieux. Il se dégageait alentour une odeur de mousse et de souffrance. Le silence nous prit à la gorge. La panique commença à s'instiller. Il me fallut quelques instants pour constater que des yeux vides nous observaient de toutes parts.

– Pas un geste, Lentullus. *Pas un geste !*

J'ignore pourquoi je lançai cet ordre. Il n'y avait personne alentour… mais partout, une présence était décelable.

– Pardon, pardon, croassa Lentullus. Oh, ma mère ! J'ai encore fait ce qu'il fallait pas, hein ?

Je tâchai d'adopter un ton enjoué pour répondre à voix basse :

– En effet. On dirait bien que tu viens de faire une nouvelle trouvaille abominable…

Devant nous, se dressait une bizarre statue de bois, grossièrement taillée et pourrissante : quelque dieu de l'eau, des bois ou du ciel… ou peut-être de tout à la fois. Il dominait, tel un énorme tronc d'arbre convulsé, piqueté de moisissures orange et planté dans l'humus en putréfaction. Quelques frustes coups d'herminette l'avaient ébauché. Les membres embryonnaires étaient tout juste suggérés. Ses trois faces primitives se partageaient quatre yeux celtiques en amande au regard fixe. Au-dessus, les larges bois de quelque énorme élan se déployaient, comme pour tâcher d'embrasser les cieux.

Au pied du dieu était dressé un autel de terre rustique sur lequel les prêtres des Bructères venaient accomplir leurs sacrifices. Dessus, gisait une tête de bœuf dans un état de décomposition avancé. Comme nous, les Bructères prédisaient l'avenir en lisant dans des entrailles d'animaux. Contrairement à nous, ils avaient pour habitude de tailler en pièces tous les chevaux et autres animaux capturés appartenant à leurs ennemis vaincus. Ils pratiquaient également d'autres formes de sacrifices, bien pires. Nous le comprîmes en voyant, tout autour de la clairière, cloués aux arbres séculaires, des crânes humains.

47

Lentullus, qui en temps normal ne comprenait rien à rien, comprit en l'occurrence.

– Entrer dans les bois des druides, c'est la mort assurée, non ?

– Si on traîne dans le coin, il arrivera sans doute un druide pour nous le dire…

Je lui empoignai le bras et rebroussai lentement chemin à reculons.

Sur notre droite, quelque chose se dressait parmi les arbres : une pile de trophées. Il y avait là un nombre incalculable d'armes : longues épées germaines étranges, haches de guerre, boucliers ronds à solides bossettes… entre autres objets dont, à notre stupeur, nous reconnûmes la facture romaine.

Lentullus poussa un couinement et trébucha sur une racine. Au printemps dernier seulement, j'avais réussi à mettre la main sur un volume des *Guerres des Gaules* de César, œuvre qui se bradait maintenant que Rome disposait de quelques vilains nouveaux conflits pour focaliser son intérêt. D'après Jules, les Suèves – à l'époque, en tout cas – célébraient leur culte dans des bosquets où les gens pouvaient pénétrer dans un but religieux ; mais s'il advenait qu'ils tombent en ce lieu, la coutume exigeait qu'ils le quittent à l'horizontale, en roulant hors du bois. César citait probablement d'autres anecdotes rassurantes qui auraient pu nous aider à nous sortir de cette épouvante, mais je n'ai jamais eu l'argent nécessaire pour acheter le volume suivant de la série.

Le sol, ici, était particulièrement propice à la prolifération de plantes déplaisantes, crottes de cerfs et champignons blanchâtres d'aspect maladif et spongieux. Je contemplai d'un sale œil la sculpture de bois à la mine hostile et chassai hardiment de mes pensées le rite relaté par César. Se rouler par terre telle une bûche pour satisfaire les divinités indigènes ne faisait pas partie de l'entraînement de nos recrues, et de toute façon, jamais le soldat qui m'accompagnait ne serait parvenu à maîtriser cette technique. J'empoignai ce jeune imbécile par le bras et le relevai. Puis nous fîmes demi-tour et entreprîmes de quitter les lieux de façon conventionnelle. Nous allions le regretter.

Nous fûmes alors contraints de passer devant quelque chose qui ne me plut pas du tout.

À la sortie du bosquet se dressait une construction de forme rectangulaire, semblable à un autre et beaucoup plus grand autel. La chose comportait un énorme épieu central et se composait d'une multitude de pièces longilignes, aux extrémités irrégulières ou arrondies, et grisâtres. Plusieurs générations avaient dû concourir à son élaboration, si bien qu'à présent l'ensemble mesurait deux bons pas de long comme de large, et s'élevait à mi-hauteur d'homme. Les pièces étaient alignées avec grand soin, une couche dans un sens, une couche dans l'autre, telles les branchettes d'un feu bien agencé. Seulement, il ne s'agissait pas de branchettes.

C'était un gigantesque tas d'os ; d'os humains de bras et de jambes. Des centaines de victimes avaient dû être démembrées pour constituer cet ossuaire : tout d'abord pendues dans les arbres en guise d'offrandes, puis mises en pièces avec une tranquille barbarie, comme les morceaux de choix de quelque carcasse charnue. D'après ce que je savais des rites celtiques, la plupart des victimes en question avaient jadis été de jeunes gens tels que nous.

Avant que nous ayons pu l'arrêter, le chien du tribun partit flairer ce monstrueux butin d'os. Nous détournâmes les yeux, par respect pour les morts, pendant que Tigris levait la patte aux quatre coins de l'ossuaire en signe de reconnaissance canine. Nous quittâmes le bosquet en toute hâte.

48

Nous partîmes ventre à terre en direction du camp. Ce fut alors que le cauchemar suivant commença.

Une fois de plus, je me retrouvais perdu dans un bois à la tombée du jour en compagnie de Lentullus. Cette fois, ce ne fut pas le silence qui nous mit les nerfs à vif. Nous nous retrouvâmes tout à coup cernés de bruits : quelque chose, ou quelqu'un, se frayait un chemin à grand fracas parmi les arbres. Nous restâmes pétrifiés sur place. Puis nous entendîmes un cri. Des voix étrangères emplirent la nuit. D'emblée, cela ressembla à une poursuite, et d'emblée, nous comprîmes que nous étions la proie. Je forçai Lentullus à changer de direction, espérant par là donner une chance au reste de notre groupe.

– Je ne te quitte pas, Falco ! promit Lentullus.

– C'est rassurant...

Nous avions perdu notre chemin et courions cahin-caha sur un sol traître jonché de branches et d'amas de mousse trompeurs prêts à nous expédier face contre terre, bras et jambes tordus en tous sens. Tout en filant à travers les fourrés, je tâchais de réfléchir. J'étais quasi certain que personne ne nous avait vus quitter le bosquet. Peut-être ne nous avait-on pas vus du tout. Quelqu'un là-bas derrière cherchait quelque chose, mais peut-être n'étaient-ce que des chasseurs qui s'efforçaient de remplir leur marmite.

Nous fîmes halte et nous accroupîmes dans les buissons, inondés de sueur, le nez coulant sans interruption.

Raté pour la marmite. Les chasseurs, qui qu'ils soient, faisaient beaucoup de bruit pour des individus s'efforçant d'appâter des animaux afin de les prendre dans leurs rets. Ils taillaient les buissons à tour de bras pour en faire sortir des fugitifs. Des rires rauques nous alarmèrent. Puis nous entendîmes des chiens. Une sorte de grande trompe sonna. Désormais, le groupe vociférant se dirigeait droit sur nous. Ils étaient si proches que nous quittâmes notre cachette. De toute façon, ils nous auraient trouvés. Quelqu'un nous aperçut. Les cris redoublèrent.

Nous prîmes nos jambes à nos cous, incapables ne serait-ce que de jeter un coup d'œil en arrière pour voir qui étaient nos poursuivants. Je perdis Lentullus, qui s'était arrêté pour appeler le chien du tribun. Je continuai. Peut-être le manqueraient-ils ; peut-être me manqueraient-ils ; peut-être même parviendrions-nous à leur échapper ?

Aucune chance. J'accroissais la distance entre eux et moi, mais un vacarme éclata qui ne pouvait signifier qu'une seule chose : ils avaient attrapé Lentullus. Je n'avais pas le choix. Avec un gémissement, je rebroussai chemin.

Ce devait être une bande de Bructères. Debout autour d'une profonde fosse, ils riaient. Lentullus et Tigris étaient tombés dedans l'un et l'autre. Il s'agissait peut-être d'un piège destiné à un animal, ou même d'une de ces fosses conçues comme des garde-manger que leur héros Arminius avait creusées pour y tenir les prisonniers au frais. Le jeune soldat ne devait pas s'être fait grand mal, car je l'entendais hurler avec une ardeur qui m'emplit de fierté, mais les guerriers tâchaient de l'impressionner en agitant leurs lances de bois rustiques. Sa chute avait dû bien le secouer, et je percevais clairement qu'il était terrifié. L'un des Bructères brandit sa lance. La menace était claire. Je me mis à crier. Je filais en direction du trou quand quelqu'un de grand, doté d'une épaule très dure, jaillit de derrière un arbre et me projeta à terre.

Lentullus ne put me voir, mais il dut m'entendre tomber. Pour une raison que j'ignore, ma présence eut l'air de lui donner courage.

– On va faire comment pour discuter avec ces gars-là sans interprète, hein, Falco ?

Ce gosse était un parfait crétin...

Le monde cessa de tournoyer. Étant donné que ma réponse constituerait sans doute les derniers mots amicaux qu'il entendrait jamais, je n'eus pas le cœur à le rabrouer.

– Parle lentement, Lentullus, et souris beaucoup…

Il eut peut-être un peu de mal à comprendre. Difficile d'avoir l'air aussi dégourdi et plein d'assurance qu'à l'accoutumée quand on gît face contre terre en pleine forêt, le nez écrasé dans l'humus pourrissant, pendant qu'un gigantesque guerrier torse nu, qui ne pouvait pas avoir compris la plaisanterie, m'écrasait d'un pied le bas du dos en se payant ma tête à gorge déployée.

49

Bon sang, ce que je peux détester les grands baraqués rigolards à cervelle de linotte. Il n'y a jamais moyen de savoir s'ils vont seulement se moquer de l'adversaire, ou s'en moquer en s'esclaffant bien fort avant de lui trancher la tête d'un coup de hache…

Mon guerrier me releva plus ou moins à la verticale, me dépouilla de mes glaive et dague, qu'il toisa avec un rictus sarcastique mais conserva, puis m'expédia au fond du trou avec les autres. Là-dessus, ils encouragèrent Lentullus à sortir de là en le piquant du bout de leurs lances. Il fit d'abord sortir le chien, qui témoigna aussitôt sa loyauté en détalant.

Les joyeux drilles nous rangèrent l'un à côté de l'autre, puis examinèrent leur moisson tels des naturalistes comparant des insectes rares. Ces gars-là n'avaient pas l'air outrageusement évolués. Ils comptaient sûrement les pattes et antennes des bestioles en les leur arrachant. Des tics nerveux commencèrent à me faire tressauter des membres dont je n'étais même pas pourvu. Ils nous dominaient tous d'une tête. De même que le groupe qui ne tarda pas à les rejoindre en cavalant triomphalement, rapportant nos frères du camp. Ils détenaient notre Probus disparu et son compagnon de chasse au trésor. C'était eux qu'ils avaient sans doute trouvés les premiers.

Je scrutai le groupe avec inquiétude pour évaluer les dégâts. Helvetius, qui arborait un coquard, attaquait la phase terminale des jurons, et certaines recrues avaient dû se faire un peu cogner dessus. Le serviteur du centurion semblait avoir essuyé le pire, mais ce n'était pas forcément un signe de brutalité de la part des Bructères : l'homme était tellement minable qu'on ne pouvait que le tabasser. Les gars me racontèrent par la suite qu'ils s'étaient laissé capturer sans trop de résistance. Après tout, les raisons de notre expédition étaient censées être pacifiques. Les guerriers avaient brusquement surgi devant les tentes. Helvetius s'était acquitté du règlement comme il se devait en tâchant de discuter. Ce fut seulement quand notre groupe de soldats commença à se faire malmener qu'il donna l'ordre de prendre les armes. Il était alors trop tard. Nous n'avions jamais espéré tirer grand-chose du combat, surtout avec un si petit effectif et si loin de chez nous. Les guerriers avaient ensuite écumé les bois pour y traquer les égarés. Avec Lentullus et moi, ils disposaient manifestement de la panoplie au grand complet.

– Dis, Falco, où est-ce que…

– Quel que soit l'objet de ta question, *tais-toi !*

Justinus et Orosius n'étaient pas là. Ils représentaient désormais notre unique espoir, mais espoir de quoi, je n'osais y penser.

– Ne mentionne pas leurs noms… ne pense même pas à eux, des fois que l'idée se lise sur ton visage.

Ils étaient peut-être déjà morts, et nous nous attendions à y passer aussi sans tarder.

À mon immense soulagement, on ne nous emmena pas dans le bosquet. Du moins, pas tout de suite.

Il faisait complètement noir, à présent. On nous mena sans douceur en direction de la rivière, sans que nous atteignions jamais de berge. Ce fut à nouveau un soulagement. Pour peu qu'on me balance d'un quai en guise d'offrande sur le pouce à je ne sais quel dieu des eaux, je n'aurais plus qu'à remettre aussitôt mon âme entre ses mains d'algues. Ne sachant pas nager, je ne pourrais pas m'en sortir. Je n'avais guère d'espoir pour les recrues non plus, qui devaient avoir subi à peu près le même entraînement aquatique que moi.

Nous avancions péniblement, encerclés par les guerriers. Ces derniers semblaient plutôt réjouis d'avoir quelqu'un de qui se moquer. Ils ne nous firent pas plus de mal que ça, mais nous ne tentâmes pas non plus le diable jusqu'à leur demander qui était leur chef, ni quand nous ferions halte pour casser une croûte.

Au bout de ce qui nous sembla des heures, nous arrivâmes dans un village. Constructions rectangulaires de bois et torchis, aux toits fortement pentus plongeant presque jusqu'à terre. Quelques visages au teint pâle nous observant à la lueur de torches fumeuses. Un bœuf mugissant.

Nos gardiens nous menèrent jusqu'à une porte ouvrant sur le côté d'un bâtiment, et nous poussèrent dans une étable accolée à angle droit à la maison ou ferme principale. Le bétail en était parti depuis peu : nous le comprîmes à l'odeur. On nous poussa dans un lieu pourvu d'une travée centrale, de compartiments délimités par des poteaux, et de mangeoires contenant du foin. Tout au fond, il n'y avait pas de compartiments, mais un âtre vide. Nous entendîmes une lourde barre verrouiller la porte de l'extérieur. L'exploration de cette chambre d'amis repoussante ne prit guère de temps. Nous nous assîmes sur nos talons et examinâmes les alentours.

– Et maintenant, Falco ?

Nous venions d'atteindre le degré de catastrophe auquel les gens n'ont d'autre recours que de se tourner vers moi. Le moment où ils allaient sans doute me rappeler que l'expédition jusqu'à la Lupia était une idée à moi.

– On va attendre de voir ce qui se passe. (Mon ton n'était pas très assuré.) Cela dit, je ne pense pas qu'on nous demande lequel des avocats éminemment éloquents de la région nous souhaiterions engager.

– Comment ça se fait qu'ils ont su où nous trouver, Falco ?

– À mon avis, Dubnus les a prévenus.

Nous nous préparâmes à supporter une longue attente, sans guère d'espoir quant à l'issue.

– Peut-être qu'une belle vierge va venir nous apporter un seau de soupe, tomber amoureuse de moi et nous aider à prendre la fuite, lança rêveusement Ascanius, le pire maigrichon, le plus sordidement crasseux de tous nos jeunes soldats.

– Guère la peine d'attendre même un dîner, Ascanius.

À mi-longueur du bâtiment, il y avait un volet. Des enfants blonds l'ouvrirent et nous contemplèrent sans un mot, fascinés. Le manège lassa vite Helvetius qui se leva pour aller leur tirer le panneau de bois au nez. Il annonça que les grands guerriers étaient en train de discuter tranquillement en groupes. Il rentra vite la tête à l'intérieur, craignant que la vue de ses cheveux grisonnants de Romain ne leur donne des idées de meurtre.

Ils devaient attendre quelqu'un. L'individu en question arriva au bout d'à peu près une heure. Le brouhaha des discussions s'accrut, prenant une note plus enjouée. Tous poursuivirent leurs bavardages d'une manière qui me rappela ces repas lors desquels les membres de ma famille se chamaillaient quant à l'anniversaire de la grand-tante Atia, les uns le situant en mai, les autres en juin. Le meneur des débats lui-même dut en avoir par-dessus les oreilles, car en fin de compte, il ouvrit la porte à la volée et s'engouffra dans l'étable pour venir jeter un coup d'œil à ses prisonniers.

Il devait avoisiner les 50 ans. À mesure que ses cheveux blond-roux se clairsemaient et blanchissaient, il avait dû en accroître la longueur pour compenser. De longues mèches pendaient dans son sillage. Xanthus aurait été épouvanté. L'homme avait aussi une longue moustache qui avait grand besoin d'une pommade nourrissante, surmontée d'un nez rouge bulbeux et d'une paire d'yeux d'un gris pâle plutôt délavé. C'était un costaud à tous les égards : larges épaules, gros os, grosse tête, grandes mains. Il portait un pantalon de laine marron, une tunique à manches longues, une cape verte et une broche ronde en or, qui non seulement épinglait le tout, mais se soulevait et s'abaissait de façon spectaculaire, soulignant à quel point son torse se gonflait à chaque inspiration. Certains des autres avaient peut-être l'air mal nourri, mais ce gaillard-là était en forme.

Sa garde personnelle le suivait. Des hommes plus jeunes, qui auraient tous pu poser en guise de modèles pour la statue du Noble Barbare à condition qu'on les engraisse un peu et qu'on leur apprenne à arborer un regard celte lourd d'amertume. En l'état, ils avaient le regard aussi vide que n'importe quel jeune villageois. Pour la plupart, ils se passaient de tunique, histoire de prouver à quel point ils étaient résistants – ou pauvres. Ils crachaient beaucoup par principe, et nous adressèrent des regards flambants chaque fois qu'ils se souvinrent qu'ils étaient là pour afficher leur mépris envers les prisonniers. Tous étaient équipés d'immenses épées germaines, apparemment destinées à leur servir d'appui pendant que le chef s'occupait. Ce dernier avait l'air du type toujours à deux doigts de repartir baguenauder à quelque autre affaire, et sa mine légèrement illuminée lui conférait du caractère. Même à Rome, il arrive que cette lueur un peu dérangée fonctionne en faveur d'un candidat aux élections.

Nous nous sentions abattus et gênés ; aussi, voyant que le chef ne faisait pas mine d'engager la conversation, restâmes-nous où nous étions, assis en rang de part et d'autre de la travée. Nous le laissâmes se balader d'un bout à l'autre. Aucun de nous ne dit mot. Nous avions faim, sommeil, et le laissions transparaître, sans aller jusqu'à afficher notre désarroi. Un individu doté d'une fière souche romaine qui le galvanise est capable d'avoir l'air belliqueux, même accroupi dans soixante centimètres de fumier tassé. En tout cas, Helvetius y parvint. Il est vrai qu'il avait l'avantage d'être centurion, grade de snob.

Le chef était quelqu'un qui marchait lentement, d'un pas qui ébranlait le sol. Il alla et vint, puis se retourna vers nous. Il émit un petit bruit dental sec, comme s'il crachait un pépin de framboise. Cela semblait être son appréciation de notre groupe, or elle exprimait audiblement du mépris. Je m'étonnai qu'il ait trouvé deux dents entre lesquelles cracher ce son, car de grands trous bien visibles ponctuaient ses gencives.

– Quelqu'un devrait lui dire de pas faire ça, lança Ascanius d'un ton sarcastique. C'est sûrement comme ça qu'il a perdu les autres.

Le regard du chef s'arrêta sur notre plaisantin. Nous nous rendîmes tous compte qu'il avait compris.

Je me levai pour servir de porte-parole.

– Nous venons en amis, annonçai-je. (M. Didius Falco, l'éternel innocent plein d'espoir.) Nous sommes en route pour aller voir Veleda, votre célèbre prophétesse.

Le nom de Veleda produisit autant d'effet que si je tâchais d'intéresser un charognard aux vertus de la salade.

– Vous venez en amis ? (Le chef dressa le menton, croisa les bras. La pose faisait un peu cliché, mais en la circonstance, il y avait droit.) Des Romains en Germanie libre. (Son accent latin était épouvantable, mais assez bon quand même pour se payer la tête d'un groupe de renégats prisonniers.) Vous n'avez pas la parole. Nous sommes les Bructères, nous apprit dédaigneusement le chef. *Nous, on l'a !*

Il émit à nouveau son petit bruit dégoûté, puis sortit à grandes enjambées.

– Ce coup-là, c'est sûr, lança l'incorrigible Ascanius, il va annuler la vierge. Pas de dîner ce soir, les gars !

Et il avait raison, en plus.

50

La belle vierge devait avoir à faire le lendemain, car elle nous envoya sa sœur à la place. Cette dernière était galbée comme un piquet de tente, aussi jolie qu'un cul de rocher, et dépourvue de personnalité. Cela ne nous aurait sans doute pas démoralisés si, pour couronner le tout, elle n'avait pas été la plus mauvaise cuisinière des deux.

– Merci, ma chère, saluai-je courtoisement pendant que les autres faisaient la grimace. Nous sommes ravis de faire ta connaissance, ainsi que celle de ta gracieuse marmite de bouillie.

Elle avait apporté quatre écuelles pour vingt-deux, ainsi qu'un chaudron de métal tiède plein d'une sorte de gruau gluant.

Sans prêter attention à mes propos, elle sortit d'un pas pesant. J'affirmai que je préférais les femmes qui ne se font pas trop remarquer. Le petit déjeuner était une expérience telle que chacun devrait en vivre une fois dans sa vie, afin de bien savoir par la suite que, quoi qu'on pioche dans une poêle, ça pourrait être pire.

Cette branche-là des Bructères se composait de lève-tard. Nous nous trouvions dans un petit hameau endormi qui se serait prêté idéalement à une convalescence, si les gens nous avaient témoigné plus de chaleur. En fin de matinée seulement, nous parvint l'écho de quelque activité.

– À vos marques, les gars, il se passe quelque chose…

Postés derrière le volet, nous constatâmes que des estafettes avaient été renvoyées jusqu'à notre camp pour le piller.

Helvetius et moi écartâmes les autres pour nous installer le temps de faire le décompte de nos effets et montures.

– Je compte six chevaux et une tente qui manquent…

– Plus le coffre de monnaie, les javelines…

– Sans doute quelques rations, et l'équipement personnel du tribun…

– Oh ! il fera son chemin ! murmura Helvetius avec fierté. C'est un sacré garçon, par Mithras !

Les apparences semblaient indiquer que Camillus Justinus allait au moins être en mesure de rendre compte à Rome de la façon dont les Bructères nous avaient capturés : il avait des vivres, des chevaux, et un compagnon en la personne d'Orosius. Les guerriers barbares n'étaient plus sur la défensive maintenant qu'ils nous détenaient, ils ne surveilleraient pas les alentours. Le tribun devait pouvoir s'enfuir. C'était le mieux que nous puissions espérer. Que pouvions-nous attendre d'autre de la part d'un jeune officier de noble éducation, secondé par une recrue passablement abrutie ?

Normalement, quelque chose d'idiot – d'après Helvetius.

L'arrivée des chevaux marqua un changement pour nous. Le bon aspect en fut que nous allions dire adieu à notre étable puante ; les mauvais côtés, que nous abandonnions nos effets derrière nous, qu'Ascanius perdait toute chance de courtiser la fille de la bouillie, et que les Bructères se déplaçaient à cheval… *nos* chevaux. Ils nous faisaient courir à côté, à pied. C'étaient des cavaliers véloces. Et l'endroit où ils nous amenaient, où qu'il soit, se révéla à plusieurs jours de distance.

– Voyons les choses avec optimisme : nous allons

vers l'ouest, en tout cas. Ils pourraient nous conduire encore plus avant vers l'intérieur… Chaque kilomètre parcouru nous rapproche des nôtres.

– C'est loin d'ici Rome, Falco ?

– Par Jupiter, ne me demande pas !

Sitôt que les Bructères se lassèrent de nous mener tel un troupeau d'oies avec force sifflements énervants et coups répétés de bâtons épineux, nous nous rangeâmes en formation classique et leur montrâmes comment marchent les bâtisseurs d'empires. Nos gars eux-mêmes étaient tout à coup pénétrés du sens de l'ordre. Je m'inquiétais pour le serviteur du centurion, mais il s'avéra qu'au bout de vingt ans dans l'armée, il était non seulement capable de faire défiler des kilomètres sous ses semelles, mais qu'il arrivait à se plaindre en même temps.

Nous allâmes jusqu'à chanter. Nous inventâmes un petit air de marche dont les paroles commençaient par : « *Oh ! que j'aime ma gamelle avec mon nom gravé dessous…* », après quoi les couplets suivants détaillaient les nombreux articles d'une panoplie de légionnaire – il y a amplement le choix –, pour arriver finalement à la petite amie, après quoi la forme restait la même, mais nous ajoutions quelques obscénités en contrepoint. Les gars adorèrent. Ils n'avaient encore jamais inventé leur chanson.

– Ça, c'est une super aventure, Falco, hein ?

– Et comment : marécages, forêts, fantômes, clairières pleines de crânes, crasse, trouille et ventre vide ; et tout le monde finit esclave…

– Moi, ce que je crois, centurion, c'est que les gens qu'on en parle jamais vont venir à la rescousse. Qu'est-ce t'en dis, toi, centurion ?

Helvetius donna son avis en un mot. Scatologique.

Je répondis qu'à supposer que ceux dont nous ne parlions jamais aient fait ce qui s'imposait raisonnablement, et détalé en direction des nôtres aussi vite que leurs chevaux pouvaient galoper, j'étais prêt à envisager des suggestions concernant notre propre rescousse. Personne n'en formula.

Nous chantâmes encore trente couplets de l'air de la gamelle, histoire de faire croire aux Bructères à cheveux roux qu'ils n'arriveraient jamais à faire perdre courage à des Romains. Ainsi, les pieds gonflés d'ampoules et nos inquiétudes aussi bien dissimulées que possible, nous arrivâmes dans une grande clairière sur la berge, où d'autres Bructères étaient assemblés près d'une tour singulièrement haute.

Au pied, dans quelques jolies petites maisons de torchis, vivait un groupe de guerriers efflanqués qui avaient trouvé le moyen de se dénicher de sacrées quantités de bracelets en or et fibules ornées de pierres. Cette bande miteuse ressemblait aux voleurs de chevaux qui vivent dans les marais pontins et tirent leur subsistance de la fabrication de pots à anses martelés. Ils avaient le regard aussi fuyant que je l'avais entendu dire, pourtant chaque homme du groupe possédait un superbe torque, une ceinture ornée de beaux émaux, et divers poignards en argent ou bronze. Contrairement à tous les autres, ils portaient plusieurs couches de vêtements et des bottes surdimensionnées. Ils élevaient de très jolis chiens de chasse en guise d'animaux domestiques, et le dernier modèle de chariot couvert était garé en évidence devant leur enclos.

Ce groupe d'hommes maigres, au long menton, n'était pas intimidant : leur pouvoir à se faire offrir de riches présents devait tenir exclusivement à des relations. Lorsqu'ils réclamaient quelque chose en pleurnichant, personne ne pouvait regimber. Personne, parmi les Bructères, n'en avait envie. Car ces hommes étaient indubitablement membres de la famille de Veleda.

On nous ligota tous ensemble, en nous laissant toutefois la possibilité d'aller et venir.

Nous piquâmes droit sur l'endroit où la prophétesse devait habiter. J'aurais dû comprendre dès le départ. Depuis quand les tribus celtiques bâtissaient-elles de hautes tours ? Veleda s'était nichée dans un ancien poste de guet romain.

Quelques modifications avaient été apportées à cet édifice désormais ironique. La plate-forme du sommet, où se postait le guetteur et où l'on allumait les fanaux, existait encore, mais elle avait été surélevée un peu plus à l'aide de murs clayonnés, puis dotée d'un charmant petit toit de rondins. Le quasi renversement de l'Empire avait bel et bien été orchestré du haut de nos propres constructions. Nous nous détournâmes, écœurés.

Les affluents de la Lupia se jetaient dans le cours principal loin en amont, si bien qu'à ce niveau la rivière était assez large pour être navigable. Le long des berges, étaient amarrées diverses embarcations indigènes, au nombre desquelles bateaux à hauts flancs pourvus de voiles en cuir, houaris et coracles. Un navire beaucoup plus grand, largement plus important, était également au mouillage, l'air curieusement incongru. Nos gars le contemplaient, captivés, sans prêter attention aux cris des gardes, et ne cessaient de retourner dans sa direction, de se dévisser la tête pour le regarder. J'avais oublié que nombre d'entre eux étaient originaires de la côte adriatique.

– C'est un Liburne !

Les Liburne sont des navires de guerre légers, rapides, à double rang d'avirons, dérivés des bateaux pirates méditerranéens et très utilisés au sein de la flotte romaine. Celui-ci était orné d'une figure de proue à l'effigie de Neptune, et d'une élégante cabine à l'arrière. Il flottait, bien que la moitié des avirons aient été volés et que le gréement ait l'air sacrément emmêlé. Rien n'indiquait que la prêtresse l'entretienne en vue d'y donner des pique-niques aquatiques. Le navire devait traîner là depuis des mois.

– Ça doit être le vaisseau amiral que Petilius Cerialis s'est fait faucher sous le nez, lançai-je.

– Il est beau, nom d'un chien. Comment il a pu laisser faire un truc pareil, Falco ?

– Il était au lit avec sa chérie.

– Oh, Falco !

– Peu importe la négligence du général. Tout comme sa magnifique galère, on nous a sans doute amenés ici en guise de cadeaux à la prophétesse. Alors taisez-vous, restez ensemble, et tâchez d'ouvrir l'œil et de repérer les ennuis. Le dernier cadeau qu'ait reçu la dame, c'était un Romain vivant que personne n'a jamais revu. Ce pauvre diable a passé l'arme à gauche, aussi sûr que l'hydromel fait roter les héros.

J'entretenais toutefois le vague espoir de finir par tomber sur Lupercus, le légat disparu, et découvrir qu'il s'était transformé en indigène et vivait ici tel un prince avec Veleda. Espoir si vague qu'il me donnait une légère nausée. Je ne connaissais que trop bien l'alternative plausible. Et je savais qu'elle nous allait comme un gant.

– Dis, Falco, à cette heure, elle est perchée dans la tour, la prophétesse ?

– Je n'en sais rien.

– Tu vas demander à la voir ?

– Je ne pense pas qu'on m'en donnerait l'autorisation. Mais je veux juger de la situation avant de parler.

– Ouh là, va pas monter dans cette tour, Falco. Tu risques de jamais en redescendre.

– Je n'oublierai pas le conseil.

Le rassemblement des Bructères avait l'air d'un événement organisé d'avance.

Les responsables du buffet devaient en baver. Les tribus celtiques sont connues pour prolonger les rendez-vous jusqu'à trois jours avant et après la date fixée. Un festin se déroulait ici autour de frustes tables sur tréteaux. L'installation avait l'air quasi permanente. Cela servait sans doute à passer le temps en attendant qu'un quorum potable daigne faire son apparition. Je me demandai qui avait lancé les invitations à cette assemblée à la bonne franquette. Je tâchai ensuite de ne pas me demander en quoi ladite assemblée nous concernerait.

Notre groupe, intéressante ribambelle de prisonniers, déclenchait des bouffées d'enthousiasme. Les hommes qui composaient la suite d'autres chefs se sentaient obligés de fanfaronner en essayant de défier la troupe victorieuse du nôtre. Cela se faisait comme d'habitude au moyen de gestes agressifs et menaçants à notre égard, auxquels nous ne prêtions pas attention, alors que de toute évidence nos guerriers barbares n'avaient pas l'intention de nous laisser tourmenter par quelqu'un d'autre quand ce privilège leur était dévolu. Puisque nous accordions désormais un intérêt possessif au groupe que nous connaissions, nous les encourageâmes de la voix et réussîmes à déclencher une belle et vigoureuse bagarre. Aucun de nos guerriers n'eut l'air reconnaissant de nos encouragements : ils finirent d'ailleurs tous par se lasser de l'exercice et prirent place pour festoyer.

On nous nourrit aussi, chichement. Les guerriers engloutissaient des mets rustiques, mais de bon cœur : miches de pain, fruits, gibier rôti et poisson, me sembla-t-il. Pour nous, le cuisinier avait pris la peine de préparer une autre variété de la spécialité de bouillie : on se serait cru en train de manger du catasplasme. Il y avait à boire – un genre de jus de canneberge fermenté –, mais j'avertis les gars de ne pas en abuser car il se pouvait qu'il faille garder l'esprit clair pour la suite. On décréta les femmes largement au-dessus de notre sœur de vierge : la fille qui apporta la jarre de jus méritait véritablement un brin de cour. J'ordonnai aux gars de laisser tomber ça aussi, ce qui me valut d'être voté à l'unanimité le type le plus antipathique du groupe.

Le temps s'écoulait. Je m'adossai à un arbre et réfléchis à la chose : le temps ne semblait pas avoir de véritable importance. Pouvait-on attendre le contraire de la part de tribus sans pouvoir qui n'avaient certes pas inventé le cadran solaire, et encore moins importé de clepsydre italienne susceptible de gouverner implacablement leurs heures libres ? Dieux tout puissants, ces sauvages avaient l'air de croire que la vie se bornait à faire ce qui nous passait par la tête, et à en profiter dès qu'on le pouvait. S'il advenait qu'un jour les principes ascétiques de la philosophie grecque arrivent à se propager jusqu'au fond de ces forêts flemmardes, les gens se préparaient une sale surprise. D'ailleurs ils étaient tellement peu organisés que ce n'était pas étonnant que les fils et le petit-fils adoptif du grand Auguste n'aient jamais réussi à les mettre suffisamment au pas pour organiser un défilé de reddition correct à Rome. Rome éduquait les gens des tribus de façon très systématique : mais il fallait d'abord les faire asseoir et leur expliquer les avantages de la manœuvre. En l'occurrence, c'étaient les Bructères qui *nous* faisaient asseoir et attendre. Et nous prenions ce manquement à l'étiquette diplomatique de très haut.

Il ne se passait rien. Rien n'indiquait vraiment que quiconque s'attende à ce qu'il se passe quoi que ce soit. De fait, l'assemblée tout entière n'avait aucun sens à nos yeux. Nous étions à l'écart, ligotés ensemble en un lamentable écheveau et guettant le moindre événement officiel avec une impatience bouillante, quand bien même l'événement en question devrait se révéler notre jugement.

Ascanius décocha un clin d'œil à la fille de la jarre. Elle ne lui accorda aucune attention. Il tenta alors d'attraper le bas de sa fruste jupe de laine. Voyant cela, elle lui vida le reste de la jarre sur le crâne avec l'air d'avoir déjà connu ça. Certaines choses se passent partout pareil.

Quand je la vis se détourner le menton joliment dressé, je lui adressai un sourire las, à quoi elle me répondit d'un vrai beau et franc sourire. Je regagnais du prestige.

Regarder les autres festoyer est une pratique impitoyable.

Le temps continuait à s'écouler. Le soir approchait. En dépit de ce que Dubnus m'avait raconté à propos du comportement germanique à l'égard de l'alcool, le vin de canneberge comptait manifestement au nombre des potions locales à effets insidieux. Ma grand-tante Phœbe confectionnait une potion du même genre à base de myrtilles, qui déclenchait régulièrement des rixes saturnales. Ils auraient aimé ça, ici. Le bourdonnement des voix ne tarda pas à s'enfler en débats plus venimeux. Comme partout ailleurs, la plupart des femmes décidèrent que s'il devait y avoir des disputes, elles s'en iraient marmonner entre elles un peu plus loin.

Quelques dures à cuire restèrent – les laissées-pour-compte de la vie, manifestement. Elles semblaient encore plus avinées que les hommes. Ces derniers, qui avaient apparemment absorbé leur lourde mixture rouge sans ciller, étaient à présent tout luisants de fureur. On assenait des opinions, signe toujours dangereux. Des opinions plus écrasantes encore étaient proférées en retour à voix pâteuses, embarrassées, bientôt ponctuées de grands coups sur les tables. Puis notre chef se dressa sur ses jambes vacillantes avec une légèreté d'ivrogne et se lança dans un discours enflammé. Visiblement, un vote allait suivre.

Ma foi, nous aurions naturellement apprécié que notre homme se révèle un ardent orateur : tout prisonnier aime à savoir qu'il s'est fait capturer par un adversaire valeureux. Le seul problème tenait à ce que, d'évidence, à voir les regards farouches qui se décochaient dans notre direction, l'enjeu du débat n'était autre que notre sort. Nous eûmes clairement l'impression, en outre, que le chef cracheur de pépins avait décidé de rehausser son prestige en faisant cadeau de ses prisonniers pour qu'ils servent au prochain sacrifice humain dans je ne sais quel bosquet sacré.

Ce fut un long discours – l'homme aimait causer. Peu à peu, le vacarme changea : les guerriers se mirent à cogner leurs lances contre les boucliers. Je compris ce que cela signifiait.

Les claquements de boucliers prirent de l'ampleur, de la vitesse. Spontanément, nous nous resserrâmes les uns contre les autres. Une lance, expédiée avec beaucoup d'adresse, se ficha en vibrant dans l'herbe, à nos pieds.

Le vacarme décrut. Il atteignit le niveau le plus proche du silence qu'on puisse attendre de la part d'un grand groupe d'individus épuisés par la ripaille et les querelles. L'attention se concentra peu à peu.

Une cavalière était entrée dans la clairière, montant un cheval blanc à cru, sans rênes.

51

Helvetius m'empoigna le bras.

– Dix contre un que c'est la prophétesse.

– Je ne parie pas, mec.

Deux des échalas chargés des contacts avec les visiteurs marchaient aux côtés de l'animal qui s'avançait en caracolant. Sans la cavalière qui le montait, je l'aurais pris pour un cheval sauvage : de petite taille, doté de longs poils et d'yeux déments. Chacun des échalas avait la main posée sur la crinière pour guider la monture et semblait nerveux, mais on sentait indéniablement qui les commandait, et commandait de surcroît le cheval sauvage.

Veleda mit pied à terre parmi ses gens. Claudia Sacrata avait affirmé que les hommes la trouvaient belle. Claudia avait dit vrai. Notre groupe comptait vingt-deux hommes, et nous étions tous du même avis.

Elle était grande, calme et pleine d'assurance. Elle avait ce teint pâle qui donne l'air faible et chochotte aux hommes, énigmatique aux femmes. Sa cascade de cheveux d'or clair lui tombait jusqu'aux reins, magnifiquement entretenue. Helena aurait affirmé qu'une femme qui passe le plus clair de ses journées toute seule dans une tour a largement le temps de se peigner. La prophétesse portait une robe pourpre sans manches, et son buste bien développé attirait irrésistiblement l'œil vers l'encolure plongeante et les emmanchures lâches. Elle avait les yeux bleus. On y lisait, par-dessus tout, la confiance que confère le pouvoir.

Je tâchai de déceler ce qui lui avait valu son rang insigne. Elle semblait altière mais pleine d'assurance. Apparemment, elle devait savoir non seulement prendre des décisions, mais aussi convaincre les autres que les décisions en question étaient les seules possibles. À nos yeux, elle incarnait la malédiction. La prophétesse des Bructères était âgée pour une jeune fille, et pourtant trop jeune pour qu'on la taxe de femme mûre. Aux yeux de Rome, elle avait le pire âge qui soit. Elle en savait trop pour nous pardonner, et trop peu pour se lasser de nous combattre. Je compris d'emblée que nous n'avions rien à lui offrir. Helvetius comprit, lui aussi.

– Bien notre chance, Falco. Espérons pour nous qu'on ne se pointe pas sur le pas de sa porte au mauvais moment du mois.

J'avais cinq sœurs et une petite amie qui envoyaient tout valser quand cela leur chantait : j'avais appris à esquiver. Mais je commençais à me dire que cette dame-là risquait de décréter que quel que soit le jour où elle devrait négocier avec des Romains, ce serait un mauvais jour. Conséquence de la mauvaise alimentation et du manque de sommeil, je sentis une boule se former au creux de mon estomac.

Elle s'avançait parmi les festoyeurs comme si elle était en train de les saluer. En tant qu'hôtesse, elle n'était ni hautaine, ni dégoulinante de séduction. Elle se montrait ouverte, et cependant pleine de retenue. Nous ne la vîmes pas manger – cela contribuait à son prestige : aucun besoin de se sustenter –, mais elle leva une coupe à la santé de l'assemblée tout entière, après quoi applaudissements et vivats éclatèrent de plus belle. Tandis qu'elle circulait entre les tables, les gens lui parlaient d'égal à égal, mais écoutaient ses réponses avec beaucoup d'attention. Je ne la vis rire qu'une fois, avec un guerrier qui devait avoir amené son fils adolescent pour la première fois à un tel rassemblement. Elle passa ensuite quelques minutes à discuter tranquillement avec le garçon, qui semblait tellement impressionné qu'il parvenait tout juste à lui répondre. Les gens lui remettaient des cadeaux. Le guerrier qui m'avait capturé lui offrit mon couteau.

Notre chef nous désigna d'un geste. Elle dut le remercier de ce présent. Elle tourna la tête une fois dans notre direction, et nous eûmes l'impression qu'elle savait tout de nous sans que personne l'ait renseignée.

Elle approchait.

Je rompis à deux mains la corde qui me liait aux autres, puis je m'avançai à la rencontre de la prophétesse… pas trop près, pour ne pas écoper d'une lance en travers de la gorge. Elle était plus grande que moi, portait un splendide torque fait d'un alliage d'ors tressés, moins lourd que la plupart mais plus ouvragé : on aurait dit un bijou ibère. Ses boucles d'oreilles étaient grecques : des croissants d'or piqueté d'une extrême finesse, ravissants. De même que sa belle peau claire. L'espace d'un instant, j'eus l'impression d'approcher n'importe quelle fille séduisante qui aurait eu de la chance à la loterie de l'héritage. Puis je perçus la pleine mesure de sa personnalité. De près, la première impression était celle d'une redoutable intelligence, incisive et clairvoyante. Le regard bleu semblait attendre de croiser le mien. Parfaitement fixe. Jamais encore je n'avais éprouvé cette sensation d'avoir affaire à quelqu'un d'entièrement original.

Dangereuse par-dessus tout : son intégrité. Le cirque de tâcherons qui l'entourait se composait peut-être de charlatans, mais Veleda elle-même était à part, lumineuse, hors d'atteinte de leurs éclats tapageurs.

Je m'adressai au chef :

– Dis à ta prophétesse que j'ai fait tout le trajet depuis Rome pour lui parler.

À ma surprise, pas une arme ne fut tirée du fourreau, tous semblaient attendre le signal de Veleda. Elle n'en donna pas. Le chef ne répondit pas à ma demande non plus.

– Dis à Veleda, insistai-je, que je souhaite parler avec elle au nom de César !

Elle esquissa un geste agacé, sans doute en m'entendant prononcer le nom haï et craint de César. Le chef dit quelque chose dans leur langue. Veleda ne lui répondit pas.

La diplomatie est déjà ardue lorsque les gens tiennent compte des efforts de l'interlocuteur. Je perdis patience.

– N'aie pas l'air aussi hostile, dame prophétesse…

ça enlaidit ! (Maintenant que je m'étais lancé sur ce ton-là sans me soucier du fait qu'elle comprenne ou pas, ç'aurait été lamentable de m'en tenir là.) Je suis venu en ami. Comme tu pourras le constater en les observant un peu, les soldats qui m'accompagnent sont très jeunes et timorés. Nous ne représentons pas une menace pour les puissants Bructères.

De fait, l'expérience vécue – ainsi peut-être que l'exemple donné par des coriaces comme Helvetius et moi – avait visiblement endurci nos gars.

Mon discours semblant tout de même éveiller un vague intérêt hautain de la part de Veleda, je poursuivis hâtivement :

– Ce n'est pas très drôle de mener une mission de paix que personne n'a réclamée. J'espérais avoir l'occasion de connaître votre légendaire hospitalité germanique, mais la situation dans laquelle nous nous retrouvons me déçoit…

D'un geste, je désignai à nouveau le reste de mon groupe. Tous se rassemblèrent plus étroitement derrière moi. Cette fois-ci, un guerrier, sans doute ivre, se méprit sur nos intentions et bondit en avant d'un air belliqueux. Veleda ne cilla pas, mais quelqu'un retint l'homme. Je poussai un soupir.

– J'aimerais pouvoir dire que la communication n'a pas l'air d'être le point fort de ta tribu… mais ce que tes hommes projettent est douloureusement évident. Si tu refuses d'écouter ce que je suis venu te dire, alors je te demande simplement une chose : laisse-moi repartir avec mes compagnons pour annoncer à notre empereur que nous avons échoué.

La prophétesse me contemplait toujours, sans un geste. En dépit de moult années de conversations ardues, il me sembla qu'à présent je touchais le fond. D'un ton volontairement plus léger, je lançai :

– Si vraiment tu envisages de faire de nous des esclaves, je te préviens que mes soldats sont des gars du bord de mer, des pêcheurs. Ils ignorent tout du bétail, et il n'y en a pas un qui sache labourer. Quant à moi, je sais à la rigueur me débrouiller d'un carré de potager, mais ma mère ne tarderait pas à te dire que je ne vaux rien pour les travaux domestiques…

J'avais réussi :

– *Silence !* lâcha Veleda.

J'avais réussi au-delà de mes espérances.

– D'accord. Je suis un gentil Romain, princesse. Quand une femme me parle avec fermeté en latin, je fais ce qu'elle me dit.

Nous progressions, désormais. Comme d'habitude, nous le faisions dans une direction qui ne me disait rien de bon.

La prophétesse esquissa un sourire désabusé.

– En effet, je parle ta langue. Ça semble nécessaire. Quel Romain a jamais pris la peine d'apprendre la nôtre ?

Elle parlait d'une voix forte, égale, vibrante, qu'on aurait pu avoir plaisir à écouter. Je n'étais plus étonné. Tout ce qu'elle faisait ou disait semblait évident. Bien entendu, lorsque les commerçants venaient, elle souhaitait entendre les nouvelles qu'ils apportaient et veiller à ce qu'ils ne la grugent pas. Il en allait de même de tous les envoyés qui se glissaient hors des bois.

J'avais acquis quelques notions de celte en Bretagne, mais une telle distance s'étendait entre les tribus de là-bas et celle-ci que le dialecte glané était différent, inutile ici. Je me rabattis sur les habituels rites dégradants de la diplomatie :

– Ta civilité nous plonge dans l'embarras.

Les mots semblaient droit sortis d'une pièce burlesque traduite d'après un mauvais original par je ne sais quel poète salarié de Tusculum.

– J'aimerais complimenter la prêtresse Veleda sur sa beauté, mais je crois qu'elle préférerait m'entendre louer ses talents et son esprit…

La prêtresse Veleda parla dans sa propre langue, tranquillement. Ce qu'elle dit fut bref, et son peuple se mit à rire. L'expression était sans doute plus vigoureuse, mais le contenu devait être : *Cet individu me fatigue.*

Au temps pour la diplomatie.

Veleda dressa le menton. Elle se savait impressionnante, mais ne se donnait pas la peine d'utiliser sa beauté.

– Qu'es-tu venu dire ? lança-t-elle.

La question était directe. Cela dit, il m'était absolument impossible de répondre tout simplement : « Où est Munius, et veux-tu, je te prie, empêcher tes guerriers d'agresser Rome ? »

Je tentai le grand sourire franc.

– Je n'ai pas l'avantage dans cet échange !

Un petit farceur avait déjà dû lui sortir ce sourire-là par le passé.

– Tu n'as que ce que tu mérites.

Sa réponse m'évoqua une autre fille à poigne avec laquelle je m'étais souvent disputé.

– Ce que Vespasien m'envoie dire est crucial pour nous tous, Veleda. Ça ne peut pas se larguer sur la place publique comme une bordée de jurons dans un concours d'ivrognes. Toi, tu parles au nom de ta nation…

– Non, coupa-t-elle.

– Tu es la prêtresse vénérée des Bructères…

Veleda sourit sans un mot, d'un sourire absolument intime, dépourvu de toute connivence, qui lui donna l'air inaccessible. Puis elle répondit :

– Je suis une femme célibataire qui vit dans la forêt avec ses pensées. Les dieux m'ont donné des connaissances…

– Tes actes ne s'oublieront jamais.

– Je n'agis pas. Je me contente de donner mon avis quand les gens me le demandent.

– Dans ce cas, tes seuls avis te confèrent de vastes pouvoirs de meneuse ! Nie tes ambitions si tu veux, mais Civilis et toi avez quasiment régné sur l'Europe. Et quasiment ravagé l'Europe. Tes avis ont embrasé le monde entier comme la foudre. Peut-être avais-tu raison, mais le monde a besoin de répit à présent. Le combat est terminé.

– Le combat ne sera jamais terminé.

La simplicité avec laquelle Veleda énonça ces mots m'alarma. Si elle avait tout bonnement couru après le pouvoir comme cela se fait, ces guerriers braillards lui auraient ri au nez, et Civilis aurait été son adversaire et non son partenaire. Elle aurait sans doute réussi à dresser une fois ou deux la populace à l'aide de discours virulents, mais d'eux-mêmes, les Bructères l'auraient probablement mise au ban. Jusqu'au héros Arminius que son propre peuple avait fini par déposer. Un meneur ne recherchant pas les avantages du pouvoir était un phénomène incompréhensible à Rome. Ici en revanche, le dédain manifesté par la prêtresse à l'égard de toute ambition accroissait sa force.

– Il est terminé, insistai-je. De son côté, Rome en a

terminé. Combattre aujourd'hui, c'est se précipiter contre un mur. On ne peut pas écraser Rome.

– Nous l'avons fait. Nous le referons.

– C'est du passé, Veleda.

– Notre heure viendra à nouveau.

Si assuré que soit mon ton, Veleda était sûre d'elle aussi. Elle se détournait à nouveau. Je refusai de me laisser réduire au silence par une femme qui me tournait le dos. Toute ma vie d'adulte, je l'avais passée à me faire traiter par les femmes comme un esclave de bains publics qui ne méritait pas de pourboire.

N'ayant rien à perdre, je me risquai à placer le débat sur un plan personnel :

– Si c'est ça, l'Empire gaulois tant vanté, je ne suis pas convaincu, Veleda. Civilis a mis les bouts, et tout ce que je vois ici, c'est une clairière en pleine forêt où se joue le même genre de spectacle à la noix que dans n'importe quelle foire aux chevaux. Une fille qui meurt d'envie de jouer son numéro, qui s'efforce de se faire un nom… et qui s'aperçoit en plus que sa réussite lui ramène tous les pique-assiettes de la famille qui attendent qu'elle leur fournisse un boulot… Je suis navré pour toi. Ton sort a l'air encore moins enviable que le mien.

À en juger d'après leurs physionomies impassibles, les parents de la dame étaient encore plus bouchés que je l'avais cru, ou alors ils n'avaient pas eu droit au même professeur de latin.

Elle se retourna face à moi. Fierté familiale, à mon avis. Je poursuivis plus calmement :

– Pardonne mes sarcasmes. Mes compatriotes ne sont peut-être pas très recommandables, mais ils me manquent.

La prêtresse n'eut pas l'air de saisir que les Romains étaient eux aussi des êtres humains. Mais j'avais sans doute capté son attention.

– Ton influence repose sur ta juste prophétie, d'après laquelle les légions romaines seraient détruites. Exploit facile. N'importe qui ayant suivi les bagarres pour le poste d'empereur pouvait se rendre compte que la mainmise romaine sur l'Europe était en danger. Il n'y avait que deux pailles, tu as tiré la bonne. Mais ça ne marchera plus, désormais. Rome maîtrise à nouveau la situation. Une fois la suprématie rétablie, Petilius Cerialis a emmené ses hommes le long de la rive gauche du Rhenus, depuis les Alpes jusqu'à l'océan de Bretagne, et les ennemis de Rome ont succombé tout le long du chemin. Où est ton Civilis triomphant, à présent ? Au fond des mers, sans doute.

La version officielle de la marche victorieuse de notre commandant aurait sans doute plu à son accueillante maîtresse de Colonia, mais elle n'était pas de taille à impressionner une femme avisée et hautaine, qui pouvait contempler le vaisseau amiral de Cerialis amarré à sa jetée personnelle. Mais Veleda savait aussi bien que moi que, tout en étant mal organisé, Cerialis avait enlevé des victoires lui aussi.

– J'ai entendu dire, lança la prophétesse comme si elle espérait savourer ma déconfiture, que notre ami Civilis s'est teint les cheveux en rouge.

Voilà ma foi qui constituait une aubaine inespérée. Je n'aurais pas osé attendre de nouvelles. Et ça ne laissait pas entendre que le rebelle se cache ici.

– Il n'est pas avec toi ?

– Civilis ne se sent chez lui que sur la rive gauche du fleuve.

– Même pas dans l'Île ?

– Par les temps qui courent, non.

– Rome va recoiffer Civilis. Le problème qui se pose à présent est le suivant, ingénieuse prophétesse : auras-tu le courage de te rendre compte que les légions ne furent *pas* vaincues, et œuvrent à la reconstruction du monde que nous avons tous bien failli perdre ?

J'étais à court d'arguments. La prophétesse était toujours tellement calme que j'avais l'impression de manger du caillou.

– La décision, lança-t-elle, appartient aux Bructères.

– C'est pour ça qu'ils sont là aujourd'hui ? Cesse de mener cette vie de folle qui t'oppose à Rome, Veleda. Les Bructères, de même que les autres peuples, t'écouteront.

– Ma vie n'a aucune importance. Ce sont *les Bructères* qui ne voudront pas cesser la lutte !

Je regardai les Bructères qui m'entouraient, et m'émerveillai qu'ils aient jamais écouté quiconque.

Veleda demeurait aussi altière qu'un oracle grec ou qu'une sibylle. Son numéro, avec sa tour, tenait tout autant du spectacle que les rituels terrifiants des devins de Delphes ou autres. Cela dit, les prophètes grecs et romains enveloppent les prédictions dans des énigmes ; Veleda, elle, recourait à la vérité nue. Son meilleur atout, selon moi, résidait dans le fait qu'à l'instar d'un orateur qui se fait l'écho des pensées secrètes des gens, elle prenait appui sur des sentiments existant déjà. Les gens, eux, se figuraient faire leurs propres choix. Mais nous le constations ici : la prophétesse se comportait face à cette assemblée comme si elle n'avait aucunement l'intention de jouer un rôle dans les débats à venir. Je pensais toutefois qu'elle remplirait la mission qu'elle s'assignait. Ce serait mauvais pour Rome. Et la foi qu'y consacrait Veleda semblait inébranlable.

Cette fois-ci, mon temps de parole s'achevait. L'exceptionnelle apparition publique de la prophétesse touchait à sa fin. Elle commença à s'éloigner, et sa garde se resserra pour empêcher qu'on la retienne.

À nouveau, elle se tourna vers moi. On aurait dit qu'elle lisait dans mes pensées : si de grandes décisions devaient être prises lors de cette assemblée, il se pouvait que nous soyons arrivés au bon moment. Elle prit plaisir à m'annoncer que je n'aurais aucune chance d'influencer le cours des événements :

– Tes compagnons et toi m'avez été offerts en cadeau. On m'a demandé de décider d'un sort que vous imaginez sans doute. (Pour la première fois, elle eut l'air de s'intéresser à nos sentiments :) La mort vous fait peur ?

– Non.

Elle nous met seulement en rage.

– Je n'ai pas encore pris de décision, annonça-t-elle cordialement.

Je réussis à riposter une dernière fois :

– Tu te fais toi-même injure, Veleda, ainsi qu'à ta réputation, en massacrant un ancien soldat, son serviteur, et un groupe de jeunes gens innocents.

J'offensais tout le monde. Le chef qui nous avait amenés me jeta à terre d'un coup formidable.

Veleda regagnait sa tour. Les hommes de sa famille s'assemblèrent au pied, tournés face à l'assemblée. Comme la mince silhouette entrait à l'intérieur de sa retraite, l'ombre de la grande porte romaine tomba sur les cheveux d'or. La tour de guet engloutit tout à coup la prophétesse. L'effet produit était sinistre.

Cela suscitait encore plus d'inquiétude lorsqu'on gisait dans l'herbe, orgueil en berne, crâne douloureux, avec pour seule perspective une mort ignoble dans un bosquet sacré bructère.

52

Helvetius esquissa un geste pour m'aider à me relever.

– Pas trop bien vu, sur ce coup-là !

Je le repoussai.

– Tous ceux qui estiment que leurs tentatives amicales ont une meilleure chance d'aboutir n'ont qu'à aller tenter leur chance dans la tour !

Les railleries se tarirent.

Deux des parents de la dame avaient été chargés de nous reloger dans un grand enclos constitué de fagots qui n'avaient pas l'air morts. Ce devait être l'endroit où Veleda conservait ses cadeaux sur pied avant la boucherie rituelle. Les deux Bructères nous y menèrent et nous enfermèrent. Nous n'étions pas les seuls occupants : le spécimen que nous découvrîmes recroquevillé dans un coin n'amadouerait certes pas le dieu chenu que Lentullus et moi avions vu dans le bosquet.

– Eh ! venez voir, vous tous ! On a retrouvé Dubnus !

Notre colporteur disparu avait subi une sévère dérouillée. Il avait dû se couvrir d'ecchymoses du plus bel effet, après quoi, quelques jours plus tard, quelqu'un l'avait repassé à tabac en s'appliquant à bleuir tous les blancs que laissaient les premières contusions.

– Pourquoi on t'a fait ça ?

– Parce que je suis un Ubien.

– Arrête tes mensonges ! Tu es venu vendre des renseignements sur nous aux Bructères. Ils ont dû se servir de tes informations, mais ils t'ont signifié leur mépris !

Dubnus avait l'air de s'attendre à ce que nous lui tombions dessus à notre tour, mais nous lui expliquâmes bien clairement que nous ne frappions jamais les membres de tribus officiellement ralliées à Rome.

– Pas même les traîtres, Dubnus.

– Ni même les interprètes en fuite qui prennent la tangente pile quand on a besoin d'eux.

– Ni même les enfoirés d'Ubiens qui nous vendent pour faire de nous des esclaves.

– Ni même toi, Dubnus.

Il marmonna quelque chose dans sa propre langue, mais nous n'eûmes pas besoin d'interprète pour comprendre.

Ce qui se passa ensuite fut totalement inattendu. À peine les mal bâtis de la suite de Veleda avaient-ils fermé l'enclos pour nous laisser à nos réflexions qu'ils revinrent dénouer leurs maigres bouts de ficelle et rouvrir la barrière.

– Par Mithras ! Cette sorcière a changé d'avis. On va nous donner un beau manteau neuf à chacun, et nous serons les invités d'honneur du festin…

– Garde ton souffle pour refroidir ton écuelle, centurion. Cette fille-là n'est pas près de changer d'avis.

Les échalas nous entraînèrent. À la vue de Dubnus, ils se souvinrent qu'ils auraient peut-être une occasion de se sentir costauds. Comme il était déjà trop amoché pour qu'ils puissent le faire couiner un peu plus, ils commencèrent à décocher quelques gnons à Helvetius et moi. Nous les écartâmes sans ménagement, si bien qu'ils sacrifièrent à l'usage et se rabattirent sur le serviteur du centurion. Cette fois, Helvetius décida qu'il ne tolérerait pas ça et se posta devant son aide. Nous nous préparâmes à voir venir les ennuis… et les ennuis arrivèrent, comme de bien entendu. Mais pas sous la forme que nous attendions, cependant.

Pour commencer, Veleda resurgit de sa retraite.

Une trompette retentit.

– Par Jupiter Optimus Maximus… *c'est une trompette à nous !*

Une sonnerie brève et lente s'élevait d'un instrument clair, quoique joué en sourdine. Ce son funèbre était indiscutablement romain, quoique pas tout à fait juste. Cela venait de quelque part dans la forêt, tout près. On reconnaissait le buccin de bronze qu'utilisent les sentinelles, et l'air rappelait sans conteste le signal annonçant la deuxième relève nocturne. Ce qui faisait quatre heures d'avance, ce soir.

Puis Tigris déboula dans la clairière, fila directement vers Veleda et s'aplatit à terre, le museau entre les pattes.

J'eus à peine le temps de comprendre que la prophétesse avait dû repérer l'ambassade du haut de sa tour de guet, quand quelqu'un d'autre arriva. C'était le jeune frère d'Helena. Il y avait beau temps que je soupçonnais ce garçon de posséder de grandes qualités, mais c'était la première fois qu'il nous dévoilait son talent pour la mise en scène.

Camillus Justinus entra au petit trot dans la clairière, accompagné de sa suite composée d'Orosius et sa monture. Ni l'un ni l'autre n'avait le buccin, ce qui impliquait subtilement que quelqu'un d'autre s'en était chargé – ils devaient l'avoir laissé au pied d'un arbre. Ils semblaient en bonne forme : l'un des deux – voire tous les deux – avait passé son après-midi à lisser la plume et lustrer les bronzes. Le frère d'Helena abordait les Bructères comme s'il avait une armée de quinze mille hommes qui attendait au carrefour. Il n'y avait pas de carrefour, mais Camillus Justinus donnait l'impression d'avoir pu s'en faire construire un. Il n'y avait pas d'armée non plus, ça nous le savions.

Pour un homme venant de passer un mois sous une toile de tente dans des contrées désertiques, il arborait un équipement impeccable. Son air de bravache plein de retenue était également très réussi. Il montait le meilleur de nos chevaux gaulois et avait dû épuiser nos réserves d'huile d'olive pour astiquer l'animal au point que même les sabots rutilaient sous l'effet de cette marinade insolite. Mais si le cheval était pomponné, lui l'était aussi. D'une façon ou d'une autre, Orosius et lui avaient trouvé le moyen de se raser au fin fond de la forêt. Ce qui, par comparaison, faisait passer le reste de notre groupe pour le genre de racaille infestée de puces et parlant avec un drôle d'accent, qui n'arrive jamais à se trouver une place aux courses, même quand le gardien est parti déjeuner en laissant son petit frère de 10 ans en guise de videur.

Justinus arborait son attirail de tribun au grand complet, plus quelques petits ajouts de son cru : tunique blanche bordée de pourpre, splendides grèves rehaussées de dorures, plumet de crin dru au sommet d'un casque si rutilant qu'il illuminait les bois à chaque mouvement de tête. Les plaques pectorales qui couvraient ses cuirs abondamment frangés semblaient trois fois plus brillantes qu'à l'accoutumée. Autour de son torse galbé de héros, notre jeune tribun avait enroulé sa lourde cape écarlate qu'il portait avec un négligé sympathique. Au creux du bras – très désinvolte –, il avait calé un genre de gourdin d'apparat, nouveauté qu'il avait apparemment copiée sur les statues officielles d'Auguste. Sur ses traits, se lisait le calme hiératique de l'empereur, et si ce calme hiératique masquait de la peur, les amis du jeune homme eux-mêmes n'en devinaient rien.

Il s'avança jusqu'au centre de la clairière, assez lentement pour que la prophétesse ait le temps de bien observer son équipage. Puis il mit pied à terre. Avec déférence, Orosius prit les rênes – et le gourdin – que lui tendait le tribun. Justinus s'approcha de Veleda d'un pas ferme dans ses bottes de tribun, puis, d'un geste ample, ôta son casque en signe de respect. Les Camillus étaient une famille de grands, surtout avec les triples semelles militaires aux pieds : pour une fois, la prophétesse regardait un Romain droit dans les yeux. Ceux qu'elle découvrait pour l'heure était grands, marron, modestes, et profondément sincères.

Justinus marqua un temps d'arrêt. Il rougit légèrement : effet très réussi. Le fait qu'il ôte sa gamelle dorée avait permis à la dame de percevoir pleinement la franche admiration jointe à la réserve juvénile de son interlocuteur. Ce regard expressif dut distiller son pouvoir, et Justinus répondit à la parfaite immobilité de la prophétesse par son propre calme.

Il prononça alors quelques mots. Il semblait s'adresser à Veleda de façon confidentielle, pourtant sa voix portait alentour.

Nous connaissions l'homme. Nous connaissions sa voix. Mais aucun de nous n'eut la moindre idée de ce qu'il dit à la prophétesse.

Camillus Justinus s'adressait à Veleda dans sa langue à elle.

Il le fit avec cette aisance chantante que je lui connaissais en grec. Veleda mit plus longtemps à se ressaisir qu'elle le souhaitait sans doute : elle inclina alors la tête. Justinus prononça à nouveau quelques mots ; cette fois, elle regarda dans notre direction. Il lui avait sans doute posé une question. Elle réfléchit un instant, puis répondit brusquement.

– Merci, reprit très poliment Justinus, en latin cette fois, comme pour lui faire l'honneur de supposer qu'elle le comprendrait aussi. Dans ce cas, je vais d'abord saluer mes amis, je te prie…

Il ne lui demandait aucune permission : il énonçait son intention. Puis il se retourna vers la prophétesse pour ajouter en guise d'excuse bien élevée :

– Au fait, je m'appelle Camillus Justinus.

Son visage demeura impassible le temps qu'il traverse jusqu'à nous. Nous l'imitâmes. Il échangea une poignée de main avec chacun d'entre nous, d'un geste grave et plein de componction. Les yeux de toute l'assemblée des Bructères braqués sur lui, Justinus ne fit guère que prononcer nos noms, tandis que nous lui marmonnions autant d'informations que possible.

– Marcus Didius.

– Elle dit n'être qu'une femme vivant dans une tour en compagnie de ses pensées.

– Helvetius.

– Quelqu'un devrait se charger de lui donner à penser !

Helvetius ne put retenir cette saillie caractéristique.

– Ascanius.

– On va tous avoir droit à une sale mort, tribun.

– Probus.

– Qu'es-ce tu lui as dit à la prophétesse, tribun ?

– Sextus. Nous allons discuter de la situation au calme. Laissez-moi voir ce que je peux faire. Lentullus !

Quand il nous eut tous salués, son regard brillant croisa franchement le mien.

– Bon, vous m'avez laissé faire tout le boulot ici ! Il a même fallu que je sonne moi-même ce foutu buccin.

Il plaisantait pour masquer une certaine inquiétude : derrière la lueur amusée, son expression était triste. Je m'avançai subitement vers lui, ôtai l'amulette dont on m'avait fait cadeau à Vetera. Il vit de quoi il s'agissait, et baissa la tête pour que je la lui passe autour du cou.

– Si ça peut t'aider, un informateur m'a dit que Veleda avait sans doute grand besoin d'un brin de conversation… Ça, c'est pour Helena. Fais attention à toi !

– Marcus !

Il m'embrassa tel un frère, puis je pris le casque qu'il me tendit. Il s'éloigna de nous, bravement.

Il rejoignit Veleda. Si réservé que soit l'homme, il avait appris à relever les défis seul. Veleda l'attendait en femme qui se dit qu'elle risque de regretter quelque chose.

Je fis volte-face en direction du colporteur, le seul parmi nous que le tribun ait ouvertement ignoré.

– Qu'est-ce qu'il a dit à la prophétesse, Dubnus ?

Le colporteur jura, puis me répondit :

– Il a dit : « Tu dois être Veleda. Je t'apporte les hommages de mon empereur, ainsi qu'un message de paix… »

– Tu ne dis pas tout ! Il lui a fait une offre… c'était évident.

Sans prendre la peine de se demander ce que j'avais en tête, notre fidèle Helvetius s'avança pesamment derrière le colporteur et lui cravata les bras en une prise de lutteur plutôt convaincante.

Dubnus bafouilla, souffle coupé :

– Il a dit : « Je vois que vous détenez mes compagnons en otages. Je vous offre ma personne en échange. »

Je le savais. Justinus fonçait tête baissée dans le danger avec ce courage impulsif dont sa sœur faisait preuve lorsqu'elle décidait tout à coup que quelqu'un devait s'y mettre.

– Que lui a répondu Veleda ?

– « Viens dans ma tour ! »

Le colporteur disait vrai. Dès que Justinus la rejoignit, Veleda repartit à grands pas en direction de son édifice. Il la suivit. Nous regardâmes alors notre innocent tribun entrer seul avec elle dans la tour.

53

Je m'avançai d'un bon pas jusqu'au pied de la tour. Les voleurs de chèvres qui composaient la garde se tenaient alentour, l'air déconcerté, mais ils resserrèrent les rangs à mon approche. Je me postai devant la porte, la tête renversée en arrière, contemplant l'ancien ouvrage de maçonnerie romaine avec ses contreforts de brique rouge. Je ne pouvais rien faire. Je rejoignis mes compagnons. Le chien du tribun, lui, resta assis à l'entrée de la tour, guettant intensément le retour de son maître.

Nos gars, mi-effrayés mi-envieux, lançaient des paris sur les chances du tribun :

– Elle va le croquer !

Je souhaitais me concentrer sur d'autres sujets de réflexion.

– Peut-être qu'elle le recrachera…

Comment allais-je expliquer cela à la sœur du jeune homme ? Elle me tiendrait pour responsable, je le savais.

– Pourquoi il est entré là-dedans, Falco ?

– Tu l'as entendu : il va discuter au calme.

– De quoi ?

– De pas grand-chose, à mon avis.

De la destinée. De l'histoire du monde. Des vies de ses amis. De la mort du tribun…

– Dis, Falco…

– Ferme-la, Lentullus.

Je regagnai l'enclos, m'installai posément sur mes talons pour tâcher de ne pas être au contact du sol. C'était la mauvaise saison pour s'asseoir dans l'herbe : il allait y avoir beaucoup de rosée ce soir. Je commençais à me dire qu'on était à la mauvaise saison pour tout.

Les autres se rabattirent sur Orosius, puis vinrent lentement me rejoindre, s'installant pour attendre on ne savait quoi. Orosius avait peu à dire quant à lui, si ce n'est qu'à son avis le tribun allait bien. Je lui tordis l'oreille en lui rappelant que nous le savions.

J'aurais dû m'en douter. Camillus Justinus avait soif de savoir. Il n'aurait pas passé trois ans à garder les frontières d'une province sans apprendre à communiquer avec ses habitants. Pour l'heure, il était seul avec bien plus sérieux que le langage. Ce garçon était si entier que cela me choquait. Avec sa façon candide de lier connaissance avec chacun des soldats qu'il commandait, ce type incroyable avait même réussi à convaincre je ne sais quel *bucinator* endurci de lui apprendre à jouer une sonnerie acceptable. Ce mois en forêt l'avait déprimé, sans pourtant entamer le moins du monde son inventivité. Une fois embarqué dans cette expédition, il n'allait pas renoncer. Mais il n'avait que 20 ans. Jamais risqué sa peau. Il n'avait aucune chance. Jamais eu à affronter les femmes, mais peut-être ici, n'y avait-il pas péril en la demeure.

– Dis, Falco, elles sont vierges les prêtresses étrangères ?

– Je ne crois pas que ça soit obligatoire.

Il n'y avait qu'à Rome que l'on tenait chasteté pour sainteté, encore qu'on y entretienne dix vestales à la fois pour parer aux ratages.

– Est-ce que le tribun, il va…

– Il va discuter de politique.

Malgré tout, cette nouvelle combinaison de la destinée des nations et de la femme la plus séduisante qu'il ait jamais vue risquait de se révéler un mélange toxique.

– Il lui viendra peut-être d'autres idées, à la sorcière ! (Ils prenaient de l'audace à présent.) Peut-être que le tribun sait pas comment faire…

– Le tribun a l'air d'un gars qui sait improviser.

Quoi qu'il en soit, j'espérais ne jamais avoir à expliquer à sa sœur que j'avais laissé je ne sais quelle prophétesse aux yeux égarés faire un homme du petit frère tribun au sommet d'une tour de guet.

Quand les torches moururent et que le festin s'acheva, je donnai l'ordre à nos gars de se reposer. Je chargeai ensuite Helvetius de monter la garde, me frayai un chemin parmi les Bructères endormis et filai jusqu'à la tour. Un garde muni d'une lance était affalé sur les marches, endormi. J'aurais pu m'emparer de son arme et lui trancher le gosier, mais je le laissai tranquille. D'autres gardes occupaient le soubassement de la tour : impossible d'y pénétrer.

Je fis le tour par l'extérieur. Le clair de lune nimbait le mur d'un voile blanc éblouissant. Loin en hauteur, luisait la faible lueur d'une lampe. J'entendais des voix. Difficile de déterminer en quelle langue elles s'exprimaient : le ton était trop étouffé. Cela ressemblait plus à une conversation qu'à une dispute. On aurait dit que ces voix discutaient d'un concert, ou des mérites des fresques murales, plutôt que du devenir de l'Empire. À un moment donné, le tribun dit quelque chose qui amusa la prophétesse ; elle répondit, et ils se mirent tous les deux à rire. Ne sachant si je devais me lamenter ou me réjouir, je retournai auprès de mes hommes.

Helvetius me décocha une bourrade à l'épaule.

– Ça va ?

– Ils discutent.

– Ça m'a tout l'air dangereux !

– Plus dangereux quand ils s'arrêteront, centurion. (Je lançai tout à coup :) Je compte épouser sa sœur.

– Il me l'a dit.

– Je ne pensais pas qu'il m'avait pris au sérieux.

– *Lui* s'inquiétait, reprit Helvetius : il craignait que tu ne te rendes pas compte que c'était l'intention de sa sœur.

– Oh, c'est une fille franche ! Mais je me disais que lui devait me prendre pour un aventurier à la petite semaine qui s'amusait avec elle.

– Non, il pense que tu es à la hauteur de l'entreprise. (Helvetius m'assena une claque dans le dos.) Tout baigne : à présent on sait tous où on en est !

– Exact. L'homme sur qui je compte pour devenir l'oncle favori de mes enfants est…

– Est sans doute sur le point de nous rejoindre avec les genoux raides et un drôle de regard ! On ne peut pas choisir à sa place. Ce n'est plus un bébé.

– Non : il a 20 ans et n'a jamais embrassé de fille…

Probablement pas, du moins. Dans le cas de n'importe quel autre type, je me serais sûrement demandé si cette maîtrise fluide du germain était le fruit d'une fréquentation féminine.

– Il ne s'est encore jamais non plus fait trancher la gorge à la serpe dans un bosquet sacré, centurion !

– Va te reposer un peu, Falco. Tu sais comment il est quand il entame une discution intéressante. Si la dame est d'humeur aussi loquace que lui, la nuit va être longue.

Ce fut la plus longue que je passai en Germanie. Quand Camillus Justinus revint, tous les autres dormaient. Moi, je guettais son arrivée.

Il faisait noir. La lune s'était enfoncée dans une épaisse couche de nuages, mais nos yeux accommodaient. Il me vit me lever. Nous échangeâmes une poignée de main puis discutâmes à voix basse. Lui parlait d'un ton léger, enthousiaste.

– Plein de choses à te raconter.

Son taux d'adrénaline devait être sacrément haut.

– Qu'est-ce qui se passe ? Elle t'a relâché sur parole ?

– Elle a besoin d'un moment de solitude. Je dois y retourner quand la lune reparaîtra ; à ce moment-là elle me dira si c'est la guerre ou la paix. (Il était épuisé.) J'espère que ses prévisions lunaires sont correctes…

Je scrutai le ciel. La nuée au-dessus de nos têtes était celle d'un orage en suspens ; je vis qu'elle s'éloignerait.

– Elle a raison. D'ailleurs, comme dans toute magie, il s'agit d'observation et non de prophétie.

Nous nous accroupîmes au pied d'un arbre. Il me donna quelque chose.

– Un couteau ?

– Le tien. Elle avait déposé ses cadeaux sur un coffre : j'ai reconnu celui-là. Je lui ai dit que c'était le couteau de mon beau-frère.

– Merci… et de l'appellation avec. C'est mon couteau préféré, mais si elle se met à distribuer des cadeaux d'hospitalité, je peux lui soumettre quelques idées plus utiles.

– Je crois qu'elle m'a donné le couteau pour me montrer qu'elle était détachée de tout ça, que les cadeaux ne l'influençaient pas.

– Ou pour faire bonne impression !

– Cynique, va ! Qu'est-ce que j'aurais dû lui demander ?

Je suggérai une idée idiote, et il se mit à rire. Mais la tâche était trop grave pour plaisanter.

– Je n'ai rien à offrir, Marcus. Nous aurions dû apporter des cadeaux.

– On a apporté un coffre de monnaie.

– Mais c'est la solde des gars !

Il était d'une étonnante simplicité.

– Les gars préféreraient être vivants plutôt que morts et payés.

– Ah !

– J'irai chercher le coffre où tu l'as laissé. Orosius

pourra me guider. Maintenant, raconte-moi de quoi vous avez parlé, Veleda et toi.

– Ç'a été quelque chose ! Cela n'annonçait rien de bon. On a passé le débat en revue sous toutes ses coutures. J'ai fait ce que je pouvais en ce qui concerne la mission de l'empereur. J'ai dit à Veleda que nous devions tous accepter que les peuples de la rive gauche du Rhenus ont *choisi* de se rallier à Rome, et qu'à moins d'un danger menaçant leur sécurité, l'empereur n'avait aucune intention de traverser en direction de l'est. (Justinus baissa la voix.) Je ne suis pas sûr que ça vaille bien longtemps, Marcus.

– C'est ça, la politique. Il se peut que les choses changent le long du Danube, mais ne va pas compliquer la situation avec ce qui n'arrivera peut-être jamais. Veleda est assez futée pour tirer elle-même ses conclusions.

– Je n'ai aucune expérience dans ce domaine. Et je me sens vraiment mal préparé !

Notre unique espoir résidait dans le fait que la prêtresse était susceptible de se fier à la transparente intégrité du tribun.

– Aie confiance. En tout cas, elle écoute. Avant que tu viennes faire ton grand défilé d'apparat, je lui ai parlé moi aussi…

– J'en ai entendu des bribes. Orosius et moi, on était cachés dans les arbres. On n'a pas pu s'approcher assez pour tout saisir, mais j'ai tâché de reprendre ce que tu avais dit sur les légions qui œuvraient à nouveau.

– Il faut qu'elle sache bien que, si les tribus se jettent à l'assaut du pouvoir discipliné de Rome, ça ne peut qu'être du suicide.

– Elle le sait, Marcus.

Il énonça ces mots d'un ton calme, comme empli de loyauté à l'égard de la prophétesse.

– Ce n'est pas ce qu'elle disait.

– Pas devant son peuple…

– Alors qu'elle débattait avec un interlocuteur véreux, bien sûr…

– Non, je crois que tes propos ont fait mouche. Veleda a l'air profondément ébranlée. J'ai idée qu'elle devait méditer l'avenir avant que nous déboulions ici. C'est peut-être la raison pour laquelle elle avait organisé cette assemblée tribale. Quand je l'ai sommée de dire aux tribus la vérité sur ce qu'elle prévoyait pour eux, j'ai constaté à son expression que cette responsabilité lui fait peur.

– Sers-toi de ça.

– Ce n'est pas utile. Veleda souffre déjà.

– Grands dieux ! on se croirait à nouveau en train de discuter de la serveuse de la taverne *Medusa* !

Je plaisantais, mais Justinus baissa le nez.

– Il y a quelque chose que j'aurais dû te dire. Je te dois des excuses.

– Pour quoi donc ?

Notre déjeuner de boulettes à la taverne en question semblait dater d'un millier d'années.

– Après ton départ pour Colonia, il y a eu du foin à la *Medusa*. Quelqu'un a décelé une sale odeur, et cette fois ce n'était pas le plat du jour. On a découvert le corps de l'esclave du légat sous un parquet. Regina a avoué. Un jour qu'ils se disputaient, elle a perdu la tête et a cogné trop fort avec une amphore.

Je glissai que ça changeait des serveuses battues.

– Tu avais compris que c'était une mégère, toi. Alors parle-moi donc un peu de celle-ci, Marcus !

– Fais preuve d'initiative… tu n'as pas l'air d'en être à court. Moi je me garde bien de frayer avec les prophètes : ma mère dit toujours que les types bien ne fricotent pas avec les filles vénérées.

Nous gloussions encore quand la lune resurgit.

– Marcus.

– Justinus.

– Mon prénom, c'est Quintus, précisa-t-il d'un ton piteux, tel l'individu qui lie amitié sur le tard après s'être mis au lit.

– Enchanté. Je n'étais même pas au courant.

– Je ne le dis pas à grand-monde, reprit-il doucement. Et maintenant, qu'est-ce que je fais ? *Échanger des cadeaux, mettre fin aux combats*…

– Du tout cuit ! Plus *demeurer circonspect*. Ne va pas finir comme Lupercus.

– Ah oui ! *Demander des nouvelles de Lupercus*.

Pour ma part, je m'étais préparé à oublier ce qu'il était advenu de Lupercus, des fois que l'évocation de ce souvenir donne des idées sanguinaires à Veleda.

– La première tâche consiste à la convaincre de vous relâcher tous… J'espère que vous arriverez à bon port.

Sa voix se brisa sans qu'il parvienne à le masquer.

– J'espère que nous y arriverons *tous !* Écoute voir : quand tu remonteras dans la tour, si tu trouves Veleda vêtue de sa plus belle robe, les cheveux tressés pour l'occasion, je te conseille d'oublier l'Empire et de redescendre au galop jusqu'ici.

– Ne sois pas ridicule ! répliqua-t-il avec une susceptibilité dont il faisait rarement preuve.

Au moins, je me trouvai quelque chose à faire pendant son absence. Je tirai Orosius de son sommeil et, à pas de loup, nous nous éloignâmes dans les bois en direction de l'endroit où Justinus et lui avaient laissé leurs tente et vivres. Nous pliâmes bagage et rapportâmes le tout plus près de la tour. Puis nous guidâmes le cheval chargé du coffre plein d'argent, et je sifflai pour prévenir le tribun.

Ce fut la prophétesse en personne qui poussa les portes et apparut, fendant un petit groupe d'hommes de sa famille. Justinus n'était pas avec elle. Très pâle, Veleda tenait un manteau étroitement serré autour d'elle. Nous posâmes le coffre-fort par terre, et je l'ouvris pour lui montrer les pièces d'argent. Elle les examina soigneusement pendant que je tâchais de paraître aussi probe que Justinus :

– Je le sais : on n'achète pas les Bructères… Ce n'est pas l'intention, Veleda. Ceci est un gage de l'amitié de l'empereur.

– Ton négociateur l'a clairement établi.

– Où est-il ? demandai-je de but en blanc.

– En sécurité. (Elle raillait mon inquiétude.) Tu es Falco ? J'aimerais discuter avec toi.

Elle me mena à l'intérieur du soubassement de la tour. C'était une salle octogonale nue, d'où partaient des marches desservant plusieurs étages, bâties en colimaçon le long des murs intérieurs faits de briques bien alignées, à la romaine. Le diamètre allait décroissant à chaque étage de façon à garantir la stabilité de l'édifice, mais seul le dernier était pourvu d'un plancher, puisqu'à l'origine seul le toit à ciel ouvert avait été bâti pour servir. C'était là, quelques aménagements aidant, que vivait la prophétesse. Elle ne m'invita pas à monter.

Voyant qu'elle fronçait les sourcils, je tâchai d'avoir l'air compréhensif en lui demandant :

– Dois-je comprendre que Luna a reparu prématurément ?

Je ne me trompais pas. Veleda n'avait pas encore pris de décision. L'hésitation la ligotait tel un filet de pêche.

– J'ai deux choses à te dire. (Elle parlait d'un ton précipité, comme sous la contrainte.) J'ai donné mon accord pour que vous partiez. Allez vous-en ce soir. Personne ne vous en empêchera.

– Merci. Et la deuxième chose ?

– La mort de Munius Lupercus.

– Alors comme ça, tu es au courant ? Une femme vivant parmi les Ubiens m'a dit le contraire.

– Je le suis à présent, répliqua-t-elle froidement.

Manifestement, les deux femmes avaient moins d'atomes crochus que Claudia Sacrata se l'était imaginé. Veleda me tendit un petit bout de tissu écarlate plié. Dedans se trouvaient deux autres babioles tirées de la vitrine d'objets exotiques de la prophétesse : des flèches d'argent telles que les légats s'en voient décerner par l'empereur en récompense de leurs services. Lupercus en aurait probablement reçu une troisième à l'issue de son séjour fatal à Vetera.

– Il est donc bel et bien venu ici ?

– Il n'a jamais mis les pieds ici. (Elle avait retrouvé son assurance habituelle, sans doute soulagée de pouvoir reprendre un peu de distance par rapport à cette sordide histoire.) On m'a apporté ces flèches plus tard. Cela me fait plaisir que tu puisses les rendre à la mère ou la femme de cet homme.

Je la remerciai, puis elle m'expliqua ce qui était arrivé. Veleda elle-même semblait abattue en terminant. Les légats ne m'inspiraient aucune compassion, mais ce récit me refroidit.

– As-tu révélé cela au tribun Camillus ?

– Non.

Je comprenais pourquoi. Elle avait établi un pacte amical avec Justinus. Cette histoire risquait de le réduire à néant.

Civilis avait envoyé Munius Lupercus traverser le pays avec ce que Veleda décida d'appeler un groupe mixte, composé d'hommes de diverses tribus. Je ne la questionnai pas plus sur le sujet : elle avait raison de ne pas prêter le flanc aux reproches. Le légat avait été blessé ; il avait perdu son fort et vu sa légion se faire massacrer ; il avait cru que l'Empire se désintégrait aussi. Qu'il ait imploré la liberté ou la mort, ou que ses gardes aient tout simplement perdu patience tant ils aspiraient à rejoindre Civilis au combat, toujours est-il qu'ils se mirent subitement à traiter Lupercus de lâche. Ils le gratifièrent ensuite du traitement qu'ils réservaient aux lâches : dépouillé de ses vêtements, ligoté, à demi garrotté, jeté dans un marécage et harcelé de coups de bâton jusqu'à ce qu'il se noie.

Je rendrai cette justice à Veleda : elle semblait éprouver autant de répugnance à raconter cette histoire que moi à l'entendre.

– Ils m'avaient dépossédée de mon cadeau, du coup la vérité a mis longtemps à émerger.

J'enfouis le menton au creux de ma main.

– Cette vérité-là méritait de rester immergée avec lui au fond du marécage.

– Si j'étais sa mère ou sa femme, reprit Veleda, je souhaiterais savoir.

– Ma mère et ma future femme de même, mais elles sont exceptionnelles, comme toi…

Elle changea de sujet :

– C’est tout ce que je peux te dire. Tes hommes et toi devrez partir discrètement : je ne tiens pas à insulter le chef qui vous a amenés en échangeant trop ouvertement son cadeau.

– Où est Camillus ? demandai-je d’un ton soupçonneux.

– Au-dessus. Il y a encore des choses que je veux discuter avec lui. (Veleda s’interrompit, comme si elle lisait dans mes pensées.) Bien entendu, ajouta-t-elle doucement, ton ami viendra vous dire adieu.

En désespoir de cause, j’insistai :

– Faut-il vraiment que ce soit un échange ?

– C’est ce qui m’a été proposé, répondit en souriant la prophétesse.

À ce moment-là, Justinus lui-même surgit en haut de l’escalier, au-dessus de nous, et descendit vivement jusqu’au soubassement.

– Qu’est-ce qui est arrivé à Lupercus ?

– Le légat, répondis-je prudemment en réfléchissant à mesure que je formulais ma phrase, fut exécuté en chemin alors qu’il venait ici. Il s’est écoulé trop de temps depuis pour qu’on nous rapporte les détails.

Veleda gardait la bouche pincée, mais elle s’abstint de rectifier ma version. Elle croisa Justinus et nous laissa seuls.

Comme elle montait l’escalier, son manteau glissa. Je ne pus distinguer quelle robe elle portait, mais son abondante chevelure dorée était à présent tressée avec beaucoup de soin en une natte grosse comme mon poignet. Justinus et moi évitâmes de nous regarder dans les yeux.

Je lâchai un petit reniflement agacé.

– *Ahem !* Je comptais lui demander à propos des chevaux…

Justinus se mit à rire.

– Je lui ai demandé ce dont tu avais besoin.

Elle avait accédé à ma requête idiote.

– Quintus, sacré beau parleur que tu es ! J'espère que tu ne viendras jamais me trouver pour m'extorquer un prêt… Bon, j'ai cru comprendre qu'elle réclamait un peu plus de tes talents verbaux. Ne va pas te mordre la langue à force de bavarder ! Veleda tient à ce que nous partions vite, mais nous allons devoir attendre les premières lueurs du jour…

– Je dois faire ce qui m'incombe ici, Marcus.

Le jeune tribun avait l'air tendu.

– Trop d'hommes de valeur ont dit la même chose, avant d'abandonner des carrières prometteuses sans recevoir le moindre remerciement. Ne joue pas les casse-cou… ni les héros morts. Dis-lui que l'échange ne tient plus. Je compte te revoir avant notre départ, tribun. Je ferai tout charger, ensuite nous t'attendrons.

Lui et moi répondions de la vie d'Helvetius et des jeunes soldats. Nous savions l'un et l'autre ce qui devrait se passer.

– Partez à l'aube, fit platement Justinus.

Il agrippa le vieux noyau d'escalier en bois et s'engouffra dans la spirale des marches en direction de l'étage. Je le quittai, sans trop savoir s'il avait l'intention de venir avec nous. Une sale impression me donnait à penser que le tribun ne le savait sans doute pas encore lui-même.

Pourtant, j'étais sûr et certain que Veleda savait ce qu'elle prévoyait pour lui.

Une fois dehors, je réveillai tout le monde sans bruit.

Les gars s'attroupèrent autour de moi pendant que j'expliquais à voix basse ce qui se passait.

– La sorcière nous laisse filer, mais ses collègues ne verront peut-être pas ça du même œil, donc pas un bruit. Grâce à notre redoutable négociateur, elle nous fournit un nouveau moyen de transport. (Je m'interrompis.) Ma question est donc la suivante : combien d'entre vous, bande d'affreux traîne-savates des bords de mer, savent se servir d'un Liburne ?

Comme je l'avais prévu, pour une fois nous n'eûmes aucun problème. Après tout, la Première Adiutrix avait été constituée du rebut de la flotte de Misenum. Ces gars-là étaient bien les meilleurs que je puisse trouver pour ramener le vaisseau amiral du général à bon port.

Sixième partie

On rentre (peut-être)

Germania libera, Belgique et Germanie supérieure,
novembre, 71 ap. J.-C.

« *À la suite de sa première action militaire
contre les Romains, Civilis fit serment,
tel le sauvage primitif qu'il était,
de se teindre les cheveux en rouge
et de les laisser pousser jusqu'à ce qu'il
ait anéanti les légions...* »

Tacite, *Histoires*

54

Nous parvînmes à embarquer sans attirer l'attention des Bructères. Je refusai d'abord d'emmener le colporteur, puis je me radoucis, pour être tout à fait sûr, en le gardant parmi nous, qu'il ne puisse plus nous vendre à nouveau. Nos hôtes s'étaient vite approprié les deux montures sur lesquelles Justinus et Orosius avaient fait leur apparition, mais nous fîmes tout de même franchir la planche d'embarquement aux quatre qui nous restaient, sans doute parce qu'elles ne pouvaient voir où nous les menions.

À tâtons dans le noir, nous débrouillâmes tant bien que mal l'enchevêtrement de cordages et ôtâmes les cales des avirons. Manœuvré par un équipage expérimenté, le Liburne aurait distancé n'importe quelle autre embarcation sur cette voie d'eau, mais il était dans un état douteux, nous manquions d'hommes, et aucun de nous ne connaissait le navire, sans parler de la rivière sur laquelle nous nous apprêtions à naviguer. Un groupe de gars remonta la berge à pas de loup, transperçant le flanc des bateaux qui risquaient de nous donner la chasse, mais le bruit alarma Helvetius et nous les rappelâmes.

Nos gars étaient dans leur élément. Ils savaient tous naviguer et ramer. Enfin, tous sauf Lentullus. Lentullus restait notre cas problématique qui ne savait rien faire.

Le ciel commençait à éclaircir : je perdais espoir.

– Helvetius, si Camillus n'est toujours pas là dans un moment, embarque les gars et filez d'ici.

– Tu ne redescends quand même pas à terre ?

– Je ne veux pas l'abandonner.

– Laisse tomber l'héroïsme, Falco. Le voilà !

Je l'avoue, j'en fus ébahi.

Nous avions libéré le navire de ses amarres puis jeté l'ancre à nouveau dans le chenal. Probus attendait dans un canot au pied de la jetée pour ramener le tribun. L'ancre déjà relevée, nous hissâmes les deux hommes à bord.

– C'est la guerre ?

– Non, la paix.

Il faisait trop sombre pour que je distingue le visage du tribun.

Sans un mot de plus, Justinus gagna la poupe. Je regardai ses épaules crispées s'éloigner puis, d'un signe, enjoignis aux autres de ne pas l'importuner. Il s'installa dans un recoin sombre, adossé contre la cabine du général, le regard braqué vers l'arrière et la rive. Son petit chien se coucha à ses pieds et se mit à geindre, sentant la tristesse. À la vue de la posture accablée du tribun, ma gorge se serra.

Nous avions fort à faire. Pour commencer, nous laissâmes le navire dériver au fil du courant, sans bruit. Le jour augmentant, les dégâts causés par une année d'abandon apparurent clairement. Bientôt, la moitié de notre équipage se retrouva en train d'écoper pendant qu'Helvetius jurait en tâchant de réparer une pompe de cale désamorcée, machine jadis moderne, si moderne que ce temps d'inactivité avait eu complètement raison du bois et de la membrane en peau.

Nous continuâmes à dériver, sans que rien n'indique qu'on nous pourchassait. Ascanius et Sextus trouvèrent les voiles. Le cuir en était raidi au point qu'on pouvait à peine les manier, mais nous les foulâmes aux pieds pour les aplatir le mieux possible. Le plus petit foc triangulaire ne tarda guère à être hissé, mais il fallut beaucoup plus de temps pour installer la grande voile carrée. Nous nous aperçûmes alors que nous naviguions beaucoup trop près de la berge. Un Liburne représente un grand vaisseau pour une bande de novices, dont certains sont en plus abrutis, mais je continuai à hocher négativement la tête lorsque les regards se tournaient vers la poupe.

– Le tribun pourrait bien donner un coup de main, là !

– Le tribun en a assez fait.

– Dis, Falco…

– Il a besoin de ruminer. Laissez-le tranquille !

Tous les autres membres de l'équipage vinrent prêter main-forte du côté dangereux : nous réussîmes à rentrer les avirons juste à temps pour éviter de les fracasser, puis retînmes notre souffle pendant que le navire raclait et heurtait les hauts-fonds. Sans trop savoir comment, nous réussîmes à le faire virer pour le ramener à la profondeur. Vaille que vaille, il continua à se traîner dans la lumière grise de cette froide matinée de novembre, et nous passâmes une heure de plus à travailler la voile. Finalement, elle fut hissée en place avec un hourra plein de lassitude. On se rua ensuite de plus belle sur les écopes, puis nous inspectâmes le navire.

À l'exception des javelines, nous n'avions aucune arme, et peu de vivres. Seuls, deux d'entre nous avaient une cuirasse. Nous avions sauvé quatre chevaux… qui risquaient fort de finir rôtis. Plus d'argent à échanger. Les Bructères sur la rive nord, les Tenctères sur la rive sud, l'une et l'autre tribus n'ayant que faire de Romains en désarroi. Débarquer nous serait fatal tant que nous n'aurions pas rejoint le fleuve Rhenus, qui devait se trouver à une semaine d'ici. À voir la façon dont notre vaisseau gîtait et se traînait, la semaine en question promettait d'être rude.

Mais nous étions en vie et libres. Cette surprise était si heureuse que nous postâmes la moitié des gars aux avirons pendant que le reste délestait ce qu'on pouvait jeter pour alléger le navire, s'occupait des voiles... et chantait. Helvetius extorqua un peu de pression à la pompe.

Enfin, je confiai la barre à Ascanius le temps de gagner la poupe pour aller voir ce que Veleda avait fait à notre homme.

55

– Comment va, Masinissa ! (Justinus était trop poli pour me dire d'arrêter de sourire comme un idiot.) Content de voir que l'amulette a marché.

– Oh ! ça, elle a marché ! répondit-il d'un drôle de ton.

J'arborai ma sombre mine de vieil oncle :

– Tu as l'air fatigué.

– Ce n'est pas grave.

– Bon. Je craignais que ça puisse être une peine de cœur.

– Une chance qu'on sache que ce n'est pas le cas, enchaîna-t-il, bien trop doucement.

– Elle est trop âgée pour toi, vous n'avez rien en commun, et ta mère a bien assez de souci avec Helena et moi.

– Bien sûr, fit-il.

Il aurait pu contester un peu mon affirmation à propos d'Helena et moi.

– Eh bien ! Quintus Camillus, je suis heureux de constater que tu sais te montrer philosophe. Tu es un gars bien et tu mérites de t'amuser un peu avant de t'installer dans le train-train rébarbatif d'une vie de sénateur, mais on sait tous les deux que ce qui s'est passé là-bas présentait toutes les caractéristiques d'une expérience importante… le genre d'expérience dont on sait qu'elle touche l'homme lucide au plus profond de sa morale.

– Le Sénat, c'est fini pour moi.

– Faux. Tu as modifié les données. Je crois que ça ne manque pas d'avantages, à condition de supporter les pisse-froid et les hypocrites. Il suffit de siéger à la Curie une fois par mois, et on a des places de théâtre au premier rang.

– Je t'en prie, ne me fais pas miroiter je ne sais quoi.

– Bon, très bien. Simple curiosité de ma part : tu t'es échappé ou la dame t'a jeté dehors ?

– Ma proposition d'échange était sincère. Je lui ai dit que je devais rester.

– Ah, d'accord ! Il y a des femmes qui ne supportent pas les types intransigeants qui s'en tiennent mordicus à leurs principes.

Il garda le silence.

– Tu as envie de parler de ce qui s'est passé ?

– Non, répondit-il.

Nous contemplâmes la rivière qui filait sous la poupe. Nous avancions moins vite que je l'aurais souhaité pour garantir notre sécurité, mais trop vite au goût du jeune tribun. D'abord submergé, il avait ensuite été déchiré avant de comprendre. À présent, il se sentait écartelé par l'ampleur de ses sentiments.

– Prépare-toi, lui conseillai-je. D'autres que moi vont t'interroger… des gens haut placés. Un jeune officier ayant parlementé avec l'ennemi a le devoir d'expliquer.

Je me détournai pour m'éloigner. Justinus lança alors d'un ton désabusé :

– Qu'est-il arrivé à Masinissa ?

Je m'arrêtai.

– Après qu'il rejeta sa princesse ? Il vécut dans la dignité des années durant, se vouant à l'exercice de la royauté, ce genre de choses.

– Ah, oui, bien sûr !

J'attendis. Il s'obligeait à mener à bien sa mission officielle du jour.

– Quand je suis remonté à l'étage, elle avait déjà pris sa décision. Elle va annoncer à son peuple que l'Empire gaulois libre ne pourra jamais être instauré. Que de notre vivant, Rome ne lâchera pas la rive gauche du Rhenus. Que la liberté au sein de leur propre territoire vaut bien mieux qu'une guerre sans but… Saura-t-elle se faire entendre ?

Le jeune homme semblait à bout d'espoir.

– Elle n'a jamais recours à la contrainte. Le fait de laisser les gens libres de choisir les amène parfois à préférer l'option la plus difficile.

– Oh c'est sûr ! renchérit-il d'un ton las.

– Se faisait-elle du souci ?

L'idée m'effleura que, peut-être, il l'avait réconfortée. Sans répondre à ma question, il m'en posa une à son tour :

– Que va-t-il advenir d'elle ?

– Soit elle deviendra folle et finira tel un spectre, soit elle épousera un gros rustaud à tignasse rousse et pondra neuf enfants en dix ans.

Au bout d'un instant de silence, Justinus reprit :

– Elle m'a prédit que si les peuplades de l'est reprennent leur vie nomade et s'envahissent les unes les autres, les Bructères seront éliminés.

– C'est possible.

Un long moment s'écoula, durant lequel nous gardâmes l'un et l'autre le silence. Nous entendîmes Ascanius brailler qu'il voulait qu'on le relève. J'avais ordonné à Helvetius d'aller se reposer pour pouvoir assurer une garde plus tard : il fallait donc que j'y aille.

– Il y a une chose qui m'étonne, Quintus. Si Veleda avait déjà pris sa décision, pourquoi a-t-elle attendu l'aube pour te mettre à la porte ?

Son hésitation fut presque imperceptible.

– Elle avait vraiment besoin d'une conversation digne de ce nom, comme tu l'avais dit. Et moi aussi, ajouta-t-il.

Je me mis à rire, puis déclarai qu'il avait le chic pour lâcher des grossièretés mine de rien, mais que j'étais capable de comprendre à demi-mot.

D'un pas léger, je retournai aider Ascanius. Quand ce dernier me demanda, au nom de tous : « Alors, il l'a fait ou pas ? », je répondis d'un ton assuré que non.

Justinus ne me rendit jamais l'amulette du maréchal des logis. Qu'il la garde m'étonna un peu. De fait, par moments, surtout lorsqu'il arborait l'expression douloureuse qu'il avait à son retour au bateau, je lui trouvais presque l'air d'un type qui en aurait fait cadeau à une fille en gage d'amour.

La déesse Fortuna l'avait protégé. Il n'était pas amoureux, il me l'avait dit. Quintus Camillus Justinus, tribun laticlave de la Première Adiutrix, s'était révélé l'un des diplomates naturels de l'Empire. La diplomatie implique un certain recours au mensonge… mais je ne pouvais croire que le frère d'Helena me dissimulerait la vérité, à moi.

56

Nous n'eûmes bientôt plus le temps de supputer.

Le vaisseau amiral de Petilius Cerialis était aussi impulsif et peu fiable que le général lui-même. Outre les regrettables dégâts dus au manque d'entretien, le gouvernail du navire avait dû prendre un mauvais coup pendant que les rebelles le halaient. Il se comportait tel un chameau rétif et naviguait en témoignant une totale absence de respect envers vent et courant. Pour une raison inconnue, tout le poids semblait déporté d'un côté, problème qui s'aggravait de jour en jour. Nous étions embarqués sur un bâtiment plein de caractère… le genre de caractère rogue que mon frère aîné Festus ramenait à la maison à l'issue de soirées – dont il ne gardait aucun souvenir – dans des tavernes bien loin de chez nous. Descendre la rivière à bord de ce navire tenait de la chevauchée sur une monture ne voulant aller qu'à reculons. Il voguait avec la grâce d'une bûche mouillée.

Nos ennuis provenaient en grande partie du manque de bras. Aux mains de marins expérimentés, le navire se serait magnifiquement comporté. Mais il lui fallait des hommes en suffisance pour garnir le double rang d'avirons et pour gréer, plus un pilote, son second et un surplus volant de matelots... sans compter le général qui aurait sans nul doute pris son tour aux avirons en cas de force majeure. À vingt-cinq, nous n'étions tout bonnement pas assez, et ce nombre incluait Dubnus, qui ne se révéla d'aucune aide, ainsi que le serviteur du centurion, qui donna clairement à entendre qu'il préférait qu'on ne compte pas sur lui – ses suppliantes demandes de mutation à Mœsia resurgissaient avec une insistance lamentable. À mesure que les jours se succédaient et que la rivière devenait plus large et plus profonde, nos vivres s'épuisaient. Nous nous affaiblissions, alors même que nos forces nous étaient le plus nécessaires.

La jonction avec le Rhenus nous prit au dépourvu. Le navire embarquait de l'eau. Toutes voiles tendues, nous étions nombreux dans les cales à tenter frénétiquement de stopper les fuites. Quand Probus poussa un cri, au début personne ne l'entendit. Mais quand, renversant la tête en arrière, il se mit à rugir, nous nous précipitâmes sur le pont. On le hua un peu avant de se rendre compte de la situation catastrophique dans laquelle nous nous trouvions. La gîte s'était aggravée. Le vaisseau amiral, se traînant toujours sur le flanc de tribord, penchait dangereusement bas à présent et devenait quasi ingouvernable. Nous n'étions pas en état d'affronter la moindre turbulence.

Je braillai de jeter l'ancre, mais elle n'accrocha pas.

La sécurité semblait juste à portée de main, qu'elle nous était aussitôt retirée. Le ciel gris rendait la scène encore plus funeste. Un vent du nord glacial apporta un effluve d'océan, nous rappelant cruellement que nous ne devions pas aller jusque-là. Nous espérions déboucher sur le fleuve principal : nous savions depuis le départ que faute de rameurs expérimentés, nous devrions nous laisser aller au fil du courant. Ce qu'il fallait faire, c'était dériver jusqu'à la rive romaine du Rhenus, puis gagner doucement Vetera à la voile. Remonter le courant serait impossible. Pour des amateurs luttant dans le but de stabiliser une galère énorme et fuyarde, les choses seraient déjà bien assez délicates comme ça. Si au moins nous parvenions à rallier le Rhenus sans encombres, nous pourrions héler un bâtiment de la flotte pour qu'il nous remorque… ou même qu'il nous embarque, car nous laisserions volontiers tomber tous les lauriers couronnant la prise du Liburne moyennant un rapide retour au bercail.

Le destin, qui s'était montré assez généreux comme ça, nous tourna alors le dos en toute splendeur. Entraîné par le courant croissant et alourdi par la pompe de cale noyée, le vaisseau amiral se mit à tournoyer lentement. Il devint manifeste, même à nos yeux, qu'il avait entrepris de couler. La situation était désespérée. En novembre, le fleuve est à son niveau le plus bas, mais il n'en demeurait pas moins impétueux, or nous n'étions pas tout à fait des volatiles à pattes palmées.

Helvetius hurla :

– Va falloir qu'on accoste *avant* que le Rhenus emporte ce rafiot !

Il avait raison. Nous nous trouvions du mauvais côté de la rivière – et toujours sur le mauvais cours d'eau – mais pour peu que le Liburne coule au beau milieu, nous perdrions tout, et les hommes se noieraient. Nos gars avaient peut-être grandi dans des ports, mais il ne se trouvait guère que les célèbres Bataves pour nager dans le Rhenus, survivre, et s'en vanter par la suite. Je ne pipai pas mot, mais je connaissais au moins un membre de notre groupe – moi – qui n'avait jamais appris à nager.

Par chance, bien que notre galère acariâtre refuse obstinément de voguer gentiment vers la sécurité, elle ne vit aucune objection à s'échouer sur une rive ennemie.

Nous accostâmes, c'est-à-dire qu'elle divagua de son propre chef jusqu'à la grève la plus boueuse qu'elle puisse trouver et s'y vautra avec un grincement déchirant, nous révélant qu'elle n'était désormais plus bonne qu'à pourrir sur place. Bien que le navire soit ancré, lui, l'équipage écœuré dut patauger à travers un interminable bourbier d'eau croupie et de vase pour atteindre ce que les pieds humains considèrent comme la terre ferme. Le Liburne avait opté pour la rive des Tenctères. Nous espérions au moins que ces derniers ignoraient que nous nous étions éclipsés de la tour de Veleda dans des circonstances que leurs collègues bructères auraient sans doute souhaité approfondir.

La jonction de ces deux grandes voies d'eau composait un paysage lugubre. Il faisait froid. L'environnement tout entier semblait inhospitalier. Le sol étant trop spongieux pour être cultivé, l'endroit avait l'air désert et inhabité. Un vol d'oies sauvages traversant tout à coup le ciel sans autre bruit que le bruissement fantomatique des ailes nous surprit plus qu'il n'aurait dû. Nous étions tellement sur les nerfs que cela risquait de provoquer des incidents.

Le Rhenus était en vue ; nous dépêchâmes un petit détachement chargé d'aller gadouiller sur la berge pour repérer un navire romain à héler. Pour une fois, il n'y en avait aucun… comme de bien entendu. Notre groupe de guetteurs laissa tomber cette corvée et revint, bravant les ordres, en prétendant sans grande conviction que le sol était trop marécageux pour traverser, mais nous étions trop abattus pour les sermonner. En sa qualité de centurion, Helvetius tenta péniblement de nous redonner du cœur à l'ouvrage.

– Et maintenant, Falco ?

– Maintenant je vais faire sécher mes chaussures, puis passer au moins trois heures dans mon hamac à déclarer les autres responsables de la tournure désastreuse des événements… Quelqu'un a autre chose à suggérer ?

– Tribun ?

– J'ai trop faim pour avoir des idées lumineuses.

Nous avions tous faim. Helvetius proposa donc que, puisque nous étions coincés là et que l'endroit grouillait d'oiseaux des marais et autres animaux sauvages, nous ferions tout aussi bien de déballer les javelines qui n'avaient jamais servi et d'aller chercher du gibier un peu charnu. Je me souvins qu'il avait jadis raillé ces imbéciles d'officiers qui tenaient à chasser le sanglier dans des endroits qu'ils savaient dangereux, mais la faim tenaillait nos gars au point de les rendre maussades, aussi le laissâmes-nous partir à la tête d'une équipe de ravitaillement. J'envoyai Lentullus chercher des écrevisses muni d'un seau, histoire de ne pas l'avoir dans les pattes. Le reste du groupe et nous vidâmes le navire et chargeâmes les chevaux provisoirement soustraits à la marmite maintenant que nous avions besoin d'eux. Puis nous nous mîmes en route en direction d'un terrain plus sec où établir notre camp.

J'avais les pieds mouillés, et la perspective de partager une tente pour huit avec vingt-quatre autres personnes me démoralisait d'avance. La pierre de notre briquet à amadou était tellement usée, à cette heure, que personne ne put allumer le feu. Helvetius avait le chic, lui… il savait tout faire. Sa présence était donc hautement nécessaire, or juste à ce moment-là, Orosius et les autres firent irruption dans le camp avec deux ou trois oiseaux des marais bien amochés, avouant qu'Helvetius semblait avoir disparu.

Cela lui ressemblait si peu que je compris sur-le-champ qu'une catastrophe s'était produite.

Justinus resta pour garder le camp. J'emmenai Orosius, un cheval et notre coffre d'infirmerie.

– Où étiez-vous la dernière fois que vous l'avez vu ?

– Personne en est sûr. C'est pour ça qu'on est revenus, tous.

– Par Jupiter !

Cela ne me disait vraiment rien de bon.

– Qu'est-ce qui s'est passé, Falco ?

– À mon avis, il doit être blessé. Ou pire.

Comme de bien entendu, le gars fut incapable de se rappeler où le groupe s'était scindé. Tandis que nous écumions les marais, il nous semblait entendre des bruits, comme si quelqu'un nous suivait. Nous nous faisions peut-être des idées, car les bruits nous parvenaient par intermittences, mais nous n'avions pas le temps de nous attarder. Nous arrivâmes à un endroit où des bras morts de la rivière stagnaient au milieu de roseaux géants. Là, sur un talus d'herbe ferme, au bord d'une crique, nous trouvâmes notre homme.

Il était vivant. Mais il n'avait pas pu appeler à l'aide : une lance romaine lui transperçait la gorge, une autre l'aine.

– Grands dieux ! Toi et tes petits salopards sans cervelle de copains, vous paierez ça, Orosius : on en étranglera un…

– Mais c'est pas nos lances à nous…

– Ne raconte pas d'histoires ! Regarde ça… *regarde !*

C'étaient des lances romaines. Pas de doute. Des fers de vingt bons centimètres de long montés sur un manchon d'acier souple qui s'était plié sous le choc. C'était fait pour. Planté dans le bouclier de l'ennemi, ce long manche en bois traînant à la suite d'une pointe tordue interdit tout déplacement, et il est impossible de l'arracher pour s'en débarrasser. Pendant que la victime se débat, on la charge au glaive.

Le centurion leva vers moi des yeux qui suppliaient… ou, plus vraisemblablement, qui me donnaient des ordres. J'évitai de croiser ce regard marron intense, fébrile.

Quelque part, tout près, un oiseau s'envola en criant.

– Fais le guet, Orosius…

On ne devrait jamais s'affoler à la vue du sang, c'est un médecin qui m'a dit ça un jour. Il pouvait se permettre de jouer les philosophes, lui : le sang lui assurait son gagne-pain. Pour l'heure, si ce médecin précis avait surgi au détour d'un saule, j'aurais fait de lui un milliardaire. Helvetius gémit, réprimant courageusement son cri. Face à cet homme qui souffrait de façon aussi atroce, il était difficile de ne pas prendre peur. Je n'osais pas le déplacer. Même si je parvenais à le ramener au camp, cela ne serait d'aucun bénéfice : ce qu'il fallait faire pouvait tout aussi bien être fait ici. Ensuite, nous pourrions envisager de le transporter.

Je roulai ma cape en boule pour la glisser sous la lance la plus basse. Pas encore en état de choc, Helvetius agrippait lui-même l'autre. Rompre le manche en bois contribuerait à réduire le poids des lances, mais compte tenu de l'angle selon lequel les fers étaient plantés, je n'osais pas tenter le coup…

Des voix. Heureux de trouver un prétexte, Orosius disparut pour aller voir. Je marmonnais, en partie pour rassurer Helvetius, mais surtout pour me calmer.

– Ne me regarde pas comme ça, vieux. La seule chose que tu aies à faire, c'est de rester allongé avec l'air héroïque. Le problème, il est pour moi… (Il tentait sans relâche de me dire quelque chose.) C'est bon. Je vais faire de mon mieux… tu pourras me dresser ta liste de doléances plus tard.

Je savais que je devais agir vite, mais la tâche aurait été plus facile si j'avais éprouvé un semblant d'assurance. Le sang provenait en grande partie de la plaie au cou. L'une des pointes ne s'était pas enfoncée : cela signifiait peut-être que le fer entier pouvait être retiré. Je refusai de penser que l'autre blessure risquait d'avoir entraîné une hémorragie interne. Il faut faire ce qu'on peut.

Notre coffret à pharmacie faisait partie des rares articles que Justinus avait réussi à soustraire aux Bructères. Il contenait principalement pommades et bandages, mais j'y trouvai tout de même un ou deux petits crochets fins en bronze susceptibles de m'aider à écarter suffisamment la peau pour dégager la pointe du fer. Il y avait même un appareil pour extraire les projectiles, mais j'en avais vu un en usage une fois : il fallait l'insérer, le glisser sous la pointe, puis retirer avec art. Or c'était un art que je ne possédais pas. Je décidai de m'en passer en premier lieu.

Je perçus du mouvement, ou un bruit, dans le cours

d'eau sur ma gauche. Pas exactement un *plouf,* plutôt un froissement liquide. Si ténu que j'y pris tout juste garde, penché au-dessus d'Helvetius : je n'avais pas de temps à perdre avec je ne sais quelle loutre ou grenouille vadrouillant dans les roseaux.

– *Aurochs*…

Notre vaillant soldat délirait comme un enfant fiévreux.

– N'essaie pas de parler…

Suivit alors une débandade dans les joncs, une course, un cri, puis un groupe d'hommes surgit de nulle part, lances brandies, prêts à tirer, mais à notre vue, ils retinrent leur bras et s'agrippèrent au manche de leurs armes.

57

C'était un groupe de chasseurs, dirigé par je ne sais quel salopard d'aristo vêtu d'un discret lainage marron bien tissé. Juché sur un cheval espagnol, il était entouré de plusieurs compagnons déférents, de deux porteurs tenant des lances supplémentaires, et fulminait d'une rage apoplectique. Il jeta un regard alentour, nous repéra et, dans un latin impeccable, cracha :

– Par Castor et Pollux !… Mais que font ici des *hommes ?*

Je me levai.

– Ils existent… comme toi !

Mon propre latin le stoppa net.

Il sauta à bas de son cheval, lâcha la bride, puis

s'avança vers nous à grands pas… pas trop près cependant.

– Je vous ai pris pour des Tenctères. Nous les avons entendus dans les parages. Il ne manquait plus que ça. J'ai perdu ma proie. Du gros gibier…

Les cheveux qu'il s'arrachait étaient noirs, coupés selon un savant dégradé destiné à mettre en valeur sa belle tête, et les dents qui grinçaient, bien rangées, soignées, blanches. Des incrustations d'argent rehaussaient son ceinturon, il portait un genre de chaussures souples ornées de glands fixés à l'aide d'aiguillettes en bronze, et la chevalière frappée de son sceau s'ornait d'une émeraude. La rage qui le défigurait était celle qu'on peut voir tous les jours au Forum des gens de Rome, lorsqu'un ânier inattentif bouscule quelque notable sortant de la Basilica Julia.

J'étais épuisé. Tout mon corps me faisait mal. Jamais mon cœur n'avait été plus lourd.

– Ton gibier est là, répondis-je doucement. Pas encore tout à fait mort.

Je m'écartai d'un pas pour que cet homme à l'accent outrageusement sénatorial voie mieux notre centurion blessé, gisant à mes pieds.

– Voici Appius Helvetius Rufus, centurion de la Première légion Adiutrix. Ne te fais pas de souci, poursuivis-je courtoisement, Helvetius est quelqu'un de pragmatique. Il a toujours su qu'il était moins en danger devant l'ennemi que face à la crasse incompétence des officiers supérieurs…

– Je suis un officier romain, déclara le meneur du groupe d'un ton hautain, haussant ses sourcils soignés sous sa frange brune bien coupée.

– Je sais qui tu es. (Quelque lueur dans le regard ironique que j'osais lui retourner dut l'alerter.) Je sais beaucoup de choses à ton sujet. Tes finances reposent sur un système de dettes extrêmement complexe, ta vie domestique est sens dessus dessous. Ta femme réclame constamment, et ta maîtresse mérite mieux. Et elles seraient toutes les deux *horrifiées* de savoir que tu fréquentes certaine personne de ma connaissance à Colonia…

Il eut l'air ébahi.

– Serais-tu en train de me menacer, par hasard ?

– Sans doute.

– Qui es-tu ?

– Je m'appelle Didius Falco.

– Me dit rien ! aboya-t-il.

– Ça devrait. Voilà six semaines que j'aurais dû me présenter à toi, si tu avais été disponible. Tu te serais ainsi épargné un plein bureau de dépêches attendant une réponse, au nombre desquelles la lettre cruciale de Vespasien concernant le devenir de ta légion.

Il ouvrit la bouche pour parler. Je poursuivis sans hausser le ton ni me précipiter :

– Il s'y interroge également sur *ton* devenir. Tu t'appelles Florius Gracilis. Ta légion est la Quatorzième Gemina, et la seule chose qu'on puisse faire, c'est prier pour que tes hommes aient assez d'expérience pour survivre à un légat qui fait preuve d'une inconcevable désinvolture à l'égard du commandement.

– Écoute…

– Non, c'est toi qui écoutes, légat ! (Je lâchai le titre comme une insulte.) Je viens de constater que tu utilises les lances de l'armée à des fins privées, du mauvais côté du Rhenus, accompagné d'un groupe que l'empereur taxera sans doute d'impropre…

L'un des compagnons du légat esquissa brusquement un geste obscène. Je reconnus la prestesse du mouvement aussi bien que le menton fendu et le rictus. Je regardai l'homme droit dans les yeux.

– Te voilà bien loin de Lugdunum ! lançai-je.

58

Le Gaulois que j'avais vu pour la dernière fois en pleine dispute avec les deux potiers germains fit front d'un air mauvais. J'avais traversé un autre monde depuis mon passage par sa province alors que je faisais route vers la Germanie supérieure, mais la querelle à Lugdunum et la découverte du corps des potiers me revint alors en mémoire avec beaucoup de précision. Le grand Gaulois au rictus ne dit rien. Tant mieux. Ça attendrait. Pour l'heure, vulnérable au cœur de ce paysage désolé, je rechignais à l'affronter.

Je sentis plus que je ne vis le geste qu'ébaucha faiblement Helvetius. Je compris qu'il m'avertissait. Et tout à coup je compris pourquoi notre centurion gisait ainsi, sur ce talus herbeux, avec deux lances dans le corps. Je me souvins d'une conversation que lui et moi avions eue avant de quitter Moguntiacum. Lui aussi avait vu le potier gaulois se disputer avec Bruccius et son neveu à Lugdunum ; plus tard, il avait même vu le Gaulois les filer. Peut-être ce dernier avait-il vu Helvetius. Au tribunal, la parole d'un centurion suffirait à faire condamner un natif de la province concernée. Pour un homme ayant déjà tué à deux reprises, tomber sur

Helvetius tout seul ici, au beau milieu de ce désert, devait avoir eu l'air d'un cadeau des dieux.

Je me demandai si Florius Gracilis savait quel genre d'*accident* au juste était advenu au blessé, mais à voir sa mine lorsqu'il posa les yeux pour la première fois sur Helvetius, j'en doutai. Tremper personnellement dans la corruption était une chose, mais le meurtre serait trop inconsidéré.

Ignorant qu'il était de la totalité de l'histoire, Gracilis opta pour le bluff. Sans doute pensait-il avoir dissimulé sa participation à l'escroquerie portant sur les fournitures, et parvenir à brouiller définitivement toutes les pistes une fois rentré au bercail.

– Tragique accident, grommela-t-il. Fais-moi savoir si je peux vous aider… Tout à fait regrettable. Les accidents sont des choses qui arrivent. Cette expédition est une catastrophe depuis le premier jour. J'étais censé rencontrer je ne sais quel colporteur qui prétendait être en mesure de me montrer le champ de bataille de Varus. Un escroc fini. Il a empoché mon argent pour s'acheter son propre équipement, puis il m'a fait faux bond.

Dubnus.

– Si ton homme est un Ubien à grandes dents doué pour pleurnicher, c'est moi qui l'ai détourné, lançai-je.

Ma position s'affermit imperceptiblement. Dubnus était également un témoin des escapades que le légat s'offrait sur les deniers de l'armée, or voilà que je tenais Dubnus… Je vis Gracilis plisser les paupières : il comprit l'argument. Histoire de river le clou, j'ajoutai :

– Le colporteur en question nous a dénoncés aux Bructères, et on peut affirmer en toute certitude qu'il projetait de te réserver le même sort.

– Ah ! ça, j'en doute fort !

En dépit des années que j'avais passées à observer les sénateurs, l'arrogance de celui-ci me coupa le souffle. D'une façon ou d'une autre, il allait falloir rentrer au bercail. J'étais prêt à marchander. Je me campai encore plus fermement sur mes positions et lançai au légat de but en blanc :

– Si ce Gaulois fait partie de tes amis, tu ferais bien de te montrer plus prudent. Il va sans doute devoir répondre de la mort de deux hommes à Cavillonum. (Je lui laissai une échappatoire :) Les victimes étaient des habitants de la province que tu commandes. La collectivité de Moguntiacum attend de toi que tu t'en occupes.

J'avais correctement jaugé l'homme.

– On dirait que j'ai des choses à tirer au clair !

Le légat prit imperceptiblement de la distance vis-à-vis de l'homme au menton fendu. Les rusés renards ont un chic consommé pour manger à tous les râteliers, en fin de compte.

– Je n'ai aucune idée de la raison de ta présence ici, relança le légat du ton stylé, élégant, aristocratique de qui s'attend à s'en tirer avec tous les honneurs compte tenu de son origine stylée, élégante et aristocratique. Pour ma part, je suis en train d'effectuer une opération de reconnaissance politique.

C'était une façon de décrire son détournement des fonds publics.

– Ah oui ? (L'agacement que j'éprouvais à entendre son ton désinvolte me faisait la voix coupante.) Civilis, c'est ça ? L'Île ? Batavodurum ? Tu es resté longtemps à Vetera ?

– Ce qui m'intéressait, c'était de me balader dans les environs…

Un voyeur. Helvetius était agité de soubresauts convulsifs. Je perdais patience, moi aussi.

– Constater les dégâts, humer la catastrophe, emporter une des pierres du rempart en guise de souvenir ? Quelques jours de répit par là-dessus pour la *vraie* chasse, et dommage pour le solide ancien combattant romain qui croise le chemin de tes lances… En fait, je pensais que tu avais sans doute traversé le fleuve pour aller négocier avec la prophétesse.

– Veleda ? (Gracilis eut l'air véritablement choqué.) Vespasien n'enverrait personne affronter cette sorcière !

Je décidai de ne pas le détromper.

– Alors, tu as trouvé Civilis ?

– Non, répondit-il.

Oh, après tout, il était sénateur. Il finirait sans doute par décrocher une couronne de lauriers simplement pour avoir tenté de le faire.

Après tout ce que nous venions d'endurer nous-mêmes, je dus m'énerver. Je n'étais pas naïf au point d'espérer que Vespasien allait déposer ce répugnant individu sans que je lui présente quelque scandale bien plus grave que le fait de truander sur les bénéfices des contrats de fournitures ou de partir chasser en territoire barbare. Les crimes du légat portaient sur des affaires de sexe, d'assassinats et d'argent… mais pas des affaires de sexe assez ignobles pour effaroucher Rome. Pas des pots-de-vin assez substantiels pour qu'on engage des avocats chargés de sévir. Et pas assez d'assassinats.

– Tu as dépassé les frontières, légat. À tous égards.

Cependant, Helvetius était en train de s'affaiblir à mes pieds.

– Je suis accompagné d'un groupe d'hommes épuisés et à demi morts de faim, plus ce centurion gravement blessé. Nous sommes chargés d'une mission impériale dont je ne peux parler publiquement, et nous voilà plantés là sans moyen de locomotion, ni cuirasses, ni vivres. Puis-je te suggérer de sauver ta réputation en nous aidant à regagner notre camp d'affectation ?

Je m'étais trompé dans mes estimations. Le Gaulois marmonna quelque chose. Le légat de la Quatorzième soupesa cyniquement notre situation désespérée en regard des preuves que nous détenions et qui risquaient de salir son nom.

– Va donc rôtir aux Enfers ! jeta Gracilis.

Il avait pourtant commis une erreur, lui aussi. Une erreur pire que la mienne.

Plusieurs incidents se succédèrent très vite. Helvetius émit un pitoyable gémissement qui me précipita à genoux à côté de lui. Le Gaulois brandit sa javeline. Des éclats de voix suspendirent son geste. À l'autre bout du talus, Orosius surgit de buissons touffus, flanqué de Lentullus portant toujours son seau à crustacés, et du domestique du centurion. J'étreignis le poignet d'Helvetius pour lui signifier de garder son calme le temps que je m'occupe de tout.

Un violent soubresaut le parcourut alors. Il me projeta à terre. C'était son intention : il me mettait en garde.

Comme je m'étalais à la renverse, mon cri de protestation mourut sur mes lèvres. À trois enjambées de là, bronchant face au légat, se dressait le plus gros taureau que j'aie jamais vu.

59

Je me redressai tant bien que mal, plaquai les bras le long de mon corps en bredouillant *Hep !* d'un ton suppliant. L'aurochs secoua dédaigneusement la tête.

Aucune étable n'aurait pu contenir un tel bovidé, animal brunâtre à la queue étoffée de mèches laineuses noires en leur extrémité. Il avait l'échine plate, une énorme tête, de courtes pattes et une encolure capable de démolir n'importe quelle maçonnerie et pourvue d'une épaisse crinière de fourrure rousse. Ses cornes recourbées en l'air étaient assez puissantes et larges pour y empaler une femme… quelque Dircé ayant réussi à se mettre à dos des gens capables d'imaginer d'effroyables châtiments. L'animal exhalait un souffle stertoreux, tel un cyclope au stade ultime de la pneumonie.

L'aurochs est indomptable. L'espèce à laquelle il appartient date de plusieurs siècles avant l'invention humaine de la tranquille domesticité. Le spécimen en question était gigantesque, pourtant il semblait capable de se mouvoir avec beaucoup de délicatesse… le genre d'agilité précise qui s'accompagne en outre de redoutables pointes de vitesse. Son œil furibond nous révéla que les lances plantées dans son pelage telles des épines de ronces l'avaient déjà mis hors de lui, et qu'à présent, ayant acculé avec une hargne rusée les auteurs de ce méfait, il projetait d'amocher gravement tout ce qui bougerait. Pour agrémenter le tout, il poussa un long beuglement contenu chargé de toute la rage, toute la douleur primitives. Il foudroyait le légat d'un regard pensif, comme s'il évaluait l'endroit où il pourrait frapper au plus sensible. Puis il frappa le sol du pied.

Nous restâmes tous absolument immobiles.

Je n'aime pas me rappeler ce qu'il advint alors de Florius Gracilis. Le pire fut qu'il vit la chose arriver. Lâchant un léger gargouillis, il prit ses jambes à son cou. Le gigantesque animal s'élança en beuglant à ses trousses, à une vitesse telle que le légat n'avait aucune chance. Il fut encorné, jeté à terre, malmené puis piétiné à mort. Certains des hommes qui l'accompagnaient tentèrent de lancer leurs javelines, mais sitôt Gracilis à terre, nous fûmes tous saisis d'épouvante. Les hommes prirent tous la fuite. Sauf les miens et moi.

L'aurochs avait dû apprécier ma binette : je constatai sans peine qu'il m'avait élu deuxième de sa liste.

Il fallait que je protège Helvetius. J'entrepris de m'écarter lentement vers la gauche. C'était la seule direction possible, mais très vite, je dus m'arrêter car j'arrivais au bord de la crique. La berge plongeait une bonne trentaine de centimètres plus bas, donnant sur un surplomb tapissé de hautes herbes sales de mauvais augure. La dernière des choses que je souhaitais, c'était de finir dans une profondeur d'eau indéterminée et de me retrouver en train de patouiller lamentablement pendant que l'énorme bête chargeait.

L'aurochs souffla sauvagement, fouaillant le corps ensanglanté du légat mort d'un ultime et méprisant coup de sa redoutable corne. Il attendit que je m'immobilise, puis il commença à avancer.

La suite fut brève, désordonnée, et piteuse.

Derrière l'aurochs, mes trois compagnons pétrifiés reprirent vie. Orosius commença à cavaler et ramassa une lance oubliée. Je vis le domestique se précipiter vers Helvetius. Lentullus lança bravement son seau à crustacés, touchant l'aurochs au mufle. La bête dressa la tête, sans pour autant s'interrompre dans son élan. C'était comme se faire charger par un immeuble lancé à toute vitesse.

Le coup de seau ne l'arrêta pas : rien ne pouvait le faire. Mais le moment où l'animal cilla me permit juste de bondir. Acculé au bord de la crique, je n'avais qu'une issue : je me jetai de côté. L'aurochs passa devant moi, si proche que j'écartai prestement mon bras.

Sans rien regarder, il fonça tête baissée. Si je m'étais mis à courir, il m'aurait encorné dès le deuxième pas, mais cette fois quelque chose l'arrêta : Lentullus. Courant aux trousses de l'animal, le garçon l'avait empoigné par la queue et tenait bon, les dieux savent comment, le visage convulsé par l'effort. D'une embardée furieuse, le puissant bovidé dévia de sa trajectoire. Secouant violemment l'encolure en tous sens, il éjecta le jeune imbécile. La ruade expédia notre recrue loin dans la crique. Mais déjà, un autre fou était en train de tenter une prouesse stupide. M. Didius Falco, ayant jadis vu une fresque murale crétoise, choisit ce morne rivage germain pour arène où ressusciter l'art oublié de la danse taurine. Tandis que l'aurochs continuait à beugler après Lentullus, je fonçai droit sur l'animal et bondis à califourchon sur son dos.

Le pelage était aussi rêche que de la corde d'amarrage et puait le fauve. Une queue emplâtrée de bouse me cingla l'échine. Je n'avais qu'une arme, glissée dans ma chaussure comme d'habitude : mon couteau. Tant bien que mal, je m'en saisis, m'agrippant de l'autre main à une corne. Je n'eus pas le temps de réfléchir : la mort allait s'abattre sur l'un de nous deux. Je m'arc-boutai, serrant les genoux tel un étau, tirai de toutes mes forces sur la puissante corne, redressai la tête, me penchai derrière une oreille nerveuse, un œil démoniaque, et commençai à taillader dans la gorge distendue de l'aurochs.

La mort ne fut ni propre ni rapide. Il fallut plus de temps, et largement plus d'énergie que quiconque pourrait se l'imaginer après avoir un jour assisté, vêtu d'une toge immaculée, aux sacrifices taurins conduits par les délicats prêtres de Jupiter sur la colline du Capitole.

60

– *Par Mithras !*

Je crus que cette exclamation admirative émanait d'Helvetius, mais ce devait être de son domestique. J'avais le bras gauche si fermement cramponné que j'eus du mal à le dégager. Mes propres vêtements, ma peau semblaient imprégnés de la puanteur de l'animal. Je m'affalai à terre, tremblant de tous mes membres. Orosius accourut et me tira plus loin, en sécurité. Lentullus émergea de la crique en titubant, puis s'évanouit sur place.

– Sûrement le choc, grommela Orosius en se détournant pour aller s'occuper de son compagnon. Découvrir qu'il est capable de faire quelque chose de ses dix doigts…

Je me sentais écœuré… de moi-même, de l'animal dont la fureur m'avait obligé à cette boucherie, et du sang chaud dont je ruisselais de la tête aux pieds. J'appuyai le front contre le dos de ma main, puis m'égouttai le front en sentant qu'il y avait du sang là aussi. Tant bien que mal, je me traînai jusqu'à Helvetius. Son domestique, qui s'appelait Dama, leva les yeux vers moi.

– Je savais bien que j'aurais mieux fait de partir à Mœsia… geignit-il avec amertume.

Puis il éclata en sanglots. Helvetius était mort.

À peine avais-je ravalé ma propre détresse que quelques membres du groupe de chasse du légat se risquèrent à resurgir, menés par le Gaulois au rictus, décidé sans aucun doute à sauver sa peau.

L'affrontement fut bref. J'étais encore agenouillé à côté d'Helvetius, lui étreignant la main. Je lançai au Gaulois :

– Je ne veux plus jamais revoir ta trogne, que ce soit en Germanie libre ou romaine. Tu as tué pour protéger ton négoce, et tué pour te protéger, toi. C'en est terminé.

– Des preuves ? lança-t-il, sarcastique, en désignant le centurion mort.

Dama prit soudain la parole. Il s'adressa à moi, comme s'il ne pouvait s'autoriser à parler à l'assassin de son maître.

– Helvetius Rufus était un homme secret, mais il me parlait quand je l'aidais à enfiler son armement. Il m'a dit ce qu'il avait vu en Gaule.

– Accepterais-tu de témoigner devant un tribunal ?

Il acquiesça.

Le Gaulois brandit une lance. Son intention était claire. Mais nous n'étions plus seuls et vulnérables. Ensemble, Orosius et Lentullus armèrent eux aussi leurs javelines, prêts à lancer.

Je me relevai, couvert de sang. Je devais avoir l'air effrayant.

– Un mot de travers, un geste qui me déplaise, et je

me ferai un plaisir de te montrer ce que ressent l'aurochs maintenant qu'il est mort !

Les hommes qui l'accompagnaient reculèrent tous lentement. Je les envoyai au diable d'un geste furieux. Ils disparurent tout aussi lentement de notre champ visuel, emportant le Gaulois de Lugdunum avec eux. J'ignore ce qu'il advint d'eux par la suite, d'ailleurs leur sort m'importe peu. En tant que Celtes, ils couraient bien moins de risques en Germanie libre que nous-mêmes.

Ce soir-là, nous dînâmes d'escalopes d'aurochs, mais ce fut un festin amer. Nous instaurâmes une double garde. Personne ne dormit beaucoup. Nous levâmes le camp de bonne heure puis nous mîmes en route vers le sud, en espérant trouver le vaisseau du légat mort quelque part le long de la berge.

Nous rentrions au bercail, avec deux cadavres à ramener, et plus d'un parmi nous se sentait brisé de chagrin. Nous ne tardâmes pas à l'être tous.

Car tout en cheminant lugubrement, nous arrivâmes dans un endroit boisé. Peu après y être entrés, nous découvrîmes qu'il y avait là d'autres occupants. Ils étaient cinq fois plus nombreux que nous et nous avaient repérés. C'était une bande de guerriers à cheval, de farouches ennemis de Rome : des Tenctères.

61

Nous nous retrouvâmes cernés sans même nous en rendre compte, mais nos adversaires n'attaquèrent pas tout de suite. Peut-être étaient-ils aussi surpris que nous de trouver d'autres gens dans leurs bois.

Nous mîmes nos recrues en formation carrée… avec un beau succès compte tenu du fait que ces gars n'avaient appris la manœuvre qu'en théorie. Helvetius les avait entraînés, cependant. En tant que formation, c'était acceptable. Mais nous savions tous que le carré était trop petit. Le véritable avantage du carré consiste à bloquer les boucliers tout le tour en rempart de protection. Nous n'avions pas de boucliers.

Justinus était trop fatigué et bouleversé pour se lancer dans une harangue éblouissante, mais il demanda aux gars de faire de leur mieux. Ces derniers échangèrent des regards francs d'anciens combattants : ils comprenaient la situation dans laquelle nous nous trouvions.

L'après-midi tirait à sa fin. Une fine bruine envahit le bois. Nous étions tous sales, affamés et frigorifiés, la bruine nous dressait les cheveux sur le crâne. Je remarquai que le cuir de nos chaussures avait durci et rebiquait sur les bords, sillonné de traces blanchâtres de boue et de sel. Les feuillages avaient changé de couleur dans le courant de la semaine écoulée. Le froid pénétrant charriait les premiers avertissements de l'hiver.

Je détectais une odeur d'humus et de peur. C'était une frayeur de trop. On se serait cru dans un cauchemar, lorsqu'on se traîne au fil d'une interminable succession de catastrophes grotesques en *sachant* qu'il s'agit d'un cauchemar et qu'il faut en sortir vite, mais sans parvenir à s'en libérer et s'éveiller en sécurité dans son lit avec quelqu'un d'aimant qui nous réconforte.

Nous ne comprenions pas pourquoi les Tenctères n'attaquaient pas. Nous les apercevions de temps à autre entre les arbres. Ils étaient à cheval. Leur présence était tangible de toutes parts. Nous entendions leurs montures piétiner sans relâche, les harnais cliqueter. Un homme toussa. Compréhensible, s'il vivait dans cette brume émanant du fleuve.

Ils étaient juste hors de la portée de nos lances. Nous nous tînmes là pendant ce qui nous parut une éternité, réprimant fiévreusement le premier geste susceptible de nous mener à notre fin. Nous entendions des sabots froisser les feuilles mortes raidies. Un vent fuyant bruissait au-dessus de nos têtes. Il me sembla entendre autre chose.

Justinus et moi nous tenions dos à dos. Il dut percevoir mon alarme, car il regarda alentour. Le visage offert à la bruine, je dressais l'oreille pour saisir un son, un bruit quelconque. Je n'eus pas besoin de lui dire quoi que ce soit : ce garçon singulier et taciturne avait rapporté de la tour de Veleda la manie de l'action solitaire. Il tendit l'oreille à son tour, sans un mot. Puis il lâcha un petit cri bref, et avant que nous puissions l'en empêcher, il fila hors du carré.

Il franchit au pas de course les quelque dix pas qui nous séparaient de l'endroit où nous avions laissé nos maigres bagages. Il courait en zigzags : une chance, car une lance jaillit des arbres en sifflant. Elle manqua sa cible. L'instant d'après, le tribun était accroupi, vaguement abrité derrière nos montures. Il se redressa bientôt, s'accouda contre le flanc d'un cheval pour assurer son équilibre le temps de soulever quelque chose. C'était le buccin à large embouchure qu'il avait emporté dans ses bagages en guise de farce.

Le son qu'il en tira tenait plus du chevrotement que la sonnerie qu'il avait réussi à émettre chez les Bructères, mais il conservait quand même des vestiges décelables de la deuxième relève nocturne. Ce devait être la seule sonnerie qu'il ait appris à jouer.

Une pluie de flèches et lances tenctères tenta de le réduire au silence. Justinus se laissa tomber à terre, se couvrant la tête. Mais il devait avoir entendu, comme nous tous, une autre note : claire, haute, et expertement prolongée. Quelque part, dans un endroit pas si éloigné que ça, un deuxième buccin romain en bronze avait suavement répondu au sien.

Nous ne les vîmes pas partir. Les Tenctères durent s'éclipser en silence.

Peu de temps après, un détachement vexillaire composé d'hommes de la Quatorzième Gemina surgit des bois. Tous s'étaient portés volontaires pour la mission. Le détachement avait été assemblé, puis acheminé le long du fleuve à l'initiative de l'homme qui les commandait. En dépit de mon *a priori,* je fus contraint de reconnaître en lui Sextus Juvenalis, le préfet de camp de Moguntiacum. Les légionnaires cherchaient leur légat disparu, mais comme la Quatorzième se vante toujours de son jusqu'au-boutisme, ils récupérèrent le corps de leur commandant et nous sauvèrent du même coup.

62

Moguntiacum. Un pont, un poste de péage, une colonne ridicule… et la fille dont je me languissais.

Le trajet avait pris assez longtemps pour que nous commencions à nous réadapter au monde réel. Mais il faudrait peut-être plus longtemps au monde pour se réadapter aux sauvages que nous étions. Au fil du fleuve s'étaient succédé les villes civilisées offrant bains et nourriture romaine. Des contacts civilisés, en outre, avec des hommes que nous comprenions, bien que, pendant une grande partie du voyage, nous nous soyons repliés sur la petite bande que nous formions, isolée par une aventure qui semblait trop écrasante pour en discuter.

Lorsque, finalement, nous débarquâmes et retournâmes au fort d'où nous étions partis, nous emportâmes les cendres du centurion pour les déposer au sanctuaire du *principia*. En quittant l'esplanade des défilés, les recrues nous dirent au revoir. Je n'allais sans doute pas tarder à partir, et le lien étroit qui les reliait à leur tribun laticlave devrait cesser quand Justinus endosserait à nouveau la dignité altière qui sied à son rang. Avec un chagrin visible, notre groupe dépenaillé nous quitta sur la via Principia, mais juste à ce moment-là, une bande de camarades qui passait par là leur lança quelques mots de bienvenue. La rencontre galvanisa nos gars qui s'éloignèrent avec des mimiques ostensiblement fanfaronnes. Seul Lentullus se retourna à la dernière minute et agita timidement la main.

La gorge de Justinus lui posait quelques problèmes.

– Ça me coûte de le dire, mais ils vont me manquer.

– Ne t'en fais pas. (Même moi, je me sentais abattu.) Tu vas reprendre le harnais, Quintus. Il y aura quantité d'autres ennuis…

Il jura d'un ton enjoué, dans l'une des différentes langues qu'il avait apprises pour baratiner les femmes. Justinus avait eu la bonne idée d'envoyer un message au secrétaire de son légat pour lui annoncer qu'il avait tellement à dire qu'il lui faudrait un rendez-vous en bonne et due forme… plus tard. Cette esquive nous permit de retourner chez lui en toute liberté, en feignant de nous balader tranquillement comme si nous n'avions aucun projet particulier.

Helena était dans le jardin. Il faisait trop froid pour cela, mais cela lui garantissait la solitude. Notre absence la rongeait. Son frère et moi débouchâmes côte à côte dans la galerie. Le visage d'Helena sembla s'illuminer de joie presque avant qu'elle n'entende nos pas : le dilemme qui l'assaillit alors consistait à savoir vers lequel de nous deux elle allait d'abord se précipiter.

Nous fîmes halte tous les deux, chacun voulant laisser l'autre l'étreindre le premier. Je remportai cet assaut de politesse. J'y tenais. Je souhaitais que Quintus l'embrasse, de sorte que lorsqu'il me passerait le colis, j'aurais alors toute liberté de la retenir contre moi. Mais Helena Justina le dépassa en coup de vent et s'abattit contre moi.

Il eut l'amabilité de sourire, avant de se détourner tristement.

– Reste, mon ami…

Helena fut très prompte. Comme si telle avait toujours été son intention, elle se dégagea de mon étreinte et enlaça joyeusement son frère.

– Falco, espèce d'horreur, qu'est-ce que tu as fait à mon frère ?

– Il a vieilli, répondis-je. Malédiction que la plupart des gens parviennent à s'éviter, mais quand ça frappe, ça a tendance à faire mal.

Elle riait. J'avais oublié à quel point j'aimais ce rire.

– Et comment cet accident est-il arrivé ?

– Ne demande pas. Ç'a dû être tellement affreux qu'il refuse d'en parler.

Helena prit un air tranquille qui annonçait que le jeune Quintus allait devoir abdiquer, puisqu'elle-même s'était mis dans la tête qu'il ne tarderait pas à avouer. Elle le tint à bout de bras pour se livrer à un féroce examen.

– Il a l'air plus grand !

Quintus se contenta à nouveau de sourire, tel l'individu qui sait tenir sa langue et a bien l'intention de le faire.

Je compris alors que je m'étais peut-être légèrement trompé sur l'aventure qu'avait vécue le tribun dans la tour de Veleda. Je n'eus pas l'occasion de lui poser la question, car mon horrible nièce et la Petite Tignasse filasse avaient dû nous entendre arriver. Elles surgirent au galop en hurlant, ce qui passa pour des saluts, puis le chien du tribun fêta son retour au bercail en mordant un serviteur, après quoi un message arriva informant que le légat de la Première était tellement ravi de nous savoir de retour sains et saufs qu'il souhaitait voir Justinus sur-le-champ…

Après son départ, j'attendis qu'Helena pose les questions qui s'imposaient, mais bien que le jeune tribun soit son frère préféré et qu'elle l'aime tendrement, je le savais, elle se borna à se soucier uniquement de moi, pour une raison que j'ignore. J'aurais pu protester, mais elle avait visiblement décidé de m'entraîner dans un coin sombre pour se livrer à je ne sais quelle indécence, aussi m'en accommodai-je plutôt que de la décevoir.

J'avais poussé ma mission aussi loin que possible… plus loin que Vespasien n'était en droit de l'attendre, mais je n'étais pas naïf au point de me convaincre que cet imprévisible tyran allait en convenir. Ce vieux radin espérait tirer le maximum de son argent avant de me laisser rentrer chez moi ; or soumettre Civilis figurait encore à mon programme. Cela dit, je m'étais assez bien débrouillé pour mériter mes honoraires. Ma note de frais s'élevant à un montant qui nécessitait désormais de piocher dans le Trésor, ma tignasse ne serait certainement la bienvenue au Palatin que le plus tard possible.

Pour des raisons personnelles, je n'avais pas grand-hâte de filer d'ici. L'heure pénible des décisions approchait, perspective aggravée par le fait que je savais déjà quelle devrait être l'issue. Puisqu'elle refusait de prendre elle-même ses décisions, j'allais devoir imposer les bonnes à Helena.

Je prétendis que je restais au fort pour terminer mon rapport sur la Quatorzième, et affirmai que la tâche était ardue. Remarque plausible. J'ai horreur des rapports. J'étais parfaitement capable de rédiger celui-là, mais il me manquait la volonté de commencer.

Je passai des heures dans le bureau du tribun à mâchonner le bout d'un stylet, regardant Helena Justina jouer aux dames toute seule en me demandant combien de temps il lui faudrait pour s'apercevoir que je la voyais tricher. Je me sentis finalement obligé de le lui dire. Furieuse, elle quitta la pièce, ce qui me contraria car je préférais infiniment rêvasser en la regardant.

Je me remis péniblement au travail. Le stylet mesurait trois centimètres de moins, à présent. Des éclats de bois détrempés ne cessaient de s'en détacher, me piquant la langue. En les crachant, je remarquai que ma nièce et sa camarade étaient postées au détour de la porte, plongées dans un conciliabule. J'avais constaté une ambiance lourdement mystérieuse depuis mon retour. Mon rapport m'ennuyait tellement que, cette fois, je m'avançai à pas de loup, bondis hors de la pièce en rugissant, et attrapai les deux gamines. Puis je les traînai à l'intérieur du bureau et les installai chacune sur un de mes genoux.

– Bon, vous voilà prisonnières. Et je vais vous garder là jusqu'à ce qu'une de vous dise au gentil oncle Marcus pourquoi vous êtes sans arrêt en train de guetter au détour de cette porte. C'est moi que vous espionnez ?

Au début, ça n'eut l'air de rien. J'étais le suspect du jour. Les deux gamines passaient des heures à jouer aux détectives. Ce qui n'avait rien de gratifiant ; c'était précisément pour les mêmes raisons que Festus et moi avions toujours voulu être fripiers : une existence sale, vile, qui aurait fait horreur à notre mère.

– Mais on te racontera rien du tout de ce qu'on a vu ! lança Augustinilla.

– Ça marche. Ça m'évitera d'être obligé d'agir.

Elle eut l'air satisfaite de ma réponse. La famille entière aimait à croire que l'infâme oncle Marcus préférait passer toutes ses journées au lit plutôt que de se donner la peine de gagner un salaire honnête. Je décochai un grand sourire mauvais à la gamine.

– Il faudrait que tu sois sacrément maligne pour avoir trouvé quoi que ce soit d'important. La plupart des détectives passent des semaines à filer discrètement les gens sans jamais rien trouver…

Je constatai que Tignasse était en proie à un déchirant dilemme. Contrairement à ma nièce, elle était assez futée pour souhaiter que sa découverte soit diffusée… quoique pas assez pour la dissimuler et tirer un meilleur parti de son avantage.

– Dis-lui pour le gars des flèches ! lâcha-t-elle.

Cela me rappela quelque chose. J'étais intrigué, à présent, aussi m'efforçai-je d'avoir l'air de me barber. Peu importait à Augustinilla. Elle fit vigoureusement non de la tête. Je m'adressai directement à Arminia pour lui demander où elles avaient vu ce garçon.

– Augusta Treverorum.

J'eus un haut-le-cœur.

– Qu'est-ce que diable vous fichiez là-bas ?

Ma nièce ouvrit la bouche et me montra un trou rougeâtre marquant l'ancien emplacement d'une dent.

– Arrête tes simagrées. Je vois ton petit déjeuner qui se tortille dans tes boyaux. Qui êtes-vous allées voir ?

– Mars Lenus, me révéla-t-elle comme si elle s'adressait à un demeuré.

– Mars qui ?

– Mars le Soigneur, consentit à préciser Arminia.

C'était du sérieux. Je comblai certaines lacunes de moi-même :

– Augustinilla avait mal aux dents : je me souviens de ça, c'était avant que je m'en aille.

Les demoiselles n'eurent pas l'air impressionné par cette subtile allusion aux forêts pleines de brouillard et d'animaux féroces que je venais de traverser.

– Donc, Helena Justina vous a emmenées au sanctuaire…

– La dent est tombée avant qu'on y aille, m'apprit Arminia d'un air plutôt dégoûté. Helena nous a emmenées quand même.

– Je me demande bien pourquoi.

– Pour visiter ! s'écrièrent-elles en chœur.

– Ah, oui ! Mais bien sûr ! Et elle a vu quelque chose d'intéressant ?

Non, Helena en aurait parlé, mais peut-être ne voulait-elle pas me déranger pour me raconter en détail un voyage inutile, alors que j'avais un rapport à rédiger : elle prenait ça très au sérieux.

– Et donc vous avez vu ce garçon ?

– Il nous tirait dessus. Il a dit qu'on était des Romaines et que lui il était dans l'Empire gaulois libre, et que son père lui avait donné la permission de nous tuer à mort. C'est comme ça qu'on a su, répondit Arminia.

– Raconte-moi un peu ça.

– Qu'on a su qui c'était. (Voilà qui me dépassait. À voix basse, elle ajouta très vite :) Le fils du chef. Celui qui tire sur des vrais prisonniers !

Je réprimai le réflexe qui m'incitait à les serrer contre moi d'un bras protecteur. Ces deux-là étaient de rudes bonnes femmes, elles n'avaient besoin de moi ni l'une ni l'autre.

– J'espère que vous vous êtes enfuies ?

– Bien sûr. (Augustinilla s'esclaffa.) On savait ce qu'on avait à faire. Il était nul, ce gars. On l'a semé, on s'est planquées le temps qu'il nous double, et on l'a pris en chasse.

Elles gloussèrent de ravissement au souvenir de la facilité avec laquelle elles avaient grugé le garçon. Aucun membre de la gent masculine n'était en sécurité avec ces deux jeunes harpies à ses trousses. Chacune à leur manière, elles étaient toutes deux destinées à devenir des mangeuses d'hommes. Je déglutis ostensiblement.

– Et alors ?

– Alors on a vu le borgne.

– L'homme à la barbe rouge. La barbe *teinte*, précisa la petite chérie aux cheveux filasse.

Pour le cas où je n'aurais pas compris quels comparses de génie je m'étais dénichées là.

Helena décréta qu'elle allait rédiger mon rapport.

– Tu ignores tout du sujet !

– Et alors ? La plupart des hommes qui rédigent des rapports en savent encore moins. Qu'est-ce que tu dis de ça : La Quatorzième Gemina Martia Victrix est une légion de terrain digne de confiance, qui requiert toutefois un commandement plus ferme que celui dispensé par la dernière instance en place. La nomination d'un nouveau légat doué d'une solide aptitude à l'autorité est indubitablement une nécessité. Il semble possible de déplacer la Quatorzième pour l'implanter de façon permanente, ou semi-permanente, en Germanie, option qui permet de contrôler plus étroitement les hommes qui la composent, et autorise en outre une pleine exploitation de leur expérience considérable avec les peuplades celtiques, laquelle se révélerait particulièrement adaptée au climat politique tendu qui règne dans le corridor du Rhenus…

– Mais c'est de la foutaise ! coupai-je.

– Tout juste. Précisément ce qu'une administration souhaite entendre.

Je la laissai à son rapport. Helena s'estima capable de crépir et assembler plusieurs pages du même verbiage prétentieux d'ici à mon retour. Son écriture était plus lisible que la mienne, du reste.

J'aurais aimé emmener Helena avec moi, mais Augusta Treverorum se trouvait à cent trente kilomètres de là, et j'allais devoir cravacher dur si je voulais être de retour à Moguntiacum à temps pour l'anniversaire de l'empereur et le défilé prévu.

L'homme qui voyage a besoin d'un compagnon, cependant ; aussi emmenai-je quelqu'un d'autre. Xanthus, qui aimait tant voir du pays, était le candidat idéal.

63

Augusta Treverorum, capitale de la province de Belgique.

La ville avait été fondée par Auguste, qui choisit un emplacement désert situé à un carrefour stratégique de la rivière Mosella et érigea d'abord un pont, comme tout homme de bon sens. Son pont était un bel ouvrage, composé de sept piliers de moellons reposant sur des piles. Il s'agissait d'une structure de très grande envergure, car le fleuve est changeant à cet endroit-là. La ville observait un plan bien pensé. Des vignobles récents commençaient tant bien que mal à s'implanter, ainsi que des cultures céréalières, mais l'économie régionale florissante se basait sur deux activités : la poterie et la laine. Les moutons approvisionnaient des fabriques romaines produisant des tissus pour les uniformes de l'armée, et la poterie rouge se fabriquait également sous contrat avec les légions. Je ne fus donc pas étonné de constater que les gros richards d'Augusta Treverorum avaient réussi à se dénicher quelques-unes des villas les plus grandes et les mieux équipées que j'aie vues depuis mon départ d'Italie. Cette ville devait éveiller l'intérêt de quiconque avait appris à apprécier la vie romaine sous ses aspects les plus civilisés – fortune et étalage. Quelqu'un comme un Batave romanisé de haut rang, mettons.

Le temple de Mars Lenus honorait à la fois notre dieu à nous et son équivalent celtique, *Tiw*. Ce n'était pas Mars le guerrier, mais Mars le guérisseur – son corollaire naturel, le dieu des soldats ayant également besoin de soigner leurs blessures s'il veut les réexpédier sur le champ de bataille le plus vite possible. Mars dieu des jeunes gens – jeune chair à combat – était lui aussi représenté.

Le temple était le centre d'un sanctuaire prospère destiné aux malades. On y remarquait une haute densité de tavernes mal famées et de malodorantes chambres à louer, plus boutiques et échoppes où des vendeurs d'amulettes et de babioles tâchaient tant bien que mal de s'enrichir eux aussi avant que leur pratique ne meure littéralement. On voyait là les habituels mornes traîne-savates vendant des représentations sacrées de tous les éléments anatomiques, depuis les organes sexuels – des deux sexes – jusqu'aux pieds – gauche et droit – en passant par les oreilles – indéterminées –, plus toute la gamme des apothicaires, charlatans spécialisés dans la chirurgie dentaire ou la médecine, diététiciens, diseuses de bonne aventure et changeurs d'argent. Ces personnages affluaient tous au sanctuaire, caressant espoirs et désespoir en proportion égale, tout en faisant main basse sur leurs habituels pourcentages prohibitifs. De temps à autre, je repérais quelqu'un de vraiment malade ou infirme, mais on dissuadait ces gens-là de se montrer. Les mines pâles, tristes sont mauvaises pour le commerce.

Comme dans tous les endroits du même genre, la valse des individus louches devait être rapide. Les gens pouvaient aller et venir sans guère donner d'explications. Ceux qui préféraient ne se mêler de rien posaient peu de questions, de crainte qu'un militaire vienne interroger à son tour au sujet des patentes. L'individu qui souhaitait se cacher pouvait vivre plus ou moins ouvertement dans ces installations de fortune.

Je ne vis pas son fils, l'enfant aux flèches. Cela valait mieux. J'avais l'intention de lui administrer une raclée pour ne pas avoir mieux visé ma nièce.

Je trouvai Julius Civilis assis sur un tabouret devant une cahute à l'extérieur de la ville, l'air fauché comme les blés, occupé à tailler nerveusement un bâton au canif. Il guettait les alentours d'un œil, mais de toute façon il n'en avait qu'un. Mes informatrices avaient bien travaillé : je savais dans quel chemin poussiéreux il habitait, et disposais d'une description du personnage. Je fis un détour par les champs avoisinants et m'approchai sans bruit par son côté aveugle.

– C'en est terminé, Civilis !

Il fit volte-face et me vit debout devant lui. Je tirai lentement mon glaive et le posai à terre entre nous, ce qui établissait une trêve permettant la discussion. Civilis dut deviner que j'avais encore mon couteau, et comme il avait jadis été commandant dans la cavalerie, je ne doutais pas qu'il soit lui-même bardé de lames à extraire les cailloux des sabots de chevaux – voire à marquer d'une encoche les côtes des agents impériaux. Pour avoir le dessus, il allait falloir qu'il attaque le premier, et vite qui plus est ; il semblait trop abattu pour tenter le coup.

Il était plus âgé que moi. Plus grand, et bien plus costaud. Sans doute encore plus déprimé que je l'étais. Il portait des braies de cuir s'arrêtant sous le genou et une cape bordée de mèches de fourrure passées à l'ocre. Il avait quantité de cicatrices et se mouvait à gestes raides, comme quelqu'un qui serait tombé de cheval une fois de trop. Son œil manquant semblait avoir été arraché à l'aide d'un instrument tel qu'un trait d'artilleur, qui lui laissait une balafre profonde et sinueuse. Une intelligence aiguë brillait dans son œil valide. Sa barbe pendait jusqu'à sa broche de cape, de même que ses longues mèches ondulées. Le tout était rouge. Non pas du rouge vif que je m'étais figuré, mais d'une couleur plus triste, plus délavée, qui semblait le reflet de ce qui restait de la vie du rebelle. Là aussi, on voyait du gris aux racines.

Il me laissa décliner mon identité.

– Voilà donc l'effet que ça produit de rencontrer un appendice de l'histoire !

– Laisse tomber les appendices ! gronda-t-il. (Je m'aperçus qu'il m'était sympathique.) Qu'est-ce que tu veux ?

– Je passais dans le coin. Je me suis dit que j'allais venir te voir. Ne sois pas étonné : un enfant serait capable de te trouver ici. D'ailleurs, c'est un enfant qui t'a trouvé : une gamine d'à peine 8 ans, et pas très éveillée, quoiqu'elle ait été aidée par une petite Ubienne bien plus dégourdie. Inquiet ? demandai-je doucement. Tu sais ce que ça signifie. Si un enfant parvient à te trouver, n'importe quel légionnaire en rogne dont tu as tué le meilleur copain à Vetera pourra en faire autant. Ou n'importe quel Batave mécontent, d'ailleurs.

Julius Civilis m'exposa quel traitement il aimerait me réserver : la formule était succincte et bien troussée.

– Tu répètes à peu près ce que m'a promis la célèbre Quatorzième Gemina, qui me trouve tout à fait puant aussi. Ça doit venir de tes influences romaines. Elles te manquent tant que ça ?

– Non, répliqua-t-il d'un ton méfiant. La Quatorzième ? Ces frimeurs !

Il en avait lui-même commandé un détachement de réserve en Germanie avant de se lancer dans la course à la gloire ; il devait avoir entendu parler de la légion-mère par ses compatriotes des huit fameuses cohortes bataves qui désertèrent.

– Je crois qu'il faut qu'on discute. Tu veux que je te raconte ma vie ?

Son curriculum était irréprochable : l'entretien n'allait pas traîner. J'aurais aussi bien pu être en train de m'adresser à l'un des nôtres. De fait, c'était le cas.

– Navré, Civilis. (J'espérai qu'il entende à mon ton que mon regret était sincère.) J'aurais donné beaucoup pour entendre ce récit de la bouche même du chef rebelle. On m'attend à Moguntiacum pour le défilé d'anniversaire de l'empereur. Je n'ai pas le temps de t'entendre déblatérer à propos des vingt années que tu as passées dans les camps romains, pour ensuite te voir récompensé par les soupçons impériaux assortis d'une menace d'exécution… Pas de tergiversations, Civilis. Tu as touché la solde. Tu as apprécié cette existence. Tu as joui de l'exemption d'impôts et bénéficié des avantages d'un salaire régulier, comme d'une carrière bien tracée. Si les choses s'étaient passées autrement, tu aurais empoché ton diplôme de vétéran et pris ta retraite en tant que citoyen romain. Jusqu'au moment où Vespasien est devenu empereur, tu aurais pu tirer parti de son amitié et exercer un vaste pouvoir dans ta région. Tu as rejeté tout cela au nom d'un rêve qui s'est révélé creux. Et maintenant, te voilà sans nation, et sans espoir non plus.

– Ça, c'est de l'eau de boudin tout craché ! Tu as terminé ?

Son œil unique m'observait avec plus de discernement que je ne souhaitais en lire.

– Non, mais toi oui. Les événements t'ont dépassé, Civilis. L'homme à qui je m'adresse est épuisé. Tu as une grande famille sur les bras ; moi de même. À présent que ton offensive contre le destin est en ruine, je me doute bien que tu dois te faire harceler. Tu souffres d'une oreille, mais aussi du dos, et du cœur. Tu en as ras le bol des problèmes, et marre du combat…

– Je recommencerais…

– Oh ! je n'en doute pas. À ta place, j'en penserais autant. Tu as entrevu une occasion, dont tu as tiré le meilleur parti. Mais la chance a tourné. Même Veleda accepte ça.

– Veleda ?

Il eut l'air soupçonneux. Je répondis suavement :

– Les envoyés impériaux se sont entretenus il y a peu avec la dame, dans sa tour de guet. Soit dit en passant, je considère pour ma part que nous devrions lui décompter un loyer pour ça… Elle est d'accord pour la paix, Civilis.

Nous savions l'un comme l'autre que le mouvement d'indépendance batave n'était rien sans le soutien de la Germanie libre et de la Gaule. Cette dernière était depuis longtemps une cause perdue à l'égard des rébellions : les habitants aimaient trop leur confort, et de loin. Et voilà que la Germanie jetait l'éponge à son tour.

– Au temps pour la liberté ! murmura l'homme aux cheveux rouges.

– La liberté de faire n'importe quoi, tu veux dire ? Excuse-moi, je parle comme tous les pères qui tâchent un jour ou l'autre de dissuader leur gamin de traîner en ville tard le soir et en mauvaise compagnie.

– On n'y peut rien, rétorqua-t-il sèchement. Rome est une société paternaliste.

Cela me faisait un drôle d'effet d'entendre ce latin raffiné, légèrement teinté de sarcasme, dans la bouche d'un homme qui semblait avoir passé un mois tapi dans un buisson de genêts au beau milieu d'une lande déserte.

– Pas toujours, objectai-je. Mon père s'est enfui de la maison en laissant les femmes se débrouiller.

– Tu aurais dû naître Celte.

– Dans ce cas, je me battrais à tes côtés.

– Merci, enchaîna-t-il. Merci, Falco. Alors c'est à nouveau la liberté conditionnelle ?

Il faisait allusion aux précédents pardons d'autres empereurs. J'espérais qu'il se rendait compte que celui-ci allait durer.

– Qu'est-ce qu'on attend de moi ?

– Que ta famille et toi habitiez à Augusta Treverorum, à une adresse fixe. On organisera votre protection dans un premier temps, mais je pense que vous ne tarderez pas à vous intégrer à la collectivité. (Je lui adressai un grand sourire.) Je n'ai pas l'impression que Vespasien compte te reproposer un commandement de légion ! (Civilis était trop âgé pour s'en soucier.) Mis à part ça, voilà quelqu'un à qui j'ai demandé de bien vouloir nous rejoindre expressément…

Une silhouette connue approchait, bizarrement déplacée au milieu des taudis délabrés où Civilis s'était retranché. Coupe de cheveux criante d'élégance, impardonnables chaussures rose saumon. Nullement gêné de sa propre tenue spectaculaire, le nouvel arrivant toisa Civilis avec une évidente pitié.

– Falco ! L'abondante tignasse criarde de ton ami lui gâche complètement la base !

Je soupirai.

– Le vocabulaire de cet individu est de plus en plus nauséabond depuis qu'il me connaît… Julius Civilis, prince des Bataves, permets-moi de te présenter Xanthus, jadis barbier des empereurs… et le meilleur barbier du Palatin, qui plus est. Il a rasé Néron, Galba, Othon, Vitellius, et probablement Titus César, mais il ne révèle jamais les noms de ses clients du moment. Il a quelque chose en commun avec les Celtes, selon moi : il collectionne les têtes célèbres, annonçai-je doucement au chef rebelle à l'effroyable crinière. Xanthus a fait tout le trajet de Rome jusqu'à Augusta Treverorum dans le but de te gratifier d'une bonne petite coupe et d'un rasage maison.

64

Je me débrouillai pour parler à Helena Justina pendant le défilé. J'espérai que la politesse requise en un lieu public l'obligerait à refréner sa réaction à l'annonce de ce que je comptais lui exposer. Ma foi, il fallait bien tenter le coup. Je m'attendais à ce qu'elle regimbe, où que je lui parle de ce sujet épineux. Elle n'allait pas apprécier du tout ce que j'avais l'intention d'annoncer, mais je me disais qu'elle finirait bien par se rendre compte que j'avais raison.

Les hommes de la Quatorzième avaient clairement laissé entendre que le spectacle, de même que tout le reste à Moguntiacum, serait leur affaire à eux. Il s'agissait du sempiternel défilé rasoir. Du fait du manque de fonds et de l'excès de cynisme, il n'y avait quasiment jamais de bons spectacles, pas même à Rome. Or nous nous trouvions en Europe continentale, et le dix-sept novembre n'était pas du tout une bonne date pour les festivités de plein air. On devrait instituer un règlement interdisant à quiconque de postuler pour la fonction d'empereur à moins d'être né en plein été. La seule exception possible concernerait les gens nés il y a trente ans sur l'Aventin, en mars…

Comme je m'y attendais, la foule aussi bien que les feux du spectacle étaient largement trop clairsemés ; il faisait un froid glacial, et le buffet était exécrable… quand on pouvait y accéder. Les réjouissances se déroulèrent sur l'esplanade des défilés, laquelle, contrairement à un amphithéâtre correct, ne comporte pas d'issues de secours pratiques. Les rares femmes de souche romaine qui assistaient au spectacle étaient bien sûr soumises aux plus strictes conventions de l'étiquette. Trois d'entre elles, flanquées d'une ou deux invitées, avaient dû prendre place sur une estrade, caparaçonnées de soieries et de bijoux, pendant que douze mille machos poilus les lorgnaient sans vergogne. Pas mal, pour celles qui aimaient ça. J'en connaissais une qui détestait.

Le spectacle devait durer toute la journée. Je ne me sentais obligé de rester que jusqu'au moment où serait présentée la Main. Une fois que la chose serait expédiée, je projetais de déclamer ma tirade à Helena – en supposant que je puisse l'approcher – et de m'éclipser ensuite.

Les deux légions participaient au défilé, en fait, ce qui ralentissait mortellement les choses. Les déplacements collectifs, même exécutés par des hommes en uniforme d'apparat et casque à plumes, n'ont jamais cadré avec l'idée que je me fais du théâtre captivant. L'action se traîne, les dialogues sont lamentables. En l'occurrence, le metteur en scène avait même omis de prévoir un orchestre : nous n'avions droit qu'aux cuivres militaires. Le fait de tout voir en double afin que chaque groupe de soldats puisse affirmer sa fidélité envers l'empereur accroissait l'ennui jusqu'à la torture. D'emblée, je me sentis lamentablement démoralisé.

Il se mit à pleuvoir. C'était précisément ce que j'attendais. Les dames de l'estrade poussaient des cris d'orfraie, affolées à l'idée que leurs robes rétrécissent ou que leur maquillage coule. Le groupe d'esclaves censé dresser un dais au-dessus d'elles se révélait magnifiquement incapable. Je voyais Helena piquer sa colère, comme elle avait coutume de le faire quand les autres perdaient leur sang-froid et qu'elle n'avait pas le loisir de prendre les choses en main. Sachant qu'elle m'excuserait si je parvenais à sauver la situation, je bondis sur l'estrade, empoignai l'un des piquets du dais et aidai les esclaves à installer le tout.

Les femmes que nous abritions ainsi n'étaient autres que Mænia Priscilla, épouse du légat de la Quatorzième, une autre créature plus intelligente et d'âge mûr, qui devait être la mère poule de la Première Adiutrix, Helena Justina, une autre visiteuse, sans doute la copine de classe de la mère poule, et enfin Julia Fortunata. Sans doute cette dernière avait-elle été invitée parce que son rang était trop élevé pour qu'on s'en dispense, et son rôle dans l'existence de feu Gracilis trop vil pour qu'on le salue. En tout cas, Mænia Priscilla, séduisante en deuil tout de blanc vêtue, jouait sa partie à la perfection, tandis que Julia saisissait la moindre occasion de la cajoler et la réconforter. Il n'était pas prévu de déclaration publique quant au comportement moins qu'exemplaire de l'ex-légat, mais ses femmes avaient toutes deux été informées. Par conséquent, ni l'une ni l'autre ne se sentait obligée de le pleurer trop sincèrement. J'eus le plaisir de constater que le veuvage, ou son équivalent, flattait le meilleur côté des deux femmes. Leur bravoure était confondante à voir.

La pluie cessa. Les dames se détendirent. Nous roulâmes le toit de fortune, puis je m'accroupis à côté d'Helena, prêt à me ruer au garde-à-vous au pied des piquets du dais dès que la catastrophe s'abattrait à nouveau. Il me sembla que Son Altesse me décochait un regard étrange.

Là-bas, sur l'esplanade, on arrivait peu à peu au clou du cérémonial complexe. Des cohortes de réserve de la cavalerie arrivèrent pour livrer un faux combat. La Première Adiutrix recouvrait à présent ses droits, car la Quatorzième n'avait pas encore été gratifiée de troupes remplaçant les Bataves perdus. Cela donnait l'occasion aux hommes de la Première d'en remontrer un peu en présentant les siennes. Il s'agissait d'Hispaniques, je crois. Leurs petits chevaux trapus évoluaient avec un bel ensemble et faisaient grand effet avec leur équipement d'apparat complet, comprenant médaillons rutilants piqués dans les cuirs de harnais, œillères dorées et énormes disques de protection plaqués sur le poitrail. Les cavaliers arboraient des uniformes indigo qui tranchaient sur les scintillants tissus de selles écarlates. Ils paradèrent sur l'esplanade, décrivant d'inlassables voltes et cercles, agitant leurs lances emplumées et brandissant à la ronde des boucliers à bossettes pointues bariolés de motifs exotiques inconnus à Rome. Leur allure énigmatique était renforcée par les casques officiellement réservés aux défilés, qui leur couvraient le visage tels des masques de théâtre calmement inexpressifs. Une demi-heure durant, ces nobles cavaliers chevauchèrent sur l'esplanade venteuse tels des dieux altiers, puis ils s'engouffrèrent subitement entre les grandes portes donnant sur la via Principia, laissant tous les spectateurs les regretter, déconcertés.

On servait des boissons chaudes sur l'estrade. L'heure n'était pas encore venue.

Je me demandai piteusement s'il fallait que je parle à Helena maintenant. Voyant qu'elle savourait sa boisson, je décidai d'attendre un meilleur moment.

– Julius Mordanticus est là ! me lança Helena, agitant le bras en direction des spectateurs.

Un bras se leva en réponse au milieu d'un groupe de capuches pointues. Mordanticus et ses amis étaient heureux. Le gouverneur de province m'avait reçu pour m'interroger à propos de la fraude portant sur les contrats de poteries, et par la suite, j'avais pu apporter de bonnes nouvelles aux potiers de la région.

– Je voulais te dire, m'avoua Helena d'un ton coupable, que pendant que tu étais à Augusta Treverorum, il nous a fait cadeau d'un superbe service d'écuelles. Quel dommage ! reprit d'un ton ironique ma bien-aimée dénuée de cœur, que nous n'ayons pas de salle à manger pour nous en servir !

Et désormais, nous n'en aurions jamais. Je détournai les yeux. L'entracte se prolongeait tandis que les gens agrippaient leurs boissons chaudes à deux mains pour tenter de se réchauffer. Helena poursuivit :

– C'est vrai que quand Xanthus a rasé le rebelle, tu

as rapporté les mèches coupées dans un petit sac pour impressionner l'empereur ?

– Oui, c'est vrai.

– Comment as-tu convaincu Xanthus de participer ?

Xanthus ferait n'importe quoi pour moi, ces jours-ci : je lui avais donné une *véritable* corne d'aurochs. S'il la faisait transformer en coupe à boire, il s'y noierait tellement elle était grande. Je lui avais conseillé d'en prendre grand soin, car en dehors de celle que je possédais pour ma part, sa corne n'aurait pas de petite sœur.

– Xanthus surveillant un rebelle, c'est un choix curieux, avança Helena.

– Xanthus cherche à s'installer pour faire sa pelote dans une ville où le nom de Néron lui vaudra un prestige considérable, et où il puisse s'élever au-dessus de son passé d'esclave. Augusta Treverorum fait l'affaire : la ville est évoluée, mais pas trop snob La crème de la société belge va défiler dans sa galerie pour se faire raser, pendant que les femmes pauvres feront la queue à la porte de derrière, histoire de faire tailler leurs tresses dorées pour fabriquer des perruques hors de prix destinées aux grandes dames de Rome.

– Je ne trouve pas ça bien.

– Elles pourraient vendre pire, ma chérie. Quoi qu'il en soit, je te parie que notre gaillard aux lacets mauves finira par devenir un citoyen en vue, faisant des donations aux temples et érigeant des colonnes avec les plus grands.

– Et Civilis ?

– Xanthus lui a fait un rinçage brun foncé pour qu'on cesse de le reconnaître. Ça le mettra à l'abri des assassins, et en sécurité pour nous. Le barbier lui rendra visite à domicile tous les jours pour le raser. Si Civilis prend la poudre d'escampette, on se rendra immédiatement compte de sa disparition.

C'était la liberté conditionnelle idéale. Le malheureux chef n'aurait pas l'ombre d'une occasion de se rebiffer maintenant qu'il allait passer son temps enfoui sous des serviettes chaudes à écouter des ragots à longueur de journée.

Helena sourit. J'adorais son sourire.

– Tu es merveilleux, Marcus !

L'ironie était plutôt délicate.

Là-bas, sur l'esplanade, le gouverneur de province, tête couverte, se préparait à consulter une nouvelle fois les augures. Il était aidé dans cette tâche par le représentant de la Quatorzième, Macrinus, qui remplaçait le légat mort. Je vis Mænia Priscilla s'agiter. Elle n'avait plus aucune chance à présent. L'ambition avait pris le pas sur tout le reste. Saisissant l'occasion qui lui était offerte de s'exhiber en tant que remplaçant, Macrinus ne songeait plus qu'à sa carrière à venir. Je n'avais pas besoin de scruter un foie sanguinolent de mouton pour savoir que les auspices ne m'étaient pas favorables.

– Que se passe-t-il ? s'enquit doucement Helena.

– Il y a quelque chose que je veux te dire.

– Eh bien ! autant le faire tout de suite.

Les porteurs d'étendard – des géants vêtus de peaux d'ours ou de loups, la tête de l'animal fichée au sommet de leur casque et ses griffes croisées sur leur torse – se dirigèrent, chargés de leurs piquets, vers l'arène centrale. Ils s'avancèrent de leur pas lent pour se poster autour du gouverneur, puis fichèrent dans le sol les pointes solides de leurs piquets. Les pointes tinrent bon : les dieux étaient favorables. Là se dressèrent donc les étendards de la Quatorzième Gemina Martia Victrix.

L'aigle doré portant le numéro de la légion. Les insignes propres à chaque cohorte de fantassins, et les bannières carrées à franges de la cavalerie. Le portrait de l'empereur à la place de choix. Les honneurs de la guerre portant sur plus d'un demi-siècle. Leur statue de Mars. Et maintenant, remise à la légion devant l'assemblée au grand complet, paume tournée vers le ciel en signe de pouvoir ou d'amitié, leur puissante Main.

Toujours agenouillé à côté d'Helena, je contemplai fixement la cérémonie.

– J'ai terminé ma mission. Il est temps pour moi de partir.

Certaines femmes peuvent plus pour le monde que les hommes. Le doigt d'Helena me chatouillait la nuque. Dans un instant, elle allait comprendre que ce geste n'était plus de mise et cesserait. Je me forçai à poursuivre :

– Helena, pour l'avenir de Rome, il faut que tu épouses Titus. Quand tu répondras à sa lettre…

Une fanfare de trompettes m'interrompit. Fantastique. La grande décision de ma vie pulvérisée par une bordée de notes incongrue.

Le porteur d'étendard chargé de la Main reçut l'assentiment du gouverneur, puis commença à arpenter les rangs de toute la légion pour montrer le cadeau de Vespasien. Il arriva près des cohortes. Chacune mandatait son petit groupe d'éclaireurs chargé d'exécuter un court enchaînement signifiant sa gratitude, puis le porteur s'éloignait vers la suivante. Tout au long de la lente marche de ce dernier, l'ensemble des trompettes de la légion continua de beugler.

La main d'Helena reposait sur ma nuque, totalement immobile. Perdre ce doux contact réconfortant allait être intolérable. Mais j'étais un dur. Je surmonterais. Je me reconstruirais. Si Helena Justina choisissait de servir l'Empire, je la renverrais seule à Rome, puis j'opterais, moi, pour l'exil définitif, et me mettrais à écumer les limites sauvages des territoires impériaux, voire au-delà, tel un lamentable spectre…

Au moment même où je m'apprêtais à sauter à bas de l'estrade pour m'éloigner en héros, Helena se pencha vers moi. Ses cheveux me frôlèrent la joue. Son parfum m'enveloppa d'un halo de cannelle. Ses lèvres remuèrent doucement tout contre mon oreille :

– Laisse tomber ton air de chien battu. *Je lui ai écrit le jour où tu es parti de Colonia.*

Elle se redressa. Je restai accroupi où j'étais. Nous regardâmes le porteur d'étendard faire le tour de deux cohortes de plus d'un pas décidé, puis les trompettes se turent. Je levai les yeux. Helena Justina m'assena sur le nez une petite chiquenaude du doigt orné de la bague d'argent que je lui avais offerte un jour. Elle ne me regarda pas. Elle gardait les yeux rivés sur l'esplanade en affichant un air d'intérêt raffiné, telle n'importe quelle autre dame de haute extraction se demandant quand elle va pouvoir rentrer chez elle. Il n'y avait que moi qui puisse constater à quel point elle était têtue, et belle.

Ma bien-aimée.

Le porteur d'étendard en chef de la XIV Gemina remit la Main d'Acier de l'empereur à son tribun laticlave. C'était un bel objet, de soixante centimètres de haut, et, compte tenu du poids, l'homme devait être hors d'haleine sous sa peau d'ours. Un armurier avait redoré les ébréchures des ornements, mais je savais, moi, que l'un des doigts était entaillé à l'endroit où je l'avais cogné contre un bois de lit dans je ne sais quel galetas pouilleux pour voyageurs, au cours de ma traversée de la Gaule.

– Alors tu restes avec moi, Helena ? me risquai-je à demander humblement.

– Pas le choix, répondit-elle (après un temps de silence, histoire de mûrir sa pique.) Je suis propriétaire pour moitié de ton service de réception en poterie de Samos, et je n'ai pas l'intention de renoncer à mes droits. Alors arrête tes âneries, Marcus, et regarde plutôt le défilé.

DANS LA MÊME COLLECTION

1. UN REQUIEM POUR MOZART
de Bernard Bastable
2. L'APOTHICAIRE DE LONDRES
de Deryn Lake
3. BLEU SANG
de Viviane Moore
4. JANE AUSTEN ET LE RÉVÉREND
de Stephanie Barron
5. LA PHOTO DU BOURREAU
de Peter Lovesey
6. UN SI JOLI VILLAGE
de Kay Mitchell
7. EN DES LIEUX DÉSOLÉS
de Kay Mitchell
8. UNE ÉTRANGE AMBITION
de Kay Mitchell
9. NOIR ROMAN
de Viviane Moore
10. LE SEPTIÈME SACREMENT
de James Bradberry
11. LA SOURCE NOIRE
de Miriam Grace Monfredo
12. MAUX D'ESPRIT
de Peter Lovesey
13. TROP DE NOTES, MR MOZART
de Bernard Bastable
14. LA SONATE INTERDITE
de Taiping Shangdi
15. L'APOTHICAIRE ET « L'OPÉRA DES GUEUX »
de Deryn Lake
16. LE MOBILE
de Dominic D. West
17. ROUGE SOMBRE
de Viviane Moore
18. LA MÉLANCOLIE DES RUINES
de James Bradberry
19. L'AIGLE D'OR
de Miriam Grace Monfredo
20. À JETER AUX CHIENS
de Kay Mitchell
21. LA NOYÉE DU PALAIS D'ÉTÉ
de Taiping Shangdi
22. ABRACADAVRA
de Peter Lovesey
23. UN DOIGT DE PORTO
de Tony Aspler
24. LES ÉTRANGES DOSSIERS DE FREMONT JONES
de Dianne Day
25. LA DOMINANTE
de Dominic D. West
26. LA CROISADE DE FALCONER
de Ian Morson
27. LE PRISONNIER DE L'OCÉAN
de Taiping Shangdi
28. BLANC CHEMIN
de Viviane Moore
29. L'ŒIL DE DIDEROT
de Hubert Prolongeau
30. L'AGENT DE PHARAON
de Lynda S. Robinson
31. AUX INNOCENTS, LA COLÈRE
de Kay Mitchell
32. JANE AUSTEN À SCARGRAVE MANOR
de Stephanie Barron

33. L'INCENDIE DE SAN FRANCISCO
de Dianne Day
34. LE PUITS DE LA MORTE
de Taiping Shangdi
35. LA PARTITION
de Dominic D. West
36. LES LOUPS DE LA TERREUR
de Béatrice Nicodème
37. JAUNE SABLE
de Viviane Moore
38. LA PLACE D'ANUBIS
de Lynda S. Robinson
39. LES DIEUX OUTRAGÉS
de Olivier Seigneur
40. LES CAVES DU DUCE
de Tony Aspler
41. LE SINGE EMPOISONNÉ
de Taiping Shangdi
42. L'APOTHICAIRE ET LA TAVERNE DU DIABLE
de Deryn Lake
43. LE CAUCHEMAR DE D'ALEMBERT
de Hubert Prolongeau
44. LE JUGEMENT DE FALCONER
de Ian Morson
45. LA MAÎTRESSE DE L'ARCHITECTE
de James Bradberry
46. LA COLLINE ÉCARLATE
de Anne Beddingfeld
47. LES SOIERIES DE L'EFFROI
de Taiping Shangdi
48. L'IMPAIR
de Dominic D. West
49. VERT-DE-GRIS
de Viviane Moore
50. LE RETOUR D'AKHENATON
de Lynda S. Robinson
51. LE VESTIBULE DU CRIME
de Olivier Seigneur
52. LES COCHONS D'ARGENT
de Lindsey Davis
53. LA MORT DU LOUP BLANC
de Béatrice Nicodème
54. L'APOTHICAIRE ET L'ESPION FRANÇAIS
de Deryn Lake
55. LES PIERRES DE LA DOULEUR
de Taiping Shangdi
56. UN PSAUME POUR FALCONER
de Ian Morson
57. LES SEPT CAVALIERS
de P.F. Chisholm
58. LA VIERGE DE BRUGES
de Patrick Weber
59. LA GARDIENNE DU PHARE
de Dianne Day
60. UNE VEUVE ROMAINE
de Lindsey Davis
61. LA LICORNE ASSASSINÉE
de Olivier Seigneur
62. LA NIÈCE DE RAMEAU
de Hubert Prolongeau
63. DES OMBRES SUR ALEXANDRIE
de Patrick Weber
64. LE CHRYSANTHÈME DE LONGÉVITÉ
de Taiping Shangdi
65. LE DIEU DE FALCONER
de Ian Morson
66. LA RANÇON
de Dominic D. West

IMPRIMÉ EN FRANCE PAR BRODARD ET TAUPIN
La Flèche (Sarthe), le 28-01-2000
Dépôt édit. : 56-02/2000
N° Impr. : 4765D
ISBN : 2-7024-9663-6
ISSN : 1281-458X
Édition 01

52/7164/8